名家工笔画插图珍藏版

传世彩绘聊斋志异（上）

［清］蒲松龄 著　许君远　南佳 译

华文出版社

图书在版编目（CIP）数据

传世彩绘聊斋志异 /（清）蒲松龄著；许君远，南佳译；(清) 佚名绘. -- 北京：华文出版社, 2024.8
ISBN 978-7-5075-5933-0

Ⅰ.①传… Ⅱ.①蒲…②许…③南…④佚… Ⅲ.①《聊斋志异》– 通俗读物 Ⅳ.①I242.1

中国国家版本馆 CIP 数据核字 (2024) 第 065921 号

传世彩绘聊斋志异（全二册）

著　　者：	〔清〕蒲松龄
译　　者：	许君远　南　佳
绘　　者：	〔清〕佚　名
总 策 划：	叶　蓬
责任编辑：	潘　婕
装帧设计：	彭　立
出版发行：	华文出版社
社　　址：	北京市西城区广安门外大街305号8区2号楼
邮政编码：	100055
网　　址：	http://www.hwcbs.cn
电　　话：	总 编 室 010-58336239　发行部 010-58336238
	责任编辑 010-63429159
经　　销：	新华书店
印　　刷：	武汉精一佳印刷有限公司
开　　本：	889mm×1040mm　1/16
印　　张：	50
字　　数：	750千字
版　　次：	2024年8月第1版
印　　次：	2024年8月第1次印刷
标准书号：	ISBN 978-7-5075-5933-0
定　　价：	320.00元（全二册）

目录

关于《聊斋志异》 ………… 2
怪诞诡奇 雅致妍丽 ………… 6
聊斋全图 ………… 1
聊斋图说 ………… 1
 画壁 ………… 2
 偷桃 ………… 4
 劳山道士 ………… 6
 娇娜 ………… 8
 叶生 ………… 14
 成仙 ………… 18
 灵官 ………… 28
 王成 ………… 30
 画皮 ………… 40
 贾儿 ………… 52
 陆判 ………… 56
 婴宁 ………… 66
 聂小倩 ………… 80
 水莽草 ………… 88
 凤阳士人 ………… 94

 侠女 ………… 100
 莲香 ………… 106
 阿宝 ………… 114
 张诚 ………… 122
 口技 ………… 130
 红玉 ………… 132
 鲁公女 ………… 142
 道士 ………… 146
 阎罗 ………… 150
 连琐 ………… 152
 夜叉国 ………… 160
 连城 ………… 168
 商三官 ………… 176
 小二 ………… 180
 庚娘 ………… 190
 宫梦弼 ………… 200
 番僧 ………… 206
 雷曹 ………… 208
 翩翩 ………… 212
 青梅 ………… 218

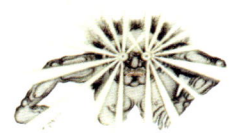

罗刹海市 …… 228
田七郎 …… 242
公孙九娘 …… 250
促织 …… 258
续黄粱 …… 266
小猎犬 …… 272
辛十四娘 …… 274
武技 …… 288
鸦头 …… 290
木雕美人 …… 296
封三娘 …… 298
狐梦 …… 306
花姑子 …… 312
武孝廉 …… 322
西湖主 …… 326
伍秋月 …… 338
绿衣女 …… 342
荷花三娘子 …… 346
骂鸭 …… 354

马介甫 …… 356
云翠仙 …… 370
小谢 …… 378
细侯 …… 388
考弊司 …… 392
鸽异 …… 396
江城 …… 400
青娥 …… 412
仙人岛 …… 424
胡四娘 …… 434
宦娘 …… 438
阿绣 …… 446
小翠 …… 456
金和尚 …… 466
局诈 …… 470
梦狼 …… 476
夜明 …… 480
鸿 …… 482

嫦娥	484
褚生	500
司文郎	504
吕无病	510
崔猛	516
诗谳	528
陈锡九	530
于去恶	536
凤仙	542
小梅	552
于中丞	558
红毛毡	560
张鸿渐	562
牛飞	572
王子安	574
折狱	576
三生	580
席方平	584
素秋	590
贾奉雉	600
胭脂	610
阿纤	622
瑞云	630
仇大娘	634
珊瑚	648
葛巾	654
黄英	666
书痴	680
晚霞	686
白秋练	694
陈云栖	706
织成	710
竹青	718
石清虚	726
苗生	732
毛大福	734
王桂庵	740
粉蝶	746

关于《聊斋志异》

我读书很慢，遇到好书好文章，总是细细咀嚼品味，生怕一下读完。所以遇到一部长篇，比如说二十万字的书，学习所需的时日，说起来别人总会非常奇怪。我对于那些一个晚上能看完几十万字小说的人，也是叹为神速的。

《聊斋志异》这部小说，我不是一口气读完，断断续续读了若干年。那时，我在冀中平原做农村工作，农村书籍很缺，加上日本帝国主义的烧掠，成本成套的书是不容易见到的。不知为了什么，我总有不少机会能在老乡家的桌面上、窗台上，看到一两本《聊斋》，当然很不完整，也只是限于石印本。

即使是石印本的《聊斋》吧，在农村能经常遇到，这也并不简单。农村很少藏书之家，能买得起一部《聊斋》，这也并非容易的事。这总是因为老一辈人在外做些事情，或者在村里经营一种商业，才有可能储存这样一部书。

石印本一般是八本十六卷。这家存有前几本，过些日子，我又在别的村庄读到后几本，也许遇到的又是前几本，当然也不肯放过，就再读一遍。这样，综错回环，经过若干年月，我读完了《聊斋》，其中若干篇，读了当然不止一次。

最初，我是喜欢比较长的那些篇，比如《阿绣》《小翠》《胭脂》《白秋练》《陈云栖》等。因为这些篇故事较长，情意缠绵，适合青年人的口味。

书必通俗方传远。像《聊斋》这部书，以"文言"描写人事景物，在很大程度上，限制了它的读者面，但是，自从它出世以来，流传竟这样广，甚至偏僻乡村也不断有它的踪迹。这就证明：文学作品通俗不通俗，并不仅仅限于文字，即形式，而主要是看内容，即它所表现的，是否与广大人民心心相印，情感相通，而为他们所喜闻乐见。

《聊斋志异》，是一部现实主义的书。它的内容和它的表现形式，在创作中，已经铸为一体。因此，即使经过怎样好的"白话翻译"，也必然不能与原作比拟。改编为剧曲，效果也是如此。可以说，"文言"这一形式，并没有限制或损害《聊斋》的艺术价值，而它的艺术成就，恰好是善于运用这种古老的文字形式。

过去有人谈过：《聊斋》作者，学什么像什么，学《史记》像《史记》，学《战国策》像《战国策》，学《檀弓》像《檀弓》。这些话，是贬低了《聊斋》作者。他并不是模拟古人古书，他是在进行创作。他在适当的地方，即故事情节不得不然的场所，吸取古人修词方法的精华，使叙事行文，或人物对话，呈现光彩夺目的姿态或惊心动魄的力量。这是水到渠成，大势所趋，是艺术的胜利突破，是蒲松龄的创造性成果。

行文和对话的漂亮修辞，在《聊斋》一书中是屡见不鲜的。可以说，非同凡响的修辞，是《聊斋》成功的重大因素之一。

接受前人的遗产，蒲松龄的努力是广泛深远的。作为《聊斋》一书的创作借鉴来说，他主要取法于唐人和唐人以前的小说。宋元明以来，对他来说，是不足挂齿的。他的文字生动跳跃，传情状物能力之强，无以复加的简洁精炼，形成了《聊斋》一书的精神主体。

在哲学意义上说，内容决定形式，形式对内容又起很大的反作用，即是内容和形式的辩证统一。这一般非只就一部作品完成了它的创作形态以后而说的，是指创作的全部过程。

一种内容可以有各种形式，有成功或失败的形式。决定艺术作品成功与失败的，是作家对这一内容的思想、体验、选择和取舍，即艺术的全部手段。

汉代是一历史内容。它有《史记》和《汉书》两种不同的形式，各有千秋，另外还有许多不能完整流传下来的汉书，不能流传，自然是一种失败。

同样，《聊斋》所写，很多内容，是古已有之的。神怪小说，在中国文学史上，是汗牛充栋的。但是蒲松龄在这一领域，几乎是一人称霸。

什么原因？我在陆续阅读这部小说的时候，不能不想到这个问题。

鬼神志怪书，晋及六朝已盛行。真正成为文学创作，则是唐开元天宝以后的事。著名的作家有沈亚之、陈鸿、白行简、元稹、李公佐等。这些作家的作品，都明显地影响了《聊斋》。

唐人小说，包括大作家韩愈和柳宗元的作品在内，在创作上形成一个新的起点，继往开来，为中国短篇小说开拓出一种全新的境界。

唐人小说的特点：

一、很多作品，写的是真人真事，为各个阶层、各种职业的平凡人物作传。在这些传记性的作品里，都有鲜明的典型环境和人物性格，表明深湛的哲学道理，生活的不可抗拒的规律。它不再侈谈神怪，也不空谈因果。

二、他们不再把"小说"当作奇怪见闻、游戏文章，轻率地处理。而是郑重其事，严肃周密地去进行创作。他们的作品都含有人生和社会的重大命题。他们的故事生动曲折，主题鲜明突出，人物活泼可爱。他们从简单重复的神奇怪异的小圈子里走出来，到现实社会生活中去。这一时代的小说，现实主义的内含，特别突出显著。

三、唐代小说作者，也都是诗人，他们非常重视语言的艺术效果。在他们的散文作品里，叙事对话，简洁漂亮，哲理与形象交织，光彩照人。

这些特点，在宋元的同类作品中，逐渐减弱。一些作者，在小说中，有意卖弄才情，塞进大量无聊诗词，破坏小说的组织，使小说充满酸气。到了明末，好的传统可以说是消磨殆尽了。

《聊斋》一书，追溯唐人的现实主义源头。它把一束束春雨后的鲜花，抛向读者。

《聊斋志异》的现实主义成就，必然和作者的生活经历有关。据有关材料，蒲松龄的主要生活历程为：

一、明崇祯十三年，生于山东淄川县满井庄。

二、少有文才，但屡困场屋。

三、曾短期到江南宝应县任幕宾。

四、长期馆于同邑名人家。

蒲松龄在宝应县，只有一年多时间，他活了七十六岁，可以说，他整个一生是在故乡度过的。

农村是广阔的天地，人物众多，是文学创作取之不尽的最大最深的源泉，是民族历史文化的无尽宝藏，是国家经济政治最大的体现场所。所谓民间传说，民间故事，民间语言，对创作《聊斋》来说，都是宏伟的基础。蒲松龄这个生活根据地，可以说是长期而牢固的了。古今中外，凡是伟大的作家，没有不从农村大地吸取乳汁的。

在名人家坐馆，教授几个生徒，是很轻松的工作。他有充分的时间，从事采访、思考、观察和写作。鲁迅说：有闲不一定能创作，但要创作，则必须有一定的余闲。过于穷困，则要忙于衣食；过于富贵，则容易流于安逸。蒲松龄过的是清寒士子的生活，他兼理家务，可得温饱，因此，他可以专心著书。

到江淮旅行一次，对他创作也是有利的。往返途程，增加不少实际见闻，体验了各处风土人情，交了不少新的朋友，并收集到很多奇闻异事，作为他以后创作的素材。我们在《聊斋》中，常常见到一些江淮情景，就是此行的收获。

《聊斋》的题材，故乡的材料，占很大比重，包括历史传闻和亲身经历。他也从古代记事中取材，但为数不多。

蒲松龄在文学修养方面，取精用宏。中国的志异小说，有《太平广记》等专集，供他欣赏参考。但绝不限于此，他对于经史子集中的记事，无不精心研讨，推陈出新，汇百流为大海。

在技巧准备方面，他作了多方面的努力。据现有的材料，他曾写了文集十三卷；诗集五卷，又有续录；词集不分卷；杂著五册；戏三出；通俗俚曲十四种。

　　这些著作的总字数，大大超过了《聊斋》的字数，但总观一过，虽然都有独具风格的才情和内容，其成就皆不及《聊斋》。文绝一体，天才孤诣；参天者多独木，称岳者无双峰。蒲松龄倾其才力于一书，所遗留人间的，已号洋洋，我们还能向他多求吗？这些著作，对蒲松龄创作小说，都可以说是准备。

　　《聊斋》很多篇写了狐鬼，现实主义力量，使这些怪异，成了美人的面纱，铜像的遮布，伟大戏剧的前幕，无损于艺术的本身。蒲松龄所处的时代和社会，是很动乱和黑暗的，时代迫使作家采取了这种写法。作家在创作上，实际突破了时代和环境的樊篱。有很多作品，具备深刻的时代意义和社会意义，无情地对社会作了揭露和批判。他写的狐鬼，多数是可爱可亲近的。他把一些动物，比如狐、獐、猫、鼠；飞禽如鸽、鹌鹑、秦吉了；水族如鱼、蛙；虫类如蟋蟀、蝇、蝶，都赋予人的性格，而带有它们本身的生活特征。他对于植物，如菊、牡丹、耐冬的描述，尤其动人。他对于各种植物的生态，有很细致的研究。大如时代社会，天灾人祸；小如花鸟虫鱼，蒲松龄都经过深刻的观察体验，然后纳入他的故事，创作出别开生面、富有生机、饶有风趣的艺术品。在这部小说里，蒲松龄刻划了众多的聪明、善良、可爱的妇女形象，这是另一境界的大观园。

　　这是一部奇书，我是百看不厌的。而蒋瑞藻作《小说考证》，斥之为千篇一律，不愿再读。他所指盖为所写男女间的爱情以及女子之可喜可爱处。如此两端，在人间实大同小异，有关小说，虽千奇百态，究竟仍归千篇一律，况《聊斋》所写，远不止此。蒋氏作考证，用力甚勤，而于文学创作，识见如此之偏窄，不知何故。

　　随着年龄和阅历的增长，我越来越喜爱那些更短的篇，例如《镜听》。同时，我也喜爱"异史氏曰"这种文字，我以为是直接承继了司马迁的真传。

　　蒲松龄也是发愤著书，终其生，他也没得见到他自己的辛勤著作印刷出版。

　　粗略地谈过这部名著，我们从作品和作家那里，能获得哪些有益的经验教训呢？

作家　孙犁

怪诞诡奇　雅致妍丽
——清工笔彩绘图册《聊斋图说》赏析

《传世彩绘聊斋志异》是一套图文并茂、内容丰富、制作精美的《聊斋志异》普及读物，全书近300幅插图大多选自清代工笔彩绘图册《聊异图说》。

据专家考证，《聊斋图说》很可能为清代商人徐润（1838—1911）组织画家绘制，作为慈禧太后六十大寿贺礼，呈送宫廷。全套共48册，现存46册（前两册遗失），绘《聊斋志异》故事篇目418则，绘图725幅，规模宏大，绘制精美，设色雅丽，为古典插画艺术的珍品。清光绪二十六年（1900），八国联军侵华，《聊斋图说》被沙俄军队掠走，直至1958年，原苏联对外文化联络委员会将其移交归还中国。现藏于中国国家博物馆。专家认为，《聊斋图说》与著名的《孙温绘全本红楼梦》堪称绝代双骄，为国宝级藏品。

《聊斋图说》是聊斋题材绘画作品中篇幅最多、画工最精、艺术水准最高的一部。我们现从故事场景、人物形象、空间布局、造型用色四个方面来欣赏与细读。

一、故事场景

《聊斋图说》中故事场景均源于小说，极具故事性和戏剧性。以叙事空间作区分，可分为室内室外、室内、室外三种故事场景。

（一）室内室外

《叶生》采用高处视角，向下向远处俯视。视线从清寞的内院看往院外远方。打眼看似乎描绘了一片乡野春光，充满生机。然而细看，却发现屋里停着一口棺材，其内正应是图中画面中心右侧的"叶生"。绘者将"生""死"置于同一个画面中，等待读者去发现。细读此图后，再通过图文互应的方式，可以更好地理解小说所传达的情境。另有《陆判》《聂小倩》《水莽草》《罗刹海市》等皆描绘了室内室外的场景，均在一幅图中描绘室内、室外的不同场景，画面丰富多元。

（二）室内

《小猎犬》绘一书房场景，画面最右侧的书架上放多本古籍善本，书架前有一盆鲜花和一张榻。一男性侧卧在榻上，其手执蒲扇，正看向地上。而地上描绘了骑马奔驰、拉弓射箭、向前扑赶的众多人物，其间还有三只小猎犬和鸟等动物，画面动势十足，热闹且略显激烈，与书房安静的氛围形成反差。有趣的是，他们都特别的迷你小巧，与榻上之人形成鲜明对比。整个画面十分生动活泼，耐人寻味。另有《商三官》《道士》《小二》《番僧》等皆描绘了室内场景，画面聚焦且细致入微。

（三）室外

《成仙》配以4张图，其中一张绘室外景色。视线看向画面上方，通过远处的农舍，过小桥牵引过来，再到近景中的松树为止，形成一个"S"形的构图。近景中三人站在一条小道上，三人的身姿和动作似在热切交流和呼唤，一旁溪流穿过嶙峋山石，又将视线引到农舍处，整个画面充满生趣和故事性。另有《王成》

《画皮》《婴宁》《凤阳士人》《张诚》《青梅》等皆描绘了室外场景，以自然风光入画，赏之心旷神怡。

二、人物形象

《聊斋图说》中人物形象众多且风格鲜明。《罗刹海市》中有一图绘六人，其中一女子着凤冠霞帔，端坐于床榻，身姿端庄，眉眼温柔。她与一男子对望，显得温柔有爱。另有4人正侧身站立，呈引领姿态。通过人物的姿态和动作，传达出喜庆温馨的氛围。《促织》中有一图，一妇人身体微斜，伸手一指指着一位小男孩，而小男孩一手揉眼，一手抬起，似乎正在挨训，让人忍不住想一探究竟。另有一图三人身着布衣，均袖笼挽起，似正在劳作。其中一人两臂张开，做扑倒状，既点明人物的性格特征，又体现了贫寒的生活状况。另有《狐梦》《西湖主》《荷花三娘子》《马介甫》《云翠仙》等在描绘人物时均精心着墨，人物身姿、衣着、配饰、动作等均能直接点明人物的身份特征，十分贴合人物形象。

三、空间布局

从大的层面来说，《聊斋图说》中有室内室外、室内、室外三种故事场景。具体到每张作品来看，又有十分精巧的空间布局。如《辛十四娘》中，绘者将主要的元素布置在画面左侧，读者的视线从近处的树、屋顶上的鸱吻望去，到一棵长势喜人的松树，再到树下的红衣女子，似乎整个画面的重心都在左侧。然而，绘者又通过人物、驴、延伸出画面外的院墙等将画面的平衡拉扯过来，使得整个空间布局既有紧凑之处，也有松弛之感。另有《木雕美人》《封三娘》《花姑子》《小谢》《江城》等也采用了类似的空间布局的方法，可细细欣赏与品味作者在空间布局时的细致与独到。

四、造型用色

造型用色是艺术本体的核心，最能体现作品的艺术风格。《聊斋图说》作品造型典雅别致。《江城》中有两幅图，分别表现室内和室外宴饮的场景。以室内一幅为例，其上描绘人物六位，呈二、三、一分布，即两位在右上侧，三位在画面偏左侧，一位在右侧，

呈稳定的三角形构图。画面中间偏远处挂一卷轴，上绘巍峨山峰，两侧悬挂对联，前方一案几上摆放瓷瓶、珊瑚、水洗、奇石、毛笔等。画面中细节和元素众多，却丝毫不显杂乱，作者在造型上以稳定的布局和构图使得画面十分和谐有序。同时，画面中主要以赭石、石青、石绿等冷色系渲染，点缀以朱砂等明亮暖色系，

使得整个画面显得十分雅致。另有《青娥》《仙人岛》《宦娘》《阿绣》《鸿》《嫦娥》等作品在造型和用色上较为突出，作者的笔墨丹青跃于纸上，清新脱俗。

总的来说，《聊斋图说》故事场景布置精心，人物形象鲜明生动，空间布局技艺高超，造型用色匠心独具，画面均赏心悦目，设色雅致妍丽，具有极高的艺术价值，十分值得细细品味。

为了让读者对聊斋题材的古代绘画作品有更多的了解，本书还选印了 34 幅《聊斋全图》的作品，《聊斋全图》是晚清另一聊斋题材的彩绘画册，该画册共约 90 册（现散落于世界各地）。本书选印的作品为奥地利国家图书馆所藏。《聊斋全图》篇幅卷帙浩繁，刻画精雅生动，有很高的研究价值。读者展开赏玩，可从中一窥两部聊斋题材画作的不同韵味。

一幅幅绘制精良的聊斋插图作品汇于一书，满目的古典艺术之花绽放于此，这是沁人心脾的东方之美，让我们沉醉！

中央美术学院博士　陈荟洁

聊斋全图

〔清〕佚名 绘

【聊斋全图·陆判】

【聊斋全图·苗生】

【聊斋全图·水莽草】

【聊斋全图·小猎犬】

【聊斋全图·辛十四娘】

【聊斋全图 · 白莲教】

【聊斋全图·李伯言】

【聊斋全图·黄九郎】

【聊斋全图·连琐】

聊斋全图·雷曹

【聊斋全图·阿霞】

[聊斋全图·促织]

聊斋全图·向杲

【聊斋全图·鸽异之一】

【聊斋全图·鸽异之二】

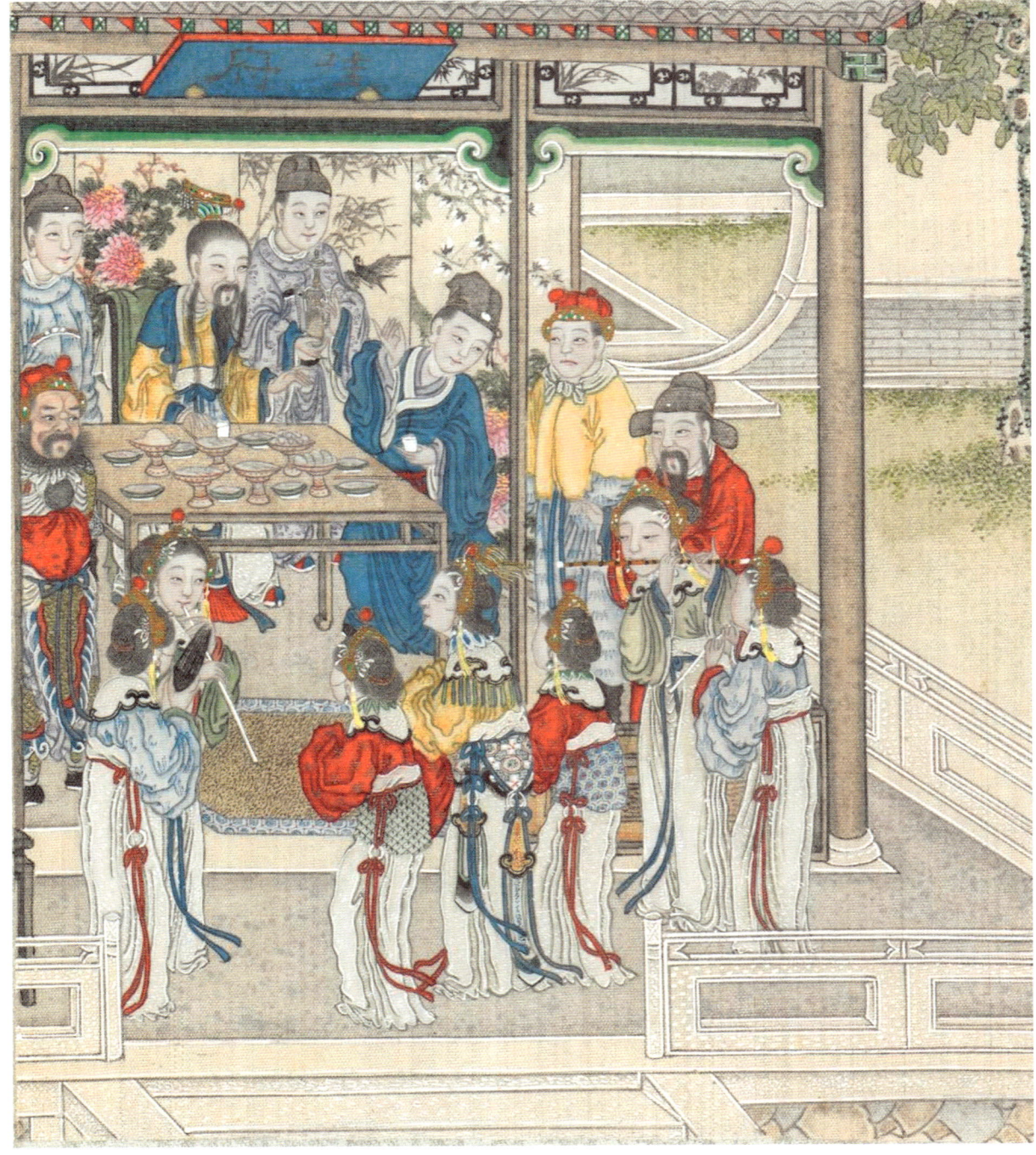

【聊斋全图·伍秋月】

【聊斋全图·彭海秋】

【聊斋全图·新郎】

【聊斋全图・胡四娘】

【聊斋全图·贾奉雉】

聊斋全图·长亭

【聊斋全图·席方平】

【聊斋全图·螫蛇】

【聊斋全图·孙必振】

【聊斋全图·张不量之一】

【聊斋全图・张不量之二】

【聊斋全图·负尸】

【聊斋全图·二班】

【聊斋全图·募缘】

【聊斋全图 · 驱怪】

【聊斋全图·曹操冢】

【聊斋全图·酒狂】

【聊斋全图·西僧】

【聊斋全图·车夫】

聊斋图说

[清]佚名 绘

蒲松龄《聊斋自志》（节选）

披萝带荔，三间氏感而为骚；牛鬼蛇神，长爪郎吟而成癖。自鸣天籁，不择好音，有由然矣。松落落秋萤之火，魑魅争光；逐逐野马之尘，魍魉见笑。才非干宝，雅爱搜神，情类黄州，喜人谈鬼。闻则命笔，遂以成编。……独是子夜荧荧，灯昏欲蕊；萧斋瑟瑟，案冷疑冰。集腋为裘，妄续幽冥之录；浮白载笔，仅成孤愤之书。寄托如此，亦足悲矣！嗟乎！惊霜寒雀，抱树无温；吊月秋虫，偎栏自热。知我者，其在青林黑塞间乎！

传世彩绘聊斋志异

画壁

江西有个名叫孟龙潭的人，和一个姓朱的举人客居在城里。他们偶然走进一座寺庙，寺庙的殿宇禅房都不太宽敞，只有一个老和尚寄居在里面。老和尚看见客人进来，便整整衣服，恭恭敬敬地出来迎接，领着他们在庙里游览。

佛殿里塑着志公的泥像。两边的墙壁上画着精美的壁画，画面上的人物栩栩如生。东壁上画着散花天女，上面有个披着头发的少女，捻着花儿微笑着，樱桃小口像要说话的样子，眼光也像水波似的流盼着。朱举人目不转睛地看了很长时间，不觉神魂颠倒，恍恍惚惚。身子忽然轻飘飘地飞了起来，像是腾云驾雾，已经飞到墙壁上去了。只见殿阁重重，不再是人间的气象。有一个老和尚坐在坛上讲经说法，还有许多袒露着半边肩膀的和尚，围在四周听着看着。朱举人也混杂在他们当中站着。不久，好像有人暗中拉他的袖子。回头一看，却是那个披着头发的少女，对他䩄然一笑，扭身就走了。朱举人立即迈步跟了上去。

走过一段弯弯曲曲的栏杆，进了一所小房子，朱举人徘徊不敢上前。少女回过头来，举起手中的花儿，远远向他做出召唤的样子，他才奔了过去。房子里寂静无人，朱举人急忙拥抱她，她也不太拒绝，于是就相好了。

事后，少女关上房门走时，嘱咐他不要咳嗽，晚上又回到他身边，连续两天都是这个样子。女伴儿们发现了这个秘密，一齐把朱举人搜了出来，跟少女开玩笑说："肚子里的小孩儿已经好大了，还蓬散着头发学处女啊？"大伙儿捧着玉簪、耳坠，催促她上鬟，把披垂的头发梳成发髻。她神态羞涩，一言不发。上鬟以后，有个女伴儿说："姐妹们，我们不要久坐了，恐怕人家不高兴。"大家笑着走了。

朱举人看看少女，发髻好像一簇乌云，高高地盘结在头顶上，发型像一只凤凰，松蓬蓬地低垂着，比起头发披垂着的时候，更加艳丽动人。看看四下无人，二人又慢慢地亲昵到了一起，兰麝的芳香沁入肺腑，正在他们快乐的时候，忽然听到铿铿的皮靴声愈来愈响，铁链锁也锵锵响起来；紧接着，又有纷乱喧哗、争争吵吵的声音。

【名家评点】

《画壁》是一篇带有浓重佛教意味的哲理小说。之所以这样说，并非仅仅是因为作者将故事发生的空间设在了一座空旷的"殿宇禅舍"，也并非仅仅是因为故事中设有"老僧说法"等场景，而主要是因为作者通过一番匠心独运的"入幻出幻"叙事，传达出一种富有佛教意蕴的人生况味。（李桂奎）

◎画壁：绘在壁上的画。◎举人：明清两代称乡试考取的人。◎禅房：和尚居住的房屋。◎志公：南朝梁高僧保志的尊称。◎散花天女：佛经故事里的神女。◎䩄（chǎn）然：笑的样子。◎簪（zān）：古代用来绾住头发的一种首饰。◎上鬟（huán）：山东旧时习俗，女子临嫁梳妆冠笄、佩戴首饰，称"上鬟"。◎兰麝（shè）：兰草和麝香。古时妇女熏香用品。

【读名著学成语】

拈花微笑

原为佛家语，比喻彻悟禅理。后比喻彼此心意一致。

清·蒲松龄《聊斋志异·画壁》："东壁画散花天女，内一垂髫者，拈花微笑，樱唇欲动，眼波将流。"

少女惊讶地爬起来，和朱举人一起往外偷看，只见一个金甲使者°，面黑如漆，胳膊上挎着铁锁，手里拿着铁锤，一群女子把他围在中间。

金甲使者问道："全到了吗？"众女子回答说："已经全到了。"金甲使者说："如果有人藏匿下界°人，大家要告发，不要给自己找麻烦。"众女子又同声说："没有。"金甲使者转过身子，瞪着两眼，像鹰似的四处扫视，好像就要搜查藏匿的人。

少女吓坏了，面如死灰，惊慌失措地对朱举人说："快藏到床下去。"说完她掀开墙壁上的小门，急急忙忙地逃走了。

朱举人趴在床下，不敢喘大气。不一会儿，听见铿铿的靴声进了屋里，又出去了。又过了不长时间，纷乱的声音逐渐远去了，心里才稍微安定下来，可是门外总有来来往往的说话声。他胆战心惊地趴在床下，时间长了，觉得耳朵里吱儿吱儿地鸣叫，眼睛里直冒火星，几乎不能忍受，只得静静地听着，等候少女回到身边，竟然不曾想到自己是从什么地方来的。

这个时候，孟龙潭在大殿里，转眼不见了朱举人，心里很疑惑，就问老和尚。老和尚笑笑说："他是听人讲经说法去了。"孟龙潭又问："在什么地方？"老和尚说："不远。"过了一会儿，老和尚用手指弹着墙壁招呼说："朱施主，怎么游了这么长时间还不回来啊？"立即看见墙壁上出现了朱举人的画像，侧着耳朵站着，好像是在聆听什么动静。老和尚又招呼说："你的朋友等你很长时间了。"他就轻飘飘地从墙壁上下来，呆呆地站在地上，双目无神，腿也软了，心也凉了。

孟龙潭大吃一惊，耐心地问他，原来他刚才正趴在床底下，听到雷鸣般的敲击声，所以出了房门来听听。大家一同看壁画上的捻花少女，头上翘着螺髻，不再是披垂着头发的少女了。

朱举人惊讶地拜问老和尚，询问这是什么缘故。老和尚笑笑说："幻境由人而生，贫僧°怎么能说得清呢？"朱举人心中郁闷，神情萎靡。孟龙潭大感惊讶，六神无主。两人随即起身，一步步跨下台阶，离开了寺院。

◎金甲使者：身穿黄金衣甲的上天使者。◎下界：人间；对天上而言。◎贫僧：僧人自称的谦辞。

传世彩绘聊斋志异

偷桃

小时候,有一次到济南府去参加考试,正巧是春节期间,大街上热闹非凡。按照风俗惯例,在春节的前一天,济南城里各行各业做生意的,都要扎彩楼,请乐队吹吹打打地抬着彩楼游街,大家一起到布政司衙门◦去祝贺春节,这叫作"演春"。当时,我也跟着朋友一起到那里去看热闹。

那天,看热闹的人很多,人们把衙门口的四面都围得水泄不通。只见衙门的大堂上端坐着四位官员,他们身上都穿着红袍子◦,东西面对坐着,那时我年纪还小,也不认得堂上是什么官,只觉得他们很威风,气势十足。衙门口人声嘈杂,鼓乐喧天,震耳欲聋。这时候,忽然有一个人领着一个披头散发的童子,挑着一副担子,走上堂来。他们好像说了一些话,但当时人声鼎沸,根本听不见他们说了些什么,只看见大堂上的人都在笑。

紧接着,就有个穿黑色衣服的衙役◦大声地传话说,让他们演戏。那人答应了,刚要表演,却又问道:"耍什么戏法呢?"堂上的人相互商量了几句,就见有个衙役走下堂来,问他有什么拿手的好戏法。那人回答道:"我能颠倒生物的时令,生长出不合时令的各种东西。"衙役回到堂上,向坐在堂上的官员禀报◦,然后又走下来,告诉他表演取桃子。

耍戏法的点头答应了下来。只见他不慌不忙地脱下自己的衣服,将衣服盖在竹箱上,然后故意装出一副为难的样子,埋怨说:"官长们委实不明白事理啊,眼下冰还没有融化,叫我到哪里去取桃子呢?不去取吧,又怕惹得官老爷生气,这可叫我怎么办?"他的儿子说:"父亲已经答应了,又怎么能够不去取桃呢?"耍戏法的人为难了好一阵子,才说道:"我认真仔细地想过了,眼下还是初春天气,冰雪还未融化,在人间哪里能找到桃子啊?只有王母娘娘◦那蟠桃园里,四季如春,兴许会有桃子。所以,必须到天上去偷,才能得到桃子。"儿子笑着说:"嘻嘻!天庭可以像上台阶一样走上去吗?"耍戏法的说:"我自有办法。"说完,他打开竹箱子,从里面取出一团绳子,有几十丈长。他理出一个绳头,用力向空中一抛,那绳子竟然垂直地挂在半空中,好像有什么东西牵着似的。不一会儿,眼看着绳子不断上升,愈升愈高,隐隐约约地升到云端,手中的绳子也用完了。

这时,他把儿子叫到身边,说:"孩子你来,我现在老了,身体疲乏、笨拙,爬不上去,你替我走一趟吧。"接着就把绳子头交给儿子,说:"抓着这根绳子就可登上天去。"儿子不情不愿地接过绳子,显露出为难的脸色,埋怨说:"爹

◦衙门:旧时称官署为衙门,即政权机构的办事场所。 ◦红袍子:红袍子多是批命的箴言,意思是指过了三十六岁就会枯木逢春。蓝衫脱去换红袍,蓝衫红袍是古代官职的象征。 ◦衙役:衙门里的差役。 ◦禀报:称向上级或长辈报告。 ◦王母娘娘:即王母。传说中地位崇高的女神。

【名家评点】

这种引绳上天和偷桃的幻术(即今人所称"魔术"),在中国的民间已有很长的历史。唐以后各种笔记小说中多有记载。其中著名的如唐皇甫氏之《嘉兴绳技》(见《太平广记》所录之《原化记》),明王同轨《耳谈》有《蟠桃宴》,冯梦龙《古今谭概》有《方朔偷桃法》,钱希言《狯园》有《偷桃小儿》等。(周先慎)

爹您真是老糊涂了，这样一条细细的绳子，就叫我顺着它爬上万丈高天。假若中途绳子断了，掉下来就是粉身碎骨啊！"父亲哄着儿子，继而又严肃地说："我已经将话说出口，答应了人家，现在后悔也来不及了，还是麻烦儿子去走一趟。不要怕辛苦，倘若能偷得来桃子，一定会得到百两银子的赏赐，到时候我用这些钱给你寻门亲事，娶个漂亮的媳妇回家。"儿子听了父亲的话后，就打起精神，用手拉住绳子，盘旋着向上攀去。只见他的脚随着手不停地向上移动，活像蜘蛛走丝网那样，熟练迅捷，渐渐没入云端，看不见人影了。

过了一会儿，天上掉下了一个桃子，有碗口那么大。耍戏法的非常高兴，他立刻用双手捧着桃子，敬献到堂上。堂上的官员接过桃子，看了老半天，也没有弄清楚是真的还是假的。突然，那挂在空中的绳子从天上掉落下来，耍戏法的惊惶失色°地喊道："糟了！天上有人把绳子砍断了，我儿子可怎么下来啊？"没一会儿，天上又掉下个东西来，一看，那东西竟然是他儿子的头。他捧着儿子的头放声大哭，悲戚°地说："这一定是偷桃时被那看守桃园的人发现了，我的儿子算是完了！"他正哭得伤心时，从天上又掉下一只脚来；不一会儿，肢体、躯干的各个部位都纷纷从天上掉落下来。

耍戏法的人非常伤心，他将残肢的各个部位一件一件地都捡起来，小心地装进箱子，然后加上盖。他哭着说："老汉我只有这么个儿子，每天跟着我走南闯北谋生计。没有想到，今天为了遵从官老爷的命令，遭此惨祸！我只好把他背回去，好好安葬了。"于是，他走到堂上，跪下后向上座的官员哀求说："因为去偷桃子，我儿子被杀害了，丢了性命！大人们可怜可怜我吧，请赏几个钱，也好去安葬我儿子的尸骨。将来我死后，一定会转世当牛做马，来报答各位官老爷的恩情。"堂上的官员都很惊骇，纷纷拿出许多银钱，大方地赏赐给他。

耍戏法的人接过银钱后，都缠到腰上，装好。从堂上走下来，他便用手轻轻拍打着箱子，呼唤着："宝贝儿啊，还不赶快出来谢谢各位大人的赏钱，要等到什么时候呢？"话音未落，只见一个披头散发的小孩突然顶开竹箱盖，从箱子里走了出来，他跪在地上，面朝堂上叩头。大家定睛一看，那不是耍戏法的人的儿子，还能是谁！

因为这个戏法耍得太神奇了，直到如今，我还记得很清楚。后来我听人说，白莲教的人会表演这个法术°。我猜想，这可能就是他们的后人吧？

【锦言佳句】
手移足随，如蛛趁丝。

◎惊惶失色：惊慌至极而面目变色。 ◎悲戚：悲伤。 ◎法术：泛指方术之士所采用的画符、念咒等手段。

传世彩绘聊斋志异

崂山道士

淄川县有一个姓王的世家子弟，排行第七，所以人家就叫他王七。

这人从小就喜欢修仙学道。他听说崂山上仙人很多，就带了行李到那儿去寻访。有一天，他爬到了一个山顶上，看见一所道院，非常幽静。道院里面，有一个道士坐在蒲团上，白发披散到颈项，可是精神非常清健。他就向这老道叩头请教，老道讲的道理非常玄妙，他就要求收他做徒弟。老道说："恐怕你娇养、懒散惯了，受不了苦吧？"他说："我能吃苦的！"

老道的徒弟很多，黄昏时候，他们都从外面回来了，王七一个一个地同他们拜见了，就留在道院里。

第二天，天蒙蒙亮时，老道就把王七叫过去，交给他一把斧头，叫他跟着大家去打柴。他恭顺地答应了。以后天天出去打柴。过了一个多月，手上脚上都起了厚茧，他受不了这种苦，心里暗暗地有了回家的打算。

一天晚上，他打柴回来，看见有两个客人正在和师父喝酒。天已经黑下来了，还没有点上灯烛。师父就用纸剪成一面圆镜贴在墙上。不一会儿，墙上就出现一个明澈光辉的月亮，照得连地上的一针一发都清清楚楚。

周围的徒弟们都听着吩咐，来来往往地侍候着他们。

当时有一个客人说："这样美好的月夜，应该大家一同来快乐一下。"他就从桌上拿起小酒壶，筛酒给徒弟们喝。并且叮嘱大家要喝个尽醉。

王七心里想：这里有七八个人，一小壶酒怎么够大家喝呢？徒弟们也唯恐壶里的酒一下筛完了，因此大家都忙着去找碗，找盆子，抢着先喝。可是说也奇怪，这一壶酒一遍一遍地筛着，始终不曾减少一点。王七心里觉得奇怪极了。

过了一会儿，另一个客人说："蒙师兄找来了月亮，照耀得很光明，可是这样冷清清地喝酒，总觉得有些美中不足，何不叫月里嫦娥下来一趟。"他就拿起一根筷子向墙上的月亮丢去，只见一个美女从月光里走了出来。起初，她的身段还不满一尺，等她一着地，就跟普通人一样高了。她生得腰身细软，姿色秀丽，着地后，就飘飘地跳起月宫里的舞蹈来。接着又唱道："仙乎仙乎，而还乎，而幽我于广寒乎！"她唱得清脆婉转，就好像是吹着的箫声一样。唱完以后，她又轻巧地飞旋起来，一跳就到了桌上。徒弟们正惊奇地注视着，一眨眼，她又恢复为一根筷子。那师父和两个客人直乐得哈哈大笑。

一个客人又说："今晚的酒实在喝得有趣，可惜酒已喝得差不多了，你们两位留下量来，再

【名家评点】

《崂山道士》是一篇寓言体讽刺小说。它的特点之一是把讽刺的锋芒蕴含在情节和场面的具体描写之中。作者借王生学道碰壁故事，讽刺鞭挞了他丑恶的灵魂，惟妙惟肖地勾画了那些投机取巧者的丑恶嘴脸。《崂山道道士》可能受唐代笔记小说段成式的《酉阳杂俎·壶史》的影响，但无论是思想内容还是艺术表现，《崂山道士》都在《壶史》之上，显示出蒲松龄深厚的艺术功力。（章伊平）

人之患在不能吃苦。怕吃苦，脚跟便站不稳，将随在皆硬壁。其何以行之哉？（均地）

◎崂山：山名，在山东省青岛市，现称崂山。◎世家子弟：意思是门第高、世代做官人家的子弟。◎仙人：神话中指长生不老并且有种种神通的人。◎蒲团：用蒲草做成的圆形坐垫，多为僧道打坐用。◎筛酒：斟酒。◎意思是："神仙啊，神仙，你已回到了人间，怎么还把我关在月宫里面！"

【读名著学成语】

手足重茧

手上脚上长满了层层老茧，形容长期劳累。清·蒲松龄《聊斋志异·劳山道士》：「手足重茧，不堪其苦。」

陪我到月宫里去喝两盅好吗？"于是三个人就带着酒菜，渐渐地走进那个月亮里去，徒弟们瞧见他们三人坐在月亮里喝酒，眉毛胡须都看得清清楚楚，就好像照在镜子里面的影子一样。

过了一会儿，月色渐渐地暗下去了。徒弟们就点了蜡烛来，一看，只见师父一个人坐在桌旁，那两个客人已不知去向了。桌上还摆着吃剩的菜，墙上的月亮依然变成了一张圆镜样的纸头。老道问大家："酒喝够了吗？"大家说："喝够了。"他就吩咐道："那么该早点去睡，不要耽误了明天打柴。"大家答应着去睡了。

王七心里很羡慕老师的法术，就打消了回家的念头。

又过了一个月，他实在忍受不住劳苦，而师父又始终不传授他一点法术，便不耐烦再等下去了，就向师父告辞，说："我做徒弟的从几百里外赶来向你学道，即使得不到长生不老之术，也总希望你传授我一点小法术，那么我这一番求教的心也可以得到一点安慰。现在两三个月过去了，却老是早上出去打柴，天晚才回来，我做徒弟的在家里实在没有吃过这种苦啊！"

老道笑着说："我早就说你受不了苦的，今天你果然喊苦了。那么明天一早就让你回去吧。"

王七说："我做徒弟的在这里做了好多天的苦工，老师也该教我一点小本事，才不使我白白地到这里来一趟。"

老道问他："你要学点什么法术呢？"

王七说："我常常看见师父走起路来，墙壁也阻挡不住。能传授我这个穿过墙壁的法术，就心满意足了。"

老道笑笑答应了。就把口诀传授给他，叫他念咒。等他念完咒后，喊道："过去！"可是王七面对着墙壁，不敢过去。老道又说："你试着跑过去。"王七果然从容地向前跑去，但是刚到墙边，又给挡住了。老道说："你低下头，猛地奔过去，不要退缩！"

王七当真离墙几步，拔脚奔去，碰着墙壁竟像没有东西挡着一般。回头一看，果然已经到了墙外。这下他高兴极了，马上进去拜谢师父。老道说："你回去要好好修行，不可做坏事，否则，法术就会不灵的。"便给了他点旅费，让他回家。

王七回到了家里，洋洋得意地说他遇见了神仙，学了法术，可以穿墙而过，不受阻挡。他的老婆不相信，王七就试给她看。

他照着学到的方法，离墙几尺，向前直奔过去，可是头颅碰到了坚硬的墙壁，"砰"地跌倒了。他的老婆把他扶起来一看，额角上肿起了鸡蛋大的一块。老婆取笑他，他又羞又忿，大骂道士混蛋。

◎盅：饮酒或喝茶用的无把的小杯子。◎忿：生气，恨。

传世彩绘聊斋志异

娇娜

有个姓孔的读书人，名叫雪笠，原是孔夫子的后裔◎。为人极为风雅，诗作得很好。他有一位顶要好的朋友，在天台◎做县官，写信邀他前去，不料他一到那里，县官就死了，盘费用尽，落魄得不能回家。便搬到普陀寺里，替和尚抄录经卷，借以糊口。

在普陀寺西面一百多步的地方，有一座单先生的大宅子。单先生本是大家公子，因为打了多年官司，生活弄得很萧条◎，家里人口又少，便搬到乡间去住，这座宅子就空了下来。

有一天，雪落得很大，路上静悄悄的，没有行人。孔雪笠偶然经过宅子的门口，里面走出了一个少年。少年衣服很华美，举止也很大方，见了孔雪笠，立即上前施礼，寒暄了几句，便邀他到家里去坐。孔雪笠很喜欢他，毫不迟疑地跟了进去。里面的房屋都不很大，到处悬挂着织锦的帘幕，墙上都是古人字画。桌上摆着一本书，签条上写着《琅嬛琐记》◎。略略翻阅了一下，内容全是他生平不曾看到过的。孔雪笠见那少年住在姓单的房子里，以为他就是主人，也就不问他的身世◎。那少年倒细细询问孔雪笠的来历，对他的处境很同情，劝他开馆教书。孔雪笠叹道："像我这样一个异乡作客的人，谁能替我向人推荐呢？"少年说："如果你不嫌我顽劣，我愿拜你为师。"孔雪笠非常高兴，但不敢接受老师的称呼，愿意和他做个朋友，便问他房子为何成天锁着。少年答道："这原是单家的产业，只因单公子住在乡下，所以空了很久。我姓皇甫，老家原在陕西，最近家里遭了一把野火，才暂时到这里安顿一下。"孔雪笠一听，才知道少年并非房主。

当天晚上，两人说说笑笑，非常投机，少年便留孔雪笠住下。天刚发亮，就有一个小童进来，生起炭火。少年先起身到内宅去，孔雪笠还拥着被坐在床头。忽然小童跑进来说："老太爷来了！"孔雪笠连忙下床，只见一位老翁走入，满头白发，对他殷殷致谢说："先生不嫌我这孩子顽劣，肯教他读书，令人敬佩，不过他刚学涂抹两笔，千万不要因为是朋友，就拿他当作同辈看待。"说完叫人送上一身绸衣，另外又送了貂皮帽子和鞋袜各一件。老翁看着孔雪笠梳洗完了，便令斟酒◎。

【名家评点】

娇娜能用情，能守礼，天真烂漫，举止大方，可爱可敬。此篇不写松娘，极写娇娜，暗写公子，落笔出人意表。蕴藉人而得蕴藉之妻，蕴藉之友，与蕴藉之女友。写以蕴藉之笔，人蕴藉，语蕴藉，事蕴藉，文亦蕴藉。（但明伦）

男主人公孔雪笠之名，当取意于柳宗元《江雪》一诗中的两句："孤舟蓑笠翁，独钓寒江雪。"作者意在赋予他孤傲与高洁神情，为进而写他的才华、涵养以及急人之危的精神作定调。小说在开头介绍男主人公孔生时，说他"为人蕴藉"。所谓"蕴藉"，系指含蓄、宽厚的性格。（李桂奎）

◎后裔：后代。◎天台：浙江县名。◎萧条：寂寞冷落，没有生气。◎《琅嬛琐记》：元伊士珍撰《琅嬛记》，记荒诞猥琐之事。《琅嬛琐记》或系杜撰。◎身世：人生的经历、遭遇。◎斟酒：倒酒。

上菜，房间里陈设的家具和仆人们身上穿的衣裙，都叫不出名目来，只觉光彩四射，使人眼花缭乱。

喝了几杯酒，老翁起身告辞，拄着拐杖走了。饭后，皇甫公子送上他作的文章来，大部分是古文诗词，并没有一篇时艺八股°。问他是什么道理，他笑笑答道："我不想求功名啊。"晚上又备了酒，公子一面喝一面说道："今天夜里我们喝个痛快，明天便不能再喝了。"接着又对小童说："去看看老太爷睡了没有，等他睡了，偷偷把香奴唤出来。"

小童去了一会儿，先把一个装在绣花套子里面的琵琶抱来，后面跟了一个丫鬟，全身红衣，长得十分艳丽。公子叫她弹一支《湘妃°曲》，她便拿起象牙签儿拨动丝弦，声音激扬哀烈，节拍全是从来不曾听到过的。弹完，公子又叫她用大杯子斟酒，直喝到三更才罢。

第二天清早起来，两人一道读书。皇甫公子很聪明，过眼便能背得出。两三个月以后，提笔写文章，居然词意新颖，警句连篇。他们约定五天喝一次酒，每次喝酒，一定把香奴叫来相陪。

一天晚上，孔雪笠喝得有些醉意，两只眼睛死盯住香奴不舍。皇甫公子已经领会了他的意思，便说："这丫头是我父亲身边的人，兄长孤身漂泊，没有家室，我日日夜夜在替你想办法，总要找一个配得上你的女子。"孔雪笠答道："如果你肯帮忙，一定要找一个长得和香奴差不多的人才行。"公子笑道："你真是少见多怪，把香奴当作佳人，你的希望也太容易满足了。"

过了半年，孔雪笠想到野外去游玩一下。走到大门口，外面却反锁着。他问这是怎么回事。皇甫公子答道："家严唯恐朋友来得多，便我不能专心读书，因此才杜门谢客°。"孔雪笠一听，也就不再多心了。

到了夏天，因为盛暑蒸热°，他们便把书斋搬到花园里面。这时，孔雪笠的胸脯上忽然生出一块像核桃大小的疮，隔了一夜，大得像一只碗。痛得难受，不断呻吟。皇甫公子从早到晚守护着他，连吃饭睡觉都没时间。又过了几天，病情更为严重，茶饭都不能入口。老太爷也来看他，只是相对叹气。公子说："孩儿前天夜里就想，孔

【读名著学成语】

色授魂与

色：神色。授、与：给予。形容彼此眉目传情，心意投合。《聊斋志异·娇娜》："时一谈宴，则色授魂与，尤胜于颠倒衣裳矣。"清·蒲松龄

◎八股：明清科举制度的一种考试文体，要求文章必须由规定的八个段落组成，形式死板。现在常用来比喻空洞死板、不切实际的文章、讲演。◎湘妃：舜妃女英。死于江湘之间，俗称湘君。◎杜门谢客：关闭大门，谢绝来客。不与外界往来。◎蒸热：闷热。

娇娜

先生这种病，只有娇娜妹妹能够医治；我已经打发人到外婆家去唤她回来，为何这么久还不见驾到º？"

不一会儿，小童进来报说："娇娜姑娘到了，姨奶奶和松姑娘同来。"父子二人听了，连忙跑到里面，过了一会儿，公子就把他妹妹领到书房，替孔雪笠看病。她年纪十三四岁，秋波流转，显示出绝顶的聪明；腰如细柳，十分袅娜动人。孔雪笠见了这样一个美人，立即忘了痛苦，精神为之一爽。皇甫公子说道："这一位乃是我的好朋友，我们的交情简直就和同胞兄弟一般，妹妹要好好替他医治才是。"

娇娜这才收起那种羞答答的神情，挽起长袖，走到床前诊视。在她抚摸疮口的时候，孔雪笠只觉得一股芬芳气息，比兰花还要香。娇娜懂得他在想什么，笑道："应该害这种病，他的心脉动了。病症的确很危险，不过还可以治。只是这块东西已经肿得很大，不破开皮把烂肉削去是不行的。"说着就从手腕上脱下一只金镯子来，放在疮口上，然后用手慢慢往下按，疮口鼓起了一寸来高，突出在镯子外面，那红肿的根盘，统统缩到环内，不像先前那样大得像碗口了。于是她撩起罗衣º，取出一柄薄得和纸一般的佩刀，一只手按着镯子，一只手拿着小刀，轻轻地贴近根盘割去。紫血汩汩º地流下，把席子都沾染了。孔雪笠贪恋着接近娇容，不但不觉得痛，反而唯恐她割得快，不能依偎得久。不一会儿，腐烂的肉全部割尽，圆圆的一团，就像是一个从树上削切下来的瘿瘤。娇娜又叫人拿过水来，替他洗伤口，又从嘴里吐出一粒和弹子差不多大的红丸，放在肉上按着旋转。刚刚转了一圈，孔雪笠便觉得一股热气像火一般蒸冒；转完第二圈，创口有些发痒；第三圈转完，全身感到清凉，直透到骨髓里面。这时，娇娜便将红丸收起，送到嘴里吞了下去，说了一声"好了"，连忙抽身走出。孔雪笠跳起来向她道谢，身上的毛病好像一点也没有了。

病是好了，但是娇娜的美丽面貌又引起了他的相思，痛苦得不得了，从此无心研读，成天痴痴地坐着发呆，对任何事都没有兴趣，皇甫公子看透了他的意思，对他说道："小弟替您多方寻求，

◎驾到：对方到来。◎罗衣：轻软丝织品制成的衣服。◎汩汩：形容水流动的声音或样子。

【名家评点】

"娇波流慧"是对少女美丽流动的眼睛的特写，从人物的眼神可以看出人物的聪明、智慧。"细柳生姿"是写娇娜的腰肢体态之美，"生姿"二字，包含了无穷的体态变化之美。作者仅用了八个字，便传神地写出了娇娜的眼睛的风采和体态的轻盈秀美。（刘文忠）

【读名著学成语】

旷邈无家

远离家乡，没有家室。清·蒲松龄《聊斋志异·娇娜》："兄旷邈无家，我凤夜代筹久矣，行当为君谋一佳耦。"

已经找到一个合适的配偶了。"孔雪笠问是什么人，皇甫公子答道："也是我的亲戚。"孔雪笠沉思了很久，摇了摇头说："不必费心了！"说着便扭过脸去，对着墙壁念了两句诗道："曾经沧海难为水，除却巫山不是云◦！"公子知道他指的是谁，便说："家严◦很钦佩你的才学，常想和你结亲，但是我只有一个妹妹，年龄实在太小，和你配不上。我有一个姨姐，名叫阿松，已经十七岁了，面貌并不粗陋。如果你不相信，阿松姐每天到花园游玩，你躲在前面的厢房里，可以看个清楚。"

孔雪笠依了他的话，果然看到娇娜陪着一个美人走来，弯弯的眉，瘦瘦的脚，模样儿和娇娜不分上下。孔雪笠高兴极了，便托皇甫公子做媒。第二天，公子从里面跑出来，向他贺道："恭喜，恭喜！事情成功了！"于是另外收拾房子，准备替他完婚◦。花烛之夜，鼓乐喧闹，烟尘弥漫，远远望着新娘，好像隔了一层云雾，越发显得和仙子一般。忽然和她同衾共卧◦，真怀疑月宫宝殿不一定坐落在天上了。成亲之后，孔雪笠心满意足。

一天晚上，皇甫公子对孔雪笠说道："兄长教导我的恩情，不敢一天忘怀。最近单公子的官司已经打完，就要搬回来，房子要得很急。我们全家打算离开这里，到西方去住。看情形我们在一起的日子不长了，因此只觉得依依难舍，心绪很不安定。"孔雪笠愿意跟他们走，皇甫公子劝他回家，他说，道路迢迢，怕不容易。公子说："这倒不用顾虑，我马上就可以送你走的。"

过了一会儿，老太爷领了松姑娘前来，取出一百两银子，赠给孔雪笠。皇甫公子伸出左右两手，拉住他们夫妇两人，叮嘱他闭上眼睛，不要偷看。便觉得身子飘飘然飞到半空，耳边只听到呼呼的风声。过了很久，皇甫公子说道："到了！"张开眼睛一看，果然就是故乡，这才知道公子不是尘世间人。

他高高兴兴地走到家门口，母亲一见儿子，大喜过望，又见他带来一个美丽的媳妇，尤其觉得欣慰。大家谈谈笑笑，忘了客人，等到回过头来一看，皇甫公子已经不见了。

◎曾经沧海难为水，除却巫山不是云：系唐人元稹悼亡诗《遣悲怀》的原句。意思是到过大海的人，再见了别的水便看不上眼了；看过巫山的云，什么地方的云也不稀奇了。巫山在重庆三峡之内。◎家严：家父。◎完婚：男子娶妻。◎同衾共卧：同盖一条被子，共用一个枕头。比喻两人关系极亲近。后指夫妻生活。

娇娜

阿松对婆婆很孝顺,美貌和贤惠的名声,传得远近都知道了。后来孔雪笠中了进士,奉命到延安府做司理,他带了家眷上任,母亲因为路远没有去。阿松在任上生了一个儿子,取名小宦。

不久,孔雪笠得罪了巡按使,被免了官,因为还有一些事情没有料理清楚,不能立即回家。闲居无聊,常常到城外打猎。一次,路上遇到一个美少年,骑着一匹黑马,不住回头瞻望,仔细一认,原来正是皇甫公子。他立即揽住缰绳下马,两个人又悲又喜。公子邀了孔雪笠跟他走,来到一个乡村,树木繁茂,遮蔽天日。到了门口,门扇钉着黄铜门环,宛然是大户人家的派头。孔雪笠一问,娇娜嫁了人,岳母已故,彼此都很感伤。住了一夜,告辞回去,又带了他妻子同往,正好娇娜也来了,她抱着孔家的小少爷,提着他的小耳朵戏弄道:"阿姐把我们的种都搞乱了!"孔雪笠向她拜谢从前医病的恩德,她笑着答道:"姐夫现在成了贵人,疮早收了口,今天还没忘记痛吗?"接着,姓吴的妹夫也来和孔雪笠见面,他们住了两夜才走。

有一天,皇甫公子忽然跑来,面上露出很忧戚的样子,对孔雪笠说道:"老天爷要给我家灾难,你肯不肯相救?"孔雪笠不知道是什么事,却一口承当。公子便急忙出去,把全家的人都带了来,围绕着他跪下。孔雪笠大吃一惊,急问是怎么回事。皇甫公子说:"我们不是尘世中人,乃是狐狸。如今要遭天雷之劫,你如肯挺身相救,我们一家的性命都有希望保全。要是不肯,就请你赶快抱了你的儿子离开,免得受了连累。"孔雪笠向他起誓,愿意和他们同生共死。公子便叫他擎着宝剑,立在门口,还叮嘱他说:"如果有巨雷向你轰打,千万不要退缩移动。"孔雪笠一一答应。

过了片刻,果然乌云密布,天空昏暗得像是黑夜,回过头去一看,深宅大院都消失了,只见

◎进士:科举时代称殿试考取的人。 ◎司理:官名,主管狱讼刑罚。 ◎家眷:妻室儿女,有时也专指妻子。 ◎瞻望:仰望;回顾。 ◎缰绳:拴住牲口的绳子,可以控制牲口的进退。 ◎宛然:仿佛;逼真地。 ◎擎:举;上托。

【名家评点】

写孔生御雷劫一段仿佛《史记》荆轲刺秦王一段笔力。文字亦是闻霹雳手段。(冯镇峦)

一座高坟耸立,露出了一个洞穴,一眼望不到底。他正在诧异,猛听得霹雳一声,山摇地动,接着就是一阵狂风暴雨,连多年的老树也连根拔起。孔雪笠震得眼睛花了,耳朵聋了,但是他仍然直挺挺地立在那里,一动也不动。他忽然在那一团浓烟里,看见一个尖嘴长爪的鬼物,从洞穴里抓了一个人出来,随着烟雾腾空飞起。他瞥见那人的衣服鞋子,很像娇娜。于是向上一跳,用剑砍去,那人应手而落。接着便是山崩地裂的声音,雷打得更猛烈了,孔雪笠倒地而死。

停了一歇,天气放晴,娇娜渐渐苏醒过来,看见孔雪笠死在她身旁,大哭道:"孔家官人◦为我而死,我为什么还要活下去呢!"这时,阿松也走了出来,两人把他抬到家里。娇娜叫阿松捧住他的头,又叫她哥哥用簪子拨开他的牙关,她自己撮起他的嘴,用舌尖把红丸送下去,然后吻着他呵气。红丸随着气进了咽喉,响了一阵,过了一会儿,孔雪笠顿然苏醒,看见眷属都站在他的面前,好像是做了一场噩梦似的。于是全家团聚,便收了惊惶,转为欢喜。

孔雪笠认为坟穴◦不好久住,建议一同跟他回家。大家都赞成这个主意,只有娇娜踌躇不乐,孔雪笠劝她和妹夫一道去,但是又怕公婆舍不下小儿子。商量了一整天,始终没有结果。

这时,忽然吴家的一个小用人满头大汗、气喘吁吁地跑了来,大家惊诧地一问,才知道吴家也在同一天遭了雷劫,满门都死光了。娇娜顿足大哭,眼泪流个不住。大家好言相劝,于是一同回家的主意就决定了。

孔雪笠进城,把事情料理了几天,便连夜向东进发。到家以后,他分了一座空园给皇甫公子。皇甫公子一家常常把大门反锁起来,只有孔雪笠夫妇到了,才肯打开。孔雪笠和皇甫公子兄妹经常在一起下棋喝酒,说说笑笑,和一家人一样。小宦也渐渐长大了,容貌很俊秀,又很聪明。每次到街上游玩,谁都知道他是狐狸生的儿子。

【锦言佳句】
大雪崩腾,寂无行旅。

◎官人:唐代称当官的人,宋代以后对有一定地位的男子的敬称。 ◎坟穴:埋葬死人的穴和上面的坟头。

传世彩绘聊斋志异

叶生

淮阳有个叶生,名字可记不得了。他的文章诗赋,当时无人能及得上。但是运气不好,总是考不中。

恰逢关东的丁乘鹤来任淮阳县令,见了叶生的文章,很赏识他,把他请来一谈,非常高兴,便留他住在县署里,供给读书的费用,还时常送钱和米给他,维持他的家庭生活。

科试的时间到了,丁乘鹤特别向督学使推荐叶生的才能,结果他高中了第一名。

丁乘鹤对他的期望很深切,乡试完毕,向他要文章看,大为称赞。不料叶生的运气还是很坏,榜贴出来,依然没有他的名字。

叶生失望地回到家里,觉得很对不起这位知己,人一天一天地憔悴下去,痴痴呆呆,像个木偶。丁乘鹤知道了,把他唤到县署,安慰了一番。

叶生只是哭,丁乘鹤很可怜他,约好等他三年任满的时候,带他一同北上。叶生听了,十分感激。

叶生回到家里,闭门不出,不久就病倒了,丁乘鹤不时派人来探望。他服了很多药,一点也没有效验。

这时丁乘鹤因为得罪了上司,突然被免职了。将要卸任,写一封信给叶生,大略说道:"我就要回到关东去,所以这样迟迟不走,就是为了等你。你早上来,我们晚上就可以出发了。"

信送到病榻上,叶生拿着哭泣。他对送信的人说,因为病得很重,一时难望痊愈,请他们先启程走吧。送信的人把这话回复了。丁乘鹤还是不忍立即动身,想等等再说。

过了几天,门上的人忽然通报说叶生来了。丁乘鹤非常高兴,赶快把他迎接进来,问他身体

◎县署:县级行政单位执行公务的处所。◎高中:敬称科举考试考中。◎乡试:中国古代科举考试之一。◎病榻:病人的床铺。

【名家评点】

读着《叶生》这样的小说,我们不由得联想到蒲松龄久考未中、怀才不遇的遭遇。蒲松龄当年在落第时,曾作《大江东去·寄王如水》一词,词中有"糊眼冬烘鬼梦时,憎命文章难恃"之感叹,而小说写叶生未能金榜题名,也用到"文章憎命"一词,来表达文章与命运的对抗,感叹怀才不遇,二者何其相似乃尔!无论是词,还是小说,均系化用唐代杜甫《天末怀李白》诗句:"文章憎命达,魑魅喜人过。"叶生的悲剧命运仿佛就是作者淹蹇落拓命运的写照。(李桂奎)

叶生的悲剧就是作者的悲剧,也是许多读书人的悲剧,很有典型意义。清人冯镇峦评云:"可当一篇《感士不遇赋》读。"又说:"余谓此篇即聊斋自作小传,言之痛心。"(黄清泉)

究竟怎样了。叶生说道："因为贱躯生病，让老师等了这么久，心里实在不安。现在幸而能够追随你了，所以特地赶来。"

丁乘鹤叫人整理行装，立即动身。没多久，到了老家，让他儿子拜叶生做老师，早晚在一起攻读。公子名叫在昌，这时已经十六岁了，还不能作文，但是很聪明，不论什么书，只要读两三遍，便不会忘记。过了一年工夫，就能写出很好的文章来。再加上丁乘鹤的力量，一下子就中了秀才°。在乡试前，叶生把他生平所作的八股文全部抄录出来，教他熟读，后来考场里所出的七种题目，完全在内，没有一个遗漏，结果高中了第二名。

一天，丁乘鹤对叶生说道："你只拿出这一点小本领来，就能叫孩子一举成名。但是你的大才长此埋没下去，如何是好！"叶生说："这大概是命中注定了的。不过借有福气的人替我的文章吐口气，让天下人知道我这半辈子考不中，并不是我的文章不好，心里也就满足了。况且读书人只要能够得到一个知己，还有什么遗憾？何必一定要自己高中了才算称心呢？"

但是丁乘鹤怕他在这里住得久了，耽误了他自己的岁试°，便劝他回家看看。叶生听了，忧形于色°，表现出很不愉快的样子。丁乘鹤也不好再勉强他，就吩咐他儿子到北京应试的时候，替他捐了个监生°。

这次公子又中了进士，充任部里的主事，便把叶生送到国子监读书，两人常在一起。

过了一年，叶生就近在北场乡试，这次竟中了举人°。正好赶上丁在昌奉命往河南任事，便

【锦言佳句】

人生世上，只须合眼放步，以听造物者之低昂而已。

◎秀才：明清两代院试录取后称生员，通称秀才。◎岁试：岁考。◎忧形于色：忧虑的心情在脸上表现出来。形容抑制不住内心的忧虑。◎监生：明清两代取得入国子监读书资格的人，称国子监生员，简称监生。◎举人：明清两代称乡试考取的人。

传世彩绘聊斋志异

叶生

对叶生说道："那地方离贵处不远，老师考试得中，正好衣锦还乡°，这也是一桩快事。"叶生听了，很高兴，便选择个好日子，一同动身。

到了淮阳县界，丁在昌吩咐仆人备马送老师回家。一到家里，叶生见门户冷落，心里颇为凄怆°。一步步走进院子，正好碰上他妻子端着簸箕°走出来，她看到叶生，吓了一跳，丢了手中的东西，回头就跑。叶生很悲伤地说道："我现在已经考中，阔了起来。为什么三四年不见，就好像不认识我了？"他妻子远远地站着，对他说道："你已经死了好几年了，怎么还说阔起来呢？你的灵柩°还停在家里，这是因为家里穷，孩子太小，没有力量埋葬。现在阿大已经长大成人，就要使你入土，请你不要作怪来吓我们！"

叶生听了，心里很难过，又一步步走进屋子里，见到灵柩，立刻倒在地上消灭了。他妻子大惊，走进去一看，衣服鞋帽都卸在地上，像是蝉蜕壳一般。她伤心极了，抱着衣裳大哭。

阿大从学堂里回来，一见车马盈门，就问他们是从哪里来的。问明白了，他也感到奇怪，连忙跑进去告诉母亲，母亲一边哭，一边把情形说给儿子。他们又仔细询问跟来的人，才知道事情的本末。

仆人回去向丁在昌报告，丁在昌忍不住掉下泪来，立刻坐车到叶生家里吊唁°，拿出钱来替他料理丧事，按着举人的身份把他埋葬。又送了他儿子一笔钱，给他请了先生，教他读书，并且替他向学使面前推荐，过了一年，阿大也中秀才。

异史氏°说："魂魄跟从知己，竟然会忘记自己已经死了？听说的人都表示怀疑，我却深信不疑。叹息啊！命运不蹇，时运不济。经历之处，总难遇合。古今痛哭的人，只有献和氏璧的卞和°和你啊。举世贤愚倒置，能慧眼识人的伯乐如今又在哪里？天下才华不凡却如叶生那样沦落的才子，也是不少，回首四顾，天下哪里会再有一个丁令威出现，让人生死跟随他呢？唉！"

【名家评点】

《叶生》篇，写叶生在京里中了举回家，一直到了家，看见了妻子，全篇已快要结束了，都是极其平凡的，甚至是恹恹无生气的。及至妻子开了口，说他早已死了，原来他自己是鬼，却连自己也不知道。这样一来，前面那些平凡文字，登时改变，变得无比的深刻和沉痛。化腐朽为神奇！（聂绀弩）

古话说，"得一知己，虽死无恨"，这篇《叶生》的表现要深得多，死了还要魂随知己！这的确显得有些迷信。但三百多年前的人，就用这迷信，达到了用现实主义手法所不能达到的深刻沉痛的程度，使这篇作品成为全书中最辉煌的篇章之一。而且在后面还附了一篇在全书中最庄严沉痛、唯一庄严沉痛的"异史氏曰"。（聂绀弩）

◎衣锦还乡：古时指做官以后，穿了锦绣衣服，回到故乡。也说衣锦荣归。◎凄怆：凄惨，悲怆。◎簸箕：扬米去糠的器具。◎灵柩：死者已经入殓的棺材。◎吊唁：祭奠死者并慰问遭到丧事的国家、团体或家属。◎异史氏：蒲松龄在《聊斋志异》一书中的自称。《聊斋志异》里记有许多怪异的事，不同于正史，故称之为异史。◎卞和：春秋楚人。相传他献玉璞，先后献给楚厉王和楚武王，都被认为欺诈，受刑砍去双脚。楚文王即位，他抱璞哭于荆山下，文王使人琢璞，得宝玉，名为"和氏璧"。

【读名著学成语】

傲骨嶙嶙

傲骨：高傲不屈的性格。嶙嶙：山崖突兀貌。比喻高傲不屈。清·蒲松龄《聊斋志异·叶生》：「行踪落落，对影长愁；傲骨嶙嶙，搔头自爱。」

仆马送归

成仙

【名家评点】

《成仙》叙成生、周生先后得道成仙之事，促使两人决心归隐求仙的根本原因就在于现实的黑暗和虚伪。周生平白无故地蒙受了牢狱之灾，成生作为杵臼之交的好友多方营救，才得以"朦胧题免"。经过这场官司，成生"世情尽灰"。他认定这个社会已不可救药，于是下决心抛妻别子，归隐求仙。但是周生因溺爱他年轻美貌的妻子，不肯与成生偕隐。八九年之后，已成仙人的成生与周生相逢。周生仍执迷不悟，反而讥笑成生："愚哉！何弃妻孥犹敝屣也？"为了让周生认清现实的虚假丑恶，成生以幻术引导周生窥破妻子与厮仆的私情。周生终于如梦初醒，领悟到"忍事最乐"四个字的深刻含义，与成生离开了这个龌龊污浊的社会。（王平）

山东文登县有个周生，和成生自小同学，就成了知己◦。成生家道◦贫穷，一年到头，老是靠着周生照顾。论年龄，周生比较大，所以成生称周生的妻子为嫂嫂。每逢过年过节，前来探望，亲密得像一家人。

周生的妻子生了个儿子，产后得急病死了。续娶◦王氏，成生因为她年轻，所以一向没有请她相见。有一天，王氏的弟弟来探望姐姐，在内堂宴饮，成生恰巧到来。家人进去通报，周生吩咐请成生到内堂一同饮酒。成生不肯进去，告辞走了。周生赶快将筵席◦搬到外边厅上，把他追回来。

刚坐定，便有人前来报告，别墅中一个仆人被县官结实地打了一顿。原来有个替黄吏部家牧牛的人，放牛吃草，踏坏了周家田里的庄稼，因此吵起来。那牧牛的回去报告主人，把周家的仆人抓去，送官究办◦，因此被打了一顿。

周生问明了挨打的缘故，大怒道："黄家这个放猪的奴才，怎敢这样放肆？他的上代曾经在我祖父身边当差。如今刚得势，就目中无人吗？"心里气极了，愤愤地站起身来，要去找黄吏部理论。

成生按他坐下，劝阻说："强凶霸道的世界，本来就不分皂白。况且如今这班做官的人，多半是强盗，哪一个手里不是拿着杀人的凶器，你怎能与他们理论呢？"周生不听。成生再三劝解，甚至于掉下泪来。周生才作罢，然而心里的气愤总是不能消释。

那天晚上，周生翻来覆去，一夜不能安睡。第二天早上，对家里的人说道："黄家这样欺侮我，是我的仇人，我暂且把他摆开。那知县是朝廷委

◎知己：彼此了解、情谊深厚、关系密切的朋友。◎家道：家业；家境。◎续娶：再娶。亦称"续亲"。◎筵席：酒席。◎究办：追究惩办。

【读名著学成语】

杵白交

不计贫贱的交谊。清·蒲松龄《聊斋志异·成仙》："文登周生，与成生少共笔砚，遂订为杵白交。而成贫，故终岁依周。"

任的官吏，并不是势家豪门的官吏，即使互有争执，也应该双方对质，为什么像狗一般听着豪门的指挥，随便咬人？我也写张状纸◦送进去，请他严办黄家的人，看他怎样处分。"家里的人都撺掇他，他的计划便决定了。

周生立刻写了状纸，亲自送往县衙门。县官把状纸撕碎，丢了下来。周生心头火发，说话之中，不免冲撞了县官。县官老羞成怒，便把他拘押起来。

这天上午，成生来找周生，才知道他进城打官司去了，急忙赶去劝阻他，谁知周生已经被关在监牢里。成生连连顿脚，却无法可想。

这时候县里捉到三个海盗，知县和黄吏部买嘱他们，诬攀◦周生是同党。县里根据海盗的口供，详文上去，把周生的功名革掉，严刑拷问。

成生去监牢中探望周生，两人面面相觑◦，万分心酸。当时商量要进京告御状◦。周生说："我身在监中，好像鸟在笼中一般。虽然有一个小兄弟，他只会前来送送牢饭罢了，有谁能进京去告御状呢？"成生挺身把这件事担当下来，说道："这是我应尽的责任，你有患难而我不赶快替你设法，还算得上什么朋友呢？"于是立即动身进京。等到周生的弟弟拿了旅费想去送给他时，他已经走了好一会儿了。

成生到了京里，没有门路上诉。听到外边传说，皇帝将要出外打猎。那一天，他预先躲在树林里，等皇帝经过时，趴在地上，哭喊冤枉。皇帝批准了他的诉状，将他交给驿站，送回山东，命山东抚台把这案子审问明白，具本复奏◦。

这时候经过了十个多月，周生已被屈打成招，

◦状纸：旧法院发售专用于写诉状的统一纸张，也指所写的诉状。 ◦诬攀：招供的时候凭空牵扯别人。 ◦面面相觑：相互对看着。 ◦御状：向帝王告的状。 ◦复奏：中国古代死刑案件由皇帝复核的制度。

掷状系狱

代友叩阁

成仙

判成死罪。抚台接到了皇帝的御批，吓了一大跳，便把人犯提出，亲自审问。黄吏部也大吃一惊，打算把周生在监中谋杀灭口，便买通了狱吏○，断绝周生的饮食。他弟弟前来送饭，狱吏种种刁难，不许进去。成生知道了，又赶到抚台衙门去喊冤，才蒙抚台提出审问。那时周生已经饿得站不起来，抚台大怒，把狱吏当堂打死。黄吏部十分害怕，送了几千两银子给抚台，请求替他开脱，因此抚台就糊里糊涂地不追究下去。县官因为贪赃枉法，定了充军的罪名。周生无罪，被释放回家，他钦佩成生的义气，交情就更加密切了。

成生自从经过了这次讼事，看破世情，对一切都觉得灰心，叫周生一同去隐居。周生因为恋着年轻的妻子，总是笑成生固执。成生虽然不跟他分辩，可是意志十分坚决。那次分别之后，有好几天不到周家来。周生派人往成家探问，成家的人都以为他在周家。两方面都不见了这个人，才怀疑起来。周生心里知道有些蹊跷○，派人四处寻觅，庵观寺院，深山穷谷，各处都找遍了，竟然不知去向。只得时常送些银钱衣服给成生的儿子，照顾他一家的生活。

过了八九年，有一天，成生忽然自己回来了。头戴道冠，身穿道袍。周生大喜，拉着他的手，问道："这几年你往哪里去了？害得我们到处找你。"成生笑道："我好像闲云野鹤，居无定所。分别之后，幸而身体倒还健康。"周生吩咐备酒款待，席上谈些别后的事情，要成生把道士打扮换掉。成生笑了笑，不发一言。周生劝他说："你

【名家评点】

在《聊斋志异》中，《成仙》这篇小说不仅篇幅较长，而且情节也比较丰富、曲折。清代但明伦评曰："前幅写成肝胆照人，真诚磊落；后幅写成幻形度友，委曲周旋。气局纵横，笔墨恢诡。"蒲松龄所用纸笔既有针对现实的机锋，又有面向仙境的彩笺。在叙事时空设置和构架上，这篇小说又注意结合传统文化，妙笔生辉地运用了仙凡对照、真幻相映等错综笔法，可谓匠心独运。（李桂奎）

○狱吏：旧时掌管讼案、刑狱的官吏。○蹊跷：奇怪可疑。

太蠢了！为什么把妻子儿子都丢掉，把他们看得不值一文？"成生笑道："倘若我不是这样做，别人要把我丢开，我哪里还能丢开别人呢？"问他住在哪里。他答道："在劳山的上清宫。"

晚上，两人睡在一间房里。周生梦见成生赤身裸体趴在自己的胸口，被他压得气也透不过来，心里很诧异，问他做什么。成生不答。周生忽然惊解，唤成生不应。坐起来找寻成生，毫无踪迹，不知道到哪里去了。过了一会儿，定一定神，才觉得自己睡在成生的床上。惊奇地说："昨天我并未喝醉，为什么弄得这样七颠八倒◎？"便把家人唤进来。家人拿灯火一照，见他竟然变了成生的样子。周生的胡须本来很多，如今把手一捋，疏疏落落，只有几茎了。自己拿镜子一照，诧异地说："成君分明在这里，我到哪里去了？"过了一会儿，才恍然大悟，知道是成生用幻术◎叫自己去隐居◎。当时想回转内室，他的弟弟因为他面貌不同，不许他进去，他也没法说明，只得骑了马，带了一个仆人，往劳山找寻成生。

走了几天，到达劳山，因为马跑得快，仆人赶不上，就在树下休息一会儿，来来往往的道士很多。内中有一个道士，向周生看了一眼。周生就问他："可知道有位姓成的住在哪里？"那道士笑道："这名字我倒听见过，他好像住在上清宫。"说完就走了。周生眼看他一路过去，走了一段路，又与一个人在谈话，也讲了不多几句就走开了。

那个和道士讲话的人慢慢地走近，原来是同在一个文社◎中的朋友。他看见周生，以为

【读名著学成语】

飞短流长

旧指闲散自在，不求名利的人。清·蒲松龄《聊斋志异·成仙》："孤云野鹤，栖无定所，别后幸复顽健。"

◎七颠八倒：形容纷乱不堪。 ◎幻术：方士、术士用来眩惑人的法术。亦指魔术。 ◎隐居：退居山野，不问世事。 ◎文社：志趣相投的文人所结成的团体。以切磋文章为主。有的也议政，如明末的"复社"。

传世彩绘聊斋志异

成仙

是成生，一愣道："我们好几年没有见面了。别人都说你在名山学道，怎么如今还在红尘中游戏呢？"周生把那奇怪的事情讲了一遍。那人惊奇地说："我刚才遇见成生，还把他当作你呢。他去得没有多少时候，大概还不远哩。"周生觉得非常诧异地说："真奇怪！怎么连自己的面目也不认识了？"

那时仆人已经寻来，周生又上马飞奔，可是成生竟毫无踪迹。举目一望，天高地阔，进退两难，不知道怎样才好。仔细一想，如今已是无家可归，便决计向前穷追。可是山路崎岖○，不能再骑马，便把马匹交与仆人带回，孤身一人，曲折前进。走了一程，远远地望见一个道童独自坐在那里，上前去问路，并且把来到此处的缘故告诉了他。那道童自己说是成生的徒弟，替周生背了衣服粮食，在前引路，饥餐渴饮，晓行夜宿，走的路似乎很远。走了三天，才到达一处地方，看来又不像一般人所说的上清宫。

这时候已是十月中旬，一路上山花盛开，不像是初冬光景。道童进去通报，成生立刻出来迎接，周生才认出自己的形状。成生拉了周生的手，一同入内，备酒款待，边饮边谈。但见许多羽毛美丽的禽鸟，十分驯顺，见了人毫不害怕，时常在座位四周飞鸣，声音像笙箫乐器一般，非常好听。耳闻目睹，觉得很诧异，可是思家心切，并没有逗留在这里的意思。地上有两个蒲团，成生拉他一同坐下。坐到二更后，一切思想都停止了，忽然好像打了个瞌睡，觉得自己和成生换了座位。心里怀疑，伸手在下巴上一抨，胡须很多，依旧和从前一般，原来两个人身体又互换过来了。

天亮后，周生想回家，成生硬把他留住。过了三天，周生还是要回去，成生便说道："请你稍睡一会儿，明天一定送你回家。"周生刚闭上眼睛，听得成生在叫他："行李已经准备好了。"便跳起身来，跟他一同走。所经过的并不是旧路。觉得走了不多一会儿，家乡房屋已经远远地望得见了。

成生坐在路旁等候，让周生一人回家。周生硬要拉他同去，成生不肯，只得孤单单独自走回家去。到了门口，举手敲门，没有人答应。正想跳墙进去，觉得身体轻得像树叶一般，双足一顿，已经跳过墙头。一连跳过了几重墙，才到达自己的卧室。房里灯烛明亮，妻子还未安睡，正在唧唧哝哝○与别人谈话。便把窗纸舔了个洞，向内

○崎岖：形容山路坎坷。也比喻处境十分困难。 ○唧唧哝哝：小声唠叨。

【名家评点】

人生最难勘破者是情关，而周生唯有在勘破这最后的情关后，始能彻底地舍离红尘。在《今古奇观》庄周试妻的故事里，"悟道成仙"的庄周以幻术诈死，变出一个风流倜傥的王孙，对妻子田氏的情欲与贞节做了一次相当无情的考验，在田氏知道一切是幻而羞愤自杀后，庄周轻松自在地鼓盆而歌："大块无心兮，生我与伊；我非伊夫兮，伊岂我妻？偶然邂逅兮，一室同居；大限既终兮，有合有离。人之无良兮，生死情移，真情既见兮，不死何为？"这种境界大概正是成生欲引导周生去领悟的一种"道"吧？（王溢嘉）

【读名著学成语】

岸然道貌

严肃的神态。清·蒲松龄《聊斋志异·成仙》:"又八九年,成忽自至,黄巾氅服,岸然道貌。"

三人拜别

成仙

张望，只见妻子正在和一个仆人饮酒谈心，看样子似乎很亲昵◎。一见之下，勃然大怒，要想进去捉奸，又怕孤身一人，敌不过他们，只得暗地里开门出外，奔到成生等候的地方，把这情形告诉他，请他帮助。

成生很爽快地应允了，跟周生一同走，直到卧室内外。周生掇◎了一块大石头，前去撞门，房里两个人听到声音，十分慌张。外边撞得愈急，房门关得愈紧。成生拔出宝剑，上前一拨，房门立刻被拨开了。周生冲进房去，仆人◎夺门逃出，成生在门外，挥剑一砍，把仆人的肩膀和一条手臂砍了下来。周生把妻子抓住，拷打讯问，才知道自己被收禁在监牢里的时候，妻子与那仆人已经私通了。周生向成生借了宝剑，把妻子杀死，然后跟着成生出去，寻到原来的路径，重回成生的住处。

周生突然醒来，见自己的身体还是睡在床上，十分惊奇，说道："我做了一个七颠八倒的怪梦，吓了一大跳。"成生笑道："明明是做梦，老兄却认为是真的；明明是真的，老兄又以为是做梦。"周生听了一愣，向成生盘问。成生把宝剑拿出来给周生看，剑上还留有血迹。周生大吃一惊，心里很怀疑，只怕还是成生在那里变把戏。成生知道他的意思，便收拾行李，送他回去。走了一会儿，到达家乡。成生向他说道："那天晚上，我拿着宝剑等候你，不是就在这里吗？我不愿意看见那种恶浊的情况，还是在这里等候你吧，假如等到太阳下山的时候，你还不来，我就去了。"

周生回到家中，只见屋子里冷清清的，好像没有人住着，回头跑到弟弟家里。弟弟见哥哥回家，不觉掉下泪来，说道："自从哥哥出门以后，忽然晚上来了强盗，把嫂嫂杀死，如今官府正在派人捉拿强盗，尚未拿到。"

这时候，周生的迷梦已经醒悟了，便把经过的情形告诉弟弟，吩咐他不必再追究。弟弟听说，愣了好一会儿。周生问起自己的儿子，弟弟命老妈子抱过来。周生指着儿子说道："这婴孩关系我周家一脉香火，你要好好地看待他。我就要辞别这个尘俗世界了。"说罢，站起身来，向外便走。弟弟一边哭，一边挽留他。周生笑嘻嘻地只顾走，不去睬他。到了荒野的地方，会见成生，跟他一同走。远远地回过头来，叮嘱弟弟说："任何事情，只要能忍耐，就很快乐。"弟弟还要与他讲话，成生把大袖子举起来一挥，就不看见了。弟弟呆呆地站了一会儿，痛哭了一场，才回转家中。

◎亲昵：感情特别亲密。◎掇：拾取。◎仆人：被雇到家庭中做杂事、供役使的人。

【名家评点】

"强梁世界，原无皂白。况今日官宰半强寇不操矛孤者耶？"成仙故事归纳出深刻的现实判断。现实黑暗迫使两个书生不得不先后进深山修道，他们修他们的道，社会上金钱和权力买卖照样进行。最有趣的是两个朋友瞬间"换脸"，让好莱坞著名导演吴宇森高票房的电影《变脸》也相形见绌。（马瑞芳）

【锦言佳句】

强梁世界，原无皂白。

执妻拷讯

灵官

北京朝天观有一个道士,喜欢吐纳°法术。有个老翁借住在他的观中,正巧与他的爱好相同,于是两人便成了道友。老翁在朝天观中住了几年,每逢香火大会祭祀神灵的时候,他就提前十天离开,等祭祀完了,他才回来。道士对此很想不明白,于是问他缘由,老翁说:"我们两人已是莫逆之交°,可以将实情告诉你,我是个狐。祭祀的时候,诸位神仙下界来清理污秽,我没地方容身,所以只得到别处躲避。"

又一年,到了祭祀的时候,老翁又走了,这次很久没有回来。道士怀疑他遇到什么事了。一天,老翁忽然回来了,道士问他是什么原因耽搁返程。老翁回答说:"我差点见不到你了。上次祭祀时,本应照样远避,但心里不想走,看见阴沟很隐蔽,就暂时藏在卷瓮底下。想不到灵官清除秽物清到了这里,一下看见了我,气愤得想用鞭子打我。我很害怕,急忙逃跑,灵官追我追得很急。到了黄河边,眼看就即将追上了。我实在是没有办法,就一头扎进厕所粪坑里,灵官嫌恶粪坑脏,才反身离开了。我爬出来,沾了一身臭气,不能再游历人世间,于是跳进水里自己清洗干净,然后隐藏在洞里。过了几百天,一身脏东西才变干净。今天我来告别,并且告诉你:你也应到别处去躲躲,大劫难即将到来,这里不是福地啊。"说完,就告辞而去。

道士依照老翁的话,搬迁到别处去了。没过多长时间,便发生甲申之变°。

◎吐纳:呼气与吸气。◎莫逆之交:形容情投意合、毫无猜忌的知心朋友。◎甲申之变:崇祯十七年(1644)李自成攻入明朝都城北京,明朝作为全国统一政权灭亡,随后清军入关的历史事件。

【名家评点】

《灵官》写的是狐与人之间的交往,但读后使人感觉不出狐者为狐。他与道士有共同爱好,相居甚久,成为至交,友谊是真诚的。当朋友问及他躲避郊祭的原因时,他如实奉告,不愧为至交。他外出遇难后落得恶臭满身,便自觉地躲避人世,蛰穴几百日,涤荡身上污垢臭气后才来拜见故友。并将重大变故的消息告诉友人,行为何等文雅!心地何等真诚!(李传瑞)

【说聊斋】

学者马瑞芳谈《聊斋志异》书名

关于"聊斋",有三件约定俗成,却大谬不然之事:其一,认为"聊斋"即"聊斋志异"。蒲松龄以《聊斋志异》为书名,这"聊"固然有"聊复尔尔"之意,但主要取意《离骚》"聊逍遥以相羊"和《归去来兮辞》"聊乘化以归尽",表达生平不得志,以鬼狐史抒磊块愁的心意。跟李贺不得志"二十心已朽"地谈鬼,跟苏东坡贬黄州姑且言鬼类似。其二,聊斋是蒲松龄出生地。蒲松龄《降辰哭母》说"尔年于此日,诞汝在北房,抱儿洗褥上,月斜过南厢。"这"北房"指蒲家老宅,并非后来蒲松龄长期生活的地方,更非现在之聊斋。其三,"聊斋"就是蒲松龄故居时挂的"聊斋"匾是建蒲松龄故居时挂的。蒲松龄分家时得三间农场老屋,他将自己的小书斋命名"面壁斋"。苦撑苦熬几十年,盖起新房,他又命名"绿屏斋",组诗《荒园小构落成,颜曰"绿屏斋"》有明确记载。蒲松龄晚年的诗确实写过"聊斋有屋仅容膝",但这句话中的"聊"是他晚年的斋名。"丛柏覆阴昼冥冥,六月森寒类窟室"似壁,庭开方丈屋如拳"的绿屏斋。土坯为墙,茅草覆顶,周围种满柏树和竹子,"日出当门松

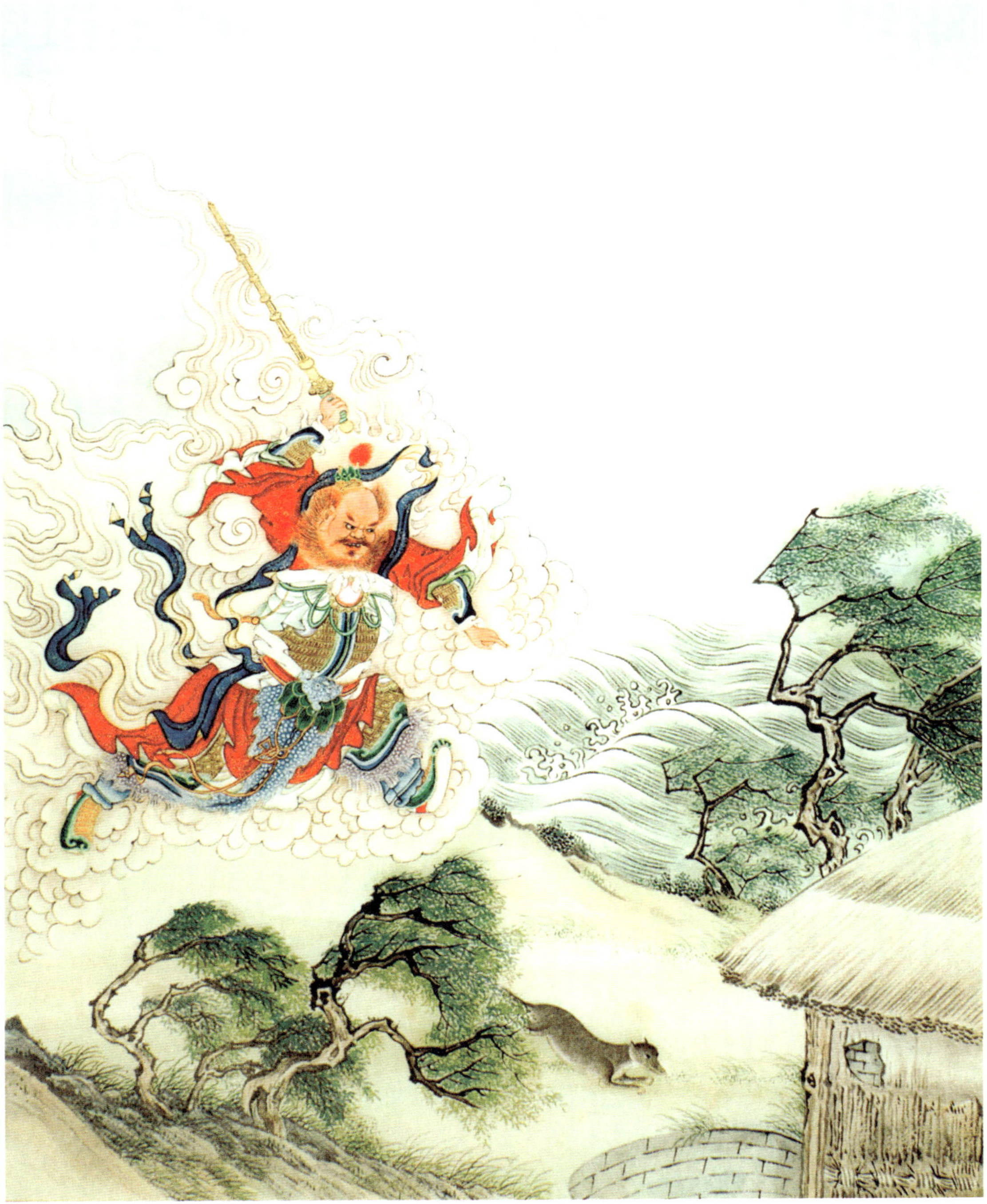

潜藏神逐

王成

王成,是平原地方一个世家子弟,生性懒惰,因此家境一天天衰落下去,田产全卖光了,只剩下几间破屋子,和他老婆合盖一条旧棉絮,经常挨老婆的骂,痛苦不堪。

一次,正赶上三伏天气,热得不能安睡。村里本来有一座周家花园,墙垣房屋都倒塌了,只剩下一个亭子,村上的人都到那里乘凉寄宿,王成这天也去了。

天一亮,寄宿的人都走了,王成却到日上三竿才醒过来,正畏畏缩缩地要回家,忽然看到草里面有一支金钗,拾起来一瞧,上面镌有四个小字:"仪宾°府造"。王成的祖父原是衡府°仪宾,家里旧有的几件贵重用具,都题有这种款式,因此他拿了金钗,就怀疑怎么会落到这里来。

忽然一位老太太来寻金钗。王成虽然穷,但性子很直,立刻把金钗取出来给她。老太太很高兴,竭力称赞他的品德,还说:"一根金钗能值几个钱呢?不过这是我丈夫遗留下来的纪念物啊。"王成便问她丈夫是谁。她回答道:"就是已故仪宾王柬之。"王成听了,吃惊地说:"王柬之是我祖父,你怎么碰到他的?"老太太也很惊讶地说:"你就是王柬之的孙子吗?我是狐仙,百年之前曾和你祖父相好。你祖父死后,我就退隐了。适才从这里走过,把金钗遗失,刚好落在你的手里,这岂不是天意吗?"

王成也曾经听说他祖父有过狐妻,相信她的话是真的,便邀她到家看看。老太太跟他去了。

王成喊妻子出来相见,妻子穿着一身破烂衣服,蓬头散发,面黄肌瘦。老太太一见,叹口气说:"王柬之的孙子,竟穷到这个地步吗?"她又看到破灶没有烟,好像许久不曾举火似的,便说:"家里苦成这等样子,日子怎么过下去呢?"王成的老婆就把贫苦的情形详细说了一遍,一面说一面哭。老太太便把金钗交给王成的妻子,叫她暂且把金钗当了买米,约定三天以后再来。王成挽留她,她说:"你连一个妻子都养不活,我留在这里,大家愁愁闷闷,可有什么好处?"说完径自去了。

王成向妻子说明经过,妻子听了害怕起来。

【名家评点】

《王成》中的二人一狐,都是有情有义的。虽然二人一狐,都没有什么惊天动地的豪举,但他们为他人做的点点滴滴,都闪耀着精神的光辉。(王彬彬)

◎仪宾:明朝的亲王或郡王的女婿。 ◎衡府:明宪宗第六子封衡恭王,藩镇青州。

[锦言佳句]

宜勤勿懒,宜急勿缓,迟之一日,悔之已晚!

拾钗授姬

王成

王成竭力说她是出于好意,并且要妻子把她当婆婆看待。妻子答应了。

过了三天,老太太果然来了。她取出几两银子,买了一石小米和一石麦子。夜里又和孙媳睡在一张床上。孙媳妇最初很怕她,但是看到她的情意很恳切,就不再疑心什么了。

第二天,老太太对王成说道:"你不能再懒下去了。应该做个小生意,像这样坐吃山空,怎么能够维持长久呢?"王成说没有本钱。她说:"你祖父在世的时候,金银绸缎随我取用,我因为自己是个世外人,不需要这些东西,因此没有多拿过。当时节省下来的花粉钱四十两银子,不曾动用过,老是存放着,也没有什么好处,你可以拿去买些葛布◦,进京去卖,可以赚一点钱的。"

王成照她的吩咐,买了五十多匹葛布回来。老太太叫他赶快收拾行装,估计六七天可以到达京城。又叮嘱说:"要勤,不要懒惰;要快,不要迟缓。耽误一天,后悔就来不及了。"王成一一答应。

他把葛布包裹了就动身,半路,碰到落雨,衣服鞋袜全淋湿了。王成一生没有经过风霜,这一来他感到有些受不了,就找了个客店,暂时歇歇脚。谁想淅淅沥沥,雨整夜没有停。早上,道路越发泥泞了。他看到往来的行人,半截腿踩到烂泥里,心中怕苦,不敢出去。一直等到中午,地面才开始干燥了些。他刚要走,一刹那间乌云又聚拢了来,大雨随即倾盆而下。因此又住了一夜,才重新上路。

离京不远,王成就听人说葛布的价钱上涨,心里暗暗欢喜。他一到京城,在客店住下,店主人对他来迟了一步表示可惜。当时南方的交通刚通,葛布运到得极少,京城里的大户人家买得很多,因此价钱暴涨,要比平常高出三四倍来。前一天,葛布大批涌到,价格立刻大跌,后到的人都失望了。王成听店主人一说,心里很烦闷。

过了一天,货来得越多,价钱跌得也越惨。王成因为无利可图,不肯脱手。这样一耽搁就是

◎葛布:用葛的纤维织成的布。

【名家评点】

《王成》中虽然也认为懒惰是一种人的负面习性,却写出王成虽然懒惰,但因有德,意外发了财。在蒲松龄眼里,德与勤并重,甚至是德重于勤。这是蒲松龄写这篇小说的着意之处,也是读者读起来觉得很有趣味,读后又能得到人生启示的重要原因。(王少华)

【说聊斋】

郭沫若题蒲松龄故居对联

写鬼写妖高人一等，刺贪刺虐入骨三分。

贩葛遇雨

王成

十几天,吃饭和住店的消耗又很大,更加忧闷。店主人劝他贱价卖出,再打旁的主意。王成依从了他的话,全部脱手,赔了十几两银子。

第二天早晨,王成准备动身返回,打开口袋一看,银子全不见了。他吓了一跳,连忙告诉店主人,店主人也想不出办法来。有人劝他报官,叫店主人赔偿,王成叹口气说:"这是我的运气不好,同店主人有什么相干?"店主人听了,非常感激他,送给他五两银子,还安慰了他一番,劝他回家。

王成心想,这样怎好去见祖母呢?在店里跑出跑进,不知如何是好。恰好他看见门外有斗鹌鹑的,一赌就是几千钱。买一只鹌鹑,也不过一百文钱。念头忽然一动,他觉得这买卖也做得。计算一下口袋里的钱,刚刚够做贩鹌鹑的买卖。他便去和店主人商量,店主人竭力撺掇◦他试试,并且愿意借给他房间,伙食钱也不收他的。

王成很高兴,出城买了一担鹌鹑回来。店主人一见很喜欢,希望他早日卖出。

到了晚上,下了一夜大雨,天明一看,街上积水成河,雨还没有停止。他只好住在店里等待天晴。雨一连下了几天,丝毫没有放晴的意思。他一看笼子里面的鹌鹑渐渐死了一些,心里很害怕,急得想不出主意来。过了一天,死得更多,剩下来的不过几只,他便把它们合并到一个笼子里饲养。再过一夜去看,只有一只鹌鹑还活着。他便把情形告诉店主人,不知不觉地流下眼泪,店主人也很替他发愁。

王成想到钱用光了,连家也回不去,还有什么生路?不如一死了事。店主人劝慰他,并陪他去看那只仅存的鹌鹑。他仔细看了一下,说道:"这只鹌鹑倒像是很英俊的,那些死亡的鹌鹑,说不定是被它斗杀的呢。反正你闲着没有事,何妨把它训练一下,如果它是一只善斗的鹌鹑,拿它去赌也可以混混饭吃。"

王成依照他的办法去做。等到鹌鹑驯熟了,

◎撺掇:鼓动别人。

【名家评点】

与大亲王赌斗鹌鹑,出让鹌鹑,是小说中最精彩的情节,是作品的高潮,也是决定王成命运的段落,充分展示出蒲松龄高度的叙述技巧。(于天池、李书)

【说聊斋】

老舍题蒲松龄故居对联

鬼狐有性格，笑骂成文章。

担箪存一

王成

店主人叫他拿到街上，和人赌酒赌饭。这只鹌鹑果然十分矫健，常常得胜。店主人大喜，拿出银子来给王成，叫他和有钱人家的子弟去赌。斗了三次，胜了三次。过了半年多，居然积了二十两银子。他心里越发安定了，把鹌鹑看得像是自己的命根子一样。

当时有位亲王°喜欢养鹌鹑，每年正月十五，往往把民间玩鹌鹑的放进王府角斗。店主人便对王成说："发财的机会马上要到了，是好是坏便看你的命运了。"店主人把缘由讲给他听，领他一同前去，一面叮嘱他说："如果斗败了，只好认个晦气走出来；如果获胜，亲王一定要把你的鹌鹑买下，你可不能一下子答应；如果他一定强迫要买，那么你要看我的眼色行事，等我点了头，你才可以答应。"王成说："遵命。"

两人走进王府，斗鹌鹑的人早在殿阶°底下挤满了。过了一会儿，亲王走出御殿，侍卫宣告说："有愿意斗鹌鹑的赶快上来！"当时就有人带着鹌鹑上去。亲王下令放出鹌鹑，客人也把他的鹌鹑放出，两鹌鹑略微扑击了几下，客人的一只已经败退。亲王哈哈大笑。

顷刻之间，失败下来的有好几个人。这时店主人说道："是时候了。"说着两人一同升阶。亲王把王成的鹌鹑相看了一下说道："它眼睛里有怒脉，是一只雄健的鹌鹑，不要轻敌，便吩咐取出铁嘴鹌鹑来斗。两鹌鹑搏击了好几回，亲王的铁嘴败下阵来。亲王又选良种来斗，换了好几只，全失败了。亲王连忙叫人到宫里把玉鹑取来，片刻，玉鹑已到，全身羽毛洁白得像白鹭，英俊不同寻常。王成一见就泄了气，跪在地上请求免斗，

【名家评点】

《王成》写的斗鹌鹑、卖鹌鹑，好像是诙谐谈笑，但是其中却蕴藏不少商业经营的章法和经商心理。比如：要眼疾手快地抓住稍纵即逝的商机；要看人下菜碟揣摩经营对手的心理。给王成出谋划策的店主显示了出众的商业才能。这位旅栈业老板见多识广，富有商场经验和对社会人生的深刻观察。像王成这样虽然懒却诚实善良侥幸致富的人物，像店主这样审时度势、思维敏锐、有经营头脑的人物，堂而皇之地登上了聊斋舞台。这实际是时代风云的反映。（马瑞芳）

◎亲王：皇帝或国王的亲属中封王的人。◎殿阶：宫殿基础部分的台阶，也可以指具体的踏步。

【读名著学成语】

连城之璧

价值连城的美玉。比喻极其贵重的东西。清·蒲松龄《聊斋志异·王成》："大王不以为宝，臣以为连城之璧不过也。"

他说："大王的玉鹑乃是神物，恐怕把我的鸟斗伤，打破了我的饭碗！"亲王笑道："试试看，如果斗死了，我一定重重地赔偿你。"王成只好把鹌鹑放出，它一下地就直奔过去。玉鹑刚一向前，它便像一只怒鸡似的伏下身子等待。玉鹑刚要用利嘴啄它，它便像仙鹤似的腾起扑击。一进一退，实力不相上下。这样相持了好一会儿，玉鹑渐渐支持不下去了，而王成的鹌鹑怒气益高，斗志益坚。不一会儿，玉鹑身上的白色羽毛被啄落下来的很多，垂下翅膀逃走。上千围观的人，全都表示惊叹羡慕。

亲王便叫人把鹌鹑送上，亲自把玩°，从嘴到爪，仔细看了一遍，然后问王成说："这鹌鹑可以卖吗？"王成答道："小人没有家产，靠它生活，不愿卖掉。"亲王说："赏给你很高的价钱，使你可以购置中等人家的产业，你愿意吗？"王成低着头想了好久，说道："我本来是不愿卖的，但是大王既然喜爱它，如果能使小人一生有吃有穿，那么我还有什么说的？"亲王便问他价钱，王成讨一千两银子。亲王笑道："痴汉子，这是什么宝贝，讨这样大的价钱？"王成说："大王虽然不拿它当宝贝，但在小人看来，就是连城璧°也比不上啊！"亲王说："此话怎讲？"王成答道："小人带它到市场上，每天赚得几两银子，购米买布，一家十几口，就不发愁受冻挨饿，试想什么宝贝能比得上它呢？"亲王说："我不亏待你，给你二百两银子好了。"王成摇摇头。接着亲王又增加了一百两，王成望了望店主人，见他声色不动，便说："大王既然要它，我就减去一百两。"亲王说："罢了罢了！谁肯拿九百两银子换一只

◎把玩：拿着赏玩。 ◎连城璧：就是和氏璧，秦昭王愿以十五城易之，故又名连城璧。蔺相如完璧归赵，即指此璧。

王成

鹌鹑？"王成一听这话，收起鹌鹑来要走。亲王连忙叫道："回来，回来！实在给你六百两，答应就卖给我，不答应我也不强求了。"王成又望望店主人，店主人仍然神色自若，像没有这回事一般。王成听说六百两银子，早已心满意足，只恐错过机会，便说："卖这个数目，心里实在有点不情愿，但如果小人不卖，生怕开罪◦大王，也罢，就遵照大王的命令吧。"

亲王大喜，立即把银子称给他。王成装好银子，叩头谢了出来。店主人埋怨他说："我的话怎么忘了？你为什么这样急于卖掉？如果稍微沉沉气，八百两银子稳可到手了！"

王成回到店中，把银子全部放在桌上，随店主人自己拿。店主人不肯要，王成再三请求，他只算了个饭钱。

王成整理行装回家，把他的经历详细说了，拿出银子来，大家庆贺一番。老太太就叫他买了良田三百亩，盖房子，造家具，居然成了一个大户人家。

老太太每天起得很早，叫王成到田里监督工作，叫他妻子在家里监督织布，两人稍微偷懒一下，便要受老太太的责罚。夫妇俩很敬重她，谁也不敢有什么怨言。

过了三年，家中越发富裕了。一天，老太太要走，王成夫妇哪里肯依。甚至掉下眼泪来挽留她。老太太见他们这样恳切，也就答应不去，但第二天早上两人向她请安，才发现屋里没有人，不知道她到什么地方去了。

◎开罪：因冒犯而得罪。

【名家评点】

斗鹑场面亦写得好。不劳而锦衣玉食的王公贵人一掷千金斗鹑取乐，而贫苦小民则负败絮饥卧生衣中。这就是那个社会的真实写照。（牧惠）

【锦言佳句】

富皆得于勤，此独得于惰，亦创闻也。不知一贫彻骨，而至性不移，此天所以始弃之而终怜之也。懒中岂果有富贵乎哉！

王邸斗鹌

画皮

太原有个姓王的少年，清早出门，遇见一个女子，手里拿着个衣包，独自行走，却有些走不动的样子。少年急行几步，赶上前去一看，原来是个十六七岁的美貌女子。心里很爱她，便问道："为何清早独自在街上行走？"那女子说："你是个过路人，不能替我消愁解忧，何必问我。"少年说："你有什么忧愁？我也许能替你出力，决不推辞。"那女子愁眉苦脸地说道："父母贪图金钱，把我卖给富贵人家做小老婆。他家大老婆很嫉妒，把我朝也骂，晚也打，种种虐待，叫人难受，所以我今天逃出来，准备远走高飞。"少年问她："如今要到哪里去？"女子说："我是个逃走的人，哪里有预定的地方？"少年说："舍间◦离此不远，请到我那里去好吗？"那女子很高兴地应允了他。少年就代她拿了衣包，领她回家。

女子见屋里没有人，便问："你怎么没有家眷？"少年答道："这是我的书房。"女子说："这地方很好。假使你真的哀怜我，想救我的性命，千万要守秘密，不可泄露。"少年应允了，就和她歇宿在一起，把她藏在一间密室里。过了几天，没有人知道。

少年把这件事约略告诉了妻子。妻子陈氏疑心这女子是富贵人家的小老婆，劝丈夫打发她走，免遭牵累。少年不听。

有一天，少年偶然到市上去，遇见一个道士。那道士看了少年一眼，突然一愣，问他："可曾遇到什么奇怪的事情？"少年答道："没有。"道士说："你身上明明有邪气缠绕，怎说没有？"少年竭力分辩。道士就走了，临去的时候，却咕哝说："真是个糊涂虫！世上哪有这样的人，死将临头，还不觉得！"少年因为这话太离奇，很疑心那个女子。再一想，这女子明明是个美人儿，哪里会是妖怪。想来这道士是个专门借名替人家消灾祈福来骗东西吃的，何必睬他。

◎舍间：对自己的家的谦称。

【名家评点】

妇孺皆知的画皮鬼，与王生的偶然相遇是晨早、独行与荒寂，没有荒寂的晨早和独行，也就没有世代口传的名篇《画皮》在。（阎连科）

[说聊斋]

清代学者二知道人（蔡家琬）谈《聊斋志异》

蒲聊斋之孤愤，假鬼狐以发之；施耐庵之孤愤，假盗贼以发之……曹雪芹之孤愤，假儿女以发之……同是一把辛酸泪也。

抱朴同归

画皮

不多一会儿，少年回到书房，见房门紧闭，里边下了闩◦，不能进去。心里有些怀疑，不知那女子在里边做些什么。于是从墙上缺口的地方爬进去，见房门也照样关着。轻轻地走近窗前，隔窗偷看。只见房里有一个相貌凶恶的魔鬼，青面獠牙，牙齿锋利得像锯子一般，把一张人皮铺在床上，拿几支彩色的笔，正在皮上描画。画好后，把笔一丢，拎起皮来抖一抖，好像一件衣裳，披在身上，立刻变成了一个女子。

少年看见了这种情形，吓得魂不附体，趴在地上，悄悄地逃出来。急忙去追那个道士，道士已经不知去向。四处找寻，才在荒野中遇见了，便跪在地上，请他救命。道士说：“我可以替你把他赶走。这家伙也很可怜，刚找到一个替身，我不忍将他就杀死。”便把手里的拂尘◦交给少年，叫他拿回去，挂在房门上。临别的时候，双方约好，明天在青帝◦庙相会。

少年回到家中，不敢踏进书房，便睡在内室。把拂尘挂在房门上。一更左右，听得门外有窸窸窣窣的声音，自己不敢起来看，打发妻子去张望一下。只见那女子走到房门口，望见拂尘，不敢上前，站在那里，咬牙切齿，站了好久才走开了。

◦闩：插在门背后使门推不开的棍子。◦拂尘：掸灰尘或驱蚊蝇的用具，是用马尾或麈尾做成的。◦青帝：我国古代神话中的五天帝之一，位于东方的司春之神，又称苍帝、木帝。

【名家评点】

不同于以往的志怪，显然接受了明代《西游记》中"三打白骨精"之类的情节的影响，不以记述传闻的异事为目的，更不标榜"实录"，只不过运用丰富的想象，虚构出一个神奇的故事，借以曲折地反映现实生活，阐明人生哲理而已。因此，在它的荒诞不经中包孕着近情入理的内核，能够引起人们对生活的联想，使人们获得有益的启示。（均地）

不多一会儿，又走过来，骂道："道士吓我！难道说，进了我嘴里的东西，再吐出来吗？"上前把拂尘撕碎，打破房门，冲进卧室，跳到少年的床上，把他胸口撕开，挖了他的心，拿着走了。

妻子高声哭喊。丫头拿灯进来一照，见少年已经死了，胸口血污狼藉。陈氏吓极，只是哭泣，不敢声张。第二天，叫她的小叔二郎去告诉道士。道士大怒道："我倒哀怜他，这小鬼竟敢这样！"就跟了二郎一同来。那女子已经不知去向了。

道士仰起头来，东张西望，说道："幸而还未曾走远。"又问："南边的院子是哪一家？"二郎说："这是我的住处。"道士说："那怪物现在你家。"二郎听了一愣，认为没有。道士问道："你家可有一个素不相识的人前来吗？"二郎答道："我一早赶往青帝庙，实在不知道，待我回去查问。"去了一会儿回来，说道："果然有一个人。今天早上，有个老婆子到我家来，要在我家做女佣，内人※拒绝她，她还留在我家。"道士说："就是这个家伙了。"

当时道士就跟着二郎，到他家中；手里拿着一口桃木剑※，站在庭心里，喊道："孽妖！还我拂尘来！"那老婆子在屋里听到了声音，慌慌张

◎内人：屋内之人的意思。过去对他人称自己的妻子。◎桃木剑：道教的一种法器，在中国传统习俗中也被认为有镇宅、纳福、辟邪、招财等作用。

【说聊斋】

学者陈福民谈《聊斋志异》

读《聊斋志异》，你就会发现，原来中国古典文言是可以做到这样简洁、干净，表达是这样的准确、精美。……《聊斋志异》的写作为我们保留了中国用古典文言从事文学写作所能达到最高峰的经典范本。……中国古典文言经历着从绚烂到衰朽的大环境中，蒲松龄的文言反其道而行之，简洁精彩，生动传神，保留了最为精华和精彩的那一面。

窥窗见鬼

乞求道士

画皮

张,面如土色,想要出门逃走。道士赶上前去,挥剑一击,老婆子跌倒在地上,一张人皮突然掉下来,顿时变成了个魔鬼,躺着大叫,声音像杀猪一般。道士用桃木剑把它的头割下来,身体变作一股浓烟,在地上盘旋。道士掏出一个葫芦,拔去塞子,放在浓烟中间,烟气嗖嗖°地都被吸进葫芦里去,一下子浓烟完全不见了。道士把葫芦口塞紧,放在袋里。大家看那张人皮,眉毛、眼睛、手脚等,没有一样不完备。道士把它卷起来,声音好像卷画轴一般,也放在袋里。

处置完毕,道士就要走了,陈氏跪在门口,啼啼哭哭,恳求起死回生的方法。道士推说自己没有这种能力。陈氏越发伤心了,趴在地上,不肯起来。道士凝神想了想,说道:"我的法术太浅,实在不能起死回生。我指点你一个人,他也许能办得到。你去求他,一定有效。"陈氏问:"是谁?"道士说:"市上有一个疯子,时常睡在很肮脏的垃圾里。你试去向他叩头,苦苦地求他,他倘若侮辱你,你千万不能生气。"

市上有这个疯子,二郎一向也知道,于是别

◎嗖嗖:象声词,形容很快通过的声音。

【名家评点】

《画皮》之所以备受不同读者青睐,主要是因为它所指斥的对象是多元的。其主要机锋大致对准两类人扫射:一为像王生那样的贪淫好色而愚蒙不明者,二为似恶鬼那般的善于利用乔装掩盖丑陋真面目以致"金玉其外,败絮其中"者。(李桂奎)

施法捉怪

[说聊斋]

学者孙一珍谈《聊斋志异》

《聊斋志异》的题材广阔浩瀚，包罗万象。举凡人间的世俗生活，乃至异想天开的龙宫、仙岛，域内海外，天上地下几乎无所不备。从辽东到海南，从崂山到云南，从福建到西安，从京都到边塞，以山东淄川为中心，作品为我们展示了开阔的空间和斑斓多彩的社会画面。笔走龙蛇，游刃有余，时而发思古之幽情，时而抒今世之孤愤，时而托梦幻以寄怀，时而借讽喻以明志。在众多篇幅短、寓意深、容量大的篇章中，不仅花妖狐魅、神鬼精灵、草木竹石、鸟兽虫鱼等非人形象独具人情，而且连士农工商、娼盗官吏、僧尼道巫赌，也大都呼之欲出。奋其妙笔，时而写家庭、邻里之间的微妙关系，入情入理；时而写时代的风云变幻，委曲悠扬；时而写纯净的情谊，感人肺腑；时而写壮士斩妖除怪，正气凛然；时而写书生落魄，催人泪下；时而写忠贞的爱情，娓娓入耳；时而讥讽贪官污吏，令人称快；时而痛斥豪强权势，淋漓尽致。经常借身边琐事加以生发，鲜明地透露社会的某些本质方面；往往寥寥数笔，通过引人入胜的细节晓以高深的哲理。宛如一部生活的百科全书，人情、世俗、道德、政治、经济、法律等各个领域，无不有所涉及。

画皮

了道士，伴着嫂嫂前往。见那乞丐疯疯癫癫地在街上唱歌，挂着很长的鼻涕，脏得简直不能近身。陈氏跪在地上，用两膝走上前去。乞丐笑道："美人可是爱我吗？"陈氏把自己前来恳求的缘故告诉了他。乞丐又哈哈大笑说："谁都可以做你的丈夫，何必要救活他呢？"陈氏苦苦地哀求他。乞丐就说道："这真奇怪，人已经死了，却来求我救活，我难道是阎罗王°吗？"他生起气来，拿叫化棒打陈氏。陈氏忍痛让他打，市上的人慢慢地聚拢来看，围得像一堵墙。那乞丐吐出一把腻痰，送到陈氏的嘴边说："你吃了它。"陈氏涨红了脸，起先觉得很难受，后来想到道士的叮嘱，就勉强吃下去。觉得那腻痰到了喉咙里，好像是一团棉花，硬咽下去，就停顿在胸口里。那乞丐又大笑说："美人真爱我啊！"站起身来就走，什么事情都不管了。陈氏跟在他后面，跑进庙里。正要走上前去恳求他，那乞丐已经不知去向。四处找寻，毫无踪迹，又羞又恨，只得回家。

【名家评点】

这个奇想出来的、能画人皮的、翠面锯齿的狞鬼，自然是人世间之所无，但稍一思索，又觉得它何尝不是人世间之所有呢？它，不过是人类社会中那些"嘴甜心苦，两面三刀；上头一脸笑，脚下使绊子；明是一盆火，暗是一把刀"（见《红楼梦》第65回）的人物的集中和幻化而已。（均地）

◎阎罗王：中国古代宗教神话信仰中的一尊阴间神祇。

【说聊斋】

鲁迅评《聊斋志异》

花妖狐魅,多具人情,和易可亲,忘为异类。

救夫受辱

画皮

陈氏到了家中，一则悲伤丈夫的惨死，二则懊悔吃了那乞丐的腻痰，号啕恸哭，恨不得自己立刻就死。正要揩掉血迹，把死尸成殓◦起来，家里的人只是远远地站着观看，没有一个敢走近去。陈氏抱牢了丈夫的尸首，替他把肠子放进肚皮里去，一边哭，一边整理肠子。哭得声嘶力竭的时候，好像要呕吐，忽然觉得胸口内有一件东西，蓦地从喉咙口冲将出来，一时来不及回头，那件东西已经落到死尸的胸腔里去了。当时大吃一惊，仔细观看，原来是一颗心，在胸腔中突突地跳个不停，热气上升，好像烟雾。陈氏觉得十分诧异，急忙用两手把胸腔挤合拢来，极力抱住。有时略放松一点，便有热气从裂缝里透出来，于是撕一块绸子，把胸口紧紧扎住。伸手抚摸尸体，慢慢地有些暖气，拿条棉被替他盖上。到了半夜里，揭开来看，鼻孔里已经有气息了。天亮以后，居然复活。他自己说，仿佛做了一个梦，只是心口微微有些疼痛罢了。看那裂开的地方，结成一个疤，像铜钱大小。不久，那创口也就平复了。

◎成殓：入殓。

【名家评点】

皮曷云画，冶容也；画曷云皮，臭囊也。呜呼！斩狞鬼首者，狞鬼也，非道士也；掬王生心者，王生也，非狞鬼也。设狞鬼能不害人，则可以免乎木剑。王生能不渔色，又何至使其妻遭夫亡之惨？复抱食唾之羞。由是观之，较视玉容为臭皮囊，更为毛发悚然，其如狂且之不悟何？（方舒岩）

【锦言佳句】

愚哉世人！明明妖也而以为美。
迷哉愚人！明明忠也而以为妄。

呕心回生

贾儿

湖北有个老人，出外做买卖。他妻子一个人住在房中，梦里觉得有人和她睡觉。醒过来用手一摸，却是个年轻男子。看他情形，与一般人不同，知道是个狐狸精。不多一会儿，男子跳下床去，房门没有开，人已经不见了。

到了晚上，叫烧火老妈子来陪伴她。她有一个儿子，年方十岁，向来睡在别的床上，那晚也叫过来一同睡。夜深的时候，老妈子和孩子都睡着了，狐狸精又来。女人嘴里咕咕哝哝，好像在说梦话。老妈子知道了，高声叫她，狐狸精就溜走了。

从此以后，她迷迷惘惘，好像忘记了什么东西一般。到了晚上，不敢把灯烛吹灭，警告儿子，不要睡得太熟。夜深的时候，孩子与老妈子靠着墙壁打瞌睡，等到醒来，不见了女人，以为她出外小便去了。等了好一会儿，不见她进来，才有些疑心。老妈子害怕，不敢去找。孩子拿了灯火，四面去照，到了另外一间房子里，见他母亲脱得精光，睡在房中。走近去扶她，她也不知道害羞。

从此以后，她变成了疯子：一会儿唱歌，一会儿哭，一会儿高声叫骂，每天变化无穷。晚上不高兴与别人同睡，另外睡在一张床上，连儿子和老妈子也打发开了。孩子每次听到他娘有说有笑的声音，总要起来点灯照看。娘反而生气，骂儿子，儿子也不放在心上，所以大家都称赞这孩子胆大。但是这孩子很顽皮，玩起来无休无歇。每天学习泥水匠，拿砖头石头叠在窗口上。别人拦阻他，他不肯听。有人拿掉了一块石头，他就在地上打滚，撒娇啼哭，所以没有人敢惹他。过了几天，两面窗口都被他堵塞了，一点太阳光也照不进去。后来又用泥涂墙洞，一天到晚，忙忙碌碌，不怕劳苦。涂好之后，没有事做，就把厨房里的切菜刀拿来，霍霍°地磨。看见的人都讨厌他的顽皮，不把他当作个人看待。

到了晚上，孩子把刀藏在怀里，拿一只瓢遮住了灯光。等到母亲说梦话的时候，赶快把灯放开，堵住房门，高声喊叫。等了好一会儿，没听见什么动静，就离开门口，假意说要去小便了。

◎霍霍：象声词，形容磨刀等的声音。

【名家评点】

《贾儿》一篇以简练且清新的文字，充满悬念与曲折的情节，讲述了一个不畏强敌、智勇双全的少年智斗狐妖的故事。贾儿这一人物形象的塑造丰富了聊斋人物的多样性，其机智果敢的性格与幼小的年龄形成强烈的反差，是《聊斋志异》中一篇不可多得的正义战胜邪恶的故事。（韩贝贝、李汉举）

【说聊斋】

拉美文学巨匠博尔赫斯谈《聊斋志异》

这是梦幻的王国，或者更确切地说，是梦魇的画廊和迷宫。死者复活；拜访我们的陌生人顷刻间变成了一只老虎；颇为可爱的姑娘竟是一张青面魔鬼的画皮；一架梯子在天空消失，另一架在井中沉没，因为那里是刽子手、可恶的法官以及师爷们的起居室。

忽然看见有一只东西，好像狐狸，从门缝里蹿出来。孩子赶快拿刀一砍，只砍断了它的尾巴，有二寸左右，还在滴血呢。

孩子刚放开灯起身的时候，母亲就在骂他，他假装听不见。后来没有砍死那狐狸，未免有些懊恼，便去安睡。心里暗想，虽然没有砍死它，但希望它从此不再来了。等到天亮，看那血迹，是从墙上爬过去的。跟踪追寻，见它逃进了何家的花园里。这天晚上，果然没有来，孩子暗暗地很高兴，但是他母亲却呆呆地睡着，好像死了一般。

不多几天，商人回家，到床边慰问妻子。那女人开口就骂，看得丈夫像仇人一般。孩子把经过告诉父亲，商人吃了一惊，便去请医生前来诊治。劝妻子服药，那女人把药泼在地上，骂不绝口。商人暗地里把药和在汤水中给她喝，过了几天，渐渐安定下来，父子二人都很高兴。

一天晚上，商人睡醒过来，那女人忽然不见了。父子二人又在另一间屋子里找到了她。从此以后，她又疯疯癫癫，不愿意与丈夫住在一个房间里。到了晚上，跑到另一间屋子里去。拉她过来，她骂得更厉害。商人没法，把其余各房间的门都锁起来。谁知那女人走过去，锁上了的门都会自动开放。商人很担心，用尽了种种方法，请道士前来驱逐祈祷[○]，都毫无效验。

有一天，太阳快要落山的时候，孩子偷偷地溜进何家花园，躲在乱草丛中，想要侦察那狐狸究竟在哪里。月亮刚升起来，忽然听得有人在讲话。暗地里拨开乱草，向外偷看，见两个人在那里饮酒。一个长胡子的仆人，捧着酒壶，穿一件深棕色的衣裳。两个人说话的声音都很低，听得不十分清楚。过了一会儿，听到一个人说："明天可以拿一壶白酒来！"再过了一会儿，两个人都去了，只有那长胡子的仆人还留在这里。他脱了衣裳，睡在庭心的石板上。仔细把他一看，四肢都和人一样，只是背后拖着一条尾巴。孩子要想回去，恐怕惊醒了狐狸，就整夜躲在草里。天还没有亮，听得那两个人又陆续来了，唧唧哝哝

◎祈祷：向神祝告求福。

传世彩绘聊斋志异

贾儿

【名家评点】

《搜神记》卷十九《李寄》条,写少女李寄用奇计杀掉已经吃了九个少女的蛇神。《聊斋志异》则从这个勇敢机智的少年得到启示,写了《贾儿》:一个十岁的少年,用奇计毒死了作祟的狐精。（徐君慧）

西方神话里有一个很有名的"俄狄浦斯情结",即弑父娶母。我认为,在贾儿的潜意识中有这样的情结。于是,他才会如此愤慨,喜欢磨刀,准备报复了。试想,如果这样的场景里的主人公是他的父亲和母亲呢?小说中的他,肯定就不好实施自己的报复行为了。借助母亲的出轨而实现自己的潜意识,这不能不为这个贾儿的行为披上合理的外衣。（李志红）

地谈着,走进竹林里去,孩子就回转家中。父亲问他往哪里去了,他答道:"住在何伯父家里。"

刚巧那天跟父亲到市上去,看帽子店里挂着一条狐狸尾巴,便要求父亲买下来。父亲不肯。孩子拉了父亲的衣裳撒娇,吵个不停。父亲不忍过于使他失望,就买了下来。父亲在市上做买卖,孩子在旁边玩耍。孩子趁父亲的眼睛看着别处,偷了一点钱,去买一瓶白酒,寄①在酒店里。孩子有个舅舅,住在城里,打猎为生。孩子奔到舅舅家中,舅舅出去了,舅母问他:"母亲的病怎样?"答道:"这几天些微好一点了。又因为老鼠咬衣裳,惹得她时常生气,所以派我来讨些杀野兽的毒药。"舅母从柜里找出药来,包了一钱左右,交给孩子。孩子嫌太少。这时,舅母要去下面给他吃,孩子见屋里没有别人,就自己把药包打开,偷了一大把,用纸包好,藏在怀里,然后跑出去叫舅母不要下面,说道:"父亲在市上等我,来不及吃了。"说完就走。他暗地里把毒药放在酒中,在市上游玩了一会儿,到晚上才回家。父亲问他去了哪里,他推说在舅舅家中。

从此以后,孩子天天在市上玩。有一天,看见那个长胡子的人也夹在人丛里,仔细看看,的确不错,就跟在他后面,慢慢地与他谈起话来。问他住在哪里,答道:"在北村。"那人也问孩子,孩子骗他说:"在山洞里。"长胡子的人诧异起来,问他怎样会住在洞里。孩子笑道:"我家世代住在洞府中,你难道不是吗?"那人越发惊奇,问他姓名。孩子说:"我姓胡,好像在哪里曾经见到你跟着两个少年在一起,你难道忘记了吗?"那人仔细看看他,还有些将信将疑。孩子把裤子拉开一点,微露出个假尾巴来说道:"我们混在人类中,只有这个东西还保留着,未免可恨。"那人问他:"在市上做些什么?"孩子说:"父亲派我来买酒。"那人告诉他,也是来买酒

① 寄:寄存。

【说聊斋】

清人张安溪谈《聊斋志异》

《聊斋》一书，善读之令人胆壮，不善读之令人入魔。予谓泥其事则魔，领其气则壮，识其文章之妙，窥其用意之微，得其性情之正，此变化气质、淘成心术第一书也。多言鬼狐，款款多情；间及孝悌，俱见血性，……体大思精，文奇义正，为当世不易见之笔，深足宝贵。

的。孩子问他："买了没有？"那人说："我们都很穷，所以偷的时候居多。"孩子说："这真是苦差事，教人担惊受怕。"那人说："奉了主人的差遣○，不得不这样做。"孩子问他："主人是谁？"那人说："就是你从前所见的两个少年。他们是兄弟俩：一个和北门外王家的女人有关系，一个住在东村某商人家里。那商人家的孩子太坏，被他砍断了尾巴，创口过了十天才平复，如今又去了。"讲完这几句话，就要分别，说道："不要耽误了我的事情。"孩子说："偷酒很难，不如买酒容易。我刚才买了一瓶酒，寄在店里，就送给你吧。我袋里还有钱，不怕买不到。"那人说："很惭愧，我可没有什么报答你。"孩子说："我们本是同类，何必计较这一点。等我有空闲的时候，还要跟你畅畅快快地喝一次哩。"就与他同去，拿了酒交给他，然后回家。

到了晚上，母亲竟安安静静地睡觉，不再奔出去了。孩子心里知道，已经有什么变化发生了，就告诉父亲，一同往何家花园中去检查，只见两只狐狸死在亭子里，一只狐狸死在草里，嘴边还有血流出来。酒瓶丢在那里，拿起来一摇，酒还没有吃完。父亲很惊奇，问道："为什么不早一点告诉我？"孩子说："这东西最精灵，一泄露，它就知道了。"商人很欢喜道："我的儿子真是讨伐狐狸的陈平○。"于是父子二人把三只狐狸拿回来，其中一只狐狸的尾巴短了一截，刀伤的痕迹还看得出来。

从此以后，家里便安静了。可是那女人瘦得很厉害，心里慢慢地明白起来，加上咳嗽的毛病，每次要呕几升痰，不久就死了。北门外王家的女人，一向有狐狸精作祟○，这时候去问他们，据说狐狸精已经断绝，病好起来了。商人因此觉得自己的儿子不是个寻常的小孩，教他骑马射箭，后来做到总兵。

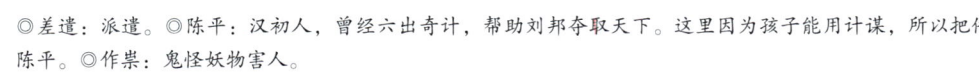

◎差遣：派遣。◎陈平：汉初人，曾经六出奇计，帮助刘邦夺取天下。这里因为孩子能用计谋，所以把他比作陈平。◎作祟：鬼怪妖物害人。

传世彩绘聊斋志异

陆判

山东莒县陵阳镇有个读书人名叫朱尔旦，表字小明，为人豪放直爽，但是他生性有些迟钝，读书虽然很认真勤勉，也能吃苦，却一直没有成名。

有一天，朱尔旦跟几个文友一块喝酒。席间，有人跟他开玩笑说："尔旦啊，你平常以豪放闻名，如果你能在深夜里去十王殿，把左廊下那个判官背了来，我们大家就做东请你喝酒。"原来，陵阳有座十王殿，殿里供奉着的鬼神像都是木头雕成的，妆饰得栩栩如生。在大殿东廊里有个站着的判官，绿色脸膛，红色胡须，相貌尤其狰狞凶恶。有人曾在夜间听到十王殿的两廊里传出审讯拷打声。凡进过殿的人，无不毛骨悚然。所以大家提出这个要求来为难朱尔旦。朱尔旦听了，笑了一笑就站起来，径自离席而去。

没过多久，就听门外有人大叫："我把大胡子宗师请来了！"大家刚站起身来，只见朱尔旦背着判官走了进来。他把判官恭恭敬敬地放在桌子上，然后端起酒杯来，连敬了三杯。众人看见放在桌子上判官那凶恶的模样，一个个害怕地坐在椅子上发抖，惶恐不安，纷纷要求朱尔旦赶紧将判官再背回去。朱尔旦又举起酒杯，把酒祭奠在地上，祷告说："学生粗鲁无礼，谅大宗师不会见怪！我的家距此不远，请您什么时候有兴致了去喝两杯，千万不要拘于人神有别而见外！"说完，他仍将判官背了回去。

第二天，大家果然遵照约定，请朱尔旦喝酒。这场酒席一直喝到天黑，朱尔旦喝得醉醺醺地回到家中。他觉得酒瘾还没过足，于是他又掌上灯，一个人自斟自饮。忽然，有个人一掀门帘就走了进来，朱尔旦抬头一看，竟是那个判官！他忙站起身说："哎呀！看来我要死了！昨晚冒犯了您，今晚是来要我命的吧？"判官大胡子一动一动的，微笑着说："不是的。昨晚承蒙你慷慨相邀，今晚正好有空，所以特来赴你这位通达之人的邀约。"朱尔旦大喜，拉着判官的衣服请他快坐下，自己起身去刷洗酒具，又烧上火要温酒。判官说："天气暖和，不用温酒，我们就这样喝吧。"朱尔旦听从了，把酒瓶放在桌子上，跑了去告诉家人置办菜肴、水果。他妻子知道后，大吃一惊，劝阻他躲在屋里别出去了。朱尔旦不听，站着等她准备好菜肴，然后端了过去，又换了酒杯，两个人便对饮起来。朱尔旦询问判官的姓名。判官说："我姓陆，没有名字。"朱尔旦跟他谈论古典学问，判官对答如流。朱尔旦又问他："懂得现时的八股文吗？"判官说："好坏还能分得出来。阴间里

◎文友：对文学有共同爱好的友人。◎十王殿：寺庙里供奉十王的殿堂。◎供奉：祭祀神佛、祖先。◎毛骨悚然：悚然，害怕的样子。汗毛竖起，脊梁骨发冷，形容十分恐惧。◎径自：直接行动。

【名家评点】

《陆判》是一篇带有荒诞色彩的小说。叙写了阴曹地府的陆判为朱尔旦换心，又为其妻换头等故事。就艺术造诣而言，这篇小说构思离奇，叙事离奇，写人离奇，以独到的"奇异"之美取胜。（李桂奎）

小明负判

【说聊斋】

周作人谈《聊斋志异》

中国古代白话小说，在艺术价值上以《红楼梦》为最，而文言小说，则以《聊斋志异》为最。

陆判

【名家评点】

文章写得不好的读书人可换颗伶俐心，面貌不够美丽的女人可换颗美人首。二十一世纪仍然不能解决的医学难题，在三百多年前小说家笔下，儿戏般完成。朱生换心，朱妻换头，写得有情趣、有哲理。离奇之至的故事创造了两个神采飞扬的人物，大胆豪放的朱尔旦和重情重义的陆判。一人一鬼深情厚谊，人对鬼深信不疑，鬼对人赤诚以待，人鬼之间毫无隔阂、相扶相将、推心置腹、亲如兄弟。《聊斋》给"黑色性"的阴司故事增添了温馨的人性光辉。（马瑞芳）

读书作文跟人世差不多。"陆判官酒量极大，一连喝了十大杯。朱尔旦因为已喝了一整天，不觉大醉，趴在桌子上沉沉睡去。等他一觉醒来，只见残烛昏黄，判官已经走了。

从此后，陆判官两三天就来一次，两人的关系更加融洽，经常同床而眠。朱尔旦把自己写的文章习作拿出来，呈给陆判官看，陆判官用红笔批改一番，都说写得不好。

有一天夜里，两人又在一起喝酒。后来，朱尔旦醉了，自己先去睡下了，陆判官还在自饮。朱尔旦在睡梦中，突然感觉脏腑有点疼痛，醒来一看，只见陆判官端坐床前，已经将他的肚子剖开，将肠子掏了出来，正在一根一根地理着。朱尔旦惊愕地说："我们并无仇怨，你为什么要杀我呢？"陆判官笑着说："你别害怕，我要为你换颗聪明的心。"陆判官不紧不慢地把肠子理好，放进朱尔旦的肚子里，再将刀口合上，最后用裹脚布把腰缠起来。一切完毕，床榻上竟一点血迹也没有，朱尔旦只觉得肚子上稍微有些发麻，仅此而已。又见陆判官把一团肉块放到桌子上，朱尔旦问是什么东西，陆判官说："这就是你原来的那颗心啊！你文思不敏捷，我知道那是你的心窍◎被堵塞的缘故。我在阴间从千万颗心中选了最好的一颗，刚才替你换上了，现留下这个补足缺数吧。"说完，便起身掩上房门走了。

天亮后，朱尔旦解开带子一看，伤口已好了，只在肚子上留下了一条红线。从此后，他文思大进，文章过目不忘。过了几天，他再拿自己的文章给陆判官看，陆判官说："可以了。不过你福气薄，不能做大官，顶多中个举人而已。"朱尔旦问："什么时候考中？""今年必考第一！"陆判官回答。

不久，朱尔旦以头名考中秀才，秋天科考时，他又中了头名举人。平常时，与他一起读书的文友都一直瞧不起他，现在看了他的考试文章后，面面相觑，大为惊讶，想不通为什么他突然能写出如此好的文章。仔细盘问朱尔旦后，才知道这是陆判官给他换了慧心的结果。于是，众人便请求朱尔旦从中介绍，都想结交陆判官。朱尔旦将众人的请求转达后，陆判官很痛快地答应了。众人便大摆酒席，等着招待陆判官。到了一更时分，陆判官来了。只见他红色的大胡子飘动着，炯炯的目光像闪电一样，直透人心。在场的众人害怕得脸都变了颜色，牙齿止不住咯咯作响，没过多久，大家便一个跟着一个地离席逃走了。

朱尔旦看到这种情况，便邀请陆判官到自己

◎心窍：心神之窍。心藏神，古人认为心窍通利则神志清爽，心窍为邪闭阻则神昏癫狂。如"痰迷心窍"。

【读名著学成语】

面目全非

非：不相似。样子完全不同了，形容改变得不成样子。清·蒲松龄《聊斋志异·陆判》："举手则面目全非。"

剖腹易心

陆判

家去喝酒。二人喝得醉醺醺的时候,朱尔旦说:"你替我洗肠换心,我受你的恩惠也不少了!我还有件事想麻烦你,不知可以吗?"陆判官请他说。朱尔旦说:"心肠既能换,想来面目也可以换了。我的结发妻子身子倒还不坏,只是眉眼不太漂亮,还想麻烦你动动刀斧,怎么样?"陆判官笑着说:"好吧,让我慢慢想办法。"

过了几天,陆判官半夜来敲门。朱尔旦急忙起床开门,请他进来,点上蜡烛一照,见陆判官用衣襟包着个东西,朱尔旦便问是什么。陆判官说:"你上次嘱咐我的事,一直不好物色。刚才恰巧得到一个美人头,特来履行诺言了!"朱尔旦拨开他的衣襟一看,是一颗美人脑袋,那脖子上的血还是湿的。陆判官催促快去卧室,不要惊动鸡犬。朱尔旦担心妻子卧室的门晚上闩上了,进不去,不想陆判官一到,伸出一只手一推,门就开了。进了卧室,只见朱尔旦的妻子侧身熟睡在床上。陆判官把那颗脑袋交给朱尔旦抱着,自己从靴子中摸出把匕首,一手按住朱妻的脖子,另一只手像切豆腐一样用力一割,朱妻的脑袋就滚落在枕头一边了。陆判官急忙从朱尔旦怀中取过那颗美人头,安在朱妻脖子上,又仔细看了看是否周正,用力按了按,然后移过枕头,塞到朱妻脑袋下面。一切完毕,命朱尔旦把割下的脑袋埋到一处无人的地方,自己才离去了。

朱妻第二天醒来,觉得脖子上微微发麻,脸上干巴巴的。她用双手一搓面颊,搓下一些干涸的血片,不禁大吃一惊,急忙喊丫鬟取水来洗脸。丫鬟端水进来,看见她一脸血污,惊骇万分。朱妻洗了脸,那一盆洗脸水全变成了红色。她一抬头,丫鬟猛然见她面目全非,更加吃惊。朱妻自己取过镜子来照了照,惊愕万分,百思不得其解。朱尔旦进来后,告诉了妻子陆判官给她换头的经过,又反复打量妻子,见她秀眉弯弯,腮两边一对酒窝,真像是画上的美人。解开衣领一看,脖子上只留下了一圈红线,红线上下的皮肤颜色却截然不同。

在此以前,吴侍御有个女儿,非常漂亮。先后两次定亲,但都没过门,男方就死了,所以直到十九岁了还没嫁人。上元节[◎]时,吴女去逛十王殿,当时游人又多又杂,其中有个无赖窥视到她容貌艳丽,便暗暗地访查到她的家。夜晚用梯子翻墙进院,从她卧室的门上打个洞钻进去,先把一个丫鬟杀死在床下,然后威逼要奸淫吴女。吴女奋力抗拒,大声呼救,无赖发怒,一刀就将

◎上元节:元宵节。

【名家评点】

在男权社会背景下,男性尽管拥有霸权,但也常常有不自足感。这种"不自足"主要表现为两点:一是渴望进一步的功名,二是希望妻子能够更加美貌。朱尔旦式的男人,学业不精,难免困惑其中,又常常被人瞧不起,成为被取笑的对象,面子上又过不去,因而内心是非常纠结的。如何解除这种纠结和困厄?他们便企图寄望于神明帮助,希望通过外力改变现状。这其实是一种"愚人"异想天开的白日梦。(李桂奎)

她的脑袋砍了下来。吴夫人隐约听见女儿卧室里有动静，喊丫鬟去察看。丫鬟进入房间里见到尸体，差点吓死过去。于是，全家人都起来了，将尸体停放在堂屋里，把吴女的头放在她的脖子一侧。一家人放声大哭，乱了一整夜。第二天黎明，吴夫人掀开女儿尸体上的被子一看，身子在，头却不见了。气得她将看守尸体的侍女换个痛打了一顿，认为是她们看守不严，导致女儿的头被狗叼去吃了。吴侍御立即把女儿被杀的事向郡府报了案，郡守严令限期破案，缉捕凶手，可是三个月的时间过去了，凶手仍没抓到。

不久，朱尔旦的妻子换了脑袋的奇闻传入吴侍御的耳朵里。他立即起了疑心，派了一个老妈子借故去朱家探看。老妈子一见朱夫人的模样，立刻惊骇地跑回来告诉了吴公。吴公见女儿尸体还在，心中惊疑不定，猜测可能是朱尔旦用邪术杀了女儿，便亲自去盘问朱尔旦。朱尔旦说："我的妻子在睡梦中被换了脑袋，实在不知道是怎么回事！但你说是我杀了你女儿，真是冤枉啊！"吴公不相信他说的话，便告到了郡府。郡守又把朱尔旦的家人抓了去审讯，结果和朱说的一样，郡守也判断不清。朱尔旦回家后，向陆判官讨教解决办法。陆判官说："这件事很容易，我让他的女儿自己将整件事都讲清楚。"

夜晚，吴侍御梦见女儿跟他说："女儿是被苏溪的杨大年杀害的，与朱举人没有关系。朱举人认为他的妻子长得不漂亮，陆判官就把女儿的头给朱妻换上了。现在，女儿虽然死了，但脑袋还活着，愿我们家不要跟朱举人结仇。"吴侍御醒后，忙把所做的梦告诉了夫人，他夫人也做了个同样的梦。于是，他们将这些情况报告给郡府，郡守一问，果然有个杨大年。于是，将杨大年抓了起来，进行拷问，最终杨大年供认了所犯的罪行。吴侍御便去拜访朱尔旦，请求见一见朱夫人，因此又认了朱夫人为女儿，和朱尔旦结成了翁婿◎。于是，把朱夫人的脑袋安在吴女的尸体上，一起埋葬了。

后来，朱尔旦又三次进京考进士，都因为违犯了考场规矩而被黜名。他由此灰心丧气，不再想做官。过了三十年，有一天晚上，陆判官告诉朱尔旦说："你的寿命快到头了。"朱尔旦询问他死亡的日期，陆判官回答说五天后。他又问："能挽救吗？"陆判官说："生死全由天定，人怎能改变呢？况且在通达的人看来，生和死是一样的，

◎翁婿：岳父和女婿。

【锦言佳句】

自达人观之，生死一耳，何必生之为乐，死之为悲？

陆判

为何要认为活着是快乐的，而死了就是悲哀的事呢？"

朱尔旦听了，认为陆判官说得很对，便立即为自己置办起寿衣棺材。五天后，他穿着盛装去世了。第二天，朱夫人正在扶着灵柩痛哭，朱尔旦忽然轻飘飘地从外面走了进来。朱夫人非常害怕，朱尔旦说："我确实是鬼，但和活着时没有什么两样。我很挂念你们孤儿寡母，实在是恋恋不舍啊！"夫人听了，号啕大哭，泪水一直流到胸前。朱尔旦拥抱着妻子不停地劝慰着，夫人说："古时有还魂的说法，你既然有灵，为什么不再托生呢？"朱尔旦说："天数怎么能违背呢？"妻子又问："你在阴间干些什么？"朱尔旦回答说："陆判官推荐我掌管文书◦，还封了官爵，也没什么苦处。"妻子还想再问，朱尔旦说："陆公跟我一块来了，快点准备酒菜吧。"说完便出去了。朱夫人立即按丈夫吩咐的去准备。不一会儿，便听见陆判官和朱尔旦二人在室内饮酒欢笑，高谈阔论，跟生前一样。到了半夜，再往屋里一看，二人都已离去了。

从此后，朱尔旦几天就来一次，有时就在家里留宿，和妻子同寝缠绵，顺便料理一些家务事。当时，他的儿子朱玮才五岁。朱尔旦来了后，就抱着他。朱玮长到七八岁，朱尔旦就在灯下教他读书。儿子很聪明，九岁能写文章，十五岁考进了县学，仍然不知道自己的父亲早已去世多年。但此后，朱尔旦来的次数渐渐少了，有时个把月才来一次。

又一天晚上，朱尔旦来了，跟妻子说："现在我要和你永别了！"妻子问："你要去哪里？"朱回答说："承蒙◦上帝◦任命我为太华卿，马上就要去远方赴任。公务繁忙，相隔的路途又很遥远，所以今后不能再来了。"妻子和儿子听了，抱着他痛哭。朱尔旦安慰说："不要这样！儿子已长大成人，家境也还过得去，世上哪有百年不散的夫妻呢？"又看着儿子嘱咐说："好好做人，

◎文书：公文、书信、契约等。◎县学：旧时供生员读书的学校。◎承蒙：客套话，受到。◎上帝：天帝。古时指天上主宰一切的神。

【名家评点】

《陆判》文中朱某的"换心"与朱妻的"换颅"，一个是"文思大进，过目不忘"，一个是"笑靥承欢，画中美人"，而且成为"捐颅者"吴家的快婿与掌珠。这种文学玄想与医学的实证分析判然有别，正反映两者截然不同的目的：医学上的器官移植是"救人一命"，而文学上的器官移植则是"满足欲望"——成就才子佳人、荣华富贵的美梦。（王溢嘉）

【读名著学成语】

涤肠伐胃

涤:洗。伐:敲打。形容以聪慧代替原来的愚钝。清·蒲松龄《聊斋志异·陆判》:"涤肠伐胃,受赐已多。尚有一事相烦,不知可否?"

魂归训子

陆判

不要荒废了父亲教给你的学业。十年后还能见一面。"说完，径直出门走了，从此再也没有音信。

后来，朱玮二十五岁时考中了进士，做了行人官，奉皇帝的命令去祭祀西岳华山。路过华阴的时候，忽然有支打着仪仗的人马，急速冲来，也不回避朱玮的队伍。朱玮觉得十分奇怪，仔细审视对方车中坐着的人，竟然是他的父亲！朱玮忙跳下车，跪在路边痛哭。他的父亲停下车子，说："你做官的声誉很好，我可以安心闭目了。"朱玮哭着跪在地上不起来，但朱尔旦催促车辆飞速驰去，不顾不管。只是刚走了几步，却又回头望了望，随即解下身上的佩刀，派个人回来送给了朱玮，远远地喊道："配上这把刀，可以保荣华富贵！"朱玮想要追赶着跟上去，只见父亲的车马从人飘飘忽忽地像风一样，瞬间便消失不见了。朱玮心里十分惆怅，伤痛了很久，却没办法，他抽出父亲送给他的刀看了看，只见刀的制作极其精细，刀上刻着一行字："胆欲大而心欲小，智欲圆而行欲方。"

朱玮的仕途通达，做官一直做到司马。他生了五个儿子，依次是：朱沉、朱潜、朱沕、朱浑、朱深。有一晚，朱玮梦见父亲，并告诉他说："佩刀应赠给朱浑。"朱玮听从了。后来朱浑官至总宪，很有政声。

异史氏说：斩断仙鹤的脚给鸭子接上，这么做的人是异想妄为；移花接木，最先做的人却是很神奇的。何况将人的肚子凿开（指为朱生换心），在脖子上施加刀锥（即为朱妻换首）的呢？陆公，可谓相貌丑陋但内心美好的鬼判啊。明朝末年至今，相隔的时间并不是很久远，不知道陵阳的陆公还在吗？还有没有英灵呢？如果他还在，那么当仆役为他执鞭赶车，也是令人羡慕的事啊！

◎仪仗：用于仪卫的武器、旗帜、伞、扇等。◎仕途：做官的道路。

【名家评点】

尔旦易心，虽钝亦慧。安得陆公至今，易天下残者为仁，贪者为廉，斜曲者为正直乎？噫！（方舒岩）

[读名著学成语]

断鹤续凫

截短仙鹤的长腿,接长野鸭的短腿。比喻做事生搬硬套,违反规律。续:接续。凫:野鸭子。清·蒲松龄《聊斋志异·陆判》:"断鹤续凫,娇作者妄;移花接木,创始者奇。"

华阴贻佩

传世彩绘聊斋志异

婴宁

王子服是莒州罗店镇人。他从小丧父,绝顶聪明,十四岁便中了秀才。母亲特别疼爱他,平时总是不让他到野外游玩。与萧家订了婚,那姑娘不曾过门就死了,至今还没有成亲。

一次,正赶上元宵节,他舅舅的儿子吴生邀他到外面看热闹。刚出村口,舅舅家的仆人跑来,把吴生叫走了。王子服见出游的女子成群结伴,到处都是,便乘着兴致独自漫游。有个姑娘带着丫鬟,手里拿着一枝梅花,长得千娇百媚,满脸堆着迷人的笑容。王子服目不转睛地注视着她,竟然忘了顾忌。姑娘走过了几步,掉转头来对丫鬟说道:"这小伙子眼睛瞪得圆圆的,死盯着人,真像个贼!"说着把花丢在地上,有说有笑地走开了。

王子服拾起花来,感到很恍惚,神魂好像飞走了似的,无精打采地回到家里,把花藏在枕头底下,低下头睡觉,不说话也不吃东西。他母亲十分着急,连忙请了和尚道士,替他念经祈祷,但病势反而加剧,眼看一天一天地瘦了下来。请医生给他吃了几服发散的药剂,更像昏迷过去了。母亲抚摸着他问他的病由,他默默地一句话也不肯讲。

这时,他表兄吴生来了,母亲嘱咐吴生私下去盘问。吴生来到床前,王子服见了他便流下泪来。吴生坐在床沿上,先劝慰了一番,然后慢慢问他生病的原因。王子服把内心的话全部对他说了,并且求他想办法。吴生笑道:"你也未免过分死心眼儿了,这种愿望有什么难以满足的!我一定替你打听一下。在野外步行游逛的女子,不会是什么大家闺秀。如果她还没有许人家,事情固然好办,即使许了人家,也不要紧,拼着多花几个钱,还是可以成功的。如今只求你病好,这件事就包在我身上了。"王子服一听,不知不觉地露出笑容来。

吴生出去,把原委°告诉了姑母,一面便去探询姑娘的住处。但左寻右找,一点踪迹也没有。母亲十分担心,不知道如何是好。但是自从吴生来过以后,王子服不再愁眉苦脸,也稍稍进一点饮食了。

过了几天,王子服见吴生来,就问事情办得怎样了。吴生骗他说:"已经找到了,我当是谁呢,原来是我姑姑的女儿,也就是你的姨妹,现在还没有婆家。尽管你们是内亲,不便启齿,但是我把你的意思照实说了,是不会不成功的。"王子服一听,立刻眉开眼笑,就问那位姨妹住在什么地方。吴生撒谎说:"就在西南山中,离此地有

◎原委:事情自始至终的过程。

【名家评点】

此篇以"笑"字立胎,而以"花"为眼。处处写笑,即处处以花带之。"拈梅花一枝"数语,已伏全文之脉,故文章全在提掇处得力也。以"拈花笑"起,以"摘花不笑"收,写笑层层叠叠,无一笑冗复,无一笑雷同。不笑后复用反衬,后仍结转"笑"字,篇法严密乃尔。(但明伦)

婴宁憨态,一片天真,过于司花儿远矣。我正以其笑为全人。(何守奇)

婴宁的形象是十分生动又具有深刻的社会意义的。这个艺术典型,在古典小说中卓然不群,光彩夺目。在这个颇为特殊的人物形象中,贯注着蒲松龄对于人生世态的深切感受,也寄寓着他的美好的生活理想。(卢今)

拾花染疴

【锦言佳句】

乱山合沓,空翠爽肌,寂无人行,止有鸟道。遥望谷底丛花乱树中,隐隐有小里落。下山入村,见舍宇无多,皆茅屋,而意甚修雅。北向一家,门前皆丝柳,墙内桃杏尤繁,间以修竹,野鸟格磔其中。

婴宁

三十余里。"王子服又再三嘱托，吴生慨允◎，告别而去。

王子服从此饮食增加，身体也慢慢复元◎。他搬开枕头一看，花朵虽然已经干枯，却还没有凋落，就拿在手里把玩，心里痴痴地想念着姑娘，仿佛见到了她一样。但是好久也不见吴生来，觉得很奇怪。他写了封信去邀吴生来，吴生也是推三阻四，不肯应召。王子服很生气，又闷闷不乐起来。母亲怕他旧病复发，赶快替他说亲，但他总是摇头表示不愿意。他天天盼望吴生，却始终不见吴生有消息送来，心里越发怨恨。他转念一想，三十里路并不算远，何必一定要依赖别人，便把梅花藏在袖子里，赌气自己去寻找，不过并没有把这件事告诉他家里的人。

他孤零零地一个人向前走，没有地方可以问路，只好朝着南山行去。走了三十多里，他见四面峰峦耸峙◎，到处都是青翠的林木，觉得神清意爽。这地方静悄悄地没有一个行人，只是蜿蜒着一条羊肠小道。他远远地向山坳◎里一望，在一丛鲜花和一堆乱树中，隐约地浮现出一个小村落来。

他走下山去，来到村里，见房屋不多，都是茅草盖的，却显得十分幽静雅致。朝北有一家，门前挂满了丝丝垂柳，墙里面桃花、杏花还在盛开，夹杂着几竿翠竹，鸟儿在枝头啁啾地鸣唱。他心想这一定是什么人家的花园，不敢贸然进去。回头看见对门有一块又光滑又干净的大石头，便走过去坐在上面休息。

过了一会儿，他听到墙里面有个女子拖长着声音喊叫小荣，声音又娇又脆。他正在侧着耳朵倾听，忽然有个姑娘由东向西走来，手里拿着一朵杏花，低着头想把它插在鬓边。她猛一抬头，望见有陌生人，便不再插，面带笑容拿着花走了进去。王子服仔细一瞧，原来就是元宵节在路上遇到的那个美人儿。

他心里一下子高兴起来，一时却又找不到一个进身的门路，想去拜认姨母，但又素无往来，怕万一认错了亲戚，闹笑话。门里面也没人可以询问，他只好时坐时卧，有时还来回地走动走动。从早晨到日落，他一直眼巴巴地望着，连饥渴也忘了。有个女子时常露着半个脸，在偷偷地窥探，好像是因为他老待在那里不去而感到奇怪似的。

不一会儿，一个老太婆拄着拐杖走了出来，把王子服打量了一下，说道："哪里来的一位少爷？听说从早晨便来了，一直留到这个时候还不回去，你究竟打算怎么样？肚子也该饿了吧？"

◎慨允：慷慨允诺。 ◎复元：恢复元气。 ◎峰峦耸峙：山峰和山峦耸立。 ◎山坳：山间的平地。

【名家评点】

一场人与鬼的婚爱思念，发生地竟然美到如同陶渊明的桃花源。（阎连科）

《婴宁》看起来是写爱情，其实不是，它更多的还是反映一个自由随性的灵魂被扼杀改造的过程，让人读来有深深的惋惜与惆怅。（左江）

【锦言佳句】

拈梅花一枝，容华绝代，笑容可掬。

寻亲止宿

婴宁

王子服连忙站起来向她作揖◎，一面答道："我是来探亲戚的。"老太婆聋得厉害，听不清他说的话。王子服又提高了声音重复了一遍，她才问道："你的亲戚姓什么呢？"王子服回答不出。老太婆笑道："真奇怪！连姓名都不知道，还探什么亲戚？我看你这位少爷，也是一个书呆子。不如跟我到里面去，吃一顿粗饭，在小床上将就睡一夜，等明天早上回家去，把姓名问清楚了，再来探亲也不晚啊。"王子服觉得肚子正饿，想吃东西，借此又可以接近美人，就高兴地跟着老太婆走了进去。

走进门里面，王子服见路全是用白石铺成的，两旁红花盛开，花瓣儿一片一片地落在台阶上。转弯抹角地往西走，又打开一道门，满院都是豆棚花架。老太婆把客人让到屋里，白色的墙壁光滑得和镜子一般。窗户外面一树鲜艳的海棠花，枝叶直伸到房间里来。椅垫、茶几、床铺，样样都很光洁清爽。

刚一坐定，王子服隐隐约约地看见像是有人在窗外窥探。老太婆叫道："小荣，赶快去做饭！"只听到外面有人高声答应着去了。

坐了一会儿，王子服把家世说了。老太婆说："少爷的外祖父莫非姓吴吗？"他回答说是的。老太婆一惊，说："这样说来，你就是我的外甥了。你母亲是我的妹子，许多年来因为家境贫寒，没有一个男孩子，便弄得音信隔绝◎，外甥长得这么大了，还不曾见过一次面。"王子服说："我这回就是为姨母来的，出门时太匆忙，连姓名都忘记问了。"老太婆说："老身◎姓秦，不曾生过子女，只有姨太太养的一个女儿。姨太太改嫁了，她留下来由我抚养，生得倒也不笨，不过缺少教训，成天贪玩，不大懂事。等一下我叫她来拜见，和你认识认识。"

不久，丫鬟把饭送上，还炖了一只很肥的鸡。

◎作揖：两手抱拳高拱、身子略弯，表示向人敬礼。 ◎音信隔绝：与社会上的人们隔离，断绝来往。 ◎老身：老人的自称。

【名家评点】

作者尽情地向我们描绘了一位与封建礼教相对立的女性：美丽、天真、聪明、活泼，爱说爱笑，富有朝气和无限的生机，仿佛一股清风吹入这污浊的人世，使人耳目一新；又如一簇幽山中的兰草，散发出阵阵清香，沁人心脾。作者在写作中，十分钟爱这位自己塑造的鲜活形象，亲切地称之为"我婴宁"。（陈长喜）

【锦言佳句】

见门内白石砌路，夹道红花片片坠阶上，曲折而西，又启一关，豆棚花架满庭中。肃客入舍，粉壁光如明镜，窗外海棠枝朵，探入室中，茵借几榻，罔不洁泽。

老太婆不住在旁劝他多吃一点。饭罢，丫鬟来收拾碗筷，老太婆便对她说道："去唤宁姑娘到这里来。"丫鬟答应着去了。

隔了老半天，门外发出了婴宁的一阵阵笑声。老太婆说："婴宁，你表兄在这里！"婴宁在门外还是咦咦地笑个不休。丫鬟把她推进门来，她仍然用手帕捂着嘴，怎样也止不住笑。老太婆瞪了她一眼说："有客人在这里，嘁嘁喳喳的像个什么样子！"婴宁就忍住笑立在一旁，王子服向她作了一个揖。老太婆说："这是王家少爷，你姨母的儿子，彼此是亲戚却还不认识，真是笑话！"王子服问："妹子多大了？"老太婆没听懂，他只好重新再说一遍。姑娘听了，又笑得抬不起头来。老太婆说："我说她缺少教训，你看她这个样子，便可见我说的并不过分。已经十六岁了，还是傻里傻气像个小娃娃。"王子服说："那么，她比我小一岁了。"老太婆说："这样说来，阿甥已经十七岁了。可是庚午年°生，属马的吗？"王子服点头称是。老太婆又问："外甥媳妇是谁？"他答道："还不曾娶妻。"老太婆说："像阿甥这般才貌，怎么十七岁了还不曾定亲？婴宁也没有婆家，很配得上，只可惜我们是内亲，要避嫌疑的。"

王子服听了一言不发，只是死盯着婴宁，什么也顾不得看了。丫鬟悄悄地对姑娘说道："眼睛瞪得圆圆的，那种贼腔调一点儿也没有改！"姑娘又忍不住大笑起来，回过脸去对丫鬟说道："我们去看看碧桃开花了没有。"说着立即站起身来，用袖子捂着嘴，迈着碎步走了出去。到了门外，才放声大笑。老太婆也站起来，叫丫鬟取过被褥，替王子服安置睡的地方，一面对他说道："阿甥来一趟也不容易，应该住上三五天，再慢慢送你回去。如果觉得闷，房子后面有座小花园，不妨前去消遣消遣。家里有的是书，也可以随便读读。"

◎庚午年：庚午，为干支之一，是中国农历干支纪年。

婴宁

第二天，王子服走到房子后面，果然有座半亩大的园亭，柔嫩的小草铺得像绿油油的绒毡◎，棉絮般的杨花随着风飘落了满地。中间有草堂三间，四面全被花木遮蔽住。他穿过花丛小径慢悠悠地走去，只听到树梢里发出窸窣◎的声音，抬头一望，原来是婴宁在上面。她看到王子服，笑得前仰后合，几乎要掉下来。王子服连忙劝告她说："快不要这样，当心跌下来！"婴宁一面往下爬，一面还在笑个不住。快要爬到地面，她失手跌了下来，笑声才停止。王子服趁着上前去扶她，偷偷地捏了一下她的手腕，她又笑了起来，笑得身子发软，靠在树上不能行走了。她这样笑了很久，才勉强地忍住。

王子服等她笑完，从袖子里取出那朵花来给她瞧。她接过去一看说道："已经枯了，还留着它做什么？"王子服说："这是元宵节那天妹妹丢给我的，所以我才把它保存起来。"她问："为什么要保存？"他说："这是表明我爱你，不能忘记你的意思，自从元宵节相遇之后，我便相思成疾，自以为要变成鬼了，哪里料到还能和你见面？希望你能怜悯我的苦心。"婴宁说："这种小事又算得了什么，何况我们是至亲，我有什么可以吝惜的！等表哥走的时候，园子里有的是花，我叫老家人来，折一大捆背着送去。"王子服说："难道妹妹发痴了吗？"婴宁说："怎么叫发痴？"他说："我不是爱花，是爱拿花的人啊！"婴宁说："我们有亲戚情分，爱是当然的，还用说吗？"王子服说："我所说的爱，不是指普通亲戚的爱，而是夫妻的爱。"婴宁说："这有什么不同吗？"他答道："就是晚上在一起睡啊。"她听了，低着头想了半天，说道："我可不惯和陌生人睡在一起……"话没说完，丫鬟蹑手蹑脚地走了来，王子服着了慌，便连忙逃去。

过了一会儿，两人又在老太婆房里碰到。母亲问道："你们到哪里去了？"女儿回答说："在花园里一块儿谈谈。"老太婆说："饭熟很久了，哪里来的这许多话，唧唧咕咕地半天说不完！"

◎绒毡：工业常用工具，用羊毛加工黏合而成。 ◎窸窣：形容细小的摩擦声。

【名家评点】

婴宁用极端手段，惩罚对自己图谋不轨的西宁子——有人将婴宁的这一出与王熙凤的"毒设相思局"相比较，以为这一作为和水准，因为出手早，应算是王熙凤的师辈。虽然婴宁和凤姐在这两起事件中均属被猎取的对象，以极恶手段惩罚西宁子和贾瑞，但王熙凤的"恶之花"之举，却因凤姐其人，让人对她的所作所为更添一层憎恶；而婴宁亦正亦邪的美姿，反而让人更难忘怀，也更显其纯粹性情，让人充满了对她的同情。（鱼丽）

【锦言佳句】

我非爱花,爱折花之人耳。

扳花道故

婴宁

女儿说:"大哥想和我睡在一起……"这话还没说完,王子服就显得很窘,连忙用眼睛瞪她。她这才轻松地一笑,不再讲下去了。幸而老太婆耳聋,没有听清楚,但她仍然啰啰嗦嗦地追问。王子服赶快用别的话岔开,过后又低声责怪婴宁。婴宁说:"难道刚才的话不该说吗?"王子服:"这是背着人说的话啊!"婴宁说:"背着别人还可以,哪里能背母亲!何况睡觉也是件很平常的事情,有什么不能说的!"王子服恨她傻里傻气,一时却又没有办法使她明白。

王子服刚刚吃完饭,他家派人牵了两头驴子前来寻他了。原来他母亲那天等了很久,不见他回去,才开始有些疑心,镇上都找遍了,连一点影子也没有。派人去问吴生,吴生想起他先前对王子服说的话来,叫他们到西南山里面去寻。他们寻了几个村庄,最后才来到这里,正巧王子服走到门口,碰上了。王子服进去告诉老太婆,并且希望她们同他一起回去。老太婆很高兴,说道:"我有这个意思不止一天了。不过老身不能走远路,你单把妹子带去,认识认识阿姨,也是一桩很好的事情。"说着便唤婴宁。婴宁笑着走来了,老太婆说:"有什么喜事,成天价[◎]笑不完!你如果能不笑,就是一个十全十美的人了。"说着瞪了她一眼,然后又说:"大哥要你跟他一起回家,赶快去打扮打扮。"老太婆用酒饭招待王家的来人,最后又把他们送到大门外,对婴宁说道:"阿姨家里田地很多,养得起闲人。到了那里可不要就想回来,稍微读读书,学点礼节,顺便请阿姨替你选择一个好女婿,将来你可以好好侍候公婆。"她说完,王子服和婴宁便跨驴跟着来人出发。走到山坳里,他们还隐隐约约地看见老太婆靠在门口,依依不舍地朝北望着。

◎成天价:一天到晚。

【名家评点】

对于生活在封建社会恶浊空气中的读者来说,婴宁的形象无疑是空谷足音,高山雪莲,铅云隙缝中射出的一道阳光,是能够使人们的精神大为一振的。(张稔穰、李永昶)

【锦言佳句】

我所谓爱,非瓜葛之爱,乃夫妻之爱。

垂卫同归

婴宁

他们一到家，母亲见了这样一个美人，大吃一惊，便问她是谁。王子服回答说是姨母的女儿。母亲说："从前吴家表兄对你讲的话是骗你的，我没有姐姐，哪里来的外甥女儿？"一问婴宁，她说："我不是这个母亲生的。父亲姓秦，他死的时候我还在怀抱里，什么都记不得了。"母亲说："我有过一个姐姐，的确是嫁给姓秦的，但是她已经死去多年了，怎么还会活着？"于是细问她姐姐的面庞怎样，什么地方有痣瘤。一说又完全符合。母亲不禁怀疑说："这一定是她，但是她已经死了很久，怎么还能活在人世呢？"

正在这个当儿，吴生忽然来了，姑娘便躲到内室里去。吴生一问情形，若有所思地沉吟了半晌，突然问道："这女子可是名叫婴宁吗？"王子服回答说是的。吴生连说："怪事，怪事！"问他如何知道她的小名。吴生说："秦家姑母死了以后，姑丈一人独居，被狐仙迷住，不久就害痨病〇死了。那狐仙生了个女儿，名叫婴宁，当时裹得好好地放在床上，家里的人都曾见过。姑丈死去以后，狐仙还常常来。以后，家里向张天师求了一道符，贴在墙上，她便把女儿带走了。莫非这就是那个女孩子吗？"

大家正在猜疑议论，却听到房间里全是婴宁哧哧的笑声。母亲说："这丫头真够顽皮的！"吴生要求和她见见。母亲走到里面，她还是笑得说不上话来。老太太催她出来，她竭力忍住笑，又

〇痨病：即"肺结核"。

【名家评点】

婴宁的野性，是"痴呆裁如婴儿"的自然人性，具有痴而慧的气质。她向往个性解脱，敢笑敢爱，无拘无束，自由自在，她追求一片纯净的天空，一个鲜花缤纷的世界。但是，她惩治西邻子引发诉讼后，她"失不复笑""亦终不笑"，最终被窒息了笑声，被损伤了天真，表明封建社会冷酷到连人性美也毁灭了。（黄清泉）

【读名著学成语】

葭莩之情

葭莩：苇秆里的薄膜。葭莩之情，指亲戚间的感情。清·蒲松龄《聊斋志异·婴宁》："葭莩之情，爱何待言。"

葭莩之情

朝着墙望了一会儿，才勉强走到室外。她对着客人才拜了一拜，又连忙跑了进去，纵声大笑，引得满屋子的女人也都笑了。

吴生愿意到西南山中去看看究竟，也好顺便替王子服做媒。等他寻到村庄所在的地方，却连一座房子也没有，遍地都是零零落落的野花。他记得姑母的葬地，好像就在附近，但是坟已湮没°在乱草丛中，无法辨认，只有诧异地惊叹着走了回来。

老太太疑心她是鬼，就把吴生的话对她说了。她听了一点也没有惊惶的样子，又说她没有家，够可怜的，却毫无悲伤的表现。不论说什么，她只是一味地憨笑，谁也猜不透究竟是怎么回事。

老太太叫她和小女儿睡在一起。天刚亮，她便前来向老太太问安，针线也做得精巧无比，只是爱笑，禁也禁不住。她笑得很美，便是狂笑的时候，也不伤害她的妩媚，因此人人喜欢她，邻家的少女少妇，都愿意和她亲近。

老太太选择了一个好日子，要她和儿子成婚。但总是怕她是什么鬼怪，便偷偷在太阳底下看她，见她的形状、影子和人一点儿也没有两样，才放了心。

到了吉期°，她穿上华丽的衣裳，准备举行婚礼，她一出来便笑个不停，连腰都弯不下来，只好草草了事。

王子服见她这种痴憨样子，生怕她把闺房里

○湮没：埋没。○吉期：结婚的日子；好日子、举行喜庆活动的日子。

婴宁

的事情也泄露了出去,幸而她口风°倒守得很紧,绝不肯随便吐露一个字儿,而且从此也不再笑了。

她又爱花成癖,常常到亲戚家寻求,又偷偷典卖°首饰,去买好的花种。过了几个月,台阶上、篱笆边,没有一个地方不栽满了花。

一天晚上,她忽然对着丈夫流眼泪。王子服很奇怪,问她原因。她呜呜咽咽地说道:"从前因为和你在一起的日子很浅,说出来怕你们惊骇。如今我看婆婆和你都很怜爱我,没有别的意思,就是明白地说出来,也不会有什么妨害了吧。我本是狐仙生的,母亲临走的时候,把我交给鬼娘,跟她过了十多年,才有今天。我又没有兄弟,唯一可以依赖的只有你了。母亲孤零零地独居山中,没有人可怜她,不能把她和父亲合葬在一起。她在地下也常常引这为恨事。如果你不嫌麻烦,不怕破费,让地下的人消了这口怨气,那么,世界上的父母也就不会认为生育女儿无用,非把他们丢弃不可了。"

王子服答应照她的意思去做,但又怕坟墓湮没在荒草堆里,难以寻找。婴宁说:"不要紧,我自有办法。"于是夫妻两人叫人抬了棺材前去。婴宁在一片荆棘丛中,指出了坟墓的所在,一发掘,果然得到老太婆的尸体,皮肤还没有腐朽。婴宁抱着她痛哭了一番。换了棺材抬回去,送到秦氏墓上,和她丈夫合葬一处。

当天晚上,王子服梦见老太婆向他道谢。从此每年到了清明的时候,夫妻两人总要到她的坟上祭扫,从不间断。

◎口风:嘴。◎典卖:旧时指把房屋、田地、首饰等贵重物品在限期内典押给他人使用,换取一笔钱,不付利息,期满后再赎回,逾期不能赎回,即被视为出卖。

【名家评点】

在全部《聊斋》的言情小说中,《婴宁》一篇应当被公公道道推为压卷之作。故事好,文笔好,写语言对话好,写景也好。想是留仙当年"浮白载笔"时的极得意之作。(赵俪生)

【读名著学成语】

匪伊朝夕

是指不止一个早晨一个晚上。清·蒲松龄《聊斋志异·婴宁》:"我有志,匪伊朝夕。"

舆榇合葬

传世彩绘聊斋志异

聂小倩

宁采臣，浙江人，性情爽直，行为方正，常对人说，生平不爱女色。有一次，他去金华，到了北门外，在一个寺里歇脚。寺里的殿塔都很壮丽，只是乱草长得像人一样高，好像没有人来往。东西两边都是僧房，门户虽然关着，却没有落闩；只有南面一个小间，新加上一道锁。他又看大殿的东角，大小竹子很多，下面有一个很大的池塘，塘里开着荷花。他爱这个地方的幽静，又值°学使到了城里，城里旅舍房金很贵，就想在这里住下来，便漫步散心，等待寺里和尚回来。

到了傍晚，有一个书生来开南面的房门。宁采臣便过去向他招呼，并且把想在寺里住下的意思告诉他。那书生说："这庙里没有和尚，我也是来寄宿的。你如不怕冷落，住在这里，早晚过来谈谈，那是好极了。"宁采臣听了，十分高兴，便拿稻草铺地算作眠床，又拿几块木板架成桌子，预备在这里住下来。

那夜，明月分外皎洁，清光像水色一般，两人在殿廊下对坐着，互相通姓道名。那书生自说姓燕，名叫赤霞。宁采臣猜想他是去应考的秀才；但听他的口音，却一点不像浙江人。问他是哪里人，他自说是陕西籍。言谈之间，语气极为诚恳。后来大家没有什么话好谈，便分别去睡了。

宁采臣因为刚到这里，好久睡不着。忽然听到房间北面有咕咕哝哝的说话声，好像那里有个住家，便起来伏在靠近北窗的石壁下面，偷偷张望。只见矮墙外有一个小院子，院内有一个妇人，看着四十多岁；还有一个老婆子，穿着褪色的长衣，头上插一支大银梳，老态龙钟，跟那妇人在月下谈话。

那妇人说："小倩为什么好久不来了？"老婆子说："大约就要来了。"妇人又问："是不是她对你说了些埋怨的话？"老婆子说："那倒没有听她说过，不过看她的样子，好像有些不愉快似的。"妇人说："这小丫头真不大容易对付……"

话还没有说完，有一个十七八岁的女子来了，看上去十分漂亮。老婆子笑着说："背地里真不好谈论人。我两个正在说你，不想你这小妖精一声不响地就到了。好在我们没有说你的坏话。"又对着女子说："小娘子，你真像画中的美人，倘使我是个男子，魂儿也要被你摄去的。"女子说："嬷嬷不说好，还有谁说好呢！"接着妇人和女子又不知说了些什么话。

宁采臣总以为这些都是邻居的家眷，也就去睡，不再听了。她们又谈了一些时候，方才没有声音。宁采臣正要睡着，觉得有人来到他睡的地方，连忙起来一看，不想就是那个邻院的女子。他吃了一惊，问她来做什么，那女子笑着说："这

◎值：正巧。

【名家评点】

这篇小说虽篇幅短小，但容量较大，除聂小倩和宁生缠绵的感情纠葛这条明线外，还潜伏着燕侠士与妖怪生死较量的暗线。作品借助于两条线索把阳刚之壮美与阴柔之优美的不同审美境界，把恐怖与安宁、粗犷与细腻等多样的心理情感体验，把现实世界之平实、幻想世界之奇特等种种变化淋漓尽致地表现了出来。（詹丹）

宁采臣、燕生、聂小倩三人，性格均自成一格，所以才能那么凸显出一个故事经典。他们三人，虽然并非刻意要组合成"风尘三侠"图，却颇具隋唐人物李靖、虬髯客、红拂女的性情。（鱼丽）

【锦言佳句】月明高洁，清光似水。

掷金庭墀

聂小倩

样美好的月夜，一个人实在睡不着，情愿和你在一起睡。"宁采臣立刻板起面孔说："你要防人家议论，我是怕人家讲坏话，大家一不小心，就见不得人了。"那女子说："夜里没有人知道的。"宁采臣又拒绝了她。她退了几步，好像还有话要说。宁采臣却呵斥她说："你快走！再不走，我就要喊醒南房那个书生。"

那女子这才害怕了，退了出去。到了门外，又回转来，拿出一锭黄金，放在被上。宁采臣拾起那锭黄金，扔在门外阶沿上，说："这种不义的东西，我是不要的！"那女子十分惭愧，便出去拾起那锭黄金，自言自语说："这汉子大约是铁石打的。"

第二天早晨，有个兰溪的书生，带了一个仆人来预备应试，住在东面的僧房里。到了晚上，他突然死了，脚心有个小孔，好像被锥子刺过似的，血从小孔里一丝一丝地流出来，大家都不知是什么缘故。过了一夜，那个仆人又死了，病症也是一样。

将近黄昏时候，燕赤霞回来了，宁采臣去问他，他认为是碰到了妖怪。宁采臣向来倔强，并不放在心上。到了夜里，那女子又来了，对宁采臣说："我看过的人很多了，没有像你这样倔强的。你真是一位君子，我不敢欺骗你。我叫小倩，姓聂，十八岁就死了，葬在这寺的旁边，常常被妖怪胁迫着做些卑贱的事情。我之所以老着脸皮勾引人，实在并非出于自愿。现在寺里我已没有可杀的人了，恐怕他会叫夜叉来对付你的。"

宁采臣听了这番话，大吃一惊，便要女子想想办法。那女子说："你和燕生同室，可以避免。"他又问女子为什么不迷燕生。那女子说："他是奇人，不敢去碰他。"又问："迷人怎样迷法？"那女子说："凡是和我亲近的，我暗地用锥子刺他的脚心，他便会昏迷过去。我就取他的血，供给那妖怪饮用。或者拿一锭黄金去诱惑他，其实不是黄金，是罗刹鬼◦的骨头，如果那人留下来了，我便能割取他的心肝。女色和金钱，都是一般人所喜欢的。"

宁采臣感谢她的善意，问她戒备的日子，她回答说："是明夜。"临走的时候，她流泪对宁采臣说："我堕在黑海里，要回岸回不得。你先生义气很重，必定能救我脱离苦海。倘使肯带我的尸骨归葬家乡，恩同再造一样。"宁采臣立刻答应，便问她葬在哪里，她说："只要记着白杨树上面，有个乌窠的就是。"说了出门，一会儿就不见了。

第二天，宁采臣怕燕赤霞到外面去，一早就

◎ 罗刹鬼：地狱中的第一恶鬼，在古印度语中译作"罗刹婆""罗叉婆"，意为"暴恶""可畏"。

【名家评点】

始信《聊斋》具匠心，鬼狐无不假多情。几时借得燕生剑，斩尽人间吸血精。（夏征农）

《聂小倩》的情节冲突尖锐，节奏鲜明，很像一本四幕剧。这样的玲珑短篇，能够做到尺幅天矫，实属难能可贵。（李汉秋）

[说聊斋]

博学的蒲松龄

蒲松龄久居乡间，知识渊博，医药方面深有研究，写过不少通俗读物。如《日用俗字·饮食章》，就对饮食的烹调和面食的制作写的非常详细、生动，至今还是美食家们研究明末清初时期山东饮食的重要资料。在中医药方面，他不仅精通医药知识，并且深知养生保健之道，撰写了《伤寒药性赋》《药祟全书》《草木传》等有关医药学著作。其中，《草木传》一书将各种药物全都融入剧本，不仅普及了方药知识，还为这些知识平添独特的文学风采，堪称中医药文化的典范作品。

去约他来吃饭。辰时以后，宁采臣预备酒菜，燕赤霞来了，就仔细察看他的行动，并跟他约好，同宿在一起。燕赤霞推辞说自己性情孤僻，喜欢独居。宁采臣不管他答应不答应，硬把他的卧具拿来。燕赤霞不得已，只好把自己的铺位移过来答应住下，但叮嘱他说："我知道你是个大丈夫，十分佩服。只是我有一点苦衷，难以对你直说。请你不要翻看我的箱笼；你要翻看，对大家都不利。"宁采臣完全答应。

到了晚上，各自就寝。燕赤霞拿只小箱子摆在窗上，睡了不久，鼾声如雷。宁采臣总是睡不着。大约到一更时候，窗外隐隐有个人影子，不一会儿靠近窗口来张望，眼光像电闪一样。宁采臣不觉大惊，正要喊燕赤霞，忽然有件东西破开箱子出来，亮得像一条白带子，碰断了窗上的石格子，突然向外一射，随即又回到箱里，好像电光一闪又消灭了一样。

燕赤霞被惊醒了，立刻起来。宁采臣假装睡熟，看他的动静。燕赤霞捧下那只小箱子，从里面拿出一样东西来，对着月光且嗅且看。那东西洁白光亮，长约二寸，只有韭菜叶那么阔。过了一会儿，他把这东西包了好几层，仍旧放在破箱子里，自言自语说："哪个老妖怪，居然这样大胆，竟弄坏了我的箱子！"随即又上床睡觉。

宁采臣看了，大为奇怪，于是起来问他，并且以刚才所见情形告诉他。燕赤霞说："你既然很看得起我，我也不隐瞒了。我是剑客。如果没有这石格子挡住，那妖怪当早被杀死了；现在虽然不死，也已受了伤。"宁采臣问道："这箱里藏的是什么东西？"他说："就是剑。我刚才嗅它，就觉得有妖气。"宁采臣想看一看，燕赤霞很慷慨地拿出来给他看，是一把很锋利透光的小剑。于是他格外看重燕赤霞了。

第二天，宁采臣看窗外有血迹，便走到寺北，看见荒坟很多，果然有一株白杨，上面有一个鸟窠。后来他在金华了毕◎公事，预备回乡。燕赤霞为他饯行◎，情义十分深重，并拿一个破皮袋送他，说："这是剑袋。你好好藏着，可以避免妖怪。"宁采臣想跟他学剑术，他说："像你这样信义刚直，本来可以学一点的；不过你还是富贵中人，不是我们剑道中人。"宁采臣假托有妹葬在这里，便发掘那女子的尸骨，重加棺殓，雇船载回家乡。

宁采臣的书房面临旷野，因此就在他的书房前面做坟，把她的尸骨葬了。葬的时候还作一篇祭文，大意说："可怜你的孤魂，把你葬在我的

◎了毕：完毕；了结。 ◎饯行：设下酒食为某人送行；饯别。

聂小倩

近旁。这样,你的哭笑,我常常可以听到,你也不会再受恶鬼的欺负。一杯淡酒,算不得什么,请你不要见怪。"

他祭好回来,后面有人喊道:"慢一点,跟我一同走!"他回头一看,竟是小倩。她高高兴兴地谢道:"你的信义,真是使我永远不能报答。现在就跟你一道回去,拜见公婆,即使为他们服役,我也绝不懊悔。"宁采臣仔细看她,肌肤红润,脚小而尖,在白天看来,更是娇艳。随即让她同到自己书房里,叫她稍等,自己先进去告诉母亲。母亲听了大惊。那时宁采臣的妻子生病已久,母亲叫他不要对她去说,免受惊吓。正在谈着时,小倩已经跑进来了,跪在地下就拜。宁采臣说:"这就是小倩。"母亲吓得不敢看她,小倩却对母亲说:"小女子孤零零只有一个人,远离了父母兄弟。多蒙公子相爱,感恩匪浅,因此愿意服侍他,来报答他的情义。"

母亲看她生得娇小可爱,方才敢跟她讲话,说:"小娘子这样对待我儿,我也非常喜欢;不过生平只有这个孩儿,要他为我传代,因此不敢叫他娶鬼做妻子。"小倩说:"我实在没有别的心思。既然做鬼的不能使老母相信,那么请以兄礼服侍他,对老母也好早晚问安,您看怎样?"母亲看她十分诚意,也就答应了。小倩还想拜见嫂嫂,母亲说她有病,小倩才算了。

小倩于是走到厨房里,代母亲弄饭。在屋里穿进穿出,好像老住在这里的一样。到了晚上,母亲有些怕惧,叫她回去睡觉,不为她备床铺。小倩知道母亲的意思,随即离去。走过宁采臣书房,想进去又后退,在门外来回,好像有些怕。宁采臣喊她,她说:"房里剑气怕人。上次路上之所以不敢拜见你,也是这个缘故。"宁采臣知道是那个皮袋,就挂到别间房里去。小倩才敢进去,在烛下坐了,好多时候没有一句话说。过了一会儿,才问宁采臣说:"夜里读书吗?我小时候诵《楞严经》◦,到现在大半忘记。请你借我一本,夜里有空,请兄教我。"宁采臣答应了。又坐了一会儿,没有话说,二更快要完了,她还不说去。宁采臣催促她,她伤心地说:"我是外地的孤魂,实在怕到荒坟里去。"宁采臣说:"书斋里没有别的床铺,况且兄妹也应远避嫌疑。"小倩这才起身,看她面上很难过,几乎要哭出来。两脚也走不大动,但结果还是走出门去,走到阶沿就不见了。宁采臣也很难过,想留她在另外一张床上过夜,但又怕母亲不高兴,只得让她走了。

从此,小倩每早来服侍母亲,倒茶水、洗衣、弄饭,都很称母亲的心意。晚上回去,总走进书房,就在灯下诵经,直到宁采臣要睡觉了,她才伤心

◎《楞严经》:著名佛教经典。

【名家评点】

聂小倩不甘于枷锁的束缚,经过自己的不断努力抗争,终于获得了自由。一位多情美貌、坚韧顽强、不甘屈辱、敢于抗争的觉醒女性被活灵活现地塑造了出来,成为一个具有异彩的艺术形象。在她的身上,集中体现了作者的理想。(陈长喜)

【锦言佳句】生平无二色。

就烛诵经

聂小倩

地离去。本来宁采臣的妻子因病不能干活儿，一切都由母亲自己动手，劳苦不堪。从得小倩以后，母亲就很空闲，心里也很感谢她。日子一久，就亲昵得像自己女儿一样，居然忘记她是鬼了，晚上也不让她再回去，就留在房里一道过夜。

小倩初来的时候，从来不吃茶饭，半年以后，才吃一些薄粥。宁氏母子都很喜欢她，对人总不说她是鬼，人家也分辨不出她是人是鬼。过了不久，宁采臣的妻子死了，母亲暗里有替儿子娶小倩的意思，但怕对儿子不利。小倩也微微看出母亲的意思，偷空便对母亲说："再等一年多，当可明白女儿的心肠。为了不祸害别人，我才跟着公子来到这里的……"母亲也知道她实在无恶意，只怕她不会生育。小倩却说："子女本来是天所赐的。公子命在福籍，有三个儿子，不因娶我鬼妻就没有了。"母亲相信她的话，便与儿子商议。宁采臣当然高兴，随即摆酒席遍告亲戚。有人要见一见新娘子，小倩立刻答应，打扮得很漂亮出来。一堂的人都看得呆了，不疑她是鬼，反疑她是仙女了。从此内外许多女眷，都拿礼物来贺她，争先想见一见她的容貌。

小倩善于画兰草梅花，常常拿这些画幅酬谢那班亲戚。拿到的人都珍藏起来，以为荣事。有一天，她在窗前低着头，心里像有说不出的难过。忽然问采臣说："那个皮袋在哪里？"采臣说："因为你怕它，我已封存别处了。"小倩说："我受生气已久，想来不再怕它，应该拿它挂在床头。"采臣问她这是什么意思，她说："这三天来，我的心总是跳得很厉害。想来金华那个妖怪，恨我远逃，恐怕早晚要追寻到这里来了。"采臣果然拿出皮袋来。小倩反复看那皮袋说："这是剑仙拿它来装人的。破败到这样，不知杀过多少人了。我今天看它，还是心惊肉跳。"于是把它挂了起来。

第二天，小倩又叫采臣把它挂在门上。那一夜，两人对烛坐着，小倩约采臣不要就寝。突然有一样东西像飞鸟坠了下来，小倩吓得躲在夹幕里面。采臣看那东西，像夜叉样子，眼像铜铃，嘴像血盆，张牙舞爪，走了过来。到了门口，便后退不敢近前，过了好久，才靠近皮袋，用爪摘取，想把这袋拉碎。忽然"砰"的一声，皮袋立即胀大起来，像一只竹笼，里面像有鬼一样的东西，伸出半身，捉了那个夜叉进去，声音就没有了，皮袋也立刻缩小到原来一样。采臣吓得面无人色。小倩也跑出来，大喜说："平安无事了！"大家看皮袋里面，只有清水数斗而已。

数年后，采臣考中进士，小倩生了一个男孩。纳妾以后，妻妾又各生了一个男孩。三个儿子都做到大官，很有名声。

◎酬谢：以金钱、礼物表达谢意。

【名家评点】

《聂小倩》中的小倩与宁采臣，倘若没有寺庙宫阙和蓬蒿与莲池，没有短墙、小院和月光，也就没有鬼人恩爱的绝世美故事。（阎连科）

【锦言佳句】

肌映流霞,足翘细笋,白昼端相,娇艳尤绝。

革囊收怪

传世彩绘聊斋志异

水莽草

水莽是一种毒草，蔓生像葛，花紫色像扁豆，一不小心吃了，立刻死去，就变为水莽鬼。据传说，这种鬼不能超度，一定要找到再有被毒死的鬼来代它，方才可以超生。因此湖南桃花江一带，那种鬼特别多。

湖南人以同一年生的称为同年，往来拜访，喊作庚兄、庚弟，子侄辈就喊他们叫庚伯。那里的风俗习惯一向是这样的。

那地方有个祝生，去拜访他同年某甲，走到半路，嘴里干渴，想喝茶水。忽然看见路旁有个老妈，搭着凉棚，正在施茶。他就跑了过去。老妈迎他到棚里坐下，捧茶给他，十分殷勤。祝生把茶嗅了一嗅，觉得有些特别气味，不像是茶，放下不喝，起身就走。老妈急忙拦住他，便向里面喊道："三娘，你拿一杯好茶来！"

过了一会儿，有个少女捧着茶，从棚后出来，年纪十四五，容貌十分艳丽，指上的戒子、臂上的镯子光亮得可以照见人影。祝生接过这杯茶，嗅一嗅茶，真是香得无可比拟，喝完了一杯还想再喝。他看老妈已经出去，便想调戏那少女，拉住她的纤纤玉手，从她指上脱下一枚戒子。少女的脸儿立刻绯红，对他笑了一笑，他格外着迷了。祝生便问她有什么门路，那少女说："你晚上来，我还在这里的。"于是祝生向她讨一撮茶叶，并藏了戒子就走了。

祝生走到同年家里，觉得恶心，才疑茶有毛病，将那情形告诉同年。同年吃惊道："完了！这是水莽鬼，我的父亲就是这样死的。这是不可救药的，可怎么办呢！"

祝生大吃一惊，拿出茶叶来仔细一看，果然是水莽草。又拿出戒子，并述说那少女的情状。同年推测道："这一定是寇三娘。"

祝生因他说得有名有姓，便问道："你怎知道？"同年说："南村富家有姓寇的，他的女儿，一向以漂亮出名。几年以前，她不小心吃了水莽就死了。现在必定是她在作怪。听人家说，碰到这种鬼怪时，如果知道那鬼怪的姓名，只要找到它生前穿的裤子，煮过服下，毛病就会治好的。"

同年连忙为他走到寇家，将实在情形告诉他们，再三向他们哀求。寇家因祝生就要代女而死，所以坚决不答应。同年气愤地回来，告诉祝生，祝生也切齿愤恨他们，说："我死了，绝不让他们的女儿超生！"

于是同年抬祝生回家，快要到他门口时就死了。他的母亲大声痛哭。身后只有一子，刚刚周岁。他的妻子不愿守节°，半年以后，便改嫁了。

○守节：信守名分、保持节操，不再嫁人。

【名家评点】

《水莽草》讲了一个并不复杂的故事，但通过这个故事，作者为我们塑造了一个刚强正直、孝敬母亲、帮助别人、富于牺牲精神的祝生形象，一个放射着奇光异彩的艺术形象。席勒说：艺术"要用美丽的理想去代替那不足的真实"。是的，《水莽草》中那些超现实的情节，正是通过幻化去补足的。这些非现实的情节，更能丰满地刻画祝生的形象，展示他的性格。（毕桂发）

【锦言佳句】

姿容艳绝,指环臂钏,晶莹鉴影。且儿事母最乐,不愿生也。

鬼计施茶

水莽草

从此他母亲哺育孤儿，辛苦不堪，日夜只是流泪。

有一天，祝生的母亲正抱着孤儿在室里啼哭，祝生忽然无声无息地来了。他的母亲大吃一惊，擦干眼泪问他，他回答说："儿在地下听到母亲这样啼哭，心里很难过，所以特地跑来服侍你的。儿虽死了，但已有妻子。她就要同来，分担母亲一些劳苦。母亲不要再悲伤了。"

母亲问："你媳妇是什么人？"他说："自从寇氏坐听儿死，儿心很恨他们。死了一心要找三娘，但不知她的地方。最近碰到某庚伯，他方才告诉我。我到那边，三娘已经到任侍郎家去投胎，我赶去把她强捉过来。现在做了儿的媳妇，彼此还合得来，总算没有什么苦恼。"

过了一会儿，门外有一女子进来，打扮得十分华丽，一见祝母，跪下就拜。祝生说："她就是寇三娘。"她虽然是鬼，祝母看了，心里倒也安慰不少。

祝生便叫三娘干活儿，三娘虽然不大习惯，但她那种百依百顺的样子，实在使人怜爱。从此他俩就住在祝生先前住的屋子里，留下不走了。

三娘请祝母去告诉她的家里，祝生的意思不要去告诉，但祝母依顺了三娘的意思。寇家老父母听到这个消息，都很惊奇，连忙雇车赶来，一看果然是三娘，相对着痛哭起来。最后还是做女儿的劝着，总算不哭了。

三娘的母亲看看祝生家里实在贫穷，心里很替女儿发愁。三娘却说："人已变鬼，还嫌什么穷啊！况且祝郎母子，对我情谊很好，我早已安下心了。"三娘的母亲因问那个茶婆是谁，她说："她姓倪，自己怕不能迷惑路人，所以叫我帮助她。现在她已投生到城里某卖酒人的家里了。"一面又对祝生说："现在已经是女婿了，却不拜见丈人丈母，我的心里怎好过呢？"祝生于是跪下就拜。一面三娘便到厨房去代祝母烧饭煮菜，款待自己父母。

三娘的母亲看了，心里总觉难过。回家后，就派两个女婢来，为三娘做事；又送黄金百两，布帛°数十匹；以后还随时送酒肉过来，使祝母的生活稍微宽裕些了。

寇家常常邀三娘去居住，可是居住了几天，

◎布帛：棉纺品和丝、麻织品的总称。

【名家评点】

这篇小说开首很独特，写的是一种植物"水莽草"。《聊斋志异》中的小说开篇一般都写得十分简要，这主要是继承了我国史传文传统的常例。这一篇的开头，写得非常有特色，以介绍一种水生植物起句。对这个开头，清代《聊斋志异》评论家冯镇峦有一句评语："以注疏训诂例起，似《尔雅》《本草》等书。"这是说蒲松龄小说开头的写法是多种多样的。这样的开头，除了别开生面，主要是为了引出后面情节的发展。（王少华）

[读名著学成语]

情意拳拳

情感诚挚、诚恳、深切的样子。清·蒲松龄《聊斋志异·水莽草》：「祝郎母子，情义拳拳，儿固已安之矣。」

携妻奉母

水莽草

她老说家里没有人,应当早送她回去。假如再三留她,那么她就不告而去了。三娘的父亲为祝生造起大房子来,建筑装饰都很讲究,可是祝生始终不到丈人家里去。

有一天,村里有个中水莽草毒的人,死了又苏醒了,大家认为很奇怪。祝生说:"这是我救活他的。他为李九所害,我为他赶走了这个鬼。"祝母说:"你为什么不拿人来代你?"祝生说:"孩儿痛恨这一类鬼,正要把它们全部赶走,怎肯拿别人来代我?况且我觉得能侍奉母亲,就很快乐,也不愿再去投生了。"因此凡中毒的人,常常备了些丰盛的酒菜到他家里来祈祷求救,老是有效验的。

过了十多年,祝母死了。祝生夫妻也照样哭得很悲伤,不过不迎接外人,只叫自己儿子穿孝举哀,教他一些做儿孙的礼节而已。

葬好母亲以后,又过了两年多,祝生为儿子娶了一房媳妇,媳妇就是任侍郎的孙女。原来任侍郎的姨太生了一个女儿,没有几个月就死了。后来,他们听到祝生和寇三娘的奇事,随即到他们家里来,定下了翁婿的关系。到了这时,便以孙女嫁给祝生的儿子,从此两家就时常往来了。

有一天,祝生对他儿子说:"上帝因我有功于人世,已封我为龙君。现在就要走了。"不一会儿,看见庭前有四匹马驾了一辆黄幔◎的车子,马的四肢都有鳞甲。祝生夫妻都打扮得很齐整,一同登上那辆车子。儿子和媳妇都流泪拜别,转眼之间,车子就不见了。

就在这一天,寇家看见三娘来,拜别父母,也像祝生一样的说法。做母亲的哭着想挽留她,她却说:"祝郎已经先去了。"便跨出大门,随即不见了踪影。

祝生的儿子名鹗,字离尘,向寇家请求,将三娘的尸首和祝生合葬在一起。

◎黄幔:黄色的帏幔。

【名家评点】

在中国民间,抓替死鬼的传说非常流行,大概杂糅了佛教和儒家思想中关于死亡的说法创造出来的。《聊斋志异》中的《水莽草》篇不仅比较全面地展示了抓替死鬼的民俗内容,更是表达了蒲松龄对于这一民俗传说道义上的批判,是迄今为止我们所看到的最为丰富的展示抓替死鬼民俗的故事,也是以抓替死鬼的传说为题材的最浪漫有趣的文言小说。(于天池、李书)

[说聊斋]

蒲松龄撰自勉联

有志者,事竟成,破釜沉舟,百二秦关终属楚;
苦心人,天不负,卧薪尝胆,三千越甲可吞吴。

海国赠荣

凤阳士人

凤阳有一位士人，要到远方访求明师，临行对他的妻子说："半年后我就会回来。"但是过了十多个月，竟然一点消息也没有。

他妻子盼望得很殷切。一夜，刚刚上床，只见月色从纱窗投射进来，花影随风摇曳。这种清幽的景色，更引起了她一腔的别绪离情。正翻来覆去睡不着的时候，突然有一个满头珠翠、穿了红披肩的美人掀开门帘，走了进来，微笑着问道："姐姐，莫非你想见见你的官人吗？"士人的妻子连忙起来招呼，回说是的。美人便邀她一同前去。士人的妻子害怕路远行难，美人劝她不用顾虑。说着，就拉了她的手走出门去，踏着月光前进。

刚刚走了一箭之地，士人的妻子觉得美人走得很快，自己脚步迟缓，跟不上去，便请她等一会儿，让她回去加上一双套鞋。美人把她拉到路旁坐下，脱下自己的鞋子来借给她。她很高兴，拿过来一穿，大小非常合适。站起身来再跟着美人走，就轻便得像飞也似的了。

走了不久，只见士人骑着一匹白骡迎面而来，他一眼瞥见妻子，大吃一惊。连忙跳下骡子，问她要去什么地方。妻子说："正要寻你去啊！"他又问美人是谁。妻子还没来得及回答，美人用袖子掩着嘴笑说："你先不要问长问短，娘子跑来很不容易，郎君也骑了半夜骡子，人和牲口想来都很疲乏了。我家离这里不远，且去休息一下，明天早上再走也不算迟啊。"抬头一看，几步以外就有一个村庄，于是大家一同走了过去。

他们进了一座院落，美人叫起睡了的丫头，招待客人，一面说道："今天晚上月色很好，不必再备蜡烛，我们就坐在花台的石榻上谈谈好

【名家评点】

《凤阳士人》是根据唐朝大诗人白居易的弟弟白行简所写的《三梦记》加工改写的。《三梦记》原本只是记录了一个离奇的梦境，突然而生，突然而灭，迷离恍惚，无头无尾。《凤阳士人》则不然，它接受了《三梦记》的启示而加以改造，写成完全不同的东西。……白行简的《三梦记》，只是记载了这样几个异梦，用以说明"人之梦，异于常者有之，或彼梦有所往而此遇之者，或此有所为而彼梦之者，或两相通梦者"。而《凤阳士人》则是蒲松龄借这个梦境来反映一种社会现象。在男尊女卑的社会里，要求的只是片面贞操，夫妇一离开，男的一方就难免不有外遇，或是事实，或是女方由疑心而形之梦寐。这说明了在高唱五伦的社会里，夫妇一伦的缺陷。（徐君慧）

◎凤阳：安徽县名。 ◎士人：就是读书人。 ◎官人：丈夫。 ◎郎君：妻对夫的称呼。

【读名著学成语】

健步如飞

健步：脚步快而有力。步伐矫健，跑得飞快。清·蒲松龄《聊斋志异·凤阳士人》："丽人牵坐路侧，自乃捉足，脱履相假，女喜著之，幸不凿枘，复起从行，健步如飞。"

幻境逢夫

凤阳士人

了。"士人把骡子拴在房檐底下，然后入座。

美人说道："鞋太大了，不合你的脚，路走起来很吃力吧？回去有牲口，用不着了，请你还给我吧。"士人的妻子向她道了谢，把鞋子还给她。

不一会儿，酒果端了上来。美人举起杯子来说道："夫妻分离已久，今晚就要团圆，我特地备了这一壶浊酒，替你们祝贺。"士人也拿起酒杯来答谢，两人说说笑笑，得意忘形。士人眼睛盯着美人，时时用不正经的话向她挑逗；对着久别重逢的妻子，却没有一句问候的话，美人也眉目传情，用谜言隐语来表示意思。士人的妻子只是沉默地坐着，假装是个傻子。

过了很久，两人都有些醉醺醺的，说话越发没有禁忌了。美人取过大杯来劝酒，士人推说已经醉了，不能再喝。美人还是苦劝不已。于是士人笑道："你给我唱一支曲子，我才肯喝。"美人并不拒绝，立即取过牙板，拨着提琴唱道：

> 黄昏卸得残妆°罢，
> 窗外西风冷透纱，
> 听蕉声一阵一阵细雨下，
> 何处与人闲嗑牙°？
> 望穿秋水，不见还家，
> 潸潸泪似麻！
> 又是想他，又是恨他，

◎残妆：卸了一半的妆。◎闲嗑牙：多嘴；闲谈；斗嘴。

【名家评点】

《凤阳士人》的梦境叙事技艺高超，蕴含作者对婚恋生活的观察和思考。作者以梦境贯穿全文，采用限知叙事内聚焦的方式，从细节处着手表现士人妻的内心世界。其梦境是文章的主体部分，为全文构建出怪诞离奇的意境，但荒诞中见常态，作者同时塑造出不同的人物形象，通过这些人物之间的关系来隐喻现实社会中不平等的男女地位，揭示女性在男权体制下维系婚姻的两难处境，讽刺了儒家士人的丑恶嘴脸，对弱势人群表达了同情与怜悯。（刘丰仪）

手拿着红丝鞋儿占鬼卦。

美人唱完了笑道:"这是乡村流行的小调,不配唱给你听,但因为大家都爱好这一套,所以我也来仿效一下献献丑。"声音非常妖媚,态度也很轻佻,士人受了迷惑,好像不能控制自己了。

过了一会儿,美人假装要睡,离席而去。士人也接着起身,跟她走了,好久不见回来。丫头忙了半夜,这时也疲倦了,就在廊下困倒,士人的妻子独坐着,孤孤单单地没人陪伴。心里又气又恨,简直无法忍耐。本想偷偷逃回家去,但是夜色昏暗,又不记得道路,想来想去想不出个主意来,最后还是决定去找他们,看看他们在干些什么勾当。刚一走到窗口,就隐隐约约地听到一片断云零雨的声音。再听下去,原来丈夫平时同自己说的那一套甜言蜜语,也全部对人家倾吐了出来。这时她气得手颤心跳,再也捺不住一腔的怒火,心想不如跑出门去,跳到水沟里死了的好。

妻子正气冲冲地走出,忽然看见她弟弟三郎骑着马跑来。他一见姐姐,连忙下马相问。她把情形详细对他说了。三郎很生气,立即同他姐姐回去。一直冲到美人的家里。房门紧紧关闭着,但是两人还在低声谈情话。三郎搬来一块斗大的石头,朝着窗子掷去,砰然一声,窗格子

【读名著学成语】

望穿秋水

把眼睛都望穿了。形容盼望的程度。秋水:比喻人的眼睛像秋水一样晶莹。清·蒲松龄《聊斋志异·凤阳士人》:"听蕉声一阵一阵细雨下,何处与人闲嗑牙?望穿秋水,不见还家,潸潸泪似麻。"

◎这是一首想念丈夫的情歌。◎勾当:营生;行当;事情(现一般指坏事)。◎断云零雨:男女猥亵声音的隐语。

凤阳士人

三三五五地折断了。只听到里面大叫道:"郎君的脑袋粉碎了,这便如何是好!"士人的妻子听了,惊惶失措,连哭带喊地对她弟弟说:"我并不要你把姐夫杀死啊,如今可怎么办呢!"三郎瞪起眼睛来说:"方才你哭哭啼啼地拖着我来,刚刚出了一口恶气,又袒护丈夫,埋怨起弟弟来了!我才不惯听你随便支使呢!"说着,转身要走。士人的妻子拽住他的衣服说:"你不带着我同走,要往哪里去?"三郎一挥手,把姐推倒在地,脱身便走,士人的妻子一惊而醒,才知道做了一个噩梦。

第二天,士人果然回家来了,骑着一匹白骡。妻子觉得奇怪,但没有说出来,不料那天晚上士人也做了一个梦,梦中的情况,说出来和妻子的梦完全一样。两人不免大为惊异。

三郎听说姐夫从远处回到家中,也来问候,谈话中间,对士人说道:"昨天晚上梦见你回来,如今果然回来了,真蹊跷!"

士人笑道:"幸而不曾被大石打死!"三郎一愣,就问他这话是什么意思。士人把梦里的情形对他说了。三郎也大吃一惊,原来那天晚上三郎也梦见姐姐向他哭诉,他激于义愤◦,丢了一块石头。

三个人的梦完全一致,只是不知道那个美人是谁罢了。

◎义愤:对违反正义的事情所产生的愤怒。

【名家评点】

《三梦记》叙述以"生"为视角人物,写其如何于归家途中见妻子与少年嬉戏,回家追问,方知是闯入妻子梦境。《凤阳士人》最根本的突破是叙事视角由士人转变为士人妻,女人成为男人梦境的亲历者;《凤阳士人》突破了《三梦记》"二人同梦"的故事架构,转为"三人同梦";《凤阳士人》不仅记述了"彼梦有所往而此遇之也"的梦境故事,更在于沟通了梦境与现实,真实与幻觉。将梦境与实境叠加,构成了一个富于特殊意蕴的艺术境界。(乔季冬)

【锦言佳句】

沙月摇影,离思萦怀。

投石击窗

传世彩绘聊斋志异

侠女

【名家评点】

在《聊斋志异》中，《侠女》是一篇不同凡响的作品。唯其风格特立独行，主人公风姿绰约不同凡俗，令人经久难忘。这篇小说也有"本事"，源自唐传奇《原化记·崔慎思》。但蒲松龄绝对不是对唐传奇的照转照录，而是根据他对生活的体验和认识，对传奇中的侠女进行了艺术再创造，因而作品的内容更加充实，人物的思想性格也更加丰富。小说通过曲折生动的情节，表现侠女凛然不可侵犯的威严。（王少华）

金陵○有个顾生，很有一些才艺，只是很穷，因为母亲年迈，不忍离开她，他便经常替人写写画画，挣点钱来维持家用。到了二十五岁，还没有结婚。

顾家对门原来有座空房子，后来由一个老太太和一个女子租下了。因为她们家中没有男人，所以也没有去问她们的来历。一天，顾生偶然从外面回来，看见女子从母亲房里走出，年纪有十八九岁，姿态秀丽端庄，世上少有。她见了顾生，并不故意躲避，但是样子很严肃。顾生进去问他母亲。母亲说："她是对门的女子，来向我借剪刀尺子的。方才对我说，她家也只有一个母亲。看这母女俩不像小户人家。我问她为什么不出嫁。她说母亲老了，不能离开。明天我去拜望她母亲，顺便表示求亲的意思，如果她们的要求不高，你就可以代她养活母亲。"

第二天，顾生的娘到对门去，原来女子的母亲是个聋人。再一看她们的屋里，连一点存粮也没有。问她们如何过活，也只靠女子的一双手操作。谈话中间，顾生的娘提议，两家合在一道生活，老太太似乎认为没什么不可以，但是和女儿一商量，她却一声不响，像是很不以为然。顾生的娘回家把情形详详细细对儿子说了，怀疑说："这孩子莫非嫌我们贫穷吗？她这个人不大开口，也不露笑容，美丽得像桃李，冰冷得像霜雪，真是一个奇人！"母子二人推测了好久，还叹息了一番。

一天，顾生在书斋里闲坐，有个少年来求他作画。少年的模样很漂亮，态度又很轻佻。问他是从哪里来的，他说住在附近村子里。从此他两三天总来一次，稍稍混熟了，不免开开玩笑，顾生假抱他，也不大拒绝，两人来往得很密切。

一天，正碰到女子走过，少年一直瞧着她，问是谁。顾生对他说是住在对门的女子。少年说："长得这样美，神情为何那般怕人？"

过了一会儿，顾生回到屋子里，母亲对他说："刚刚那女孩子来向我借米，说她们几天没米下锅了。这女孩子很孝顺，就是穷得可怜，应该稍微帮帮她。"顾生依照母亲的话，背了一斗米送过去，并说明是他母亲的意思。女子接了米，也不表示谢意。

女子日常来到顾家，看见顾生的娘在做衣衫鞋袜，便拿起针线来代她缝纫。穿堂入室，像儿媳妇一样。顾生越发感激她，每次得到什么食物，一定要分一点给她母亲，女子也从来不曾谢他一声。

一次，顾生的娘下部生了个疮，痛得日夜叫喊。女子时时到床前探问，替她洗疮敷药，每天

○金陵：今江苏省南京市的别称。

【读名著学成语】

冷语冰人

用冷酷的言语伤害人。清·蒲松龄《聊斋志异·侠女》："日频来，时相遇，并不假以词色。少游戏之，则冷语冰人。"

三四遍。顾生的娘十分过意不去，但是女子却一点也不嫌脏。顾生的娘说道："唉！哪里找个像你这样的媳妇，把老身奉养到老死啊！"说完，呜咽地哭了。女子安慰她说："你有一个很孝顺的儿子，比起我们寡母孤女来要胜过百倍了。"顾生的娘说："不要说这种话，像这种床头上面琐碎的事，岂是孝子所能办得到的？而且我一天比一天老了，说不定早晚就会有个好歹，儿子到今天还没有娶媳妇，眼看烟火°就要断绝，想起来怎不叫人发愁！"

正在谈着，顾生走了进来。他母亲流着眼泪说道："亏得她这样服侍我，你可不要忘记报答恩德啊！"顾生跪下来向她拜谢。女子说："你常常照顾我母亲，我不曾谢你，你怎么谢起我来了？"于是母子二人对她越发敬爱。但是她举动很生硬，使人不敢对她存任何的幻想。

一天，女子走出家门，顾生注视着她。她突然回过头来，向他娇媚地一笑。顾生喜出望外，飞步跟她到家。试着挑逗她，她并不拒绝，两人就交欢了一次。临别，她对顾生警告说："这种事情只可一次，可不能再有第二次！"顾生没有理会她就走了。

第二天，顾生又去约她，她沉着脸，好像没有听到似的，扭头跑了。她一天说不定要到顾家几趟，时常和顾生碰头，且是并不和他随便谈笑。如果对她稍微说一句调戏的话，她便用冷冰冰的言语回绝了。一次，她突然在没有人的地方向顾生问道："那常来的少年是谁啊？"顾生告诉了她。女子说："这个人举止轻佻，几次对我无礼，因为他是你的密友，没有同他计较。请你告诉他，如果他再敢这样，就是自己找死！"

过了一会儿，少年来了，顾生把女子的话对他说了，并且警告他说："你要小心，她是不好惹的。"少年反问道："既然不好惹，你怎么敢惹她？"顾生竭力辩白没有这回事。少年："如果没有这回事，那么这种猥亵的话，她怎能对你说得出口呢？"顾生无言以对。少年说："也请你告诉她：不要装腔作势，不然的话，我会把你们干的勾当张扬出去的。"顾生很生气，露出满脸的不高兴，少年一看情形不对，这才无聊地走了。

一天晚上，顾生独坐书斋，女子突然前来，笑着说道："我和你的情分还没有断，这岂不是天意吗？"顾生一见，高兴极了，连忙把她抱到怀里。这时突然听到脚步声响，两人惊慌地站起，那少年已经推开门走了进来。顾生惊愕地问他来做什么。少年笑道："我是特地来看看这个贞节的人啊！"

◎烟火：祭祖时点的香火，借指后嗣。

侠女

然后望着女子说:"如今你可没有话说了吧?"

女子眉毛直竖,红着脸,一句话也不讲,急忙翻开上衣,顺手从一个皮囊里取出一把一尺来长亮晶晶的匕首◦。少年一见,吓得转身逃走。女子追到门外,四下一望,已经没有踪影了,她把匕首望空一掷,戛然一响,现出一条灿烂的长虹。一下子就听到像是有种东西坠地的声音,顾生赶快拿过灯来一照,原来是一只白狐,身子和头已经不在一处了,不觉大惊。女子说:"这就是你的密友!我一再容忍,可是他一定要找死,有什么办法!"说着,把匕首收到皮囊里面。顾生要拉她进房,她说:"刚才被这妖狐狸一闹,兴致全没有了,明天晚上再来吧。"说完,径自◦走了。

第二天晚上,女子果然不曾失约,两人亲密地欢会。顾问她的剑术从哪里学来的,女子答道:"这不是你所能知道的,并且你还应该谨守秘密,如果泄露出去,恐怕对你没有好处。"顾生又和她谈婚事,女子说:"既和你一道睡觉,又替你操持家务,不是你的媳妇是什么?既然是夫妻了,何必再谈婚嫁?"顾生说:"莫非你嫌我穷吗?"她答道:"你固然穷,难道我富吗?今天晚上的聚会,正因为同情你的穷苦,娶不起妻子啊。"临别时她又叮嘱说:"这种苟且◦的行为,不可常干,该来我自己会来,不该来你勉强也没用。"以后顾生遇到她,总想拉着她说句体己话,她总是有意躲开。但是缝缝补补,劈柴烧饭,都靠她料理,又完全像是他的妻子一样。

过了几个月,女子的母亲死了,顾生竭力料理了丧葬的事。从此家里只剩下她一个人了。顾生以为她独居寂寞,可以随便一些,于是跳墙跑了进去。隔着窗子叫了很久,始终不见答应。走近一看,门已经上了锁。心里疑惑她另有所欢,私会去了。晚上再去,门仍然关着。他便把一块佩玉挂在窗子上走了。

过了一天,顾生又在他母亲的房间里碰到她,他出来时,女子跟在后面说道:"你怀疑我吧?每个人都有他不能告诉别人的心事。如今想使你不怀疑,怎么能办得到?但是有一件事还得请你赶快设法。"顾生连忙问她什么事,她答道:"我已经怀孕八个月了,恐怕不久就要生产。我的身份还没明确,只能为你生育,却不能替你抚养。可以私下告诉母亲,雇好一个奶妈,假托是抱养的孩子,不要说是我生的。"

顾生答应了,便把情形告诉母亲。母亲笑道:"这孩子真奇怪,娶她不肯,反而愿意和我儿暗中来往!"但是老人心里很高兴,依照她的话把

◦匕首:短剑、短刀。 ◦径自:表示自己直接行动;自作主张。 ◦苟且:不正当男女关系。

传世彩绘聊斋志异

【名家评点】

《侠女》一篇,写侠女艳如桃李,冷若冰霜,有恩必酬,有仇必报,不为世俗礼法所拘,率意而行,到恩仇已了,飘然而去,如神龙之见首不见尾。在花妖狐魅中,出现这一人物,平添了一股豪侠之气,好像在姹紫嫣红中,挺起一株翠生生的青松。

侠女这一形象虽是蒲松龄的创造,但也有源可溯。源头主要来自唐代传奇。人物神韵取于《红线》《聂隐娘》等剑侠诸传。……《侠女》脱胎于唐代传奇,后又影响到道光年间文康所作的《儿女英雄传》。十三妹的形象,初时的品格,身世遭遇,几乎都脱胎于侠女。

(徐君慧)

【锦言佳句】

秀曼都雅,世罕其匹。为人不言亦不笑,艳如桃李,而冷如霜雪,奇人也!

掷剑斩狐

侠女

【名家评点】

《侠女》这个故事看似只讲了一个中国传统文化观里"恩仇必报"的故事,讨论了侠女身上传统的侠义精神,但侠女身上更为突出的却是与那个时代格格不入的女性主义色彩。她有自己独立的精神和自主的意识,这才是真正的"现代女性精神",是真正的"女性主义精神",这样具备独立女性人格的奇女子,怎能让人不惊叹万分。(徐志豪、吉玉萍)

奶妈雇好,等她分娩。

过了一个多月,女子几天没有出门。顾生的娘有点不放心,到她家去探问,大门紧闭,院子里冷冷清清。敲了很久,女子才蓬头垢面地从里面走出来,把母亲迎进去,又把门关上。一到房内,就看到床上已经睡着一个婴儿。问她几时生的,她说:"三天了。"抱起孩子来一看,是个男孩,胖胖的脸,宽宽的额。顾生的娘很喜欢,说:"你已经为我生了孙子,孤身一个人,将来依靠谁呢?"女子说:"我还有一段心事,不敢明白告诉妈妈。等晚上没人的时候,就把孩子抱去吧。"母亲回去同儿子讲了,两人都觉得有些蹊跷。到了夜里,把孩子抱了回来。

又过了几天,快到半夜了,女子忽然敲门进来。手里提着一个皮囊,笑着说道:"我的大事已经办好,从此和你永别了。"顾生连忙问她什么原因,她答道:"你奉养我母亲的恩情,我时时刻刻都放在心上。有一回我说只可有一次,不能有第二次,是因为我觉得报答恩情,不应该在男女私情上面。你家很穷,不能娶妻,才想替你留个后代。本希望同房一次就可以生育,不料月经又来,只好破戒再来一次。如今你的大德已报,我的志愿也已完成,再没有什么遗憾的了。"

顾生问她皮囊里装的什么,她答道:"不过是仇人的头罢了。"打开了看,头发胡须凝结成一团,血肉模糊,辨不清本来面目,这一下可把他吓坏了。再向她追问,她说:"一向不肯对你说明,就是害怕事机不密,泄露出去。如今事情已经成功,不妨告诉你。我是浙江人,父亲官居司马◎,被仇人陷害而死,还抄了家。我背着母亲逃出,隐姓埋名,已经三年了。所以不立即报仇,就是因为老母在世。母亲死了,又为肚子里的孩子所累,于是拖了又拖。那天我夜里出去,并非干什么坏事,乃是我不熟悉仇家的门户,怕有错误,不能不事先察看一下。"说完,走出门去。又嘱咐他说:"你要好好教养孩子。你自己福气不大,寿命也不长,这孩子可以光大门户◎。现在已经半夜了,不要惊动老母亲,我去了!"

顾生听了很悲伤,正要问她去什么地方,她已经像电光一闪,刹那间没了踪影。他又惋惜又伤感,呆若木鸡地站了很久,好像丢了魂魄似的。第二天告诉母亲,不免叹息、惊异了一番。

过了三年,顾生果然死了。他儿子十八岁就中了进士,把祖母奉养了一生。

◎司马:官名,就是兵部尚书。 ◎门户:门第。

【读名著学成语】

嫣然而笑

嫣然：美好的样子。形容女子笑得很美。清·蒲松龄《聊斋志异·侠女》："一日，女出门，生注目之，女忽回首，嫣然而笑。"

深宵作别

传世彩绘聊斋志异

莲香

【名家评点】

一篇之中既传鬼又传狐者，《莲香》则是很精彩的一篇。狐为何？狐女莲香；鬼为何？鬼女李氏。这就是本篇小说的两个女主人公。在短篇小说里，能够同时刻画出两个个性鲜明的人物形象，是不容易的。而作者对莲、李这两个形象又是不分宾主、没有厚薄地平均使用笔墨，把双女形象刻画得如两朵鲜艳的花，春葩争媚，如两座灵秀的山，奇峰对峙，使这篇作品文笔奇妙，花团锦簇。（张燕瑾）

从桑生对出现在他面前的人物的判断来说，邻生使妓来，他以妓为鬼；狐女莲香来，他又以狐为妓；等到真的鬼女李氏来了，他反而以鬼为狐。这样，头绪虽多，却上下勾连、左右纠结，蒙络缠缀，总为一体，文笔缜密如九曲连环，意脉不断，加强了文章的统一性、完美性。（张燕瑾）

有个姓桑的读书人，名晓，字子明，沂州◎人。自幼父母双亡，在红花埠设私塾教书。桑晓为人沉默，不大和人来往，每天出去两次，到东邻家吃饭，其余的时间，只是独自呆呆地坐着。

一天，东乡的同学偶然来看他，开玩笑似的对他说道："你个人住在这里，就不怕鬼和狐狸吗？"桑晓含笑答道："大丈夫怕什么鬼和狐狸！雄的来，我有锋利的宝剑；雌的来，我还要开了门请她进来。"这位同学回去，和朋友们商量，叫了一个妓女◎，从梯子上爬墙过去，用手指尖儿轻轻地敲他的门。桑晓从门缝里窥探着，问是谁。妓女自称是鬼，桑晓吓坏了，连牙齿打战的声音都听得见。妓女等了一会儿，便偷偷地走了。

第二天早上，东邻的同学到他的书斋里来，桑晓便把昨天晚上见鬼的事对他讲了，又说他不愿再住下去，预备回家，那人拍着手笑道："怎么不打开门把她请进来呢？"桑晓这才恍然醒悟鬼是假的，便安心地照旧留下来。

约莫过了半年，有个女子夜里来敲门，桑晓心想，一定又是朋友们和他开玩笑，打开门接她进来。一看，是一个绝色的美人。他吃惊地问她从什么地方来的。女子答道："我叫莲香，是住在埠西的妓女。"红花埠本来有很多妓院，因此桑晓也就相信不疑。两人熄灯上床，十分欢爱。从此每隔三五天，她便前来一次。

一天夜里，桑晓独自坐着在想什么，一个姑娘翩翩然走了进来。桑晓还以为她是莲香，迎上去和她讲话，不料一照面并非莲香。她只有十五六岁，袖子拖得很长，鬓发垂得很低，模样儿十分风流俊秀，走起路来，飘飘忽忽。桑晓很惊讶，怀疑她是只狐狸。姑娘对他说道："我是好人家的女儿，姓李。羡慕你是个高雅君子，特来相就，希望你能另眼看待。"桑晓很高兴，一拉她的手，冷得像冰一般。问她怎么这样凉。她答道："我本来体质单薄，夜里又蒙受霜露，哪得不如此呢！"等到解下罗裙◎，居然是个处女。她说道："我为了爱你，一朝丧失了童贞，如果你不嫌我丑陋，我很愿常常陪你。你这房间里可还有什么人吗？"桑晓答道："没有别人，只有一位住在附近的妓女，但她也不常来。"女郎说："我应该小心躲开她。我不能和妓院的人相提并论，你可不要露一点儿风声。今后她来我走，她走我来就是了。"鸡叫时，姑娘告辞，送给桑晓一只绣鞋说："这是我脚上穿过的东西，把玩起来可以寄托你的相思，但是千万不能当着人拿出来。"他接过来一看，尖尖的像是丝织的锥子，心里很

◎沂州：清代府名，在山东。◎妓女：古代以歌舞为业或以卖淫为生的女子。◎罗裙：丝罗制的裙子。多泛指妇女衣裙。

【锦言佳句】丈夫何畏鬼狐？

欢喜。

第二天，没有人来，桑晓就取出绣鞋来鉴赏，姑娘忽然不知道从什么地方走了出来，两人便又亲热了一番。从此他一拿出绣鞋，姑娘就在他的面前出现。他觉得有些蹊跷°，问她是什么原因，女郎说："正好来的巧罢了。"

一天夜里，莲香来了，吃惊地问道："你的神气怎么这样难看？"桑晓说他并不觉得。莲香起身告别，约定过十天再见。

莲香去了以后，李姑娘每晚必到，没有间断过一次。她问道："你那位情人为什么长久不来了？"桑晓把莲香约定的时间说了。李姑娘笑道："你看我和莲香谁长得美？"桑晓说："都美，可以说不相上下，只是莲香身上比你温暖一些就是了。"李姑娘脸色一沉说："你说两人都美，当着我的面还这样捧她，她一定长得像月宫仙子一般，我绝比不上她。"因此露出很不高兴的神情。屈指一算，十天的约期已满，李姑娘吩咐他不要泄露，准备偷偷看看莲香。

第二天晚上，莲香果然来了，有说有笑，十分融洽。等到一上床，她吃惊地问道："危险得很！十天不见，怎么惫软成这种样子！保不定有什么外遇吧？"桑晓问她为什么说这种话。她答道："我是从神气上考验出来的，你的脉息很弱，跳得像乱丝，是鬼迷的症候。"第二天夜里，李姑娘来了，桑晓问她偷看莲香，觉得怎样，她说："的确美！我早就怀疑尘世间没有这等出色的人物，果然是只狐狸。她走的时候，我在后面跟着，原来住在南山的一个洞里。"桑晓疑心她出于嫉妒，故意毁谤，因此随口答应，不予理会。

过了一晚，莲香来了，他开玩笑似的对她说道："有人说你是狐狸，不过我不相信。"莲香连忙问是谁这样说的。桑晓笑道："是我同你开玩笑啊。"莲香说："狐狸和人有什么两样？"他答道："受狐狸迷惑的人，中病深了就会死，因此觉得很可怕。"莲香说："话不能这样说，像你这样年岁，和女人同房后三天，精力就可恢复，便是狐狸有什么祸害？如果天天没有节制，人比狐狸还要厉害的。天底下的痨病鬼，难道都是狐狸迷死的吗？不过，你的话里存因，一定有人背后饶舌。"桑晓竭力辩白说没有。不料莲香追问得越紧了，桑晓没办法，便把李姑娘和他要好的事说了出来。莲香说："我早就看出你情形不对，但是何至于这样惫乏！莫非她不是人吗？你不要声张，明天晚上我也学学她的样儿，偷偷地看她一看。"

这天夜里，李姑娘来了，刚刚说了两三句话，

◎蹊跷：奇怪可疑。

传世彩绘聊斋志异

莲香

听到窗子外面有咳嗽的声音，便急急逃去。莲香走进来说道："你好险啊！她真是一个鬼，你只贪图她长得美而不和她断绝，到阴间的路可真近了！"桑晓以为她是嫉妒，一句话也不说。莲香说："原知道你丢不下她，但是我也不忍心看着你死。明天晚上我带些药来，替你去去阴毒◎。所幸你的病根还浅，十天就会好的。我要陪着你，等你病好了再走，第二天晚上，她果然拿来一撮药，叫桑晓吃下去，一下子便泻了三四次，立刻觉得脏胃清虚，精神也顿然爽朗起来。桑晓心里很感激她，但并不相信是从鬼身上得的病。莲香天天同他一起睡，他每次向她要求什么，她总是拒绝。

几天之后，桑晓的身体渐渐胖了。莲香便要别去，再三叮嘱他和李姑娘断绝，桑晓含糊答应。等到关了门户，点上灯火，便又拿出绣鞋鉴赏，不免发生幻想。这时李姑娘忽然来了，几天不见，面上露出怨恨的样子，桑晓说："这天夜里她一直替我做医生，请你不要恨她，同谁好全在于我。"李姑娘才稍稍高兴些。桑晓睡在枕上悄悄说道："我对你真是爱极了，可是竟有人说你是鬼呢。"李姑娘半天说不上话来，最后骂道："一定是那个骚狐狸在你面前说我的坏话，你如果不和她断绝，我就不来了。"说着呜呜咽咽地哭了。桑晓百般好言相劝，她才住了声。

隔了一夜，莲香到了，知道李姑娘又来过，便十分生气，说："难道你一定要找死吗？"桑晓笑道："你怎么嫉妒得这般厉害？"莲香越发气恼，便说："你已经种下了死亡的病根，是我替你除去的，你还说我嫉妒，试问不嫉妒应该怎么样呢？"桑晓假托了一个理由，开玩笑似的对她说道："她说我前些时害的病，是狐狸精作祟。"莲香听了叹口气说："你说得很对。看样子你是执迷不悟，万一出了什么差错，我便有一百张嘴也没法辩白。让我从此离开你，一百天以后再来看你睡在病床上的样子吧。"桑晓挽留不住，她把袖子一甩，径自去了。从此李姑娘每夜总和他在一起。

约莫过了两个多月，桑晓感到大大支持不住。最初还勉强找理由安慰自己，后来一天比一天瘦弱，每次只吃薄粥一碗，本想搬回家去养息，可是还恋恋难舍，不忍立刻就走。这样拖了几天，病变得难以支持，不能起床。邻居的同学见他病得沉重，每天叫书童给他送茶送饭。桑晓这时才对李姑娘产生了怀疑，因此向她说道："我懊悔没有听莲香的话，以致病到这步田地！"说完便昏了过去，过了一会儿又苏醒过来。睁开眼睛向四下里一望，李姑娘已经走了，从此便绝足不来。

◎阴毒：中医病症名。

【名家评点】

《莲香》原作有四千多字，讲述了狐仙莲香和鬼女李氏与书生桑子明的爱情故事。起初莲香与桑生欢好，然后李氏趁莲香不在时来会桑生，后桑生身体每况愈下，莲香治好了桑生并让李氏认识到自己与桑生在一起会有损他的健康。李氏伤心离开并转世到刚死的燕儿身上，桑生娶了燕儿，不久，莲香产下一子后死去，十四年后转世卖到桑生家，又跟李氏即燕儿和桑生在一起了。蒲松龄写此文并不在歌颂一夫两妻的艳福，主要是歌颂男女用情的痴与专，借以讽刺人不如鬼、人不如狐之可悲可叹。（林澜）

桑晓独自怏软地睡在空寂的书斋里，思念莲香就像农人希望丰收那样迫切。一天，他正在想得出神，忽然有人掀开帘子进来，一看正是莲香。她走到床前，向他微笑着说："乡巴佬，我是同你说瞎话吗？"桑晓呜呜咽咽地哭了好久，说他自己知道错了，请她救命。莲香说："病情已经十分沉重，实在无法挽救，我来送你的终，在永别之前和你说几句话，证明我并非嫉妒。"桑晓一听，大为悲痛，便说："枕头底下有件东西，拿出来替我把它撕碎！"

莲香搜出那只绣鞋，把它拿到灯下，翻来覆去地把玩着。这时李姑娘忽然闪了进来，一见莲香，转身要逃。莲香走过去，挡住门口。李姑娘又窘又急，不知如何是好。桑晓趁机数落她，她一句话也回答不出。莲香笑道："我今天才能和阿姨当面对质，从前你说官人害痨，未必不是因为我的缘故，如今他成了这个样子，究竟是谁的过错？"李姑娘低着头，承认错误，莲香说："长得这样美，为什么为了爱而结仇呢？"李姑娘跪在地上啼哭，请她饶恕，救救病人。

莲香把她扶起来，细细问她的家世。李姑娘答道："我是李通判◎的女儿，幼年就死了，葬在这里的墙外。我像是一个已经死了的春蚕，肚子里的丝还没有吐尽。和官人相好，正是我的愿望。害死官人的性命，实在不是我的本心。"莲香说："听说鬼是希望置人于死，因为死后可以长久相聚，这话对吗？"李姑娘说："不是的。两个鬼在一起，一点乐趣也没有；如果有乐趣的话，九泉之下，少年郎难道就少吗？"莲香说："哪里有这样傻的！天天胡来，便是人也受不了，何况你是个鬼！"女郎说："狐狸能够把人缠死，你和她们不同，可有什么妙法？"莲香说："有些狐狸专门吸人的精血，滋补自己的身体。我和她们不是一类。所以世界上有不害人的狐狸，却绝对没有不害人的鬼，因为鬼的阴气太重。"

桑晓听了她们的谈话，这才知道一个真的是狐，一个真的是鬼，幸而和她们厮混惯了，并不觉得害怕。但一想到自己只剩下这苟延残喘的一息，不觉放声大哭。莲香回过头来问道："你可有什么方法救救官人？"李姑娘红着脸敬谢不敏。莲香笑道："只怕官人身体强健了以后，醋娘子又要和我吃杨梅了！"李姑娘向她拜了拜道："如果有个妙手回春的名医，把官人治好，使我不觉得对不起他，我从此便埋头地下，还敢厚着脸皮在人间混吗？"

于是，莲香打开袋子，取出药来说道："我

【锦言佳句】
醋娘子要食杨梅。

◎通判：官名。在知府下掌管粮运、家田、水利和诉讼等事项。

莲香

早料到有今天了,别后我到三山采药,经过三个月的工夫,才算配齐,害痨病快要死的人,吃下去也没有不回生的。不过病是从谁身上得的,还得由谁做药引子◎。因此不得不请你帮忙。"李姑娘问她需要什么。莲香说:"不要别的,只要你樱桃小口里的一点香唾罢了。我把丸药送到官人的嘴里,请你亲着他的嘴吐一口。"李姑娘听了,满脸通红,只顾低着头转来转去看她的鞋子。莲香打趣说:"妹妹最得意的难道就是鞋子吗?"说得李姑娘越发不好意思了,抬头不是,低头也不是。莲香说:"这是你平常做惯了的,如今怎么又小气起来?"说着便把丸药送到桑晓的嘴里,回过头来催逼李姑娘。李姑娘没办法,只得走过去吐了一口。莲香说:"再来一次!"女郎又吐了一口。这样一连三四口,丸药已经送到喉咙里。不一会儿,只听得肚子里隆隆然像打雷一般。这时莲香又在桑晓嘴里放了一粒,亲自对着桑晓的嘴,向他布气◎。桑晓觉得丹田◎里像火烧一般,精神立即焕发。莲香说:"病完全好了。"李姑娘一听到鸡叫,便急急忙忙地告辞而去。

莲香因为桑晓病刚好,还需要静静调养,天天叫东邻家送饭,不是办法。于是把大门从外面反锁,假装桑晓回家去了,谢绝朋友的来往。从此,莲香白天夜里守护着他,李姑娘也每晚必到,殷勤地服侍,把莲香当作姐姐看待,莲香也十分爱怜她。

这样过了三个月,桑晓完全恢复了健康,李姑娘便一连几夜不来。就是偶然来了,打个照面就走了。有时三人相对而坐,她也是皱着眉头,现出很不快活的样子。莲香常常留她一起睡,她怎么也不肯,桑晓追出去,把她抱到屋子里,只觉得她身子轻得像纸扎人一般。李姑娘逃不脱,便和衣睡在床上,全身缩得不满两尺。莲香见了,越发觉得她怪可怜的,悄悄叫桑晓偎抱她,和她亲热。但是任凭你怎样摇撼,总是摇不醒。等桑晓睡醒来再去寻她,早已没有踪影了。又过了十多天,更不见她再来。桑晓想念得很苦,常常拿出那只绣鞋来,和莲香一块儿玩弄。莲香叹口气说:"瘦削得这个样子,我见了尚且动心,何况你们男人!"桑晓说:"从前我一弄绣鞋她就来了,心里原有些怀疑,但绝对没料到她是个鬼。如今看了她的鞋子,不免想起她的容颜,实在有些难过。"说着,不禁流下眼泪。

原先当地一家姓章的财主,生有一个女儿,

◎药引子:中药方剂中附加的药,能调节药性,增强药效。◎布气:旧谓有道术者运气与人。◎丹田:重要穴位,在人体脐下约三寸的地方。

【名家评点】

莲香、李氏、桑生,皆为有情有义之人。而莲香的贤德、善良、执着的精神,尤为感人。正因为此,她才成全了别人,最终也成全了自己。(赵玉霞)

《莲香》描写桑子明与狐女莲香、鬼女李氏的三角恋爱故事。情节离奇变幻,关系错综复杂,结构难度大。若处理不得法,易于犯"杂乱"的毛病。但蒲松龄驾轻就熟,运用双线结构法,化复杂为单纯,变错综为有序,使情节离奇而不疏散,文思幽折而不鹘突。(陆志栋)

【说聊斋】

作家阎连科谈《聊斋志异》

蒲松龄笔下的土地、书生、村舍、房屋、狐人、鬼异、庙宇、坟墓和日常——由此而建立的乡土文化与传统，有寂静和绝望，却更有着暖意和希望，让人觉得暖宜人的太阳也一样会发出温暖宜人的光，如同整部《聊斋志异》的美，都建立在本不存在的存在——非人的人身上。

名叫燕儿，十五岁上害了一场病，因为不发汗，闷死了。过了一夜又苏醒过来，向四下一望，就要往外跑。章员外把大门锁上，不让她出去，女儿自称："我是李通判女儿的鬼魂，感激桑官人对我的照顾，我的一只绣鞋，还留在他那里。我真的是一个鬼，把我关起来有什么好处呢？"章家的人听她话里有话，便问她如何来到这地方的。姑娘低着头望望这个，望望那个，茫茫然说不出个道理来。这时就有人说："桑子明早已回家养病去了。"姑娘竭力分辩，坚持说这话不确。章家的人觉得很奇怪，东邻的同学听到这消息，便爬过墙去偷看，只见桑晓正和一个美人对坐谈心。他猛地走进屋子，想把她捉住，不料她惊鸿似的一下子便不知道跑到什么地方去了。这位朋友十分骇异◦，问他是怎么回事。桑晓笑道："从前不是对你说过，雌的来了，便开门请她进来吗？"朋友把燕儿的话对他说了。桑晓这才去了锁，准备到章家打听，但是他和章家素无来往，找不出个登门造访◦的理由。

燕儿的母亲听说桑晓果然不曾回家，越发觉得这事有些蹊跷了。特意打发女佣到桑晓那里讨那只绣鞋，桑晓立即拿出来交给她。燕儿见了绣鞋，很高兴，就试着一穿，不料鞋子比脚小了一寸。她心里大吃一惊，取过镜子来一照，忽然想起原来自己是借别人的身体还了魂的。于是她把前因后果说了一遍，母亲这才相信了。姑娘对着镜子望着自己的脸，哭道："当年我长的样子，很觉过得去，但是每次见了莲香姐姐，还不免自愧弗如，如今反而变成这种样子，做人真还不如做鬼好呢！"说完，拿起鞋子来大哭，谁也劝解不开。自己扯开被子，蒙住脸睡下，送饭给她，也不肯吃。忽然遍体肿胀，像是生了病的样子。一连七天不吃汤水，也没有死。但是肿渐渐消了，觉得饿得忍不住，于是重新进食。又过了几天，浑身发痒，用手一搔，枯皮全部脱落。早上，睡鞋自己褪下；找来再穿，已经大得不合脚寸了。于是试着把先前的绣鞋穿上，肥瘦恰好，心里很高兴。又拿过镜子来一照，眉目面庞，和前生一模一样。这一来更高兴了。梳洗了一下去拜望母亲，章家的人一见，都愣住了。

莲香听到这件奇事，劝桑晓托媒人◦到章家说亲，但又怕贫富差得太远，不敢冒昧前去。一次正赶上章老太太过生日，桑晓随着她的子侄女婿，一起前去拜寿。老太太见有桑晓的名帖◦，

◎骇异：惊骇怪异。 ◎造访：拜访。 ◎媒人：撮合男女婚事的人。 ◎名帖：又称名刺，即名片。旧时民间用一小方红纸书写姓名、职衔，用作拜谒通报的帖子。

莲香

便叫燕儿隔着帘子去认，桑晓最后一个进来，燕儿一见，突然跑到门外，拉住他的袖子，要跟他一同回去。老太太连忙吆喝，她才羞惭地回到屋子里。桑晓仔细一看，果然是她，忍不住流下眼泪，于是跪在地下，不肯起来。老太太伸手挽扶，并不认为他有意侮辱。桑晓离开章家，求他舅舅做媒，章老太太商量要定下吉日，把桑晓招为上门女婿。

桑晓回去，把这话告诉莲香，还和她商量如何下聘◦。莲香听了，痴痴地想了好久，就要向他告别。桑晓很惊惶，急得直淌眼泪。莲香说："你要到人家做新郎去了，我若随你前往，可有什么面子？"桑晓便和她商量好，先把她送回家去，再来迎娶燕儿。她答应了。桑晓把情形告诉章员外，员外听说他已有妻子，很生气，骂他欺骗。燕儿竭力剖辩，员外这才依了。

到了选定的日子，桑晓前去迎亲。家中的陈设，十分简陋，等到迎娶回来，只见从大门口到内堂，全部用花毡铺地，千百只灯笼光明耀目，和花朵一般。莲香搀扶着新娘走进洞房，面帕一揭下来，大家快活得像是旧友重逢。莲香陪他们喝过交杯酒，细细问她怎么会还魂的。燕儿说："那时心里烦闷得无聊，只恨自己是鬼，没脸见人；别后怀着一腔愤气，发誓不回坟墓，成天随风飘荡，每次遇到生人，便非常羡慕。白天我躲在草木丛中，晚上就随着脚步到处浮沉。无意中跑到章家，看见有个少女躺在床上，迎过去附上她的身体，没想到就活过来了。"莲香听了，默然不作声，好像在想什么心事。

过了两个月，莲香生了一个儿子。产后突然生起病来，一天比一天沉重。她握住燕儿的手说："这个孽种只好拖累你了，我的孩子也就是你的孩子。"燕儿听了，不禁凄然落泪。勉强安慰她，劝她不要想得那么多。替她找巫婆◦，请医生，她总是拒绝。最后病得快死了，上气不接下气，急得桑晓和燕儿全哭了。这时，她忽然睁开眼

【名家评点】

全篇采取的是"均连法"，即鬼狐并写，莲香李女并写，燕儿韦女并写，交替穿插，相互映衬，起伏跌宕，从中突出了莲香懂事知情的动人形象。（陆志栋）

她们为了实现理想的爱情，李氏"死而求其生"，莲香则"生而求其死"，都把爱情看得比生命还要宝贵。这在当时具有反封建礼教的意义。当然，作品里把一夫二妻视为风流韵事，并不可取。它明显地留下了封建时代不合理的婚姻制度的烙印。（刘烈茂）

◎下聘：旧时称男家向女家致送订婚财礼。 ◎巫婆：以通鬼神，为人祈福消灾、占卜等为职业的女子。

睛叫道："不要这样。你们愿意活，我却愿意死，如果有缘分的话，十年后还可以相见。"说完就断了气。打开被头要把她装殓，尸体已经变成狐狸。桑晓不忍歧视，仍然按照大礼，好好把她安葬。

孩子名叫狐儿，燕儿像对自己亲生的孩子一样抚育他。每年清明，她一定抱着孩子到他母亲坟上去哭一场。几年之后，桑晓中了举，家中渐渐富裕起来，但是燕儿苦于不能生育。狐儿相当聪明，身体却很单薄，常常害病。燕儿屡次劝丈夫再娶一个小老婆，以免绝嗣◦。

有一天，丫头忽然进来报说："门外面有个老太婆，带着她的女儿，想找个买主。"燕儿把她们叫进来，乍一见面便大吃一惊说："这不是莲香姐姐再生了吗？"桑晓出来一看，觉得真像莲香，也吓了一跳。问她多大了，回答说十四岁。又问要多少聘金，老太婆说："老身只有这么一个女儿，只希望她找到一个好人家，我也有个吃饭的地方，将来我这副老骨头不丢在阴沟里，也就心满意足了。"桑晓多给了些钱，把女孩留下来。

燕儿拉着女孩的手，走到内室里去，提着她的衣领，微笑着问道："你可认识我吗？"女孩说不认识。问她姓什么，她答道："我姓韦。爹爹是在徐州卖酒的，已经死去三年了。"燕儿掐着手指头一算，莲香恰好死去十四年了。再仔细一看那女孩，她的面容和姿态，没有一样不像莲香的。于是拍了拍她的头顶唤道："莲姐，莲姐，你说过十年后相见，真的没有骗我！"女孩一听，好像大梦初醒，豁然顿悟似的说道："咦！真的有些奇怪！"说着，目不转睛地望着燕儿。桑晓笑着说："这真是似曾相识的燕子回到旧巢来了◦！"女孩流着眼泪说道："这就对了。常听母亲说，我一下生便会说话，家里的人认为不吉利，让我吃了一些狗血，从此前世的一切便模糊了。如今听了你们所说，真和做梦刚刚醒了一般。这位娘子莫非就是不愿做鬼的李家妹妹吗？"大家一谈前生的事，不免又悲又喜。

[锦言佳句]

勿尔！子乐生，我乐死。如有缘，十年后可复得见。

◦嗣：子孙。◦引用宋人晏殊《春恨词》，原句为："无可奈何花落去，似曾相识燕归来。"

传世彩绘聊斋志异

阿宝

广西书生孙子楚,是个名士◎。他手上生着个六指儿,性情迂腐◎,又不大会讲话,别人明明在欺骗他,他也信以为真。有时碰到席上有妓女,他远远地望见了,就赶快逃走。朋友知道他的脾气,故意把他骗来,让妓女和他亲近,闹得他面红耳赤,汗流浃背。大家就哄堂大笑,模仿着他的傻相,互相传说,当作笑柄,还给他起了一个绰号,叫作"孙痴"。

同县有个大商人,家财豪富,享用和王侯差不多,亲戚都是名门贵族。膝下有个女儿,名叫阿宝,是人世间少有的美人,正在找寻门当户对的女婿。阔人家的子弟,争先托媒人去说亲,但是都不合老头儿的意思。

这时孙子楚刚死了妻子,有人同他开玩笑,劝他托人去做媒。他并不估量自己的地位,果然找人前去求婚。

老头儿也听得人家说起他,又嫌他家里太穷,不肯答应。媒婆出门的时候,恰巧遇到阿宝。阿宝问她的来意,媒婆照实说了。阿宝开玩笑似的说道:"如果他能够把那个六指儿去掉,我便嫁给他。"

媒婆把阿宝的话告诉孙子楚,孙子楚说道:"这很容易!"媒婆走后,他就用斧子把那个六指儿砍下来,一时痛彻心扉,血流得很多,几乎死过去。病了好几天,他才能下床,跑到媒婆家里,把手伸给她看。媒婆大惊,立刻跑去告诉阿宝。阿宝也觉得奇怪,又开玩笑道:"请他再把那股痴劲儿去掉才行。"孙子楚听到了,竭力分辩,说自己并不傻,可又没法当面去辩白。他再一想,阿宝未必美若天仙,她何必这样自高身价◎呢?于是向她求婚的心思顿时冷了下来。

到了清明节,妇女们都要出门踏青;一班浮头浪子◎也成群结队,跟在女人后面,任意地品头论足。孙子楚有几个同社的朋友,硬拉他去游春,有人则嘲笑他道:"你大概也想去看看心上人吧!"他明知道这是朋友在同他开玩笑,但是因为几次被阿宝戏弄,也很想见她一面,就高高兴兴地跟着大家去找寻阿宝。

他们远远地看到,有一个女子在树荫下休息,许多轻薄少年把她包围得像一堵墙。朋友们说道:"这一定是阿宝了。"孙子楚走过去一瞧,果然是阿宝,标致得真是世间无双。过了一会儿,围观

◎名士:已出名而未出仕的人。 ◎迂腐:拘泥于陈旧的准则,不适应新时代。 ◎身价:一个人的身份或在社会中的地位。 ◎浮头浪子:游荡不务正业的青年。

【名家评点】

此一情痴与杜丽娘之于柳梦梅,一女悦男,一男悦女,皆以梦感,俱千古一对情痴。(冯镇峦)

"阿宝"的孙子楚正是"情痴"的典型。"情痴""花痴""石痴"等都意味着缺乏圆滑、见解偏颇的心态,在传统的士大夫道德中不外认为是执迷不悟的愚蠢,或者是玩物丧志的恶习。蒲松龄却给它以肯定的评价,认为性痴才能够有成就。他又认为真正的"痴"一定十分慧黠,乃是一种愚而不蠢、慧而不黠的气质。([日]八木章好)

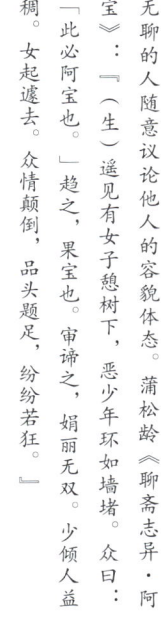

郊游惊艳

【读名著学成语】

品头题足

无聊的人随意议论他人的容貌体态。蒲松龄《聊斋志异·阿宝》：「（生）遥见有女子憩树下，恶少年环如墙堵。众曰：『此必阿宝也。』趋之，果宝也。审谛之，娟丽无双。少倾人益稠。女起遽去。众情颠倒，品头题足，纷纷若狂。」

传世彩绘聊斋志异

阿宝

的人越来越多，阿宝便站起身来走了，弄得这些人都神魂颠倒，好像疯了的一般，只有孙子楚独自沉默着。

渐渐地，人都走散了，朋友们回头一看，见孙子楚还呆呆地站在原来的地方，叫他也不答应。朋友们去拉他走，说道："你的魂灵儿莫非跟着阿宝一同回去了吗？"他也不作声。大家因为他向来不大爱说话，也就不以为奇，有的推着，有的拉着，把他送回家去。他一到家，就睡在床上，整天不起来，迷迷糊糊，像是喝醉了酒似的，叫也叫不醒。家里的人疑心他失了魂，便到旷野里去叫，也没有效果。用力拍着他追问，他含糊地答道："我在阿宝家里！"再问下去，他又不说话了。家里的人全都莫名其妙。

孙子楚则觉得在他见阿宝要走开的时候，心里很舍不得，好像也在跟着她走，慢慢地靠近她身边，也没有人吆喝他，就和她一路回到阿宝家，白天坐在她身边，夜里和她一起睡，心中很得意。后来觉得肚子饿得很，想回家一趟，又认不得路。阿宝每夜做梦，也总是在跟一个男人同睡，问他是谁，他说："我是孙子楚啊！"阿宝觉得很蹊跷，但是又不便告诉别人。

孙子楚在自家床上躺了三天，呼吸微弱，像是要断气了，家里的人很着急，托人婉转地向阿宝的父亲商量，要到他家去把孙子楚领回去。老头儿答应了。孙家请巫婆到阿宝家舞弄了一番，等到巫婆刚回转孙家门口时，孙子楚已经在床上呻吟起来。他醒来，能把阿宝房间里的陈设和家具的各种名称，都清清楚楚地说出来。阿宝听了，越发觉得奇怪，暗暗感激他用情的深挚。

孙子楚下床之后，还是无时无刻不在想念阿宝，神思恍惚，什么事都不放在心上。他常常偷偷侦察阿宝，希望和她再见一面。

到了浴佛节◎，他听说阿宝要往水月寺烧香，便一早在路旁等候，呆呆地盼望着，眼睛都累得发花。直到快近中午的时候，阿宝来了。她从车厢里望见孙子楚，用纤手拉开车帘，目不转睛地看着他。孙子楚更觉动心，紧跟在她的车后。

阿宝忽然打发丫鬟来问他的姓名，他很殷勤地告诉了她。这样一来，他的心神越发不能安定，直到车子去远，才惘然回到家里，而且又病了，昏昏沉沉地不吃东西，睡梦中时常呼叫阿宝的名字。他恨自己不能像上次那样随心所欲地跟了阿宝回去。

◎浴佛节：佛教节日，即佛诞节，农历四月初八。

【名家评点】

蒲松龄之前，作家们大多写的是女痴，汤显祖《牡丹亭》以降，诸家蜂起效尤，多无甚新意。唯独蒲松龄另辟蹊径，翻空出奇，以痴笔写痴人，塑造了孙子楚这样一个男痴的形象，称得上别开生面，情深趣浓，意态直入化境。（王星琦）

【锦言佳句】

儿既诺之,处蓬茅而甘藜藿,不怨也。

绣阁招魂

传世彩绘聊斋志异

阿宝

孙子楚家里养有一只鹦鹉,那天突然死了。孩子拿着死鹦鹉在床上玩,他见了心里想:假如自己能变成鸟,就可以飞到阿宝房里去了。刚一动念,他已化作一只鹦鹉,突然腾空飞去,直飞到阿宝的家里。阿宝一见很欢喜,把它捉住,用链子锁了它的腿,拿麻子喂给它吃。它大叫道:"姐姐不要锁,我是孙子楚啊!"阿宝吓了一跳,解下链子,它也不飞走。阿宝向他祝告道:"你的深情,已经牢记在我的心里,不过现在我和你不是同类了,如何能婚配?"鹦鹉说:"只要能和你亲近,我已经心满意足了。"

旁人喂那鹦鹉,它不肯吃,只有阿宝喂它才吃。阿宝坐下,它便站在她的膝上;阿宝睡下,它便飞到她的床上。这样过了三天,阿宝很怜爱它,暗地打发人到孙家去看,孙子楚已经昏昏地躺了三天,只是心头还有些热气。阿宝又向鹦鹉祝告道:"你如果能再变成人,我立誓一定嫁给你!"鹦鹉说:"你骗我!"阿宝便对它立誓。鹦鹉侧着头想了一会儿,见阿宝脱下绣鞋放在床上,就扑地飞下来,衔着一只绣鞋,向外飞去,阿宝赶快叫它,它已经飞远了。阿宝派一个老婆子往孙家打听,孙子楚已苏醒了。

鹦鹉衔着绣鞋飞回家来,落到地上,立刻就死了。家人正在惊奇的时候,孙子楚醒了,马上要那只绣鞋,大家不知道这是什么缘故。恰巧那老婆子到了,进房去看孙子楚,问他绣鞋放在哪里了。他说:"这是阿宝的信物◦,烦你带个口信给她,我是决不会忘掉她的诺言的!"

老婆子回去说明情形,阿宝更觉得奇怪,故意让丫鬟把这件事泄露出去,给她母亲知道。母亲来问阿宝,确是事实,便说道:"这人文才很好,只是穷得和司马相如◦一般,我选了好几年,最后选了这样一个女婿,要被别人耻笑。"阿宝因为绣鞋落在孙子楚手里,立誓不嫁别人,二老没法,只得答应下来。这消息传到孙家,孙子楚一高兴,病马上好了。

◎信物:当作凭证的物品。 ◎司马相如:汉成都人,有文才,家里很穷,娶临邛富人卓王孙的女儿卓文君为妻。两人开设酒铺,相如自为佣保,文君当垆。

【名家评点】

追根溯源,"离魂"故事源于六朝志怪小说干宝《搜神记·庞阿》。此后,以"离魂"为题材的文学创作不绝如缕。唐代有陈玄祐的传奇小说《离魂记》,元代有郑光祖以《离魂记》为素材再创作的杂剧《迷青琐倩女离魂》,明代又有王骥德根据以上两种新编的杂剧《倩女离魂》,另外明代尚有凌濛初的话本小说《大姊游魂完宿愿,小姨病起续前缘》等,都是关于"离魂"故事的名作。特别值得注意的是,明代汤显祖根据话本小说《杜丽娘慕色还魂》所写的《牡丹亭》更是写出了杜丽娘为情而死、为情而生的离魂与还魂过程,令人叹为观止。时至清代,蒲松龄改变了"女悦男"这一叙事传统,以"男悦女"之天才妙想,使得"离魂"题材的文学创作别开新境。(李桂奎)

化禽擸屧

【读名著学成语】

君子问灾不问福

君子算命占卜时,只问有没有灾祸,而不问有没有福运。也有"居安思危"的意思,说明应当安不忘危,不要满足于眼前的富贵荣华。《水浒传》第61回:"先生,君子问灾不问福。不必道在下豪富,只求推算目下行藏则个。在下今年三十二岁,甲子年乙丑月丙寅日丁卯时。"

传世彩绘聊斋志异

阿宝

阿宝的父亲打算让孙子楚入赘◎他家，阿宝说："女婿不能长住岳家◎，何况他又是个穷人，住久了越发教人家看不起。女儿既然答应嫁他，住草屋也愿意，吃野菜也不抱怨。"于是孙子楚把她迎娶回来。两人相处，好像是第二世做夫妻了，十分欢乐。

孙家得到了嫁妆，家道小康，增加了许多资产。可是孙子楚是个书呆子，只知道读书，不懂得料理家务，幸而阿宝很会经营，什么事都不来麻烦他。

过了三年，家境更加富裕了。孙子楚忽然得了糖尿病，死了。阿宝终日痛哭，眼泪不干，以至睡不着觉，吃不下饭。别人劝她，也听不进去，乘着夜里无人，竟悬梁自尽◎了。丫鬟发觉了，急忙抢救，阿宝虽然苏醒过来，可是总也不吃东西。过了三天，亲朋故友要给孙子楚入殓，忽听见棺材里有呻吟声。开棺一看，孙子楚已活过来。他说："我见到阎王，阎王认为我为人老实厚道，叫我做部里的属官。突然有人报告，说：'孙属官的妻子快要到了。'阎王核查生死簿，说：'她不该死啊。'那个人又说：'已经三天不吃饭了。'阎王看着我说：'你妻节义可嘉◎，赐你复生吧。'就派鬼卒牵马把我送回来了。"从此，孙子楚的病逐渐好了。

这年，正赶上乡试。在进场之前，许多年轻朋友耍弄孙子楚，拟了七道极隐僻的试题，将他叫到一个冷静的地方，把题目告诉他，说是别人家花钱买来的关节◎，特地秘密相赠。孙子楚信以为真，一天到晚不断地研究，作成了七篇文章。大家都在暗地里笑他。

不料当时的主考官恐怕熟题目会发生抄袭旧文章的流弊，竟一反常例，力求隐僻。试卷下来，就是那七道题目。孙子楚高中第一名，第二年又成了进士。

◎入赘：男子到女家结婚并成为女家的家庭成员。◎岳家：妻子的父母家。◎悬梁自尽：上吊自杀。◎可嘉：值得称赞、嘉许。◎关节：暗中说人情、行贿勾通官吏的事。

【名家评点】

《阿宝》篇正是从"痴"与"真"出发，作者精心钩织了孙子楚与阿宝爱情生活中令人回肠荡气而又迷离惝恍的情节，铺排出"断指""离魂""化鸟"等曲折缠绵的故事。表面上看，似乎离奇莫测，却紧紧扣住一个"痴"字，整个作品的艺术结构巧妙自然，怪而不诞，使人但愿信其有，不愿知其无，有着极为强烈的艺术感染力。（王星琦）

【锦言佳句】

性痴则其志凝,故书痴者文必工,艺痴者技必良。世之落拓而无成者,皆自谓不痴者也。知慧黠而过,乃是真痴。

宠增闺阁

张诚

有个姓张的河南人，本来是山东人。在明朝末年清兵南下的时候，山东大乱，他的妻子被清兵抢去。张某常旅居河南，就在那里安了家，并在那边娶了个老婆，生下一个儿子，名叫张讷。不久老婆死了，又娶牛氏，生下一个儿子，名叫张诚。牛氏性情凶悍，总是憎恨张讷，把他当作奴仆看待，给他吃最坏的饭食，派他去砍柴，每天限他交柴一担，少了就要打他骂他，简直教他难以忍受。暗地里却留了好吃的东西给张诚吃，让他进学塾°读书。张诚年纪一天天大起来，性情很孝顺友爱，见哥哥这样劳苦，心中不忍，暗地里劝母亲，母亲不听。

有一天，张讷往山中砍柴，遇到大风雨，只得避在山岩下。等到雨停，天色已晚，肚子里又饿起来，就背了柴回家。后母点一点，柴太少了，大发脾气，不给他饭吃。张讷饿得心里发慌，只能回到自己的房里，躺在床上。

张诚从学塾里回来，见哥哥没精打采的样子，问他是不是病了。张讷说："腹中饥饿罢了。"张诚问他饥饿的缘故，张讷就把实情告诉了他。张诚皱着眉头去了。过了一会儿，便端着几个饼来给哥哥吃。哥哥问他哪里来的。张诚说："我偷了面粉，请隔壁大嫂替我做的。你只管吃，不要多说。"张讷吃完了，叮嘱弟弟说："以后千万不可再这样做，万一泄露，恐怕要牵累你。而且我只要一天吃一顿，即使不够饱，也不会饿死的。"张诚说："哥哥一向身体瘦弱，怎能砍得动这许多柴啊！"

第二天，张诚吃过早饭，偷偷地上山，跑到哥哥砍柴的地方。哥哥见他来，吃了一惊，问他要做什么。答道："我来帮你砍柴。"问是谁叫他来的。答道："我自己来的。"哥哥说："不要说你不会砍柴。就算你会砍，也不能让你做。"于是催促他回去。张诚不听，帮助他哥哥，用手脚来扭断柴，并且说道："明天我要带一柄斧头来。"张讷上前去拦阻他，见他手指已经破了，鞋子已经穿烂了，便很伤心地说："你不赶快回去，我就用斧头自杀了。"张诚只得回去。张讷送他到半路，才又回转山上砍柴。

张讷砍完柴回家的时候，跑到学塾里叮嘱张诚的老师说："我弟弟年纪小，应当管束他。山里虎狼很凶，不要放他乱走。"老师说："今天上午，他不知道往哪里去了一趟，已经打过手心了。"张讷回到家中，对张诚说道："你不听我的话，到底被老师打了手心。"张诚笑道："没有啊。"

转天，张诚带了一柄斧头，又到山上来。张讷吓了一跳说："我再三叫你不要来，你怎么又来了？"张诚不睬他，只管拼命砍柴，汗流满面，

◎学塾：旧时学校。

【名家评点】

《张诚》这篇小说以家国失序为背景，叙述了一个特殊家庭的悲欢离合，尤其是以大量的篇幅浓墨重彩地叙述张诚、张讷兄弟之人伦至情，感人肺腑，其故事曾令作者几次掉下眼泪。小说叙事既注意以"奇"制造波澜，又善于以"巧"链接情节。（李桂奎）

读名著学成语

悬鹑百结

鹑鹑的羽毛又短又花，因以悬鹑比喻破烂的衣服。形容破烂，补丁很多。

清·蒲松龄《聊斋志异·张诚》："悬鹑百结，伛偻道上。"

不肯停止。大约砍满了一捆柴，也不向哥哥告辞，就回去了。到了学塾里，老师又要责罚他，他老实说明。老师称赞他的好心，就不再禁止他了。张讷几次劝他不要去，他总是不听。

有一天，他们兄弟俩和几个同伴在山中砍柴，突然来了一只老虎。大家吓得躲起来。老虎却把张诚衔了去。因为老虎嘴里衔了个人，跑得比较慢，所以被张讷追上了。张讷用足气力，一斧头砍在老虎的大腿上，老虎觉得疼痛，飞奔而去。张讷没法追寻，号啕痛哭地回来。同伴们安慰他，他越发哭得伤心，说道："我这个弟弟，跟别人的弟弟不同。况且他为我而死，我还要活在世上做什么？"就拿起斧头来，向脖子上一抹。同伴们赶快抢救，斧头已经割进肉里有一寸左右，鲜血直冒，张诚昏倒地上。同伴们大惊，撕了一块衣裳，替他包扎伤口，大家扶着他回家。

后母知道了这件事，大哭大骂说："你把我儿子害死了，难道抹一抹脖子就可以交代了吗？"张讷呻吟着说："母亲不要烦恼！弟弟死了，我也一定不会活在世上。"大家把他放到床上。创口疼痛，睡不下去，只能靠在墙壁上，日夜痛哭。父亲怕他也会死去，时常到床边喂一点东西给他吃，牛氏总要痛骂。张讷就决心不吃东西，挨了三天，也就死了。

村里有个在阴间当差的巫师°，张讷的魂灵在路上遇见了他，详细告诉他经过的痛苦，并问起弟弟在哪里。巫师说：'没有听到过这个人。"就转身把张讷带走，到了一座很大的城市，看见一个穿黑衣裳的人从城里出来。巫师上前拦住，代张讷询问。穿黑衣裳的人从袋里掏出一沓拘票°来，仔细观看。拘票上男男女女的名字有一百多个，其中并无一个犯人名叫张诚。巫师疑心在别人的拘票上。穿黑衣裳的人说："这一路是属于我管的，怎会派别人去捉他呢。"张讷不相信，硬要巫师陪他进城。城里老鬼新鬼在路上不断地往来。内中也有张讷一向认识的，便走过去问他们，可是没有一个人知道张诚的下落。

忽然大家都高声叫起来，说道："菩萨到了！"抬起头来，往空中一看，只见霞光万道，明澈上下，顿时觉得世界一片光明。巫师向张讷贺喜道："大郎真有福气！菩萨要隔几千年才到阴司来一次，把苦恼众生提拔出去，今天你刚巧碰到了。"就拉张讷跪下来。许多鬼魂杂乱纷纭，都合了手掌，齐声念："大慈大悲，救苦救难。"声音震天动地。菩萨拿着一枝杨柳枝，向四面八方洒甘露，露珠细得像微尘一般。不一会儿，霞光收敛，菩萨就不见了，张讷觉得头顶上沾到甘露，斧头割破的地方就不再疼痛了。巫师依旧带他一同回去，到了望

◎巫师：替人祈祷的装神弄鬼的人。◎拘票：旧时衙门开具的强制人犯有关人员到案的凭证。

助樵遇虎

游魂访弟

传世彩绘聊斋志异

张诚

得见自己村庄的地方，才与他分手，往别处去了。

张讷死了两天，忽然醒过来，详细叙述自己所遇到的事情，说张诚实在没有死。后母认为他是胡乱捏造出来的，反而痛骂他。张讷受了冤枉，无法申辩，自己摸一摸创口，居然痊愈了，便竭力支撑起来，向父亲拜辞道："孩儿要上天入地去寻弟弟。假使寻不到，这一辈子就不会回来了，希望父亲只算孩儿已经死掉。"父亲把他带到没人看见的地方，哭了一场，可是又不敢留他。张讷就走了。

他在各处要道上探访弟弟的音讯。路上旅费用光了，只能一边讨饭，一边走，过了一年多，来到南京。身上衣衫破破烂烂。拖一爿°，挂一片，垂头缩颈地在路上走。忽然看见十几个骑马的人迎面奔来，急忙避在路旁。其中一个人好像是官长，年纪有四十多岁。许多雄赳赳气昂昂的兵士，骑了高头大马，在前后保护着。还有一个少年骑一匹小马，几次回头看张讷。张讷因为他是个贵公子，不敢抬头看他。那少年勒住马匹，停了一停，忽然跳下马来喊道："你不是我的哥哥吗？"张讷抬起头来，仔细一看，原来是张诚，便拉住他的手，号啕大哭，哭得喉咙都哑了。张诚也哭道："哥哥怎会流落到这个样子？"张讷把经过的情形说出来，张诚越发悲伤。马上的兵士都跳下来，问明了缘故，去报告那官长。官长吩咐腾出一匹马来给张讷骑。大家一同上马，回到官长的家里。

张讷向张诚仔细盘问，才明白了一切。原来起先老虎衔张诚去，不知道什么时候把他丢在路旁。张诚在那里睡了一夜。刚巧有一个张千户°从府城里出来，经过这地方，见张诚相貌温文，觉得很可怜，把他救起。张诚慢慢地醒过来，说明家中的地址。因为距离得很远，张千户就将他带回家中，拿药替他敷在伤口上，几天后才痊愈了。张千户没有儿子，就把张诚认作儿子。今天刚巧跟了千户出去游玩，弟兄才得相会。

张诚把经过的情形详细告诉哥哥。两人正在说话的时候，千户走进来，张讷向他连连拜谢。张诚去里边，捧出几件绸衣裳来给哥哥穿。于是摆上酒席，大家欢叙畅饮。千户问张讷："贵族中在河南有多少人口？"张讷说："没有。因为我父亲本是山东人，寄居°在河南。"千户说："我也是山东人。贵处属于哪一县？"答道："曾经听得我父亲说，属东昌府°管辖。"千户吃了一惊说："是我的同乡啊！为什么搬到河南去住？"张讷说："我们的前母被军队抢去，父亲遭到兵灾，家中财

◎爿（pán）：量词。◎千户：元明两朝的武官名。◎寄居：在外地或在别人家居住。◎东昌府：明清两朝的东昌府，治聊城，辖堂邑、博平等九县。

【名家评点】

张诚对异母兄长百般呵护，张讷不辞辛劳地寻找幼弟，感人至深。蒲松龄所处的时代，世风日下，人心不古。蒲松龄精心创作一个大力弘扬"孝友"精神的故事，意在以善规人。故事情节起伏跌宕，曲曲折折。猛虎衔弟，他乡遇长兄，大起大落、大悲大喜。本篇是感人至深的世情故事，也是写作范文。（马瑞芳）

【锦言佳句】

翁辍泣愕然,不能喜,不能悲,茕茕以立。

昆仲相逢

张诚

产被抢得精光。父亲早先在西路上做买卖，来来往往，十分熟悉，所以就在河南住下来了。"千户又惊奇地问道："令尊◦叫什么名字？"张讷告诉了他。千户睁大了眼睛，把他看了一会儿，低下了头，似乎有些怀疑，接着就很快地跑进里边去了。

不多一会儿，太夫人◦出来。大家上前拜见后，太夫人问张讷说："你是张炳之的孙子吗？"张讷说："是的。"太夫人大哭起来，对千户说道："这两个都是你的兄弟啊。"张讷兄弟俩莫名其妙。太夫人说："我嫁了你父亲三年，被抢到北方，做了某指挥的妻室。半年后，生下你哥哥。再过了半年，某指挥死。你哥哥荫袭◦做了千户，如今已经卸任了。他时常想念家乡，就出了旗人籍，恢复原籍。几次派人到山东去打听家属，毫无着落。哪里知道你父亲搬往河南去了。"又对千户说道："你把弟弟当作儿子，真是要折福死了。"千户说："我从前问过张诚，张诚从未说起是山东人，想来他年纪轻，不记得了。"于是按照年龄排次序：千户四十一岁，是大哥哥；张讷二十岁，是老二；张诚十六岁，是小弟弟。千户得到了两个弟弟，非常欢喜，与他们睡在一个房里，把以前弟兄分散的情由，都问明白了。当时打算一同回去，太夫人恐怕牛氏不能容留他们。千户说："她能容留我们，就与她一同住。她不能容留我们，便与她分开来住，我们总不能不去找父亲啊。"于是把住宅卖掉，准备行装，选定日期，一同动身西行。

到了河南，张讷和张诚先赶回家去，报告父亲。张讷出门不久，牛氏也死了，只剩得老头儿孤零零的一个人。忽然看见张讷进来，喜出望外，反而恍恍惚惚地惊疑起来。又看见了张诚，快活得简直说不出话，眼泪流个不住。兄弟俩再告诉他，千户母子也来了。老头儿住了哭，只是发愣，呆呆地站着，不知道是欢喜好还是伤心好。

不多一会儿，千户进来，拜见父亲。太夫人与老头儿相对痛哭。男女仆人跟进来，里里外外都站满了。一家人坐也不是，立也不是，真不知道怎么才好。

张诚不见了母亲，问起来，才知道已经死了。号啕痛哭，当场晕倒，隔了一顿饭的时候才醒过来。千户出钱，添造楼房，请一位老师教两个弟弟念书。从此以后，马棚里养满了马，屋子里住满了人，居然成了大户人家。

◎令尊：称对方父亲的敬辞。◎太夫人：这里指张千户的母亲。汉制列侯之母称太夫人，后来凡官僚豪绅的母亲不论在世与否，均称太夫人。◎荫袭：旧时代皇帝对于功臣的子孙，许他们继续保持爵位和官职。

【名家评点】

《张诚》在《聊斋志异》中独具特色，篇中融入了清兵南下入侵山东、丁酉科场案、入旗汉人官员出籍的政策等国事，还融入了蒲松龄父亲的行实以及他本人成家、分家等家事，暗示了蒲松龄固有的民族观念、隐秘的心理活动和微妙的创作心态。（郑子运）

[说聊斋]

清代文人王士祯《题聊斋志异》

姑妄言之姑听之,豆棚瓜架雨如丝。
料应厌作人间语,爱听秋坟鬼唱诗。

全家团聚

口技

村子里来了一个年轻的女人，有二十四五岁，她带着一个装药的皮囊行医看病。有人去找她看病，但是她说自己不能开药方子，要等到晚间问一问各位神仙，才能将药方开出来。

到了晚上，她把一间小房子打扫得干干净净，将自己关在里面。大伙儿围绕在小房子的门边或窗口，侧着耳朵安静仔细地听，只听到房间里面有人在小声说话，大家谁也不敢咳嗽一声。这个时候，屋里屋外都是黑漆漆一片，也没有一点动静。

大约到了半夜的时候，忽然听到门帘微动的声音。女子在屋里说："九姑来了吗？"一女子回答说："来了。"又问："腊梅也跟着九姑来了？"好像是一个丫头的声音回答说："来了。"三个人之间的话语絮絮叨叨，聊起来没完没了。

过了一会儿，又听到帘钩响动的声音，女子说："六姑来了？"接着听到几个女子杂乱的说话声："春梅也抱小郎君来了吗？"一个女子说："这个顽皮的小家伙，怎么哄也不睡，定要跟来。身子有百十斤重，背着真是累死人。"马上又听到女子殷勤的接待声，九姑的问讯声，六姑与姊妹们的寒暄°客套声，两个丫头的互相慰劳声，小孩儿的嬉闹声，一齐嘈嘈杂杂地传出来。就听到女子笑着说："小郎君倒很喜欢玩耍，老远地抱了个猫儿来。"接着说话的声音渐渐稀疏了下来。

门帘又响了一声，满屋里都喧哗了起来，只听见女子说："四姑来得怎么这样晚呢？"听到一个女孩子细微的声音回答说："来的路足有几千里远，我同阿姑走了这么长时间才到。阿姑走得太慢了。"于是各人嘘寒问暖的声音，移动

◎寒暄：见面招呼时谈天气冷暖、生活琐事等的应酬话。

【名家评点】

中国古今短篇故事小品中，单以拟声为务，兼又写情，而且通篇不过向壁虚构，单凭某人的声音特技，营生整个想象的人物与情节的世界，而栩栩如生，宛然若现的，怕要推《聊斋志异》的《口技》独冠群伦了。（董挽华）

这篇《口技》是小说的写法，有悬念，有场景，有一个颠覆性的结局，最重要的是它从一种技艺的客观描述变成了涉及世态人情的骗局故事。蒲松龄写口技，不是"硬辅直写"，而是讲究"笔翻空则奇，局逆振则险"，所以要避实击虚。（王昕、王妍）

座位的声音，招呼着加座的声音，各种声音一起响起来，喧闹满屋，差不多过了一顿饭的工夫才慢慢地安静下来。接着就听到女子问病求药方的声音。九姑说当用人参，六姑认为当用黄芪◎，四姑说该用白术。大家协商了一会儿后，听到九姑叫人拿笔墨砚台来。不久，便听到折纸的唰唰声，拔下笔帽扔到桌子上的丁丁声，研墨时发出的隆隆声。不一会儿，就听到把笔投到桌几上的碰撞声，抓药包纸的簌簌声。

过了一会儿，女子掀开门帘，招呼着病人的名字，把药包和药方一起递了出来。她转身入室后，立刻听到三位姑娘作别的声音，三个丫头的道别声，小儿呀呀的叫声，小猫儿的呜呜声，这些声音一起同时响了起来。其中，九姑的声音清晰悠扬，六姑的声音和缓苍老，四姑的声音娇嫩婉转；以及三个丫头的声音，各有自己的特点，听着完全可以辨别得清楚。

大家感到很惊讶，认为真的是神仙来了。回家试试药方，也并不很灵验。这就是民间流传的口技，特意借这种方法卖药罢了。然而，她的口技水平真的是高超，堪称奇技了。

很久以前，朋友王心逸曾讲过一件事：他在京城时，偶尔从集市上经过，听到一阵管弦音乐和歌声，围着看的人很多，好像一堵墙一样。他到跟前一看，只见一位少年用优美的声音在演唱，他手中并没有乐器，只用一个指头按着自己的脸颊，一边按一边唱，听起来铿锵有声，与弦乐没什么差别。这也是口技者的后代啊。

【读名著学成语】

观者如堵

《聊斋志异·口技》：「在都偶过市廛，闻弦歌声，观者如堵，极言围观者甚多，里三层外三层如墙壁一样，水泄不通。清·蒲松龄

◎黄芪：多年生草本植物，根可入药。

传世彩绘聊斋志异

红玉

冯翁，广平人，他有一个儿子，名叫相如。父子两人都是秀才。冯翁将近六十岁了，性情很耿直，家里常常穷得没饭吃。几年里老婆和儿媳妇又接连死了，挑水烧饭都要他们自己来动手。

一天晚上，相如独自在月光底下坐着，忽然瞥见东邻家有个女子在墙上探过头来张望。他一看，女子长得很美，便走上去。女子面带笑容。相如向她招手，她不来也不去；再三相唤，她才从梯子上爬过墙来。从此两人便一起睡觉。相如问她的姓名，她答道："我是邻家的女儿，名叫红玉。"相如很喜爱她，和她约定永远相好，红玉也答应了。这样夜夜往来，约有半年之久。

一天，冯翁半夜里起来，听见儿子的房间里有说笑的声音，过去一看，发现里面有个女人。他很生气，把相如叫出来骂道："畜生！你干的好事！日子过得这样艰难，还不刻苦用功，却要学这种浮荡的行为！别人知道了，坏你的名声，就是别人不知道，也要促你短寿，难道你就不明白吗？"相如跪下来认错，流着眼泪表示后悔。

冯翁又转身对红玉斥责说："一个女子不守闺训◎，坏了自己的名节◎不算，还要连累别人！如果事情万一声张出去，丢脸的恐怕不止我们一家吧。"老人骂完，气愤地回到屋里去了。红玉哭着说道："老人家把我骂了一顿，实在觉得羞愧难当。我们两个人的缘分从此完了。"相如说："有父亲在，我自己不能做主，你如果对我有情，希望能够暂时忍耐。"

红玉坚决地回绝了，相如难过地流下眼泪来。红玉劝住他说："我和你既没有媒妁之言，也没有父母之命，偷偷摸摸地来往，怎么能够长久？这里有一门好亲事，你可以前去下聘。"相如便对她说，家里穷，备不起聘礼◎。红玉说："明天晚上等我，我替你想个主意。"

第二天晚上，红玉果然来了，取出四十两银子交给相如，说："离这里六十里，有个吴村，村里一家姓卫的，女儿十八岁了，身价很高，所以到现在还没有嫁人。只要你肯多出钱，一定能够成功，说完，告别而去。

◎闺训：旧时指妇女应遵守的行为准则。◎名节：名誉与节操。◎聘礼：订婚之礼。

【名家评点】

作者从小说的命意出发，将助善和惩恶分别表现，使红玉和虬髯侠士如"两山并峙"（借用但明伦评语），谓"狐亦侠也"。但从文学创作的角度讲，"虬髯侠士"一段未免有因袭之嫌。唐人传奇中最先出现虬髯客的形象，明代传奇剧中就不断有作者袭用。（袁世硕）

作文章看，《红玉》这篇最值得称道的地方，是在结撰故事上所表现出的匠心与功力。这篇小说人物出现得较多，头绪也较多，五个部分几乎都可以单独演绎成篇，但作者密针细线，使之榫卯密合，前后呼应，浑然一体，不露牵强痕迹，而又层层波澜，扣人心弦。（袁世硕）

【锦言佳句】

一夜，相如坐月下，忽见东邻女自墙上来窥。视之，美，近之，微笑；招以手，不来，亦不去。

相如找个机会对他父亲说，他要去相亲，只是把红玉赠送银子的事隐瞒着，不敢告诉老人。冯翁想想家里没钱，因此劝儿子不要去。相如又委婉地说，他想去试试看，肯便肯，不肯便罢。老人这才点头答应了。

于是相如向人家借来了仆人马匹，前去卫家。卫老头是个种田的人，相如把他叫到外面，和他交谈。卫老头知道相如本是有名人家的子弟，又见他神采气魄也很像样，有心把女儿许给他，只是怕他不肯多出聘金。相如听他说话半吞半吐，猜到他的意思，便把口袋里的钱全部倒出来堆在桌子上。卫老头这才高兴了，立即请来邻舍的一位秀才做中人，写了红帖，把亲事定下。

相如进去拜见岳母，她住的房间很狭小，女儿没处躲，只是紧紧地藏在母亲背后。相如偷偷一望，尽管她打扮得很朴素，却掩盖不住那种光彩、艳丽的风姿，心里暗自高兴。卫老头借别人家的客室款待女婿，对他说："公子不需亲来迎娶，等我们稍微做几件衣服，备几样首饰，就会把她送过去的。"相如和他约定了日期，回家后骗他父亲说："卫家贪图我门第◎清高，不在乎钱。"冯翁听了也很喜欢。到了约定的那一天，卫老头果然把女儿送了来。

新媳妇又勤俭又孝顺，夫妻很要好。过了两年，生了一个男孩，取名福儿。清明那天，她抱着儿子扫墓，遇到同县姓宋的豪绅◎。那人曾经做过御史◎，因为贪污免官，在家乡闲居，一向胡作非为，横行不法。那天恰好他也上坟回来，见冯家媳妇长得很美，一下子就看上了。他向村人打听，知道是相如的妻子，心想相如原是一个穷读书人，只要多用金钱引诱他，他不会不动心的，便叫他的家人前去探风。相如乍听到这话，气得面色都变了。但又想了一下，自己的势力敌不过他，只好忍气吞声，装出一副笑脸来。回家对他父亲一说，老人大怒，跑出去对着那个家人指天画地地百般辱骂，那人抱头鼠窜而去。

姓宋的豪绅也发了脾气，竟派了几个爪牙来到冯家，殴打冯翁和相如，一时气势汹汹，闹得

◎门第：家庭或家族的社会地位。◎豪绅：旧时指地方上有声望但仗势欺人的人。◎御史：秦朝以前指史官，明清指主管纠察的官吏。

梯墙夜合

严亲怒詈

红玉

家翻宅乱，像一只煮沸了水的锅子一样。相如的妻子听见声音，把孩子丢在床上，披散着头发出来狂喊救命，众人一见，趁势蜂拥上前，把她架走。父子两人浑身受伤，躺在地上呻吟，孩子又在房间里啼哭。邻居可怜他们，把他们扶到床上。过了一天，相如能够拄着拐杖行动，冯翁却气愤得不进饮食，口吐鲜血，很快就死了。

相如伤心大哭，抱着孩子告状。一直告到总督°、巡抚°，到处都告遍了，官司始终打不赢。后来听说他妻子不肯屈服，寻了短见，越发感到悲哀。只恨一肚子冤枉，没有地方申诉。常常想拦路刺杀宋姓豪绅，但怕他的随从众多，儿子又没人照顾。日日夜夜痛哭，打主意，连觉也睡不着。

一天，忽然有一个身材魁梧、翘胡须、阔下巴的大汉到他家里来吊问。相如从来没见过这人，拉他坐下，正待问他姓名，客人突然说道："人家杀了你的父亲，夺了你的妻子，难道这仇恨不要报吗？"相如疑心他是宋家派来的奸细，便含糊其词地胡乱应付了两句。客人很生气，眼睛瞪得圆圆的，眼眶好像要裂开的样子，转过身来就走，并说道："我以为你是个人，如今一看，才知道你是一个没有出息的东西！"

相如见他是个异人，便跪下来拉住他说道："我害怕宋家派人来套我的话，所以吞吞吐吐，不敢向你直说。现在我把真心话对你讲，我卧薪尝胆不是一天了。但是舍不得这孩子，丢了他怕没有人传宗接代。你是一位义士，能不能替我保全冯氏一脉°？"客人说："这是妇人的事，不是我能做的。你所要托别人办的事，由你自己去做。你自己要做的事，由我替你代劳。"相如听了，连忙伏在地下叩头，客人头也不回地向外走。相如追上去问他的姓名。他答道："事情不成功，我不愿受人家埋怨。成功了，也不愿让人家感恩戴德。"说完径自去了。

冯相如害怕闯出祸来连累他，连忙抱着孩子逃到外面。那天夜里，宋家全家都睡了，有人跳过几道高墙进了内宅，杀了宋御史父子三人和一个丫头、一个儿媳妇。宋家写了状子告到县里，县官大吃一惊。宋家的人一口咬定是相如杀的，

【名家评点】

作者以实映虚，寓无形于有形之中，匠心独运地营构了红玉两次出场的背景。红玉存在于笔墨之外，存在于作者精心营造的整个艺术空间里，存在于读者的想象之中。因此可以说，从小说艺术构思的角度看，小说对红玉的描写，中间虽然空缺，却是断而未断，峰断云连。（周先慎）

这篇小说语言简洁、生动、传神。如写红玉与冯相如初会时的情景："一夜，相如坐月下，忽见东邻自墙上来窥，视之，美。近之，微笑。招以手，不来，亦不去。"寥寥几语就描述出了两人一见钟情、倾心相爱的情景。（陈长喜）

◎总督：清朝地方最高长官，一般管辖两省的军事和政治，也有管三省或只管一省的。◎巡抚：明清时地方军政大员之一，又称抚台。◎原文为"君义士，能为我杵臼否？"系用程婴、杵臼义存赵氏孤儿事，见《史记》。脉，血统、宗派等相承的系统。

县官便派了差役捕他,但是他已经不知道逃到什么地方去了。于是越发像是个真凶实犯。

宋家的仆人和差役到各处穷搜,夜里来到南山,听得小儿哭声,跟踪寻去,把相如父子捉住,捆起来就走。孩子越发哭得厉害了,爪牙们把他夺过来抛弃在田野里。相如含着一肚子冤枉,气愤得要死。县官问他为什么杀人。相如答道:"冤枉啊!宋家的人是夜里死的,我是白天出去的,而且手里还抱着一个孩子,怎么能够跳过高墙去杀人呢?"县官又问:"既然不杀人,为什么要逃走?"相如无词以对,结果便被关到狱里。他流着眼泪说道:"我死了倒没有什么可惜,一个没有母亲的孩子可有什么罪呢?"县官说:"你把人家的儿子杀了好几个,杀你一个儿子,还有什么可以抱怨的?"

冯相如的功名立即被褫革○了,又受了几次残酷的刑罚,但是他始终没有招认。

这天夜里,县官刚刚睡下,忽然听到有东西打在床上,发出铮铮的声音,他吓得大声喊叫,把全家都惊醒了。大家一齐拥到他的房间里,点上蜡烛一照,发现一把锋利的短刀,亮得像霜雪一般,剁进床栏杆一寸多深,牢得拔也拔不出来。县官一见,魂魄都吓掉了,连忙叫差役拿着武器到处搜索,一点踪迹没有。他恐惧起来,一想宋家的人都死光了,没有什么可惧怕的,便行文○到上司衙门,替相如开脱罪名,把他释放。

相如回到家里,缸里连半升米也没有,孤身只影对着四壁,处境好不凄凉。亏得邻人可怜他,送饭给他吃,勉勉强强地生活着。想到大仇已报,便展开笑脸,再一想这场悲惨的祸患,几乎全家都死绝,眼泪又止不住簌簌落下;最后想到穷了半辈子,连香烟都接续不上,便在没人的地方,放声大哭,怎样也忍不住。

这样过了半年,缉捕凶手的禁令越发松弛了,相如便哀求县官把妻子的尸骨判还给他。殡葬完了回家,更是伤心得要死,在一张空床上翻来覆去,左想右想,竟想不出一条生路。忽然传来敲门的声音,用心静听,有一个人在门外面叽叽咕咕地同小孩子说话。相如连忙爬起来张望,好像是一个女人的影子。门刚刚开,那人便问道:"大

○褫革:除名革职。 ○行文:给某处发公文。

【读名著学成语】

牵萝补屋

比喻生活贫困,挪东补西。后多比喻将就凑合。

清·蒲松龄《聊斋志异·红玉》:"牵萝补屋,日以为常。"

寻殴夺女

侠代复仇

红玉

仇已经报了,你也平安吧?"说话的声音很熟悉,可是仓促之间竟想不起是谁来,点起灯来一照,原来就是红玉。她手里拉着一个孩子,在她身边嬉笑。相如也来不及细问,抱住她呜咽哭泣,连红玉也悲伤起来。

停了一会儿,红玉推了推孩子说:"你把爹爹忘了吗?"孩子扯着红玉的衣服,眼睛乌溜溜地望着,相如仔细一看,竟是福儿。相如大惊,流着眼泪问她孩子是哪里得来的,红玉说:"实在告诉你吧,从前我说我是邻家的女儿,那是骗你的。我乃是个狐仙,一次夜里出门,看见孩子在山坳里啼哭,便把他带到陕西抚养。听说你的大难已过,因此把他带来和你团聚。"相如抹着眼泪,向她拜谢。孩子躲在红玉怀里,好像跟着他亲生母亲似的,竟不能认识父亲了。

第二天天还没亮,红玉就起身下床。相如问她为何起得这般早,她答道:"我要回去了。"相如赤裸着身子跪在床前,哭得抬不起头来。红玉这才笑道:"我不过骗骗你的,如今家道重新创立,非早起晚睡苦干一番是不行的。"于是她开始打扫院子,清理屋子,像男人一样地辛勤操作。

相如常常担心家里穷,生活过不下去。红玉说:"你只管关起门来读书,别问家里的开支情况,大概还不致让你饿死。"她便拿出钱来买了一架织布机,租了几十亩田,雇了长工耕种。她自己拿着锄头铲草,剪下藤蔓来修补屋顶,整天忙忙碌碌,不肯休息。乡里人见她这样贤惠,越发愿意帮助他们。约莫过了半年,已经人烟°茂盛,宛然是大户人家了。

一天,相如对她说道:"遭难之后,什么都弄得不成样子,全靠你白手成家,把它再造起来。但是还有一件事没有办妥,如何是好?"红玉问他是什么事,他答道:"就是乡试的日期快要到了,我那被革掉的功名还没有恢复呢。"红玉笑道:"我早把四两银子寄给学官,已经把你那秀才的功名恢复了。如果等你提起来再办,岂不耽误了事情?"相如听了,越发佩服她的先见。

这一科,相如中了举人,他刚好是三十六岁,已经是良田连片,华屋°层层了。红玉的身材窈窕细弱,好像一阵风就能把她吹走似的,但是操作起来,比农家女子还要强。虽然在寒冷的冬天,做着粗笨的工作,但是她那一双手却滑腻得像油脂。她自己说已经三十八岁了,别人看上去,还是像二十岁上下的人。

◎人烟:住户的炊烟。亦泛指人家。 ◎华屋:华美的房屋。

【名家评点】

王渔洋也有一则赞颂红玉的评语:"程婴、杵臼,未尝闻诸巾帼,况狐耶!"此论,与评莲香互有参差,将史学经典著作《左传》《史记》中描写的搭救赵氏孤儿的英雄人物来比拟狐女,是说,人与狐也可有知己之感。(鱼丽)

【锦言佳句】

不济，不任受怨；济，亦不任受德。

育儿认父

传世彩绘聊斋志异

鲁公女

招远书生张于旦,性情豪放,不拘礼法,在一个寺院里读书。当时县令鲁公,是三韩人,有个女儿,喜欢打猎。张生刚巧在野外碰到她,看她面貌娟秀,穿着一件锦貂做成的皮袍,骑着一匹纯黑的小马,那种飘逸的神情真像图画一般。张生回来以后,想到她的风姿,十分爱慕。后来听到她突然死了,悲伤叹息,几乎晕倒。

鲁公因为家远,就把女儿灵柩寄在寺里,跟张生读书的地方很近。从此,张生对灵柩像待神灵似的礼敬,清早必定上香,吃饭必定上祭。每逢敬酒时,老是祝祷°说:"看了小姐半面,使我在梦里老是牵念,不想你竟死了。现在你我虽近在眼前,却像远隔山河,多么遗恨啊!但是活着的人要受礼教拘束,死了的鬼可没有禁忌。你如地下有灵,应当姗姗而来,安慰我对你仰慕的心情。"

这样日夜祝祷,几乎有了半年。有一夜,张生正在灯下读书,忽然一抬头,只见鲁女含着笑容,立在灯的前面。张生吃了一惊,起来问她,她说:"感谢你的多情,使我不能自已,所以不避男女嫌疑,私下跑来了。"张生大为高兴,拉她坐下,随即成了好事。

从此鲁女每夜都来,对张生说:"我因活时喜欢打猎,专以打杀野鹿为快乐,因此罪孽深重,死后成了游魂怨鬼,没有归宿的地方。你如真心爱我,烦你代我念《金刚经》一藏°,我就生生世世感激不忘了。"张生完全答应,每夜起来,就在柩前捻珠诵经。偶然碰到节日,张生想带她一同回家,她怕脚软,不能走路。张生就说可背着她走,她笑笑答应了。张生便像背小孩一样,一点也不觉得吃力。后来老是这样,就是去考试,也载着她同去,不过一定要在夜里行走。

【名家评点】

陶醉在爱情里的男女,总是希望"永浴爱河""生生世世为夫妻",志异小说正是满足这种愿望的渠道之一。《鲁公女》可说是这种"再生情缘"的一个变形,女鬼与书生情好难舍,欲投胎转世,遥相约来日再续前缘的时间和地点,在漫长的等待中,书生矢志不渝,终于等到那一天而依约前往,虽然遇到一些波折,但最后还是有情人终成眷属,爱情战胜了死亡。(王溢嘉)

本篇以幻为文,变化奇谲。先是情为"死"所阻隔,后来是情为"生"所阻拦。生而死、死而生、生生死死、死死生生,令人眼花缭乱。张于旦得道还童一节,从思想意义上讲,寄托了作者的美好愿望;从情节的安排上讲,则起了推波助澜的作用。没有这一节,故事就无法进行下去,鲁公女形象也不能得到进一步的刻画。至于鲁公女暴卒,也是本篇情节中不可或缺的一环。(张振钧)

◎祝祷:祈祷;祝告神明以祈福消灾。 ◎一藏:五千零四十八卷。

读名著学成语

邈若河山：形容遥远得如隔山河。清·蒲松龄《聊斋志异·鲁女》："今近在咫尺，而邈若河山，恨何如也！"

张生将要去考举人，鲁女说："你福很薄，不必空走一趟。"张生听她的话，就不去了。过了四五年，鲁公革°了官职，穷得不能把女儿灵柩运回，决定就地葬，但苦于没有葬的地方。张生说他有块土地，靠近寺院，情愿送给鲁公葬女。鲁公十分高兴。张生又为他料理丧事。鲁公很感谢他，但不知道他为什么如此热心。

鲁公走了以后，两人相爱仍像过去一般。有一夜，鲁女靠在张生怀里，流着眼泪说："我和你相好五年，如今就要分别了。受你的好处，我是好几世也不能报答的。"张生不觉吃惊，问她什么缘故，她说："蒙你施恩于我，为我念的经卷已经满数，现在要到河北卢户部家去投胎了。你如不忘今天的恩爱，再过十五年，八月十六日那一天，请到那边去一会儿。"张生流泪说："我已活了三十多年了，再过十五年，就要死了，还要会你做什么？"鲁女也流泪说："我愿做奴婢来谢你。"过了一会儿又说："你送我六七里。因为从这里过去，路上荆棘很多，我穿这种衣裳，很难走过去。"于是她抱了张生的头颈，张生送她到大道上。只见路旁车马很多，马上有的一人，有的二人。车上有三人、四人、十数人不等。另有一辆花车，红色绣花的车幔°，仅有一个老妇在那里。那老妇看见鲁女来了，就喊道："来了吗？"鲁女答应说："来了。"她回头对张生说："你就送到这里，快回去吧！请你不要忘记我说的话。"张生答应了。

鲁女走近车子，老妇拉她的手上了车，轮子一转，车马就嘀嘀嗒嗒而去。张生望着她去，心里很难过，回来便把日子记在壁上。他想到念经的效验，念经念得更起劲了。

有一夜，张生梦见神人告诉他说："你的志

◎革：取消，除掉。◎车幔：车四周的帐幕。

鲁公女

气很好，不过必须到南海°去一趟。"问他南海有多少远，他说："就是近在你的心里。"醒来领会他的意思，于是心更向佛，修行修得更虔诚。三年以后，次子明、长子政都先后中了进士。张生虽突然高贵了，还是一心行善不变。

又有一夜，张生梦见一个着青衣的人，邀了他去。看见宫殿里面坐着一个人，像菩萨的样子，迎接他说："你行善很好，可惜寿不长，我已为你请求上帝延长你的寿命了。"张生跪地叩首，那人叫他起来，赐他坐下，并且给他饮茶，茶味香得兰花一样。又叫童子引着他去，在池里洗澡。池水清洁，连游鱼也数得出。他到池里，水很温暖，用手捧水，觉有荷叶的香气。过了一会儿，走到深的地方，一失足，便陷在泥里，水已没顶。他大惊而醒，很觉奇怪。从此身体更健壮，眼睛更明亮，捋捋自己胡须，白的都簌簌落下，又过了好久，黑的也落下了，面纹也慢慢地减少了。数月以后，下巴已没有胡须，面孔像孩童，好像十五六岁的时候一样。并且喜欢游戏，也像孩童一样，一点不讲究礼貌，他的两个儿子总是想法纠正他。

过了不久，他的夫人病死了，儿子想为他向大户人家求婚。张生说："等我到河北去后，再来娶妻。"算算快要到约期了，遂叫仆人备马到了河北，到处找寻，果然找到卢户部家。

当初卢公生了一个女儿，一落地就能讲话。长大以后，格外聪明美丽，父母都很钟爱她。富贵人家来求亲，她老是不答应。父母十分奇怪，问她什么缘故，她就详详细细地把她生前订约的事说了。大家计算年数，都大笑说："傻丫头，张郎算到现在，已经五十岁了。人事变迁，恐怕他的骨头已经腐朽了。即使尚在人间，也是头发秃落、牙齿动摇的老翁了。"女儿还是不听。母亲看她意志坚决，跟卢公商量，叫管门人遇有张某来访，不要通报，以便过了期限，好让女儿死了这条心。

过了不久，张生果然来了，管门人却不肯替他通报。张生只得回到旅舍，心里很是难过，但又没有办法。于是随便到城外去逛逛，过了一天又一天，打算看机会暗中打探。卢女真以为张

【名家评点】

《鲁公女》篇写鲁公女生而死，死而生，生而复死，死而复生，历经曲折才同忠诚于爱情的张生结合。这些作品的造境，类似大海回风生紫澜，随着情节的波澜迭出，人物的遭遇就像曲径通幽渐入佳境。（孙一珍）

◎南海：佛教圣地普陀山。普陀山与山西五台山、四川峨眉山、安徽九华山并称为中国佛教四大名山。

生负了前约，哭得不肯吃饭。母亲说："他不来，一定已经死了。即使不死，失约也不在你。"可是卢女仍旧不说话，只一天到晚卧着。卢公怕她郁出病来，很是担心，也想见一见张生究竟是怎样的一个人。于是假托到外面去，在野外碰到了张生，看来竟是一个少年，大为惊奇，连忙邀他座谈，见他性情豪爽，谈吐也很风雅。

卢公大喜，请他到了家里。张生正想探问根由，卢公却很快起身，叫客人暂且坐一下，自己匆匆走到里面去告诉女儿。女儿非常高兴，勉强从床上起来，出去看那张生，觉得形貌不符，便流着眼泪回房，埋怨父亲欺骗了她。卢公再三说他确是张生，女儿不声不响，只是不住地哭泣。卢公退了出来，心里很懊丧°，因此对张生也很不客气。张生问："贵族中可有人官至户部的？"卢公也随便答应了一声，只管看别的地方，并不专心对待客人。张生觉得他很怠慢，便告辞而出。

卢女哭了几天，终于死了。张生夜里梦见卢女过来说："来看我的果然是你吗？年纪与面貌完全和过去不同，以致当面错过。我已忧愤死了，烦你向土地祠°，赶快招我的魂回来，还可以活转来，再迟就来不及了。"

张生醒来，急忙到卢家去问，果然卢女已死两天了。张生大哭，进去到她室里哀悼了一番。随即将梦告诉卢公，卢公依他的话，出去招魂回来，揭开卢女盖被，摸一摸她的尸首，边喊边做祷告。过了一会儿，听到卢女喉里发出咯咯的声音，立刻看到她张开了口，吐出像冰的痰块。扶她坐在床榻上，便慢慢地呻吟起来。卢公大喜，请客人出去，备酒办菜，请他吃饭。再问他的门第，知道也是大家，格外喜欢。随即择定吉日，举行婚礼。

住了半个月，张生带着卢女回去。卢公送他们到家，住了半年才去。两人在家，正像少年夫妻，不知道的人，多以为他们的儿子媳妇是他们的公婆呢！

卢公过了一年死了，儿子年纪很轻，为恶霸所欺侮，家产几乎弄光。张生把他接来，抚养在自己家里，他便以此为家了。

◎懊丧：懊恼沮丧。◎土地祠：供奉土地神的祠堂。

【锦言佳句】

五年之好，于今别矣！受君恩义，数世不足以酬！

传世彩绘聊斋志异

道士

韩生是世家子弟，他喜欢结交朋友。同村有个姓徐的，常到他家里去喝酒。一天，正当韩生请客的时候，有个道士托着钵°在门外化缘。仆人拿钱和米给他，他既不受，也不走开。仆人气愤得很，便不再去理睬他了。

韩生听得木鱼"梆梆梆"地敲个不停，便问仆人是怎么回事。仆人就把情形告诉他。话还没有说完，那道士已经走进来了，韩生就招呼他坐。道士向主人和客人打了个招呼，就地坐下了。

当时攀谈起来，才知道他初来不久，住在村东的破庙里。韩生说："你是哪一天住到东庙去的，我竟没有听说，未曾尽到地主之谊。"道士回答说："我新到此地，没有朋友。听说你好客，因此赶来，很想在你这儿喝几杯酒哩！"韩生请他喝酒，道士便举杯畅饮。

徐某看见道士的衣服又脏又破，因此态度很傲慢，不大理睬他。韩生也把道士当作走江湖的看待。道士一连喝了二十多杯，便告辞走了。

从此以后，韩家每次请客，那道士总是不请

【名家评点】

石头居然也能成"精"，或云是道士的幻术；但世间恐难有如此高明的魔术师。蒲松龄只不过编一个故事来讽刺为富不仁的西门庆者流和他们的帮闲而已。（牧惠）

真人不露相的道士点化仙境诲人劝世。韩、徐俗不可耐，道士让他们尽享美酒佳肴，是对韩某待客的答谢，让他们观美人歌舞，是考察二人是否真雅士。道士拥美人眠榻，则考验二人品格。二人果然见色起意，结果出个大洋相。故事虽短，却写得有层次、有寓意，将势利眼和巧伪人讽入骨髓。（马瑞芳）

◎钵：陶制的器具。像盆而较小；用来盛饭等。

[说聊斋]

作家蓝翎谈《聊斋志异》

若是读《聊斋志异》，作品中的人物环境和自己周围的环境似乎立即消失了界限。室外一丝风，几滴雨，虫声唧唧，树影摇摇，飞蛾绕灯，蝙蝠穿窗，都增加了作品感人的气氛。比如春末灯下读《葛巾》《香玉》，或者深秋读《黄英》，似乎老觉得有人从窗外正开放着的牡丹花或菊花中走出来。此刻若有飞虫触窗，真能惊人一跳。是幻觉吗？是想入非非吗？都不是。这是作品特殊的风格所引起的特殊的心理感受。作品中活的形象通过读者的感受，把周围的环境也带活了。有人说，深山古刹，不可一人夜读《聊斋》，能使人迷，也能使人怕。这不是迷信或故作神奥，而是说明了《聊斋》的艺术魅力。

自来，见菜就吃，见酒就喝，韩生也有点儿厌烦他了。有一次，在饮酒中间，徐某讥讽道士说："你天天来做客，何不也做一次东道主◎？"道士笑笑说："我和你一样，不过双肩顶着一张会吃白食的嘴罢了！"说得徐某面红耳赤，讲不出话来。接着，道士又说："虽然如此，我早有做东道的诚心了，我将尽我的力量请各位喝一杯水酒。"酒喝完了，道士叮嘱说："明天中午，希望你们能够光临。"

到了明天，韩、徐两人约了同到东庙去。他们怀疑道士摆不出什么酒席。谁知快走近庙时，道士已经在路上等着了。他们走进庙门，只见院子里已经焕然一新，高楼亭阁，重叠相连。韩徐两人大为奇怪，问道："好久不到这里，这些房子是什么时候建造的？"道士回答说："最近才完工的。"他们走进道士的房间里，又看见摆设很华丽，就是富贵人家也没有这样讲究。这时候，韩、徐两人才对道士恭敬起来。

坐上酒席之后　那些筛酒上菜的人，都是十六七岁的俊美道童，他们穿着绣花的衣服，红

◎东道主：请客的主人。

道士

缎的鞋子。搬来的酒菜，芳香鲜美，十分丰富。吃完饭，又吃点心。送上的珍奇水果，大都叫不出名目来。盛水果的盘子是水晶、玉石制成的，光彩照耀着茶几和卧榻。盛酒的玻璃杯，小巧玲珑，式样很新奇。

他们小吃了一会儿，道士吩咐道童说："去叫石家姊妹来！"道童去了不一会儿，就见两个美女走了进来。一个身材细长，好像柳条；一个身材矮小，年纪很轻。她们都生得非常妩媚。道士叫她们唱歌劝酒。那年轻的就拍着檀板°唱了起来，年长的吹起箫来和着。歌声清脆婉转，非常动听。唱完一曲，道士举起酒杯请客人干杯，又吩咐在各人杯子里筛满了酒，回头问这两个美女："你们好久不跳舞了，现在还能跳吗？"当时就有僮仆在地上铺了毡毯，两个美女就相对跳起舞来，长裙飘拂，散出一阵阵的香气。跳完了舞，她们斜靠着画屏休息，韩、徐两人看得心花怒放，神魂颠倒，不知不觉地喝得大醉。

这时那道士也不照顾客人，举起杯子喝干了酒，就站起身来对客人说："请你们多喝几杯，我要去休息一下，马上就来。"说着就走了。在房间南面靠壁，摆着一张装潢精致的床铺，那两个美女铺好了绣花被头，就扶着道士上床。道士顺手拉着那年长的女子和他并头同睡，叫那年轻的女子立在床下给他搔痒。韩、徐两人看着这种情景，心里极为气愤。徐某就大声喊道："道士不得无礼！"便走了过去，想阻挠他们，道士急忙爬起来逃掉了。他看见那年轻的女子还站在床下，就乘着醉意，把她拉到北面的榻上，公然抱着同睡。看看那南边床上的美女，还睡在绣花被头里，就对韩生说："你怎么这样呆啊！"韩生也就走到南面床上，想和那美女调戏一番，可是那美女已经睡熟了，扳她不转，只得抱着她同睡了。

天亮了，韩生酒也醒了、梦也醒了，觉得怀抱里有一件冷冰冰的东西，仔细一看，原来抱着一块长石头，睡在台阶下面。急忙看徐某，只见他枕着一块沾粪的石头，酣睡在一间破败的茅厕里，还没有醒呢！韩生马上把他唤起来，两人都惊奇得不得了。四面一望，庭园里生满了荒草，只有两间破屋罢了。

◎檀板：乐器名。檀木制成的拍板。

【名家评点】

此篇描写道士的狂狷之行与幻化之术。但作者并不是在宣扬道士幻术，而是借志怪小说中这一常见的题材，来讥讽世人的势利和虚伪。《道士》不同于《劳山道士》的暗喻褒贬，也不同于《司文郎》的嬉笑怒骂；而是设幻为文，尽情嘲弄，与《青蛙神》有异曲同工之妙。（张振钧）

【锦言佳句】

长衣乱拂,香尘四散。

仙人游戏

阎罗

山东莱芜有个秀才叫李中之,性格正直诚信,不徇私情。每隔几天,他就会死去,身体僵硬得像尸体一样,三四天后才醒过来。有人问他见到了什么,他也不说。同乡有个张生,也是几天就死一次。张生对人说:"李中之是阎罗。我到了阴司后,也是他阴司的办事人员。"就连阎罗王府的大门和正殿的对联,这个张生都能详细地复述出来。

有人问:"李中之昨天去阴司有什么事?"张生说:"不能详细告诉你。只知道他提审了曹操,还打了他二十板子。"

蒲松龄说:"曹操一案,想来已经经过数十任阎罗审理了吧。罚他转生°为畜牲或翻越剑山等处受酷刑,种种章程都很明确,曹操罪恶昭彰,量罪用刑并不费难。可是几千年过去都没能判决出结果,原因何在呢?难道因为被判死刑的罪犯,以速死为快,以免零星受苦,所以才让曹操在阴间迟迟不被判决,让他求死不得吗?真是太奇怪了!"

◎转生:佛教指人或动物的转世轮回,灵魂在人死后投胎再生。

【名家评点】

曹操在人民心目中是坏人恶德的标志,蒲松龄也持这样的观点。常人代做阎罗也是蒲松龄喜欢采用的构思方式。蒲松龄用这一怪异模式表达对曹操的深恶痛绝:让他永远在地狱里遭受惩罚,永远不能超生。(马瑞芳)

故事短小,首尾照应,结构完整。开始时说明清代的李中之性格"直谅不阿",具体表现是结尾说明的在阴司打了汉代的曹操二十大板,这真是一个绝妙的讽刺。(陈昌恒、周禾)

【说聊斋】

数学家苏步青《夜读〈聊斋〉偶成》

幼爱聊斋听说书,长经世故渐生疏。
老来尝尽风霜味,始信人间有鬼狐。

笞奸觉世

传世彩绘聊斋志异

连琐

有个名叫杨于畏的读书人，迁居○到水边上。书斋面临着旷野，墙外有很多古墓，晚上听白杨萧萧的声音，响得像波涛澎湃。夜深了，他独自一个人对着孤灯默坐，正在悄然沉思，忽然墙外有人吟道：

> 元夜凄风却倒吹，
> 流萤衰草复沾帏！○

翻来覆去地背诵，声音十分悲哀凄楚。侧耳倾听，幽细委婉，像是女子。心里觉得有些蹊跷。第二天跑到墙外一看，并没有人走过的痕迹，只发现了一条紫带，遗落在荆棘丛中，便拾回来挂在窗上。

到了第二天夜晚的时候，又和昨天一样地吟诵起来。杨于畏搬了一只凳子，立在上面向外望，声音立即停了。他料想一定是鬼，但心里倒很爱慕。

第三天夜里，他偷偷地潜伏在墙头上，一更天快完，就见有个女子踱○着细碎的脚步，从荒草里走了出来，手扶着一株小树，低着头哀哀地吟诵。杨于畏轻轻咳嗽了一声，女子连忙钻到荒草里不见了。于是杨于畏立在墙下守候，等她吟完，便隔着墙续了两句道：

> 幽情苦绪何人见？
> 翠袖单寒月上时。○

过了很久，四野完全沉寂了，杨于畏才回到书斋里。刚刚坐定，忽然看见一个美人从外面走来，向他拜了拜道："先生原来是一位风流雅士，我一直怯生生地躲避着你，未免过于多心了！"杨于畏一听很高兴，拉她坐下，那种瘦弱羞怯的样子，好像一阵风就会把她吹走似的。问她是什么地方人，为何长期住在这里。她答道："我本来是陇西人，幼年随着父亲在外流浪，十七岁上害了一场暴病○夭亡○，如今已经二十几年了。住在这样的荒郊野外，孤零零地像是一只失群的野鹜。我所念的那两句诗，乃是发泄自己的苦闷而作。想了多时，续不下去，承你代作成篇，九泉之下也感到欢喜。"

杨于畏想和她同睡，她皱着眉头说："我是一个枯鬼，不能和生人相比，如果同人欢好，只能促他短寿，我实在不忍为害好人啊。"杨于畏

【名家评点】

连琐是《聊斋》著名女鬼之一。她美丽文雅，有诗人气质。杨生遭遇女鬼连琐，没丝毫恐怖气氛，倒像以诗会友。连琐与杨生建立起欢乐的、没有性爱有情爱的二人世界。杨生的朋友偏偏要加入进来，最终与杨生进入同一个梦境，对危难中的连琐拔刀相助，把横行不法的恶鬼杀了，连琐也在杨生爱情呵护下复活。《聊斋志异》称赞爱情"起死人而肉白骨"的力量。人鬼相恋的故事写得曲折起伏、妙趣横生。（马瑞芳）

◎迁居：搬家。◎这两句诗意译如下：深夜的凄风从背后吹来，萤火虫扑了青草又扑床帏。"元夜"即"玄夜"，就是黑夜。◎踱：慢步行走。◎这两句诗意译如下：一腔的苦闷情绪谁能知道，为何衣裳单薄地月下徘徊？◎暴病：突然发作来势凶猛的病。◎夭亡：夭折，短命早死。

【锦言佳句】

一更向尽,有女子珊珊自草中出,手扶小树,低首哀吟。

隔墙酬和

连琐

也不勉强，笑着把手伸到她的胸前，胸部丰满。他又要看看她那一双小脚，女子低下头笑道："你这个人也未免太啰唆了！"杨于畏拿着她的脚把玩，只见浅蓝色的绸袜上扎着一条彩线。再看另外一只，系的却是一条紫带。问她为什么不全用带子。女子说："昨天晚上因为见了你害怕，匆匆逃避，不知道丢到哪里去了。"杨于畏说："让我替你换上一条吧。"说着，顺手从窗上取下紫带，交给她。她吃惊地问他如何得来。杨于畏把实情对她说了。她便解下彩线，系上带子。

后来，她翻检桌子上的书，忽然发现了元稹的《连昌宫词》，不禁叹口气说："我生前最爱读这首诗，如今一看，好像是在梦中。"杨于畏和她谈诗词文章，见解很新颖可喜。灯下谈心，就像得到一位知己。从此每到晚上，他只要一听到低声吟诵，她一下子就来了。她常常嘱咐说："你可不要告诉外人，我生性胆怯，只恐粗暴的人会无端寻事欺负我的。"杨于畏也答应了。两个人快乐得如鱼得水，虽然没有枕席之欢，但是彼此相爱的程度，就是夫妻也很难比得上。

女子常常在灯下替杨于畏抄书，字体端正秀丽。她自己选了一百首宫词，写在纸上吟诵。又叫杨于畏预备棋盘，购置琵琶，每天晚上教杨于畏下棋，不然就是拨弄琴弦，奏《蕉窗零雨》的曲子，凄楚得令人心酸落泪。杨于畏不忍听下去，她便改弹《晓苑莺声》的调子，他的心情立刻变得轻松舒畅。两人挑灯谈笑，每每快活得忘了天晓。一看到窗上露了曙光，她便慌慌张张地走了。

一天，有位薛生来访，正碰上杨于畏在睡午觉。薛生见他房里有琵琶、棋盘，明知道这全不是他所擅长的技艺，又从书堆里翻出宫词来，字迹写得端正秀丽，心里越发觉得可疑，等杨于畏醒了，薛生问他这些玩的东西是从哪里来的。杨于畏回答说，他想学学。薛生又问道："那么宫词呢？"杨于畏假托说是从朋友那里借来的。薛生翻来覆去地看，发现最后一张纸上写了一行小字："某月日连琐书。"于是笑道："这明明是女子的小名，为何故意骗我？"杨于畏很窘，答不上话来。薛生更是苦苦追问，杨于畏还是不肯相告。薛生藏起诗卷来要挟，杨于畏没办法，才把实

【名家评点】

作者把哀楚的气氛渲染到极致，使人几为之窒息，结尾处却又突然放开，使孤魂得救，白骨重生。虽然只是轻轻的几笔，也令人十分畅快，有如溽暑来风，宿雨新霁，使人不能不敬佩作者在渲染气氛、左右读者情绪方面的高超技巧。（徐君慧）

◎《连昌宫词》：唐元稹作。系乐府体，起二句为：连昌宫中满宫竹，岁久无人森似束。诗人借"宫边老人"的话，叙述开元、天宝间的盛衰旧事。◎宫词：专咏宫廷中琐事的诗。唐诗人王建、五代花蕊夫人，各有宫词百首。上面所提的《连昌宫词》，就是宫词。◎《蕉窗零雨》：雨打窗外芭蕉，透出一种凄凉的音调。◎《晓苑莺声》：在春天早上的花园里，到处都是黄莺的鸣声，透出一种愉快的景象。

情说了。薛生请求和女郎见见面，杨于畏便把女子的话讲了一遍。薛生表示对女子非常仰慕，杨于畏不得已，只好答应了他。

夜里女子来了，杨于畏就代薛生表示想和她见见面的意思。女子怒道："我对你说的话全忘了吗？怎么能啰哩啰唆地讲给人听？"杨于畏把不得已的情形说了一遍。女子说："我同你的缘分完了！"他百般解释，竭力安慰，但她始终不高兴，站起来告别说："我必须暂时躲避一下。"

第二天，薛生来了，杨于畏向他说明女子不愿和他相见。薛生怀疑他有意推托，黄昏时带了两位同学来，留在书斋里不走，有意为难杨于畏，终夜吵嚷不休，杨于畏恨得不得了，但是又没法对付。

大家一连闹了几夜，一点动静也没有，不免懈怠下来，准备离开，吵嚷的声音也渐渐平息。这时忽然听到吟诗的声音，大家竖起耳朵来一听，幽怨凄苦，令人肠断○。薛生正在全神贯注，同来有一个姓王的武友，忽然拾起一块大石头，向墙外投过去，一面大声叫道："故意扭扭捏捏地不见客，什么好句子，念得这样悲悲惨惨的，叫人心里不舒服！"吟诵的声音立即停止，大家都怪他粗暴，杨于畏尤其生气，面色很难看，说的话也不好听。第二天，他们才一起走了。

杨于畏独自留在书斋，十分寂寞。他期望女子再来，但是长夜漫漫，并无消息。过了两天，女子忽然到了，流着眼泪说道："你招引了一班粗暴的客人，几乎把我吓死！"杨于畏正在连忙认错，女子却已飘然走出门外，说："我早说过我们的缘分已尽，从此永别了！"杨于畏伸手拉她，已经不见了。这样过了一个多月，从未出现过一次，杨于畏想念得很殷切，面容一天天消瘦下去，日日懊悔，想不出挽回的办法来。

一天晚上，杨于畏在独自饮酒，女子忽然掀开帘子进来。杨于畏高兴极了，便问道："你原谅我了吗？"女子只是低头流泪，默然不讲一句话。连忙问她，话到嘴边忽又忍住，最后才说道："我是负气而去，如今却又因为事急而来求人，心里难免惭愧。"杨于畏再三追问，女子才答道："不知道哪里来了一个混账皂隶○，逼我做他的姨太太。想我出身清白之家，怎能屈身侍奉贱鬼？但

◎皂隶：官府的衙役。 ◎要挟：抓住对方弱点，强迫对方答应自己的要求。 ◎肠断：比喻非常悲痛。

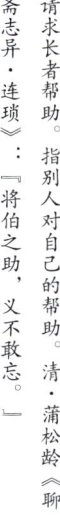

【读名著学成语】

将伯之助

请求长者帮助。指别人对自己的帮助。清·蒲松龄《聊斋志异·连琐》："将伯之助，义不敢忘。"

传世彩绘聊斋志异

连琐

是像我这样一个弱女子,又怎么能够抗拒?如果你有心把我当作妻房看待,一定不会听我受凌辱吧!"杨于畏很气愤,恨不得立即把那皂隶杀死。但是他顾虑人鬼异路,很难替她帮忙。女子说:"明天晚上早点睡觉,我在你梦中邀同去便了。"于是两人又对坐谈心,静待天晓。女子临走,吩咐他白天睡觉,以便应付夜间的约会。

杨于畏答应了,便在下午喝了些酒,醉醺醺地上了床,和衣而睡。忽然看见女子走来,把佩刀递给他,拉着他的手出门。两人走到一座院落,正要关上门谈话,只听到有人拿着石头打门,声音很响。女子吃惊地说:"不好,仇人来了!"杨于畏拉开门冲出去,看到一个青衣赤帽的皂隶,满嘴刺猬毛似的胡须。杨于畏怒骂他,他瞪着眼睛回骂,态度蛮横凶暴。杨于畏大为气愤,向他奔去。皂隶拿起一块石头投来,势如急雨,正打中杨于畏的手腕,使他不能握刀。正在危急关头,远远地看到一个人在野地里弯弓射猎,仔细一认,原来是王生。于是狂呼救命。王生拉着弓连忙赶来,一箭射中皂隶的大腿,又一箭把他射死。杨于畏很高兴,连连向他道谢。王生问是怎么回事,杨于畏把前后经过一一对他说了。王生认为这可以赎先前投石之罪了,便随着杨于畏来到女子的住处。她又羞又怕,瑟缩地站在很远的地方不作声。

桌上放着一把小刀,只有一尺多长,装饰着金玉,一出鞘,亮晶晶的,能够照见极细微的毛发。王生连连称赞,爱得不忍放下。他又同杨于畏谈了几句,看见女子那种怯惧的样子,委实可怜,便出门告别而去。杨于畏也单独回家,走到墙外就跌倒了,于是一惊而醒,侧起耳朵来静听,村鸡正在报晓。觉得腕臂酸痛,天明一看,皮肉全红肿了。

中午王生来访,说他昨晚做了一个奇怪的梦。杨于畏说:"可曾梦见射箭?"王生很诧异,问他怎么会未卜先知◦。杨于畏伸出受伤的手腕来给他看,并且把原因说了。王生想起了梦中所见的美人,恨不得能够和她真的一会。他自以为对女子有功,便再请求杨于畏代他相约。

晚上女子前来致谢,杨于畏说这功劳应归王

◎未卜先知:不用算卦就知道,形容有预见。

【名家评点】

《聊斋志异》每篇开头往往有这样一个套路:写某人,是何处人,有何性情,等等,交代一番。这篇小说开头却说:"杨于畏,移居泗水之滨。斋临旷野,墙外多古墓,夜闻白杨萧萧,声如涛涌。"只假此数语,将人物投放到诗情画意的境界中;结尾处也一反常规,不再交待式地写出人物生死相隔的命运或花好月圆的结局,而是以连琐的"二十余年如一梦耳"一声叹息作结,余韵缭绕。(李桂奎)

【读名著学成语】

剪烛西窗

原指思念远方妻子，盼望相聚夜语。后泛指亲友聚谈。清·蒲松龄《聊斋志异·连琐》："今视之殆如梦寐，与谈诗文，慧黠可爱。剪烛西窗，如得良友。"

生，接着代达王生的诚意。女子说："他这样仗义相助，我实在不能忘恩，但是他那种雄赳赳的样子，我见了实在害怕。"停了一会儿又说："我见他很爱我那一把佩刀，那是我父亲生前在广东用一百两银子买的，因为我喜欢，就归我所有，上面缠的是金丝，镶的是明珠。父亲可怜我死得早，便用它殉葬，现在我愿意割爱相赠，他见了这把佩刀，就如同看见我了。"第二天，杨于畏把女子的意思转告，王生很满意。到了夜里，女子果然把佩刀带来，说道："吩咐他好好珍藏，这并不是中华之物。"从此，她又和先前一样，照常往来。

过了几个月，有一天夜里，女子忽然在灯下对着杨于畏微笑，好像有什么话要说似的，但是面上泛出红晕，一连三次，都是欲言又止。杨于畏抱着问她。她答道："蒙你相爱已久，使我感受了阳世活人的气息，又天天吃烟火物，白骨顿然有了生机。只要有活人的精血，便能复活。"杨于畏笑道："这是你不肯，难道我有什么吝惜的？"女郎说："事后你要害二十几天大病，但也有药可治。"两人欢好之后，她穿衣下床，又说："还需要一点鲜血，能不能为我忍痛牺牲一下？"杨于畏取过一把很锋利的刀子，刺臂出血。女郎仰卧床上，让他把血滴在肚脐里面。然后站起身来说道："我不再来了。你要计算满了一百天，到我的坟前等候，看有青鸟在树顶上鸣叫，就连忙挖掘。"杨于畏一一应。女郎临出门又嘱咐说："你要好好记住，迟了早了都不行！"说完径自去了。

过了十几天，杨于畏果然病了，肚皮胀得要死。医生给他开了方子，吃了药便泻下了很多像污泥一般的东西。二十多天才痊愈。

他计算到了一百天，叫家人准备好工具，在坟前等待。太阳将要落山，果然有一对青鸟在树上鸣叫。杨于畏高兴地说："可以动手了！"于是大家斩草除土，挖掘坟墓。最后发现棺木已经腐朽，但是女子的面貌却像生人。一摸，身上有些温暖，便用被把她裹了，抬回家中。放在火炉旁边，渐渐恢复了呼吸，但是细微得像条丝。又用薄粥喂给她吃，半夜就苏醒了。她常常对杨于畏说："这二十多年的工夫，真像是南柯一梦°！"

◎南柯一梦：唐代淳于棼做梦到大槐安国享受富贵荣华，醒来后发现只一场大梦。大槐安国原来是大槐树下的蚁穴。后用此典故比喻梦幻境界的事。

腕伤遇救

点血回生

夜叉国

传世彩绘聊斋志异

【名家评点】

《夜叉国》是一篇重要的涉海叙事。小说描写一位徐姓交州海商，因遇风暴，漂流至一个孤岛上的奇遇故事。这个故事是有"本事"的，其材料来源于宋朝洪迈的《夷坚志》（《夷坚志（甲志）》卷七有《岛上妇人》一文），而且冯梦龙的《情史》也描述过同样的故事。把它们放在一起进行比较后可知，蒲松龄有非常鲜明的"海路和谐"的海洋意识和海洋人文思想。（倪浓水）

　　交州有一个姓徐的人，驾船渡海去远方做买卖，在海上遭遇了大风，船被吹到不知什么地方。风停后，徐某睁眼一看，见来到的地方，山峰绵延，树木苍苍。徐某希望有人居住，便将船拴好，背着粮食和干肉，下船登上了海岸。

　　刚进山，他看见两边悬崖上都是洞口，密密麻麻地排列着，像蜂房一样，可以听到洞内隐约传出人的说话声。徐某来到一个洞外，停下脚步往里一瞅，里面有两个夜叉，龇着两排白森森的剑戟°般的利齿，双眼瞪得像灯笼一样，正用爪子撕生鹿肉吃。徐某吓得魂飞魄散，急忙反身要逃，夜叉已看见他，停止吃东西，把他抓进洞里。两个夜叉互相说着话，像鸟兽的叫声，争着撕扯徐某的衣服，似乎想吃了他。徐某恐惧万分，连忙取出背在身上的干粮和熟牛肉干，送给夜叉。夜叉分吃完了，觉得味道很美，又去翻徐某的袋子，徐某摇摇手，表示没有了。夜叉大怒，又把他抓了起来。徐某哀求说："放开我。我的船上有锅，可以再做一些给你们吃！"夜叉不明白他的话，仍然发怒。徐某打着手势又说了一遍，夜叉像是有点明白了。于是，夜叉便跟着他来到船上，把锅子拿到洞中，徐某抱来柴草，点上火，将夜叉吃剩下的鹿肉煮熟了，献给他们，两个夜叉吃得非常高兴。

　　到了夜晚，夜叉用石头堵住洞口，像是怕徐某逃跑。徐某蜷曲着身体，远远地躲着夜叉躺下，整夜战战兢兢的，生怕最终不免一死。天明后，两个夜叉出去了，临走前又堵上洞口。不一会儿，两个夜叉取来一头死鹿交给徐某，徐某便剥了鹿皮，到山洞深处打了水，煮了好几锅鹿肉。又过了一会儿，来了好几个夜叉，聚到一起，吞吃着锅里的熟鹿肉。他们吃完了，一齐用手指着锅子，似乎嫌太小。过了三四天，一个夜叉背来一口大锅，像是人常用的那种。于是，夜叉们纷纷拿来死狼、死鹿等动物，放在锅里煮。煮熟后，招呼徐某也一块吃。这样过了几天，夜叉们渐渐和徐某熟悉起来，出去时也不再堵洞口了，待他像一家人。徐某也渐渐能根据夜叉发出的声音，揣摩出他们的意思，还常常学着他们的腔调，说些"夜叉话"。夜叉们更加高兴，又带来一个母夜叉，给徐某当老婆。起初徐某很害怕，在母夜叉面前不敢动弹。后来母夜叉主动打开双腿与他亲热，徐某才和她成了夫妻。母夜叉大为喜悦，此后便常常留下熟肉给徐某吃，真像是恩爱夫妻一样。

　　一天，夜叉们早早起来，每个夜叉脖子上都挂着一串明珠，轮番走出洞外，像是在迎候贵客的样子。他们让徐某多煮些肉，徐某问母夜叉

◎剑戟：泛指武器。

【读名著学成语】

琴瑟之好

比喻夫妻间感情和谐。清·蒲松龄《聊斋志异·夜叉国》:"每留肉饵徐,若琴瑟之好。"

割烹蒙赐

传世彩绘聊斋志异

夜叉国

怎么回事，母夜叉说："今天是天寿节。"随后，母夜叉走出去跟别的夜叉说："徐郎没有骨突子°！"众夜叉听后，各摘下五颗珠子，一块交给母夜叉。母夜叉又从自己脖子上解下十颗，共凑了五十颗，用野麻皮搓了根绳子穿起来，挂在徐某脖子上。徐某看了看这些明珠，一颗足值百十两银子。不一会儿，夜叉们都走了出去。徐某煮完肉，母夜叉来叫他说："去接天王！"

徐某跟随夜叉们来到一个大洞。这个洞足有好几亩地大，洞中间有一块巨石，石面又平整又光滑，像桌几一样。巨石周围摆放着一些石座，最上首一个石座上蒙着豹皮，其余蒙的都是鹿皮。一共有二三十个夜叉，坐在石座上。不一会儿，大风呼呼，飞沙走石，夜叉们慌忙都出去迎接。徐某见走来一个巨大的怪物，样子也像是夜叉。那怪物径直奔进洞中，高高地蹲坐在豹皮座上，往下俯视着。众夜叉们跟着一块进洞，分东西两列站好，都昂起头，双臂交叉成十字状，向大夜叉行礼。大夜叉点了点头，问道："卧眉山上的，就是这些吗？"众夜叉乱哄哄地答应。大夜叉看见了徐某，问："这个是从哪儿来的？"母夜叉回答说："他是我丈夫。"众夜叉向大夜叉夸起徐某的烹调技艺。随即有两三个夜叉跑去取了些熟肉来，献到石桌上。大夜叉双爪撕着，饱吃一顿，极力夸赞味道美，并且命令此后要按时供应熟肉给他吃。大夜叉又看着徐某说："你的骨突子怎么这样短？"众夜叉回答说："他刚来，还没准备好。"大夜叉便从自己脖子上摘下明珠串，脱下十颗明珠赏给徐某。这些珠子都比手指尖大，圆圆的像弹丸一样。母夜叉急忙接了过来，替徐某穿好挂在他脖子上。徐某也学夜叉的样子，双臂交叉，说着夜叉话表示感谢。大夜叉便走了，驾着狂风，快得像飞一样，片刻便消失不见了。众夜叉吃了他剩下的熟肉，便散了。

过了四年多，母夜叉忽然生产了。一胎生下两个男孩，一个女孩，都是人的样子。夜叉们都很喜欢这三个孩子，常常一块逗弄他们。一天，夜叉们都出去觅食了，只剩下徐某一个人在洞里坐着。忽然从别的洞来了一个母夜叉，想跟徐某私通，徐不肯。母夜叉发怒，将他一下子扑翻在地。正好徐某的妻子从外面进来，见此情景，暴怒地冲上前去，撕打起来，一口把她的耳朵咬了下来。过了一会儿，那母夜叉的丈夫也来了，徐妻才放了她，让她走了。从此后，徐妻天天守着丈夫，一刻也不离开。三年后，孩子们已能走路了。徐某教他们说人的语言，渐渐地咿咿呀呀会说话，有点人气了。虽然他们还是小孩，但登山如走平地一般，跟徐某依依恋恋，很有父子情意。

◎骨突子：珠子串联成的项链。

【名家评点】

在传统的解读视角中，《夜叉国》一向是被当作鬼故事来读的。这实际上是一种巨大的误解。当我们从人类文化学的视角来看待这篇作品时就会发现，它的基本内容与《鲁滨逊漂流记》有着巨大的相似，写的都是文明人在海外荒岛上与尚在文明门槛之外的原始部落相处的经历，甚至他们所到之处也大体相同。在《夜叉国》中，我们首先注意到的是将这些野人称为"夜叉"，这是佛教的影响；夜叉国的文化低于中国，这是儒家四夷观念的影响；而夜叉国的人生得奇形怪状，则是《山海经》的影响。而当我们的眼光从《夜叉国》拓展到整部《聊斋志异》涉及海外的那些作品，比如《罗刹海市》，就会发现，在这些文字背后，都可以看出作者那种强烈的文化优越感。（韩田鹿）

[说聊斋]

法国汉学家克罗德·罗阿评《聊斋志异》

《聊斋志异》是世界上最美的寓言。

携子偷归

夜叉国

一天，母夜叉和一儿一女外出，半天没回来。正好北风大作，徐某凄伤地想起了故乡，便领着另一个儿子来到海岸边，看见原来的船还在，便和儿子商量着返回老家。儿子想告诉母亲，徐某劝阻住了。父子二人登上船，顺风行驶，只用了一天一夜，便到达交州。到家后，徐某得知妻子已经改嫁走了。他拿出两颗明珠，卖了几万两银子，家境因而非常富裕。儿子取名叫徐彪，十四五岁时，就能举起几百斤重的东西，为人粗直刚猛，生性好斗。交州的驻军主帅见了他后很惊奇，便让他做了千总。正巧赶上边疆叛乱，徐彪在作战中所向披靡，立了很多战功，十八岁就提升成了副将。

这时，有一个商人乘船渡海，也遭遇大风，船被风刮到卧眉山。他刚上岸，见到一个少年。少年看见商人后大惊，知道他是中原人，便询问他的家乡，商人告诉了他。少年把商人拉进一条深谷中的一个小石洞里，洞外布满了荆棘丛，嘱咐他不要出去。少年离去了不一会儿，拿来鹿肉让商人吃，自己说："我父亲也是交州人。"商人询问姓名，才知道少年的父亲姓徐，商人认识他，便说："你父亲是我的老朋友。现在他儿子已做了副将。"少年不知"副将"是什么意思，商人说："这是中国的官名。"少年又问："什么叫官？"商人回答说："出去乘漂亮车马，回家住高堂大屋。在上轻轻一呼，百人应声雷动。别的人不敢正眼看，只能侧身立，这样的人就是官！"少年听得欢欣鼓舞。商人又问他："你父亲既然在交州，你为什么长久留在这地方？"少年详细讲了以前的事情。商人便劝他返回故土，少年人说："我也常常这样想。但母亲不是中国人，语言相貌都跟那里不同。况且，一旦走不成，同类知觉必被残害。因此踌躇不决，拿不定主意。"说完少年便走了，临出洞时跟商人说："等起了北风，我来送你回去，麻烦你给我父亲和哥哥带个信去。"

商人在洞里一直藏了将近半年。他不时从洞口荆棘丛中往外窥视，见山中经常有夜叉来来

◎千总：官名。

【名家评点】

蒲松龄描写的夜叉国暗指清廷，讽刺满人排外，从其中官员的着装、女人着男装及善于骑射等特征来看，应当是影射清廷。（章沛）

往往，吓得他一动也不敢动。一天，北风忽起，吹得山中树叶发出"唰唰"的声音。少年忽然来了，领着他急急地逃窜。边逃边嘱咐他说："我嘱托你的事不要忘了！"商人答应了少年。于是，在少年的帮助下，商人终于逃了回来。

一到交州，商人立即去副将府，跟徐彪详细讲了自己的见闻。徐彪听了后又悲又喜，便要去寻找母亲、弟弟和妹妹。父亲担忧大海滔滔，又是去夜叉国，一路险恶，极力劝阻他不要去。徐彪捶胸°痛哭，非去不可。父亲劝阻不住，只得由他。

徐彪便告诉了交州总帅，挑了两名健勇的士兵，乘船下了海。正赶上逆风，船行得十分艰难。在大海上颠簸了半个月，四周一望，只见海水茫茫，无边无际，再也分辨不出东西南北。忽然，一阵暴风吹来，波浪滔天，船被一下子打翻了。徐彪落入水中，随着海浪上下浮沉。徐彪在海上漂流了很久，最后被一个怪物拖上了岸。怪物带着他来到一个地方，这里竟有房舍。徐彪醒了后，四下一看，一个像夜叉的怪物站在自己身边，便用"夜叉语"询问。夜叉惊讶地反问他，徐彪告诉他自己要去的地方。夜叉高兴地说："卧眉山是我的故乡。刚才太冒昧了。你离卧眉山的路已八千里了，这条路是去毒龙国的，不去卧眉山。"于是，夜叉找了条船送徐彪去卧眉山。夜叉在海水里推船疾行，像箭一样，瞬间已跑了一千多里。过了一夜，来到卧眉山北岸。徐彪见岸上有个少年，正在眺望着茫茫无际的海水。徐彪知道深山里没有人类，怀疑那少年就是弟弟。走近一看，果然不错，兄弟俩一拉手痛哭起来。徐彪问起母亲和妹妹，少年回答说都很平安康健。徐彪便想和弟弟一起去寻她们，弟弟阻止了他，自己一人急急忙忙地走了。徐彪转身想感谢送自己来的夜叉，却见那夜叉不知什么时候已经走了。

不一会儿，母亲和妹妹来了，看见徐彪都哭了起来。徐彪告诉母亲想要他们回去，母亲说："恐怕去了后会被人家欺负。"徐彪说："儿在中国非常荣华富贵，别人不敢欺负母亲。"于是，

【锦言佳句】

出则舆马，入则高堂，上一呼而下百诺，见者侧目视，侧目立，此名为官。

夜叉国

母子三人决意返回。但苦于正值逆风，难以行船。正在徘徊犹豫时，忽见船上的布帆向南飘动，起了瑟瑟北风。徐彪大喜，说："天助我也！"四人一个跟一个上了船，北风很急，船行如离弦之箭，只用了三天，便抵达交州岸边。四人一上岸，看见他们的人以为是妖怪，吓得四处逃窜。徐彪便脱下自己的衣服，让他们三人分着穿上了。回到家中，母夜叉见了徐某，怒骂不止，恨他当初回来不跟自己商量。徐某连忙谢罪道歉。家里的人都来拜见主母○。无不吓得浑身颤抖。徐彪便劝母亲学说中国话，又让她穿锦衣，吃肥肉，母夜叉才高兴起来。母夜叉和女儿都喜欢穿男人服装，像满族人的打扮。几个月后，他们渐渐会说中国话了，弟弟妹妹的皮肤也逐渐变得白皙。

弟弟叫徐豹，妹妹叫夜儿，二人都很勇猛有力。徐彪耻于自己不会读书写字，便让弟弟读书。徐豹很聪慧，经史书籍，一过目就明白了。但他不想做一个只会读书的文人，徐彪便仍然让他练习拉硬弓、骑烈马，结果考取了武进士，娶了阿游击官的女儿为妻子。夜儿因为相貌奇异，没人敢向她提亲。正好徐彪部下有个姓袁的守备死了妻子，徐彪便将妹妹硬嫁给了他。夜儿能开百石弓，百余步之外，用箭射小鸟，百发百中。袁守备每次出征，总是带着妻子。后来他一直升到同知将军，立下的功劳多半出自妻子之手。徐豹到三十四岁时，做了一个省的提督。母亲曾经跟着他南征，每次跟强敌对阵，母亲总是穿着盔甲，手持利刃为儿子接应。凡跟她交战的人，无不败得落花流水。后来，皇帝要诏封她为"男爵"，徐豹急忙代替母亲上疏推辞，皇帝才改封了她一个"夫人"的称号。

异史氏说："夜叉夫人，也算是很少听说的，但仔细想一想，就不罕见了。每家的床头都有一个母夜叉。"

◎主母：婢妾、仆役对女主人之称。

【名家评点】

所谓"野叉"，即"夜叉"，皆为梵语的音译，为佛经中所讲述的一种形象丑恶的鬼，勇健凶暴，能食人，后受佛之教化而成为护法之神，列为天龙八部众之一。有关典籍或笔记似乎皆含有古人对于当时海外非华夏族原住民的某种想象与误解成分，故常以"夜叉"称呼这些非常陌生的荒岛居民。（赵伯陶）

【锦言佳句】

家家床头有个夜叉在。

泛海迎亲

连城

乔生,晋宁县人,小时候就很有才气,但到了二十多岁,仍然穷困潦倒。乔生为人正直,有侠义心肠。他与一位姓顾的书生交往,关系较好,姓顾的书生死了后,乔生经常接济他的妻子儿女。本县县令因为乔生的文章写得好,对他很器重。后来,县令死在任上,家口滞留晋宁,无法返回故乡。乔生便变卖了自己的家产,买了棺柩,把县令的遗体连同他的家人一起送回了家乡,往返两千多里。因为这件事,所有的读书人更加尊重乔生,但乔生却因此更加贫穷了。

当时,一个姓史的举人有个女儿叫连城,擅长刺绣,又知书达礼,史举人非常宠爱她。一次,史举人拿出一幅女儿绣的《倦绣图》,向年轻书生征求就图题诗,其意图是想借此挑选一个有才学的好女婿。乔生参与,作了一首诗献上,这首诗说:

> 慵鬟高髻绿婆娑,早向兰窗绣碧荷。
> 刺到鸳鸯魂欲断,暗停针线蹙双蛾。

另外又题了一首诗,专门称赞这幅图绣得精妙:

> 绣线挑来似写生,幅中花鸟自天成。
> 当年织锦非长技,幸把回文◎感圣明。

连城见到这两首诗后,非常喜欢,便对父亲夸奖乔生的才华。但父亲嫌弃乔生太贫穷,不愿找这样的女婿。此后,连城逢人就夸赞乔生,又派了个老妈子◎,假借父亲的名义赠给乔生一些银两,作为他读书的费用。乔生感叹地说:"连城真是我的知己啊!"他对连城一往情深,朝思暮想,如饥似渴地想念她。

没有多久,连城定了亲事,对象是盐商的儿子,名字叫王化成,这时候乔生开始绝望起来,但仍然梦魂萦绕,无时无刻不想着连城。不长时间,连城便生了重病,卧床不起。有个从西域来的和尚,自称能治好她的病,但必须要有一钱男子胸脯上的肉作为药引,捣碎后一起配药。史举人派人到王家去将此事告诉王化成,王化成听后,笑着说:"傻老头!想叫我剜心头肉啊!"随即,就将派去的人又打发回来。

于是,史举人只得对众人说:"谁愿从自己身上割下肉救我女儿,我便把女儿嫁给他!"

◎回文:顺读回读均可的同一语句或诗文;词序回环往复的语句。 ◎老妈子:岁数较大的女仆。

【名家评点】

他(乔生)追求的是"知己之爱",不同于以往才子佳人"郎才女貌"的爱情观点。回顾前面的描写,我们发现小说没有一处写到连城的美色,也没有描写乔生对连城"一见钟情",以貌取人,这显然是有深意的。作者所歌颂的这种"知己之爱",是文学作品中爱情描写的新发展,是当时民主思想的一种表现,无疑具有深刻的社会意义。(黄竹三)

[说聊斋]

作家阎连科谈《聊斋志异》

《聊斋志异》不仅是一部科举考试的人生悲愤书,而且还是一部人在悲愤、绝望中的精神得得到空幻抚慰的疗愈志。

割肉定情

传世彩绘聊斋志异

连城

乔生听说后，立即赶到史家，掏出把刀子，从胸脯上一刀割下片肉来，交给了西域和尚。那流淌的鲜血染红了乔生的衣衫和裤子，和尚连忙给他敷上刀伤药，这才止住了血。和尚用乔生的肉和药材做了三个药丸，给连城分三天服下，病果然好了。

史举人打算履行诺言，把连城嫁给乔生，就先去通知王化成。王化成听后大怒，声称要告状打官司。史举人非常害怕，便摆下宴席，将乔生请来，然后取出一千两银子放在桌子上，对乔生说："辜负了您的大恩大德，就用这些银子报答您吧！"并对乔生讲了毁约的缘由。乔生生气地说："我之所以不吝惜心头肉，只不过是为了报答知己罢了，难道我是卖肉的！"说完，拂袖而去。连城听说后，心里很是过意不去，托老妈子去劝慰开导他，并说："以他的才华，不会久处人下的，何愁天下没有美女？我已经梦到了不吉利的预兆，三年之内必定死亡，所以不必跟别人争我这个泉下之鬼了！"

乔生告诉老妈子说："古人说：'士为知己者死。'我报答她不是因为她生得漂亮。我真怕连城未必真的了解我的心，如果真懂，就是做不成夫妻又有何妨呢？"老妈子忙替连城表白了她的一片真情。乔生说："如果真是这样，在我们相逢时，她若为我笑一笑，我就死而无憾！"老妈子便回去了。

过了几天，乔生偶然出门，正好遇上连城从叔父家回来。乔生看着她，连城也看见了他，只见她双目秋波传情，微微地启齿一笑。乔生大喜，说："连城真是我的知心人！"

过了不久，盐商王家来到史家商议连城的婚期，连城听说这个消息后，前次所患的重病又发作了，几个月便死了。乔生前去吊唁，痛哭一场，因悲伤过度也死了，史家把他抬回家中。

乔生知道自己已经死了，也没感到有什么难过的，一个人出了村子，还希望能够再见连城一面。远远地望见有条南北朝向的大路，路上的行人像蚂蚁一样络绎不绝，他走了过去，也混杂

【名家评点】

在得到乔生的诗作之后，连城赞赏不已，竟然到了"逢人辄称道"的地步，还超越当时的伦理观念，主动大胆地向乔生表达爱慕。而饱读诗书的乔生更是叛逆，居然公然宣称"士为知己者死，不以色也"，甚至在得到连城的死讯之后，自己也"一恸而绝"。蒲松龄在他们身上所寄寓的，就是他一贯坚持的灵肉合一的爱情。（宋记远）

◎秋波传情：比喻美女的眼睛像秋天明净的水波一样，用眉目传情。

【锦言佳句】

一笑之知，许之以身，世人或议其痴。彼田横五百人岂尽愚哉！

辞金换笑

连城

在人群里。走了一会儿，就进入一座衙门，正巧碰上他过去的好朋友顾生。顾生看见他，惊讶地问道："你怎么来了？"说着，就拉着乔生的手，要送他回去。

乔生长长地叹息了一声，说："我还有心事没了！"顾生便说："我在这里掌管典籍，很受上司信任。如果有我帮得上的地方，我一定竭尽全力！"乔生便向他打听连城在哪儿，顾生便领着他到很多地方寻找，最后才发现连城和一个穿白衣服的女子，泪眼婆娑地坐在一条走廊的角落里。连城看见了乔生，急忙站起身来，喜出望外，询问他是怎么来到这里的。乔生说："你死了，我怎敢偷生世上！"连城听了，哭着说："我这样一个忘恩负义的人，你尚且不唾弃我，反而以身殉死，这是为了什么啊？然而，今生今世我不可能跟你了，寄望来生我一定会嫁给你！"乔生回头告诉顾生说："你有事就忙去吧，我觉得死了很快乐，不想再活了。只想麻烦你代为访查一下连城托生到什么地方，我要和她一起去！"顾生答应着走了。

那白衣女子问连城乔生是什么人，连城便向她讲述了往事，女子听了后非常伤心，好像止不住悲伤。连城告诉乔生说："这姑娘与我同姓，小名叫宾娘，是长沙史太守的女儿。我们一路同来，相互关照，处得很亲密。"乔生仔细打量宾娘，只见她哀伤凄婉的样子，十分惹人怜爱。正想着再向她问些情况，却见顾生已返了回来。顾生向乔生表示庆贺，他说："我给你办妥了相关手续，立即就让小娘子跟你一起还阳复生，好不好？"两人听了，都非常高兴。正做准备拜别顾生，宾娘大哭着说："姐姐走了，我去哪里？恳求您可怜可怜我，救救我，我就是给您当仆人也愿意！"连城心里难过，却没有什么解决办法，只得转身和乔生商量。乔生哀求顾生帮忙，顾生

【名家评点】

乔生因为与连城在阳世不能相谐，在阴间却得聚会，竟然"乐死不愿生"。这一段情节，写出乔生对"知己"的深重感情，同时又把当时社会对青年一代的残酷迫害揭露得淋漓尽致，同时也是对建立在金钱和权势基础上的不合理婚姻制度的控诉。（黄竹三）

◎以身殉死：为了追求某种理想或维护某种事物而牺牲自己的生命。

【锦言佳句】

丑妇终须见姑嫜。

泉台从嫁

传世彩绘聊斋志异

连城

很为难，口气果决地拒绝，只说办不到。乔生执意恳求，强烈要求帮忙，顾生只得无可奈何地说："我去大胆地试试看吧！"

顾生去了大约有一顿饭的工夫便回来了，他连连摆手说："怎么样！我实在无能为力了！"宾娘听到顾生这么说，哀婉地啼哭着，只是依偎在连城的胳膊下恋恋不舍，恐怕她马上就走了。三人一筹莫展，只有默默相对无言，再看到宾娘那种愁苦凄伤的容颜，真的让人心里发酸。顾生很激奋地说："你们带着宾娘一起走吧，真有罪责，我豁上这条命一人承担了！"宾娘听了才高兴起来，跟着乔生一块出去。乔生担心她一人去长沙路太远，又没有伴。宾娘说："我想跟你们走，不愿回去了！"乔生说："你太傻了！不回去，你怎么能够还阳复活呢？以后，我们到了湖南，只要你不躲着我们，我们就很荣幸了！"正好有两个老太婆要往长沙去送公文，乔生便把宾娘托付给她们，然后洒泪而别。

回去的路上，连城走得很慢，走一里多路就得歇息歇息，一共歇了十多次，才看见本村的庄门。连城说："还阳复活后，恐怕我们的事又有反复，请你先去我家，将我的遗体索要来，然后我在你家重生，这样应当可以防止事情的反悔了！"乔生认为连城说得很对。两人一起返回乔生家。连城很紧张害怕，战战兢兢◎地走不动了，乔生安静地站在一旁，等着她。连城说："我走到这里，禁不住浑身发抖，六神无主，真担心我们的心愿实现不了！我们还得再好好商量商量，不然，我们复活了之后，怎么能做到自己做主？"两人相互搀扶着，进入一间厢房中，过了很久，谁也没说话。连城忽然笑着说："你厌恶我吗？"乔生惊讶地询问连城说这话的缘故。连城害羞地说："我害怕我们的事不能顺利办成，到那时就太辜负你了！请让我先以鬼身来报答你吧！"乔生大喜，两人极尽欢爱。

因为不敢急忙还生，两人徘徊不决，在厢

◎战战兢兢：形容极端害怕而小心谨慎的样子。

【名家评点】

明代戏剧家汤显祖的《牡丹亭·题词》曾经有言："生者可以死，死可以生。生而不可与死，死而不可复生者，皆非情之至也。"因而，王士祺曾这样评价乔生："雅是情种。不意《牡丹亭》后，复有此人。"乔生、连城二者生死如一，坚守"知己之爱"，其高尚情操令人赞叹。（李桂奎）

房中一直待了三天。连城说："俗话说'丑媳妇终得见公婆'，老是在这里忧愁担心，终究不是长久之计！"催促乔生快去还阳。乔生一走到灵堂，猛然苏醒过来。家人非常惊异，给他喝了些汤水。乔生便派人去请史举人来，请求得到连城的尸身，说自己能让她复活。史举人大喜，听从了他的话。刚把连城抬进乔生家，一看，连城果然也已活了。连城告诉父亲说："女儿已把自己许给乔郎了，再没回去的道理。如果再有更改变化，我只有再死！"

史举人回了家，便派了奴婢去乔家供女儿使唤。王化成听说后，立即写了状子告到官府，申辩理由。官府受了王家的贿赂，将连城判给了王化成。乔生愤懑不平，直想死去，但终究还是无可奈何。连城到了王家，气愤地不吃饭、不喝水，只求快些死。她看屋里没人，便把带子悬到房梁上上了吊，被人救下。隔了一天，连城变得更加虚弱，眼看马上就要死了。王化成很害怕，就将她送回了娘家。史举人又把她抬到乔生家。王化成听说后，也没有办法，只得作罢了。

连城的身体好了之后，常常思念宾娘，总想派个人捎信去探望她，但因为路途太远，很难前去。一天，家人忽然进来禀报说："门外来了好些车马。"乔生夫妇迎出屋门一看，只见宾娘已走到院子里了。三人相见，悲喜交集。史太守亲自把女儿送来了，乔生将他请进屋里。史太守说："我女儿多亏你才能复生，她立誓不嫁别人，现在我听从了她的意愿！"乔生忙叩头拜谢。史举人也来了，还跟史太守叙上了同宗°。乔生名年，字大年。

异史氏说：嫣然一笑的相知，于是便以身相许，世上可能会有人说他痴。那田横五百壮士，难道都是愚夫吗？这是因为稀少的"知遇"弥足珍贵，贤人豪杰所以才会如此感恩戴德而不能自已。看茫茫四海°之内，竟让锦绣°人才，只能对美人嫣然一笑而倾心，这真是可悲啊！

【锦言佳句】

瓜果之生摘者，不适于口。

◎同宗：宗法社会指同一大宗。后泛指同一家族或同姓。◎四海：天下。◎锦绣：色彩鲜艳、质地精美的丝织品，比喻美丽或美好。

商三官

旧诸葛城有个名叫商士禹的，原是一个读书人。因喝醉了酒乱讲话，冒犯了县里的一个豪绅，豪绅指使家奴把他痛打一顿，抬回家去便死了。

商士禹有两个儿子，大的名叫商臣，小的名叫商礼。还有一个女儿，名叫三官，年纪十六岁，已经选定吉期快要出嫁了，因为父亲一死，婚事就延迟下来。

她的两个哥哥出去告状，打了一年的官司也没有得到结果。男家打发人向她母亲提出要求，希望不必拘泥古礼，赶快完婚。母亲本待答应，三官走进来说道："哪里有父亲的尸骨还没有冷，就做喜事的！难道他就没有爹娘吗？"男家听了这话，觉得很惭愧，便不催了。

两个哥哥的官司没有打赢，怀着一肚子冤屈回来，全家都很气愤。两兄弟想留下父亲的尸体暂不埋葬，准备再去上诉。三官说："人被他们打死，衙门里置之不理，世道如何，你们也可以明白个大概了！难道还妄想老天爷专为你们兄弟生下一个包公来吗？让父亲的尸体暴露在外面，怎么忍心呢？"两个哥哥很佩服她的见解，便把父亲埋葬了。

丧葬刚刚办完，三官忽然在夜间失踪，不知道到哪里去了。她母亲觉得很不体面，深恐男家听到风声，因此连族人也不敢告诉。只是叮嘱她两个儿子，暗地里侦察罢了。几乎侦察了半年，还是一点线索也没有。

一天，豪绅过生日，叫来一班戏子到他家里演唱。有个名叫孙淳的唱戏的带着他的两个徒弟来了。一个名叫王成，容貌长得平常，但是嗓音响亮，客人们都很赞赏。另外一个名叫李玉，外表秀丽得像一个女孩子，叫他唱戏，却推辞说不会。客人们再三逼他唱，他所唱的几个曲子大半都是些儿女情歌，引得满堂大笑。孙淳觉得很不好意思，便向主人说道："这孩子跟我学艺没多久，戏不大会唱，只会在席上敬敬酒，还请不要见罪。"于是叫他到席上斟酒敬客。李玉来来往往地伺候着，很能体会主人的意思，豪绅很喜欢他。

等到宴会结束，客人散去，豪绅便留李玉陪着睡觉。李玉代他铺床脱鞋，服侍得非常殷勤周

◎这个地名是虚构出来的。◎古礼：古时的礼制。古时如遭父母丧，须孝满后才能婚嫁。◎族人：同宗的人；同一家族的人。

传世彩绘聊斋志异

【名家评点】

《商三官》是一篇叙述一个带有豪侠气概的女子巧于通过女扮男装而机智地择机为父复仇的小说。它旨在暴露豪强仗势欺人、官府贪赃枉法等社会罪恶的同时，赞美了以商三官为代表的下层草民铤而走险的复仇精神。（李桂奎）

庞娥亲、谢小娥、商三官这三位女子都抱持着"杀父之仇，不共戴天"这种观念，并终于以实际行动完成报仇雪恨。她们深明大义，敢做敢当，因而赢得世人的普遍敬重。相比而言，商三官的复仇有其独特处，为了赢得报仇时间，她牺牲了婚姻。尤其是她劝止两个兄弟继续告状这一情节，既表明社会严酷，商家子女别无选择；又表明商三官身为女子之巾帼不让须眉的识见、胆量和能力。（李桂奎）

随优庆寿

【说聊斋】

作家高晓声谈《聊斋志异》

我开始接触文言文,记得父亲教我的第一篇古文,竟是蒲松龄著《聊斋志异》中的《促织》。之后我就爱上了蒲松龄,《聊斋志异》是我少年时代读得最熟的一本书。我家里有一部版本很好的《聊斋志异》,在不懂的词语底下都注有解释,我几乎就是靠了这本书学通了文言文。

商三官

到。豪绅已有醉意，用话挑逗他，他只是笑笑。豪绅越发迷惑了，把仆人一齐打发出去，只留下李玉一个人。李玉等仆人全都走了，就关上房门，上了锁。

仆人们到另外一间屋子去饮酒作乐，过了不久，听到厅堂里发出咯咯的声音。一个仆人前去察看，只见房间里黑魆魆的，什么动静也没有。他正待转身要走，忽然里面发出一种很沉重的响声，好像是挂着的东西断了绳索掉下来似的。赶快问是怎么回事，也没人答应。他连忙把大家喊来，闯到里面，才发现主人的头和身子分了家；李玉也吊死了，绳子断了，尸体掉在地上，房梁上和脖子里都留着一截。

仆人们惊惶极了，赶快报告女眷，大家出来一看，也不明白是什么道理。他们把李玉的尸体移到院子里，觉得他的鞋袜好像空的一样，解下来一看，露出一双小脚来，才知这人是个女子。

大家越发吃惊，把孙淳叫来盘问，他也吓得不知道讲什么好，只是说："李玉是在上个月投来做徒弟的，今天要跟我来给主人祝寿，我实在不知道他是从哪里来的。"

豪绅的家人因为她穿的是孝服，疑心她是商家派来的刺客，便叫两个人看守着她的尸体。

第二天早上告到县里，县官追问商臣和商礼，都说并不知情，不过妹妹已经失踪半年了。

县官叫他们前去验看，果然就是三官。县官觉得她是个奇女子，便判令她的哥哥们领回去安葬，并且知照°豪绅家人不再记仇。

◎知照：通知；关照。

【名家评点】

本篇中的商三官既有长兄，又有二哥，均不能为父申冤，而只有身为女流的她为父雪恨，这将传统的观念完全颠倒了过来。在两位兄长的对比衬托下，商三官这一"压倒须眉"的奇女形象更显得炫人眼目，光彩照人。也正因如此，作者把三官置于刺秦王的荆轲之上，在篇末发出"即萧萧易水，亦将羞而不流"的慨叹。（张振钧）

【读名著学成语】

与世浮沉

随大流,大家怎样,自己也怎样。清·蒲松龄《聊斋志异·商三官》:"然三官之为人,即萧萧易水,亦将羞而不流,况碌碌与世浮沉者耶!"

雪恨轻生

传世彩绘聊斋志异

小二

山东滕县有个叫赵旺的人，夫妻二人都信佛，不吃荤，被村里的人称作"善人"。他家小有资产，有一个女儿叫小二，长得聪明美丽，赵旺夫妻爱女儿如掌上明珠。小二六岁时，就让她与哥哥赵长春一起跟老师学习读书，五年的时间熟读了五经°。同学中有个姓丁的学生，字紫陌，比小二大三岁，长得风流潇洒，文采也很好，他们二人互相爱慕。丁生私下告诉母亲，向赵家提亲。而赵旺想让女儿找个有钱的大户人家，所以没有答应这门亲事。

过了不长时间，赵旺参加了白莲教°，徐鸿儒造反后，赵旺一家人就都成了贼寇。小二知书善解，对剪纸为马、撒豆成兵等法术，都能一学就会，一见就通。有六个小女孩跟徐鸿儒学艺，唯有小二学得最好，因而很快学到了徐的法术。赵旺也因为女儿得到了重用。

这时，丁紫陌已经十八岁了，在县里中了秀才，但一直不肯订婚°成亲，因他心里忘不了小二，他偷偷地从家里逃了出来，投到徐鸿儒部下。小二见到了丁紫陌很高兴，对他特别好，其程度超出常态。

小二以徐鸿儒高徒的身份，在徐部主持军务，日夜忙碌，连自己的父母都不常见。小二每天晚上都见丁紫陌，并且在他们见面交谈时将所有的仆役都打发走，常常谈到夜里三更天。有一次，丁紫陌私下对小二说："我来这里，你知道是为什么吗？"小二回答说："不知道！"丁紫陌说："我不是为了攀龙附势，出人头地。我之所以来，实在是为了你。白莲教本是左道旁门，只能是自取灭亡。你是聪明人，难道不明这个道理吗？你若能跟着我走，就不辜负我找你的这份心意了。"小二听了，黯然地思索了一会儿，心里如梦初醒，她对丁生说："咱们背着我父母走了，是为不义，咱们去告诉他们！"于是，二人到了赵旺夫妇处，向他们说明利害。可是赵旺并不能觉悟，还说："我师傅是神人，怎么会错呢？"

小二知道不能再劝了，于是把自己的辫子梳成小髻，她拿出两个纸鸢°，与丁紫陌每人骑一个。纸鸢慢慢展开双翅，像比翼鸟一样双双飞走了。天色刚亮后，他们来到莱芜地界，小二用手捻一下鸢脖子，纸鸢就忽然收起翅膀，坠落到地上，于是他们收了鸢。二人换骑两头驴，一路小跑奔驰到山里，假装成来避难的，租了房子住下。二人是急匆匆地逃走的，带的衣服不多，柴米等生活用品也没有，丁紫陌很是犯愁，他向邻居家借粮，没有人肯借给他一升半斗的。但是，

◎五经：儒家五种经典，即《诗经》《尚书》《易经》《礼记》《春秋》。◎白莲教：中国民间宗教之一。◎订婚：又称婚约，依照我国先前的民间习俗，通常结婚前先有订婚仪式，即订立婚书、交换礼物，或立媒妁人等。◎纸鸢：风筝的别名。

【名家评点】

《聊斋志异》虽然为传奇志怪小说系列，但是不可避免地，作者蒲松龄的生活经历、内心感受、价值取向等都会融入其作品。清兵的杀掠，流民的动乱，各种自然灾害，都在他文中留下了深刻的印迹。《聊斋志异》中提到白莲教的故事有五篇，分别是《偷桃》《小二》《邢子仪》，还有两篇同名的《白莲教》。小二的形象就是蒲松龄择取白莲教起义从萌芽到壮大直至灭亡，这一波澜壮阔的动荡中一位被裹挟的普通女性的成长经历，写出了她面对生活的种种不测与挫折时表现出的机智和坚韧，在文学史上留下了一个曼妙的身影。（刘宁）

【锦言佳句】

我非妄意攀龙,所以故,实为卿耳。出二纸鸢,与丁各跨其一,鸢肃肃展翼,似鹣鹣之鸟,比翼而飞。

比翼飞升

小二

小二却面无愁容,只是卖簪子、耳环等首饰度日。二人关着屋门,相对静坐,互相猜灯谜,背诵过去读过的书,以此赌输赢、论高低。谁输了,谁就要被对方用两根手指并在一起打板子。

他们西边的邻居有个姓翁的人,是个绿林好汉◎。一天打猎回来,被小二看见了,小二对丁紫陌说:"与这个富有的人做邻居,我们发什么愁呢?向他暂借一千两银子,他会给我的!"丁紫陌认为不好办。小二说:"我要让他自愿拿出银子来!"于是,她用纸剪了个判官,放在地上,盖上个鸡笼子,然后,拉着丁生上了床,煮上收藏的酒,拿《礼记》来行酒令,随便说书上第几册、第几页、第几行,然后一起翻书检验。如果谁指定的那一行是"食"旁、"水"旁或"酉"旁,那么就喝一杯酒;若是"酒"部,就加倍喝。小二正好翻到"酒人",丁紫陌就以大杯斟满酒给小二喝。于是,小二祝祷说:"我若是能借来银子,你就得'饮部'。"丁紫陌一翻书,得"鳖人"。小二大笑着说:"事情成了!"斟上酒拿给丁紫陌。丁紫陌不服。小二说:"你是水族,应该和鳖一样喝酒。"两人正在互相喧闹的时候,忽然听到鸡笼里有嘎嘎的声音。小二说:"来了!"打开鸡笼一看,下面是满满一袋银子。丁紫陌感到非常惊愕,又十分高兴。

后来,翁家的一个妇女抱着孩子来串门,偷偷地说:"我家主人刚从外边回来,点上灯才

◎绿林好汉:聚集山林、反抗官府的起义者。旧时也指抢劫财物的强盗。

【名家评点】

《小二》一篇即以明末白莲教起事为故事的背景,在表现男女主人公情爱的主线外,又关涉民间宗教法术问题以及经商致富、组织生产问题,未卜先知以趋吉避凶问题,等等,内容可谓丰富多彩。除两人乘纸鸢比翼而飞逃离虎口、幻化出判官搬运千金尽为己有,以及戟指降服群盗的情节涉及志怪外,无论是描写人情世态、社会风俗,还是叙述闺中情趣、督课婢仆,皆非凭空结撰,而是具有相当现实基础的文字。(赵伯陶)

坐下，就见地上忽然裂了一道缝，深不见底。一个判官从地缝里出来说：'我是地府°的官吏。泰山帝君召集阴曹°官吏造恶人名录，需要银灯一千架，每架用银子十两。你施舍°一百架，就能消除你的恶行。'我家主人很害怕，烧香叩头，捐上一千两银子，判官才从容地回去了，地上的缝也合起来了。"丁氏夫妻听了，故意啧啧有声地惊叹，假装成非常诧异的样子。

自此以后，丁氏夫妻渐渐购买牛马，雇用丫鬟、仆人，自己新盖了房子。村里有无赖之徒见他们家富裕，就纠集一帮坏人，跳墙进了丁家抢劫。丁氏夫妇从梦中醒来，就点着茅苫一照，贼寇已挤满了屋子。两个贼捉住丁紫陌，还有一个贼伸手向小二怀中乱摸。小二示着身子起来，用手一指，大声呵斥道："停！停！"就见贼寇十三人都吐着舌头呆呆地站着，像木偶一样一动也不能动。小二这才穿上衣服下床，叫齐所有的家人来，把盗贼一个一个地都反手在背绑起来，逼他们招供了罪行。小二于是责备盗贼说："我们是从远处来这里强居避难的，希望大家互相帮助，为什么你们竟不仁不义到这种地步？人都有富裕贫穷的时候。日子困难的人不妨明说，我岂是那种视钱财如命的守财奴？按你们的这种豺狼行为，本应该都杀掉。可我心里不忍，所以暂时先放了你们。如果再犯，定杀不饶！"盗贼们叩头谢恩而去。

◎地府：人死后灵魂的归宿之地。 ◎阴曹：阴间。 ◎施舍：把钱财和物资赠给穷人或穷人。

【说聊斋】

丰子恺题《蒲松龄画像》

留仙才高，聊斋名美；笔墨生花，文思如绮；魂磊满胸，化作狐鬼；万口流传，猗哉伟矣。

幻术诈金

袒背止盗

小二

丁氏夫妻在这里住了不久，徐鸿儒就被官府擒住了，赵旺夫妇和儿子也株连被杀。丁紫陌帮助小二带了银子去官府赎回了哥哥赵长春的小孩。这孩子当时才三岁，丁紫陌把他当自己的儿子来抚养，改姓丁，叫丁承桃。于是，这村中的人渐渐知道丁氏一家是白莲教的遗属。这年正遇上蝗虫祸害庄稼，小二用纸剪了数百只纸鸢放在自己的地里，吓得蝗虫远远地避开，不敢飞进她的田地里，免了一场灾害。村中的人都嫉恨他们，众人向官府告发他们是徐鸿儒的余党。官府见丁家很富有，将他们视为俎上的鱼肉，打算敲诈他们，就把丁紫陌抓了起来。丁紫陌拿出很多钱来，重重贿赂县官，才得以免灾。

小二说："咱们的钱来得也不正当，所以要适当散散财。但这里的人心如蛇蝎，不能久住。"因此，他们就贱价变卖了家产，搬到益都西边去住。小二为人心灵手巧，会过日子，经营家业的能力比男人还强。他们开了个琉璃厂，雇了工人，小二教他们制作技术。他们生产的玻璃灯具样式奇巧，色彩缤纷，其他厂子都比不上。因此，他们生产的货虽然价钱高，可还是卖得很快。几年后，丁家的财富就更加雄厚了。小二管理工人很严格，几百人干活儿，没有敢偷懒的闲人。小二工作之余，经常与丈夫丁紫陌一起品茶、下棋，或者以看史书为乐。家里的财务收支及奴婢、仆人的工作情况，小二都是每五天检查一次。检查时，她手里拿着计工作数量的筹子[○]，丁紫陌拿着名册点名。对勤快的进行奖赏，多少不等；对

◎筹子：记数的用具。

【名家评点】

小二不同于那些翩然而来，倏而而去，只会与书生们谱写恋曲的狐魅花妖，鸟精兽怪，她是一个实实在在的凡间女子，她生活在明朝末年白莲教曾经喧闹一时的时代，她在那个时代有行迹，有作为。她非凡的人生轨迹，让人感到她在《聊斋》众多女性人物中是超凡绝伦、冠压群芳的一位。（赵玉霞）

[说聊斋]

学者鲁枢元谈《聊斋志异》

蒲松龄的《聊斋志异》以近500篇的恢宏体制，以细腻、生动、多姿多彩、婉转自如的文笔，描绘了古代中国以大中原为核心的山川大地、乡村市井、飞鸟走兽、士农工商、阴曹阳世、科场官场，抒写下日常生活中发生的兴衰福祸、生离死别、因缘际会、喜怒哀乐。他于青林黑塞、昏灯萧斋之下呕心沥血为大地万物发声，为乡土民众代言，扶弱抑强，惩恶扬善，识忠辨奸，倡廉斥贪，祛邪守正，解困纾难，展露灵魂深处的奥秘，探求人性本真的内涵，描绘出一幅幅乡土生活中不同阶层、不同个体的生动画面。《聊斋志异》堪称往昔乡土社会的一部百科全书。

纸鸢驱蝗

小二

懒惰的当众打板子，或者罚跪。检查的这天，全体放假休息，晚间不干活儿。丁氏夫妻摆下酒宴，招呼奴婢唱俚曲饮酒作乐。小二明察秋毫，没有人敢欺骗她。奖赏时又超过工人的劳动付出，所以每件事情都办得顺利。村中二百多户人家中，凡是贫穷的，小二都酌情帮助他们些资本谋生，所以，这个村子里没有无业游民和懒惰的人。

有一年遇大旱，小二叫村里人在野外设法坛，她在夜里坐车来到坛上，走禹步作起法术，天就下了大雨，五里以内雨水都很充足。人们更加感到她的神奇。小二出门从不遮面孔，村里人都认得她。有的少年聚在一起议论她长得漂亮，但见到她时，都肃然起敬，没有人敢仰头直接看她的。每年到了秋天，村中的童子不能干重活儿的，小二都给孩子钱，叫他们去采野菜，经过二十年，积攒了满满一楼阁。村里的人都在背地里笑话她。可是后来山东发生了重大灾荒，饿得人吃人。这时，小二便拿出野菜来掺上粮食给饥饿的人吃，邻近村子的人都因此全活着，没有到外地去逃荒的。

异史氏说："小二的所作所为，乃是天赋使然，并非后天努力可达成的。但是，如果没有丁紫陌的一言点拨，恐怕早已横死许久了。由此观之，世上拥有不世才华的人，但误入匪盗虎狼之中而丧命的，应当不少。谁知道小二的六个同学中，还有没有和她才华相匹的人呢？让人遗憾的是，没有遇到丁生那样点化°他们的人啊！"

◎点化：道教或佛教用语。道教传说中说神仙能用法术使物变化。后借指僧道用言语启发人，使其悟道，泛指启发开导。

【名家评点】

小说中男主人公之所以以"丁"为姓，就是为小二"君是水卒，宜作鳖饮"的斗趣之语张本，并与前文"丁翻卷，得'鳖人'"相映衬（鳖人为古掌取献甲壳类动物之官名）。所谓"丁"，即指蚌、蛤壳内侧坚韧的小肉柱。在丁生与小二夫妇身上，作者显然寄托了他自己在现实中得不到的闺中情趣，意图在想象中弥补生活的欠缺，因而精心结撰此篇并获成功，读者不可轻易读过。（赵伯陶）

【读名著学成语】

纸兵豆马

旧时巫术,谓剪纸为马,撒豆成人。蒲松龄《聊斋志异·小二》:"小二知书善解,凡纸兵豆马之术,一见辄精。"

救灾祈雨

庚娘

金大用是中州官宦世家的子弟，娶的妻子是尤太守的女儿，名叫庚娘，长得很美丽，为人很贤惠，夫妻俩的感情很深。那时正值农民起义，人们都远离故土避难，金大用带着一家人向南方逃难。在路上，他遇到一位少年也带着妻子逃难，那少年自称是扬州人，名叫王十八，愿意在前面引路。金大用很高兴，两家人便同行同住。

这天，他们到了一条河边，庚娘偷偷地告诉金大用说："不要和那少年同乘一条船。他总是盯着我看，眼珠乱转，神色不正常，好像心术不正！"金大用答应了。王十八殷勤地找来了一条大船，帮着金家搬运行李，忙忙碌碌，非常周到。金大用不忍拒绝他的好意，又想到他还带着少妇，应该没有什么问题。那少妇与庚娘住在一起，看上去也很温顺和气。王十八坐在船头，和船家亲近地说着话，好像是早就认识的亲朋好友。

过了不久，太阳落山了，水面显得很宽，望不到边，分不清东西南北。金大用看到四周荒凉险恶，心中很是疑惑奇怪。船行了一会儿，月亮升起来了，只见到处都是芦苇。船停下后，王十八邀请金大用父子到船头去看看风景，他就乘机将金大用挤下水去。金大用的父亲看见后，刚要呼喊，船家用竹篙一下子将他打落水中。金母听到声音出来察看，也被船家打下船去，王十八这才呼喊救命。刚才金母出来时，庚娘就在后边，已察觉刚才发生的事。听到一家人都掉进河里，也不惊慌，只是哭着说："公婆都淹死了，我到哪里去呢？"王十八进来劝她："娘子不要忧虑，请跟我到南京去吧。我家有房子有地，很富裕，保你吃穿不愁。"庚娘止住泪说："要能这样，我的愿望就满足了。"王十八非常高兴，一路殷勤地伺候庚娘。到了晚上，王十八拉住庚娘求欢，庚娘假托来了月经，王十八就到少妇那里睡了。

初更◦的时候，王十八夫妇吵了起来，也不知为什么。只听到女人说："你做这种事，恐怕雷霆会劈碎你的头！"王十八就打那女人，女人喊起来："死了算了！实在不愿给杀人贼当老婆！"王十八吼叫着把女人拖出了船舱。随后，就听到咕咚一声，接着就大声喊："我老婆落水了。"

◎初更：旧时每夜分为五个更次。晚七时至九时为"初更"。

【名家评点】

闺中弱女机变聪明，擅长辞令，谈笑不惊，手刃仇人。两次面临生死考验，一次遇杀人越货的强盗，一次遇盗墓取宝的盗贼，都沉着冷静，化险为夷。谁说女子不如男？（马瑞芳）

淫凶谋妇

【锦言佳句】

勿与少年同舟。彼屡顾我，目动而色变，中叵测也。

庚娘

过了几天，到了南京，王十八领着庚娘回到家，到堂上去拜见母亲。王母惊讶不是原来的媳妇了。王十八说："原先的媳妇掉到水里淹死了，这个是新娶的。"回到房里，又要与庚娘亲近，庚娘笑着说："三十多岁的男人了，还没有经历过男女之事吗？普通人家成亲，还得喝一杯薄酒呢，你家中这么富裕，当然不难办到。如没有几分酒意，草率行事，成什么样子？"王十八很高兴，置办了酒席，两人对坐饮酒。庚娘拿着酒壶殷勤地劝酒，王十八慢慢有些醉了，推辞不喝了。庚娘换了大碗，媚笑着强行要他喝，王十八不忍拒绝，又喝完了。于是，王十八酣然大醉，脱了衣服睡到床上，催促庚娘快睡。庚娘撤下碗碟，灭了灯烛，借口小解，走出房门，拿了把刀进来。她摸黑来到床前，伸手摸索王十八的脖子，王十八还抓着庚娘的胳膊，说着亲热的话。庚娘用力一刀砍下去，没有将王十八砍死，王十八叫着要爬起来。庚娘又砍了一刀，王十八这才死了。王母听到好像有响声，就过来问出了什么事，庚娘也把她杀了。王十八的弟弟王十九发觉了，庚娘知道不免一死，立即挥刀自杀。可是刀刃卷了，砍不进去，她便打开门跑了出去。等王十九追出来，庚娘已跳进池塘里了。十九急忙喊来邻居，把庚娘捞上来，却见庚娘已经死了，庚娘的面色端庄艳丽，依然同活着时候一样。大家一同检验了王十八的尸首，看见窗户上有一封信，打开一看，原来是庚娘写的，信里详细讲述了她全家的冤情。众人都认为庚娘是个烈女子，商量好捐集钱财给她出殡◦。天亮后，前来看的人有好几千，见到庚娘后，个个敬佩，人人朝拜。一天的时间，就集得大家捐赠的上百两银子。好心的人们为她买了珠冠◦袍服、金银首饰、上等棺材和很多随

◎出殡：移棺至墓葬地或殡仪馆舍。◎珠冠：珠饰的帽子。

【名家评点】

金生与庚娘的相见，奇幻至极，细味却又合情合理。不是先写庚娘如何复生，而是先写金生与王妇相携至金陵为庚娘扫墓的途中，在江中船上与庚娘的意外相遇。相遇的过程也写得极为曲折，显得离奇而又扑朔迷离。（周先慎）

【读名著学成语】

方寸已乱

方寸：心。谓心情不好，思绪很乱。蒲松龄《聊斋志异·庚娘》："我方寸已乱，何暇谋人？"

醉酒伸冤

庚娘

葬东西,把她安葬在南郊墓地。

当初,金大用被王十八挤入水中后,幸亏浮在一片木板上,才大难不死。天亮时,他漂到淮河上,被一条小船救了上来。这条小船是富户尹老汉专门为搭救落水遇难人设置的。金大用清醒后,去尹家登门拜谢。尹老汉很优厚地接待了他,要留下他来教授自己的儿子读书。金大用因为不知道亲人的消息,想前往探访,所以拿不定主意是走是留。这时他听说:"捞上来了淹死的老头和老妈妈。"金大用怀疑是自己的父母,急忙跑去看,一看果然不错。尹老汉替他买了葬父母的棺木。金大用正在哀伤地痛哭,又听说:"救了一个落水的女人,自称金大用是她丈夫。"金大用擦干眼泪,惊疑地跑出去,那女子已经来了。女子并不是庚娘,而是王十八的妻子,她向着金大用大哭起来,请求金大用收留她。金大用说:"我的心绪已乱,哪有心思替你打算呢?"女子哭得更厉害了。尹老汉问明缘故,说这是老天的报应,劝金大用收留这女子为妻。金大用以还在服丧为理由拒绝,而且他还打算报仇雪恨,怕有家室成为累赘。那女人说:"如果像你说的,要是庚娘还活着,你也会为了报仇和服丧而抛弃她吗?"尹老汉觉得这女子说话在理,就提出暂时代金大用收留这女子,金大用勉强答应了。金大用埋葬父母时,那女子披麻戴孝,哭得非常悲痛,如同死的是自己的公婆。

办完丧事,金大用怀揣利刃手托饭钵,要去扬州报仇。女人劝他说:"我姓唐,祖籍是南京,和那个豺子是同乡。以前他说他是扬州人,是骗人的。况且江湖上的水寇°多半是他的同党,你这样去恐怕报不了仇,只能招致灾祸。"金大用听她一说,犹豫不定,没有主意。这时忽然传来烈女子杀人报仇的事,这件事在沿河一带流传很广,姓甚名谁讲得非常详细。金大用听了后,心里很痛快,但知道庚娘死了也更加悲痛。他辞谢唐氏说:"幸亏我没有做辱没你的事。我家有这样的烈女子,我怎么能忍心负她另娶呢?"唐氏以他们先前已有夫妻之约作为理由,不肯中途离开,愿意给金大用做妾。

正巧有个姓袁的副将军,同尹老汉有很深的交情,到西边出征,路过这里,前来看望尹老汉。袁将军见到金大用后,非常欣赏喜欢,就请他当了军中的书记官。过了一阵子,流寇造反,袁将军立了大功。金大用因为参赞军务有功,被授予游

○水寇:横行江河上的强盗,也称水贼。

【名家评点】

相对于话本小说中的各篇长于叙述惊心动魄之故事的同题材作品而言,《庚娘》重在写人,尤其是成功地塑造了庚娘这一光彩照人的形象。尽管作者将其誉为"千古烈丈夫",但是其道德色彩已经不像话本小说所写的女性那么浓重。作者发扬光大了话本小说所谓的"有智妇人,胜过男子"的观念,即篇末"异史氏曰"所强调的:"谁谓女子,遂不可比踪彦云也?"(李桂奎)

设舟拯溺

[说聊斋]

学者陈福民谈《聊斋志异》

小说最令人叫绝，也是艺术成就最高的部分，是他塑造了一大批经典生动的女性形象。像蒲松龄这样，在哲学的高度、在思想认知的高度、在性别意义上，有意识地刻画大量女性形象，而且给予她们极高的评价，这在中国文学史上是没有的。《聊斋》里有大批以狐、鬼面貌出现的青年女性，她们或追求自由的爱情，或反抗恶势力的欺压，或以一种侠肝义胆承担巨大的灾难，表现形式多种多样，但都是特别正面的，这一点非常了不起。

庚娘

击官职,荣归家乡,这时,他才和唐氏成了亲。

过了几天,金大用带上唐氏去南京,准备去给庚娘扫墓。刚过镇江,他打算去登金山。船行到江心,忽然有一条小船划过来。小船中有一老妈妈和一个少妇,金大用惊疑那少妇很像庚娘。小船疾驶而过时,那少妇从窗中偷看金大用,那神情更像庚娘。金大用非常惊疑但又不敢追问,于是急忙呼叫说:"看那群鸭子飞上天了!"那少妇听了,也呼喊说:"馋狗儿想吃猫腥啊!"这是当年闺房内他们夫妻俩开玩笑的话。金大用大惊,回船追近小船仔细一看,真是庚娘。丫头扶庚娘到这边船上,两人相拥痛哭,悲伤的情绪感染了同船所有的人。唐氏以嫡妻①礼拜见庚娘,庚娘惊奇地询问,金大用才仔细地述说了其中的缘由。庚娘拉着唐氏的手说:"同船时一席话,心中常常忘不了,想不到成了一家人。多亏你代我葬了公婆,我应当首先谢你,哪能以这种礼节相见呢?"于是以年龄论,唐氏小庚娘一岁,二人便以姐妹相称,唐氏为妹妹。

原来,庚娘被埋葬以后,不知道过了多长时间,忽然听见一人喊她说:"庚娘,你丈夫没死,还应当重新团圆。"接着,她就如同从梦中醒来一样,用手摸摸四面全是墙壁,这才醒悟自己是死了后被埋葬了。她只觉得闷得慌,也没有什么痛苦。有几个恶少发现庚娘的陪葬物很多很贵重,便挖开坟墓,破开棺木,正要搜括物品,

【名家评点】

《聊斋志异》中的《庚娘》篇被多次改编成京剧、秦腔、河北梆子、川剧、评剧等多个剧种,原因主要有两个:一个是庚娘的性格集卓识、机敏、勇敢、刚烈于一身;另一个是它的故事情节波澜不断、变幻无穷。中国戏曲的传统是演故事。所谓故事性,就是要情节曲折、诡谲。(李希今)

◎嫡妻:正妻;原配妻子。

见庚娘仍然活着，双方都又惊又怕。庚娘害怕他们害自己，哀求说："幸亏你们来，才使我重见天日。头上的首饰，你们全都拿去吧，请你们把我卖到庵①里当尼姑，也可以得几个钱，我也不会把这事告诉别人的。"盗墓的人磕头说："娘子是贞烈女子，神人都敬佩。小人们不过是贫困得没有办法，才干这见不得人的事。只要你不说，我们便感恩了，怎么敢将你卖去做尼姑呢！"庚娘说："这是我自己愿意的事。"另一盗墓的人说："镇江有个耿夫人，一人守寡没有子女，如果见到娘子一定会很高兴。"庚娘谢过他们，自己摘下珠宝首饰，全都给了他们。盗墓人不敢接受，庚娘再三坚持给他们，他们才拜谢收下来。

接着，他们雇了车船，把庚娘送到了耿夫人家，假说是乘船遇风迷路。耿夫人是个大户，守寡一人过日子，见了庚娘非常喜欢，把庚娘当作亲生女儿。刚才是母子二人从金山回来。庚娘把自己的经历讲述了一遍，金大用就乘船去拜见耿夫人，耿夫人像对亲女婿一样款待他，邀金大用到家中，留住了好几天才走。从此两家来往不断。

异史氏说："在重大灾变来临时，苟且的人就可以活，贞烈的人却只能死。活着的人恨得眼眶瞪裂，死去的人让人挥泪悲伤。至于像庚娘一样谈笑不惊，手刃仇人，在千古以来的大丈夫中，恐怕也很难找到与她相匹敌的人啊！谁说女子，就不能同英烈男子并驾齐驱呢？"

①庵：佛教中出家修行的女教徒居住和生活的地方。

【锦言佳句】

至如谈笑不惊，手刃仇雠，千古烈丈夫中，岂多匹俦哉！

发冢全贞

中流完聚

传世彩绘聊斋志异

宫梦弼

柳芳华，保定人，是当地数一数二的财主。他为人慷慨，喜欢交朋友，经常有上百的客人住在他家里。遇到旁人有困难，就是借出一千两银子也毫不吝惜。人们用了他的钱也常常不还。

客人中只有宫梦弼，陕西人，从来没有向他请求过什么。每次来了，总是住上一年。这人谈吐潇洒，柳芳华特别喜欢他，和他共起居的时候也最多。

柳芳华的儿子柳和，那时还很小，叫宫梦弼叔叔，宫梦弼也欢喜同他玩耍。每逢柳和从学校回来，宫梦弼便跟他一同游戏：掘开铺地的砖，把石子当作金子埋下。日子一久，家中五座房子，几乎都埋遍了。大家全笑他孩子气，但是柳和特别愿意和他接近，比对旁的客人亲密得多。

这样过了十多年，柳家渐渐空虚，不能供养°那么多客人，于是客人来得也渐渐少了。但是十几个人通宵谈笑吃喝，还是常事。柳芳华年纪一天比一天大了，家庭的境况也越来越衰落，但他仍然卖田卖地，换些钱来备办酒饭。柳和花钱也很大方，学着他父亲的样子结交了一帮少年朋友，柳芳华也不加禁止。

不久，柳芳华生病死了，家里穷得甚至备不起棺材。宫梦弼便把私蓄拿出来，料理丧事。柳和越发感激他，于是不论大小事情，全委托他办。宫梦弼每次从外面回来，一定带些碎瓦或石子，抛到屋角里去，谁也不懂得他是什么意思。柳和常常对着宫叔发愁，怕穷得没法过日子。宫梦弼说："你还不知道艰苦，且不论现在没有钱，就是给你一千两银子，你也会一下子把它花光了的。男子汉只怕不能自立，何必怕穷？"

一天，宫梦弼告辞回家，柳和含着眼泪要求他早去早来。宫梦弼答应着走了。从此柳和穷得连饭都吃不上，家里的东西眼看也当卖°一空。他天天盼望宫叔回来，好替他筹划一下。但是宫梦弼一去便如黄鹤，杳无音信了。

原先柳芳华活着的时候，曾经为他儿子定过

◎供养：提供生活上所需要的物品、金钱。 ◎当卖：典当和出卖物品。

【名家评点】

这是一则劝善故事，又是一篇讽刺佳作。"劝善惩恶"是古代小说的一种典型模式，也是《聊斋志异》中常见的主题。从思想倾向上看，本篇始终贯穿着一种善有善报、恶有恶报的观念。柳芳华慷慨好施，死后得术士相助，家道终不败落；黄氏不仁不义，夜遭寇劫，夫妻同被炮烙，家产席卷一空。因果明晰，对比强烈。（张振钧）

【锦言佳句】

子不知作苦之难。无论无金；即授汝千金，可立尽也。男子患不自立，何患贫？

一门亲事，女方是无极°黄家，也是一个大户。后来黄老头听说柳家穷了，有意悔婚。柳芳华死后，向他家报丧，黄老头也不来吊慰。当时还以道远不便原谅他。柳和三年孝满，母亲叫他亲自到岳家商量完婚日期，一面也希望黄家照顾他们母子的生活。柳和一到，黄老头听说他的衣服十分破烂，便喝令守门的人不许柳和进去，并传话给他说："回家筹办了一百两银子再来，如果筹不到，从此断绝关系！"柳和听到这话，不禁痛哭。幸而黄家对门的一个刘老太太，很同情他，把他接到家里，款待他吃饭，送给他三百文钱，并安慰他一番，劝他回去。

柳和到家把情形对母亲一说，母亲又气又恨，想不出办法来。后来想到旧日客人中，十有八九是借过他家钱的，叫儿子选择一些富户，前去请求帮助。柳和说："从前和我们交朋友的，原是因为我家有钱。如果我今天还是高车驷马°，便是向他们借一千两银子也不困难。现在倒霉成这种样子，有谁还会记得走从前的恩惠和过去的交情呢？而且当年父亲借给人家钱，也不曾有过契约中保，真是去讨也没有凭据。"但母亲还是要他出去碰碰，柳和只好依了，他奔走了二十多天，一文钱也没有拿到手。只有李四，是个唱戏的，曾经受过柳家的好处，这次听说柳和到处借钱，仗义地送了他一两银子。柳和回到家来，和母亲大哭一场，从此他们便陷入绝望的深渊了。

黄家的女儿已经十五六岁了，听见父亲拒绝了柳和的婚约，不以为然。黄老头要她改嫁，她哭道："柳郎并不是生下来就穷的，如果他现在比先前还要有钱，会有谁想把我从他那里夺走呢？如今只为他穷了就抛弃他，未免不仁不义！"黄老头听了很不高兴，转弯抹角地劝她，女儿始终没有动摇。黄老头夫妻都生气了，一天到晚骂她，她也安然忍受。

事隔不久，黄家夜里遭了盗劫，老夫妻几乎被火烫死，家中的东西也损失一空。转瞬过了三

◎无极：县名，属河北省，在保定以南三百里。◎高车驷马：套着四匹马、车盖很高的车。旧时形容高官显贵的阔绰。

传世彩绘聊斋志异

宫梦弼

【名家评点】

世态炎凉，人情冷暖。有钱的时候，有朋友，有亲家；没钱的时候，没朋友，也没了亲家。柳和贫穷时被岳父驱赶，他一夜暴富，对曾经帮助过自己的刘媪豪爽地报答，对曾经羞辱过自己的岳父母百般羞辱，颠倒的历史被金钱颠倒过来。真是少了什么也不能少了钱！神人宫梦弼的出现体现了作者惩恶扬善的理想。行善的柳家得到善报；嫌贫爱富的黄某家产冰消，受尽女婿的揶揄。作者写世态入木三分。柳和大事张扬报答刘媪的场面，柳女故意摆谱儿接见母亲的场面，柳和当着岳父的面大骂的场面，尤为精彩热闹。（马瑞芳）

《宫梦弼》是作者着力塑造的人物。作者用离奇的情节塑造了一位知恩图报，且身怀奇术的人，并以他作为对照，反衬出当时社会的炎凉。在他的身上，寄寓了作者改变黑暗现实，渴望美好人间的理想。（陈长喜）

年，家境越发困苦了。有个山西商人，听说黄家女儿长得美，愿意以五十两银子作聘礼。黄老头贪财，答应下来，想强迫女儿嫁给他。女儿知道了这项阴谋，便换上破旧的衣服，脸上涂了一些油垢，趁着黑夜逃出家门，沿路乞讨。走了两个月，才到了保定。问明柳和的住址，径自投°上门去。柳和的母亲还以为她是一个女叫花子，便吆喝她走开。黄家女儿呜呜咽咽地说出来历，母亲才拉住她的手流着泪说道："孩子，你怎么会落成这种样子呢？"黄家女儿又伤心地把经过说了一遍，母子二人感动得哭了起来。于是给她盥洗沐浴，立刻便显得容光焕发，眉清目秀。母子二人喜出望外。

但是一家三口，每天只吃一顿饭，日子过得很苦。母亲流着眼泪说："我们母子倒没有什么，可怜这样一个贤惠的媳妇，也跟着我们一起受罪！"黄家女儿笑着安慰她说："媳妇在乞丐群中饱尝了苦味，若同今天一比，真好像从地狱升到了天堂了！"说得母亲也笑了。

一天，黄家女儿走到一间空屋子里，看见满地长着乱草，几乎没有空隙。进入内室，又是尘土厚积，暗角里有一堆东西，用脚一踢，硬邦邦的，拾起来一看，竟是银子。她吃惊地跑去告诉柳和，两人同去验查，原来宫梦弼当年抛在那里的碎瓦石子，全部变成了银子。柳和因此想到小时候曾和宫叔在房间里埋过石子，莫非也都变成银子了？但是那些房屋已经典卖给东邻家，于是连忙备款赎了回来。进去一看，地面上砖块残破的地方，露出了当年埋藏的石子，不免有些失望。但是翻开其他的砖头，里面全是白花花的银子。刹那之间他又成了富翁。从此便赎回田产，雇用了童仆，房屋门户焕然一新，比从前还要华丽。

柳和勉励自己说："我若不能自立，真对不起我的宫叔！"从此发愤读书，三年就中了举。于是他带了一百两银子，到无极去酬谢黄家对门的刘老太太。他穿了一身漂亮衣服，带着十几个青年仆人，都骑着高头大马。刘老太太只有一间屋子，柳和便坐在她的炕上。街上人马喧腾，整

◎投：走向，进入。

【读名著学成语】

去如黄鹤

如同仙人骑着黄鹤一般，飞走之后再没回来。比喻走得无影无踪。蒲松龄《聊斋志异·宫梦弼》："日望宫至，以为经理，而宫灭迹匿影，去如黄鹤矣。"

个县城都轰动了。

黄老头自从女儿逃走以后，山西商人逼他退还聘金，但是银子已经用去将近一半，只好把住宅卖掉，才得清偿，因此穷困的情况不下于当日的柳和。这时听到旧女婿声势煊赫[○]地来了，只有关起门来唉声叹气。

刘老太太买酒备饭，款待柳和。席间竭力称赞黄家女儿的贤惠，只可惜她已经逃走了。要问柳和是否结婚。柳和答道："结过了。"吃完饭，他再三要刘老太太到保定去看看他的新娘子，便扶她上车一同回去。一到家，黄家女儿穿着华丽的衣服出来了，在一群丫鬟簇拥下，宛然像一位仙女。刘老太太一见，大吃一惊。彼此谈起旧事，女子很关心地问起她父母的生活情况。住了几天，柳家待她很优厚，给她做了一些好衣服，把她浑身上下，打扮得焕然一新，然后才送她回去。

刘老太太回家后，马上到黄家去，详细报告了他家女儿的情况，还把女儿惦记他们的意思说了。黄老头夫妇惊奇得不得了。刘老太太劝他们去投奔女儿，黄老头有些难为情，不愿前往。但是终于因为冻饿难堪，万不得已，只好到保定去一趟了。

一到女婿家门口，只见墙垣高大华丽，看门的人瞪着眼睛，整天不给他通报。后来有一个妇人从里面走出，黄老头满脸赔笑，低声下气地向她说出自己的姓名，请求她偷偷地告诉他的女儿。过了一会儿，那妇人走出来，引他到厢房里说："太太很愿意见一见你，只怕老爷知道不方便，正在等候机会。老太爷是几时到的？肚子可饿吗？"黄老头便向她诉了一番苦。那妇人立即取了一壶酒，两碗菜，放在他的面前。又给了他五两银子，对他说道："老爷在房里吃酒，太太怕不能出来了。明天早上，你要早一点离开这里，可不要让老爷知道。"黄老头满口答应着。

清早起来，他急忙收拾行装，准备动身。但一看大门还锁着，走不出去，只好留在门里，坐在破行李卷上等人开门。忽然听见大家嚷着主人出来了。黄老头正要躲避，柳和已经看到他，便

○煊赫：形容名声大、声势盛。

宫梦弼

诧异地问他是什么人，家人都回答不出。柳和怒道："这一定是个坏东西，快把他捆起来，送到衙门里去！"大家诺诺答应，连忙取出短绳，把他绑在树上。黄老头又惭愧又害怕，不知道怎么讲才好。

过了一会儿，昨天晚上那个妇人走了出来，跪在柳和面前说道："这是我的舅舅，昨天很晚才来，所以没来得及禀告老爷。"柳和才吩咐把他释放。那妇人送他出门时对他说道："我忘记叮嘱看门的人，以致发生了误会。太太传话说：如果你们想念她，可以叫老太太扮作卖花的女人，和刘老太太一道来。"

黄老头答应了，一回家就对他老婆说了一遍。老太婆很想念女儿，便把她的意思告诉刘老太太，刘老太太果然陪她来了。一连走过十几道门，才到了女儿住的房间。女儿披着绫罗①的披肩，顶着满头的珠翠，香气扑人，轻轻地娇声一唤，大大小小的丫头老妈子，一齐奔到面前，搬过金躺椅，放上搁腿，一个聪明伶俐的丫头捧上香茶。母女俩各用隐语问候，相对落泪。到了晚上，女儿打扫了一个房间给两位老太太睡，被褥又暖又软，便是从前黄家有钱的时候也不曾享用过。

住了三五天，女儿对母亲照顾得很周到。老太婆常常把女儿拉到没人的地方，哭着忏悔过去的不是。女儿说道："我们母女有什么事不可以说开的？但是你女婿旧恨难消，还是不能让他知道才好。"因此，丈母娘一见柳和进来，总是赶快躲开。

一天，母女二人正对面坐着，柳和突然进来了。一见老太婆便大骂道："哪儿来的这个乡下婆子，胆敢挨着娘子坐在一起！该把她的鬃毛拔光，看她以后还来不来！"刘老太太连忙上前解释说："这是我的亲戚，卖花的王嫂，请你不

①绫罗：泛指丝织品。

【名家评点】

作者这种福善祸淫观念，都是围绕"掘藏发迹"展开描写的。以往小说中所惯见的掘藏发迹故事，地下金银多与主人的福、命相联系，反映出富贵由命思想。而在蒲松龄笔下，"命"是与积德行善还是为非作歹相联系，突出了劝善主题。同时，作者引入宫梦弼这样一个奇人。他埋石成金，掷砾成银，令穷困潦倒中的柳和一夜暴富。给这个劝善故事增添了奇幻的色彩。（张振钧）

要怪罪。"柳和这才向刘老太太拱手道歉，然后又坐下来说道："老妈妈来了好几天了，我很忙，还没工夫同你长谈。我且问你，黄家那两个老畜生还活着吗？"刘老太太答道："都还好，只是穷得过不下去。老爷又有钱又有势，为什么不看在丈人女婿的情分上，照顾他们一下呢？"柳和拍着桌子叫道："当初如果不是老妈妈可怜我，赏我一碗粥吃，哪里还能回得了家？现在一想起这回事，恨不得剥下他们的皮来当垫子睡！还念什么情分呢！"他说到气头上，不断跺着脚辱骂。

他妻子生了气，说道："他们不论怎么不好，总是我的爹娘。当初我不辞辛苦远道而来，手上的皮起了皱，脚指头也全磨出血来，自己想想没有什么对不住你。你怎么对着女儿骂起父母来，未免过于使人难堪！"柳和这才忍着怒气走了出去。

黄老太婆又羞愧，又懊恼，觉得太失面子，马上就要告辞回家。女儿偷偷取出二十两银子，送给她。回去以后，就断绝了音信。女儿很思念爹娘，柳和派人把他们接来。

老两口一到，觉得很难为情。柳和向他们谢罪说："去年承蒙你们光临舍下，又不明白告诉我，因此我多有冒犯！"黄老头只是唯唯诺诺地点头。

柳和替他们换了一身新衣装，留他们住了一个多月。黄老头心里终觉不安，几次要求回去。临走，柳和送了他一百两银子，说："当年山西商人只出了五十两聘礼，如今我加倍给你！"

黄老头羞得满头流汗地接了银子，柳和就用车马把他们送回家去。他们靠了女婿的帮助，晚年的生活过得还很宽裕。

◎舍下：谦称自己的家。

【锦言佳句】

嘤咛一声，大小婢媪，奔入满侧，移金椅床，置双夹膝。

番僧

体空和尚说，在青州，曾见两个外国和尚，相貌长得很古怪，他们的耳朵上戴着双环，身上披着黄布，头发和胡须像羊角一般卷曲着。他们自己说是从西域来的，听说青州府的太守很敬佛，特来拜见。太守派了两个差役送他们到和尚的住处。有个叫灵辔的和尚，对他们不怎么礼貌。但管事的见他俩不同寻常，就自己设宴款待他们，并留他们住下。有人问他俩："西方有很多能人，师傅您也有奇妙的法术吗？"其中一个西域和尚笑了笑，从袖中伸出手来，掌中托着一个小塔，高不过一尺，玲珑可爱。这房子墙壁上的最高处，有个小龛◦，那和尚将小塔扔到其中去，小塔稳当端正地立在小龛的正中间，没有偏倚。只见小塔上还有舍利子放着光芒，照耀满屋。稍过一会儿，和尚又抬手向小塔招手，小塔仍然落在他的掌中。另一个西域和尚露着臂膀，一伸左臂，可延长达六七尺，而右臂就缩得不见了；再伸右臂，也与刚才伸左臂一样。

◎龛：供奉神、佛像或祖先牌位的石室或橱柜。

【名家评点】

《番僧》篇记录了曾到访青州法庆寺之藏传佛教僧人的样貌，并言"和尚灵辔，不甚礼之"。此处之灵辔和尚文中着墨虽少，却是清朝初年名动齐鲁的高僧，不仅师出名门，德识高卓，也是一位著名的诗僧，交游广泛，与王士禛、蒲松龄、李焕章等山左名士皆深相交契，诗文唱和酬答。蒲松龄与佛教有着深厚的渊源，佛教的思想精神、寺院、僧人的描写等在其作品中所占篇幅甚大。这些僧人不仅是当时山东地区佛门耆宿，也是社会名流，同时是山左诗文圈的重要成员，与世俗社会的关系也值得深加探究。（高强）

【锦言佳句】

壁上最高处,有小龛,僧掷苓其中,蠢然端正,无少偏倚。

西域异人

传世彩绘聊斋志异

雷曹

乐云鹤、夏平子，两人从小住在一起，长大后又在同一学塾里读书，关系一直很好，志趣相投。夏平子自幼就很聪明，十岁的时候就在当地小有名气。乐云鹤虚心向他学习，夏平子总是不知疲倦地帮助他。这样，乐云鹤一天天地进步，文章也写得很有文采，从此和夏平子齐名。

可是，乐云鹤在科举考试中屡试不中，落拓失意，每次考试成绩都是名落孙山。不幸的是，夏平子染上重病死了，他的家里很贫寒，没有能力办理后事，乐云鹤主动帮助料理。夏平子死后，留下了尚在襁褓◦中的幼子和遗孀，乐云鹤经常帮衬体恤◦夏家，每次得到一点点收入，都要分为两份，夏妻才得以生活下去。于是，人们对于乐云鹤的为人更加敬重。乐云鹤的家产也并不多，加上又要接济夏家，所以生活一天不如一天。乐云鹤不由得叹息道："夏平子有这么好的文采也是碌碌无为，贫穷没落，何况我呢？人生富贵必须在青壮年时及早地去谋取，像现在这样整年地忧虑担心，恐怕最终比富人家的狗马都要先死了，还没有脱离贫贱，辜负了这一生啊，不如早些想办法改变现状。"于是，乐云鹤放弃了读书，改做商人。他经商半年，发了些小财，家里的日子逐渐好了起来。

有一天，乐云鹤在金陵城一家旅店里休息，看见一个身材高大的人，全身的筋骨隆起，魂不守舍地坐在旁边，愁容满面，脸色很不好。乐云鹤问他："想吃东西吗？"那人也不说话。乐云鹤便将饭食推送到他面前，请他吃。那人显然很饥饿，就用手抓着吃，不一会儿就将饭食吃得精光。乐云鹤见他还没吃饱，便又要了两人份的食物，那人又全部吃光了。于是，乐云鹤叫店主人拿来猪肘子，外加一盘蒸饼，足足有几个人的食物，那人又吃得干干净净。这样那人才吃饱了，向乐云鹤表示感谢，他说："已有三年多没有这样吃饱过。"乐云鹤问他："你本身是一名壮士，为什么落到饭也吃不饱的地步？"那人说："我有罪而遭到上天的惩罚，不能向别人说。"乐云鹤问他住什么地方，那人回答说："我在陆地上没有屋舍，水面上没有舟楫，早晨在这个村，晚上在那个镇。"乐云鹤整理好自己的行装打算赶路，那人就紧跟着他，恋恋不舍地不肯离去。乐云鹤于是请他走开，那人告诉乐云鹤说："你有

◦襁褓：包裹婴儿用的被子和带子。 ◦体恤：为人着想，给以同情、照顾。

【名家评点】

乐生"遂与共济"——这"共济"包含一份相赏的友谊在其间，象征文士或壮士（贾人或神人）不同类型人物的融通契合。我们若将乐生与壮士的关系和"苗生"一则中龚生与苗生的关系互相比较，将会发现前者交融，后者相斥，两者迥异。其关键在于乐生毫无士庶观念。乐生以为生命不可辜负，而角色则不必拘执，但求角色适切能得生命和谐，以免"戚戚终岁，先狗马填沟壑"。（董挽华）

【读名著学成语】

一饭之德

比喻微小的恩德。清·蒲松龄《聊斋志异·雷曹》：

"君有大难，吾不忍忘一饭之德。"

大难，我不忍心忘记你给我的一餐饱饭的恩德，我要帮助你。"乐云鹤感到非常奇异，于是与他一同上路。在旅途中，乐云鹤拉着请他一起吃饭，那人却不肯再吃，推辞说："我一年当中只吃几顿饭。"乐云鹤感到更加奇怪了。

第二天，乐云鹤同他乘船过江时，忽然起了大风大浪，商船经不住风浪翻了，乐云鹤和那人都掉进江水里。过了一会儿，风停了，浪也平息了，那人背着乐云鹤冲出水面，踏浪而行，登上了一艘客船，随后他又踏浪离开。

不一会儿，他拖来了一条船，扶着乐云鹤进入船中，嘱咐乐云鹤在船上躺着休息等候，他自己再次跳进江中，用双臂把刚才落入江水里的货物抱上来，将它们丢到船上，然后又钻入江水里。就这样，他一会儿钻入水里，一会儿浮出水面，往返数次，把所有落水的货物都捞了上来，装满了一船。乐云鹤感激不尽，对那人说："你刚才救了我的性命，这已经足够了，怎么能奢望将我的货物都捞回来啊！"乐云鹤检查自己的货物，发现没有一点遗失，更加高兴起来，觉得那人是一位天神般的人物。当一切收拾妥当以后，乐云鹤准备启程，那人却要告辞，乐云鹤苦苦挽留，那人最后才同意一起航行。乐云鹤笑着说："这真是一次大灾难啊，所幸的是，我只丢了一只金簪而已。"那人听到乐云鹤的话，又要去寻找，乐还没来得及阻止，他已跳入水中，立马看不到影子。乐云鹤惊呆了，半天说不出话来，忽然，那人笑着从江水里冲上来，把金簪递给了乐云鹤，说："幸不辱命。"江面上的所有人没有哪个不感到惊奇。

乐云鹤带着那人回到家中，吃住都在一起，那人每隔几天才吃一顿饭，不吃则已，一吃就要吃好多食物。一天，那人又说要辞别离开，乐云鹤态度坚决地挽留。碰巧的是，那天天色晦暗，乌云密布，雷声滚滚。乐云鹤说："云朵里面不知道会是什么样子啊？雷又是什么东西呢？要是能到天上去看看，这些疑问就可以解开了。"那人笑着说："你真的想到云里去游玩吗？"过了一会儿，乐云鹤感到身体有些疲乏，便伏在案榻上迷迷糊糊地睡着了。醒来之后，觉得身子摇摇晃晃，不像在床上，待他睁开眼睛，就看到自己身处云气之中，周围的云朵像一团团白色的

◎晦暗：昏暗；阴沉。

雷曹

棉絮。

乐云鹤惊异地站起身来，感到一阵阵眩晕，好似坐在船上一般，用脚踩了踩，非常柔软，没有脚踏实地的感觉。他抬头看星斗，星斗近在眼前。乐云鹤怀疑自己是在梦中。他睁大眼睛仔细观察，发现星星镶嵌在天上就像成熟的莲子嵌在莲蓬里一样，大的像瓮，中等的像坛子，小的像杯子。他用手去摇，大星星十分沉稳掰也掰不动，小星星却可以摇动，好像可以摘下来。于是，乐云鹤就摘下了一颗小星星，藏在衣袖里。他拨开云朵向下面一看，只见银河茫茫，地上的城市像豆粒一般大小。乐云鹤吓出一身冷汗，心底默念着：假如失足掉下去，岂不死无葬身之地？他正在思量担心时，看见两条龙伸缩自如地驾着一辆彩车款款而来，龙尾一甩，像甩牛鞭一样霍然作响。龙车上有个大容器，方圆有几丈长，里面装满了水。有几十个人从中舀水，不停地往云里洒。

他们突然发现了乐云鹤，都很奇怪。乐云鹤仔细看那些人，发现那位跟自己相处过的壮士也在里面，那人跟众人说："这位是我的好朋友。"说着，那人递过一个舀水的器具给乐云鹤，叫乐云鹤也跟着一起洒水。

这时地上正遇大旱，乐云鹤接过器具后，拨开云，望着自己的故乡，尽情地洒水。过了一会儿，那人对乐云鹤说："我本是雷神◦，从前因为下错了雨水，被罚到人间三年。今天期限已满，我们只好从此分别了。"接着，他将驾车用的万丈长绳丢到乐云鹤的跟前，叫乐云鹤抓住绳子头端，他要用绳子将乐云鹤从天上放下去。乐云鹤感觉这样很危险，可那位神人却笑着对他说："没有事的，莫担心。"乐云鹤忐忑不安地按照那人的吩咐去做，很短的时间，他就落到了地面上。一看，自己正好站在村外，帮他落地的绳子慢慢地收回云中，消失不见了。当时干旱了很长时间，

◎雷神：神话中主管打雷的神。俗称雷公。

【名家评点】

《雷曹》是善有善报的故事。乐云鹤为人善良，对亡友夏平子遗属深切关怀，对偶然相遇的饥饿陌生人施以饭菜，都不指望报答。但他却得到厚报，进入天空看到雷曹行雨，从天上带下的小星成了光宗耀祖的儿子。雷曹感一饭之德，报答良友，乃文章要害，也是小说结构主线。乐云鹤云中行走，是古代小说前所未有的创造，天上美景与凡人心思结合得天衣无缝。（马瑞芳）

十里之外的地方仅下一指的雨水，唯独乐云鹤家乡的河里渠里都涨满了水。

乐云鹤回到家里，朝袖子里一摸，在天上摘的那颗星星还在。他将星星拿出来放在桌子上，看到这颗小星星是黑黑的，硬硬的，像一块石头，到了夜里，就大放光明，将房间四壁照得通亮。乐云鹤更加将星星当作宝贝，珍重地把它收藏起来。每次来了贵客，他才肯拿出来照着饮酒。正眼注视这颗星星，就会发现一道道光芒十分刺目晃眼。

有一天夜晚，乐云鹤的妻子对着这颗小星星梳理头发，忽见星光渐渐缩小，到后来像个萤火虫一样，在空中流动乱飞。乐云鹤的妻子正感到奇怪和诧异，那星星已钻进她的嘴里，怎么咳也咳不出来，竟然咽到肚子里去了。她惊恐不安，赶忙跑去告诉乐云鹤，乐云鹤也觉得这件事很奇怪。睡下后，乐云鹤梦见夏平子来了，并对他说：

"我是少微星。因为我的父亲有一次过错，所以减少了我的寿数，让我年轻下就死了。从前你对我的恩惠，我永远不会忘记。又承蒙你从上天把我带到地上，这正用你我的缘分深啊。现在我愿意做你的孩子，以报答你的大恩大德。"乐云鹤已经三十岁了，但还没有儿子，这个梦让他非常高兴。不久，他的妻子果真怀孕了，分娩时，满屋光亮，如同星星放在案几上时的景象一样，因此乐云鹤夫妇便将孩子取名为"星儿"。星儿非常聪明、机灵，一六岁就考中了进士。

异史氏说："乐云鹤的文章名重一时，忽然发觉上天并没有把他安排在文章上这条道路上，于是轻易地放弃了文墨生涯，这和班超投笔从戎°又有什么差异呢？至于言青感念一饭的恩德，少微星酬谢好友知遇之恩，哪里是神人用私心来报答恩情呢？这是造物公然报答贤士豪杰啊！"

【锦言佳句】银河苍茫，城郭如豆。

◎寿数：命中注定的岁数。◎投笔从戎：意思是扔掉笔去参加军队。文人弃文从军。出自《吾汉书·班超传》。

传世彩绘聊斋志异

翩翩

罗子浮,邠州①人,父母很早就去世了,八九岁时,被叔叔罗大业收养。罗大业任国子监②祭酒③,富有家产,但没儿子,他疼爱罗子浮就像疼爱亲生孩子一样。罗子浮十四岁时,被坏人引诱去嫖妓宿娼。当时有个从金陵来的妓女,侨居本郡,罗子浮很喜欢她,被她迷住了。这妓女返回金陵,罗子浮跟着她,偷偷地跑了去。他在妓女家里住了半年,钱财都花光了,妓女们都讥笑他,但还没有立即赶他走。不久,罗子浮身上长满了梅毒疮,溃烂发臭,将床席都弄脏了,于是被妓女们驱赶了出来。他在街市上做乞丐讨饭,街上的人们见了他都远远地躲着。罗子浮害怕死在异地他乡,便一路讨着饭往西走,每天走三四十里,渐渐到了邠州地界。又想到自己衣衫破烂,脓疮污秽,没脸回家,依旧在临近县里徘徊。

一天傍晚,罗子浮想去山中寺庙投宿,在半路上遇到一个女子,那女子容貌十分美丽,跟天仙一样。女子走近他,问:"你去哪里?"罗子浮据实相告。女子说:"我是出家人,住在山洞里,你可以去留宿,还能躲避虎狼。"罗子浮很高兴,跟着女子一起走了。进入深山中,就看见有一座洞府,走进洞府,门前横淌着一条小溪,

【名家评点】

《翩翩》叙述了浮浪子弟罗子浮得以进入仙境,并与仙女翩翩结为夫妻,生活十五年,而后带着儿子儿媳回归凡尘的故事。小说所叙罗子浮出入仙境的结构框架和南朝《幽明录》里所载刘晨、阮肇入天台山采药遇到两个仙女流连缱绻的结构框架极相仿。不过,无论是在仙境叙述的迷人效果方面,还是人物塑造的鲜活度上,都是后来者居上。(李桂奎)

虽然与《聊斋志异》中的其他小说一样,这篇小说也主要用典雅的文言写成,但在叙述花城娘子至翩翩住处串门儿对话时,它极力模拟了江南地区的"吴侬软语"。既使得整个故事洋溢着浓浓的生活气息,又使故事中人物的精神面貌活灵活现。(李桂奎)

◎邠州:州名。治所在新平(今彬县),辖境相当于今陕西彬县、长武县、旬邑县、永寿县四县地。◎国子监:元、明、清三代,国家设立的最高学府和教育行政管理机构,又称"太学"或"国学"。◎祭酒:古代官职,意为首席、主管。

【读名著学成语】

床头金尽

旧时形容钱财用尽；陷入贫困的境地。蒲松龄《聊斋志异·翩翩》："娼返金陵，生窃从遁去，居娼半年，床头金尽，大为姊妹行齿冷，然犹来遽绝之。"

溪上架着根长条石作桥。过桥几步，有两间石室，石室内一片光明，无须点灯。女子让罗子浮脱下破衣，到溪水中洗个澡，她说："用溪水洗一洗，你身上的疮就会好的。"又拉开帷帐，扫扫被褥，催促罗子浮去睡，说："快睡吧，我要给你做件衣服。"于是，她取来一些像芭蕉的大叶子，裁剪好后缝制起来，罗子浮躺在床上看着。女子做了不一会儿，衣服便缝好了，她将衣服折叠整齐，放到床头上，说："明早穿上吧！"说完，便在对面床上睡了。罗子浮洗了澡后，觉得身上的疮不疼了，醒过来一摸，已结了厚厚的疮痂。到第二天早晨要起床时，罗子浮怀疑芭蕉叶做的衣服没法穿，他取过来一看，却是绿色的锦缎，光滑异常。过了一会儿，女子准备早饭，只见她取过一些山叶来，说是饼，一吃，果然是饼，又把叶子剪成鸡、鱼进行烹调，做好后都和真的一样。石室内的角落里有个小瓮，盛着好酒，女子一次次取来饮，瓮里的酒减少了，就再用溪水灌满。过了几天，罗子浮身上的疮痂都脱落了，就到女子床上要求同宿。女子说："轻薄东西！刚能安身，就要妄想！"罗子浮说："聊以①报答您的大恩大德！"于是二人一起睡了，欢爱非常。

◎聊以：姑且应付搪塞，算是尽责。

传世彩绘聊斋志异

翩翩

一天，有个少妇笑着走进来，说："翩翩小鬼头◎快活死了！薛姑子的好梦，几时做成的？"翩翩迎上去笑着说："原来是花城娘子！你贵足很久不踏贱地了，今天西南风紧，把你吹送来了。抱了儿子没有？"少妇回答说："又是个丫头！"翩翩笑着说："花娘子真是个瓦窑啊！孩子带来了吗？"少妇说："刚才哄好了，已睡下了！"于是一齐落座，翩翩设宴款待。少妇又看着罗子浮说："小郎君烧了好香了！"罗子浮见她有二十三四岁年纪，容貌依旧很漂亮，心里很喜欢她。剥果子时误落到桌子底下，罗子浮俯身假装捡拾果子，偷偷地捏她的脚。花城看着别处笑着，像是不知道。罗子浮正在神魂颠倒，忽然觉得身上的衣服顿时不暖和了，低头一看，衣服全变成了秋天的树叶，吓得他差点闭过气去。他急忙收回邪念，端坐了一会儿，身上的衣服才又渐渐变成了原来的样子。他心里暗自庆幸两个女子都没看见。过了一会儿，罗子浮给花城劝酒时，又用手指去搔她的掌心。花城坦然地说笑着，一点也没知觉。罗子浮心神不安时，衣服又变成了叶子，过了一阵子才变回来。他只得羞愧地打消了杂念，再不敢妄想了。花城笑着说："你家小郎君太不正经，如不是醋葫芦娘子，恐怕他早跳到云间里去了！"翩翩也讥笑说："轻薄东西！就该活活冻死！"两人拍掌大笑起来。花城离席说："小丫头醒来，恐怕把肠子都哭断了。"翩翩也起身说："贪图勾引人家的男人，就不记得小江城哭得要死了。"花城离去后，罗子浮害怕被翩翩讥笑谴责，但翩翩仍和平常一样对待他。住了不久，节令◎已到深秋，寒风阵阵，霜叶降落。翩翩捡拾落叶，储藏起来准备过冬。罗子浮冻得瑟缩发抖，她便拿个包袱，到洞口抓白云，絮成棉衣，罗子浮一穿上，感觉温暖得像真棉衣一样，而且非常轻快，像新棉衣。

【名家评点】

《聊斋志异》就擅长写各种各样的小儿女们的琐细絮语，似乎越是琐细，作者越有兴趣，也写得越好。（聂绀弩）

蒲松龄在文言中吸收了宋元以来白话小说活泼泼的写实与模仿能力，用古文来写民间日常生活的细微场景和琐碎对话，极大地丰富了古文的表现力。如《翩翩》中描写翩翩和花城娘子的对话，来者祝贺翩翩的新婚之喜，翩翩问新儿的性别，一边问候一边打趣，笑语欢声连成一片。因为古代把生女儿称为"弄瓦之喜"，所以翩翩调侃连生女儿的朋友是座"瓦窑"。既文雅又流畅生动如口语，就是蒲松龄文言小说的语言成就。（王昕、王妍）

◎小鬼头：对年轻人的爱称。 ◎节令：节气时令的意思，某个节气的气候和物候。

叶衣示警

[锦言佳句]

入深山中,见一洞府,入则门横溪水,石梁驾之,又数武,有石室二,充明彻照,无须灯烛。秋老风寒,霜零木脱。我有佳儿,不羡贵官。我有佳妇,不羡绮纨。今夕聚首,皆当喜欢。为君行酒,劝君加餐。

传世彩绘聊斋志异

翩翩

过了一年,翩翩生了个儿子,非常伶俐漂亮,夫妇俩天天在洞里逗弄婴儿取乐。但他常常想起家乡,便恳求翩翩一同回去。翩翩说:"我不能跟你去。要不,你自己走吧。"又过了两三年,儿子渐渐长大了,就和花城结成了亲家。罗子浮常常担心叔叔老了,没人照顾。翩翩说:"叔叔固然已经高龄,但庆幸的是身体比较强健,用不着你挂念。等保儿结婚后,是走是留,全凭你。"翩翩在洞中,总是拿树叶写上字,教儿子读书,儿子一看就明白了。翩翩说:"这孩子生就福相,让他到人世上去,不愁做不到高官。"又过了些年,儿子已十四岁,花城亲自把女儿送了来。翩翩见那江城姑娘衣着华美,容光照人,与罗子浮都非常高兴。合家欢聚,设宴庆贺。翩翩敲着头钗,唱道:"我有佳儿,不羡贵官。我有佳妇,不羡绮纨。今夕聚首,皆当喜欢。为君行酒,劝君加餐。"酒后,花城离去。翩翩夫妇让儿、媳妇住对屋。新媳妇很孝敬,依恋在翩翩膝下,就像亲生女儿一样。罗子浮又说要回去。翩翩说:"你有俗骨,终究不是成仙的料。儿子也是富贵中人,你可以带了去,我不耽误他的前程。"新媳妇正想回家跟母亲告别,花城已经来了。儿女恋恋不舍,热泪盈眶。翩翩和花城都安慰说:"暂时离去,以后还可以再回来。"翩翩便把树叶剪成毛驴,三人骑上毛驴往回走。

罗大业此时已告老还乡,他以为侄子早已死了,忽然看见罗子浮带着英俊的儿子和漂亮的儿媳回来,罗大业欢喜得像得到了宝贝。罗子浮三人进入家门,分别看到自己的衣服都变成了芭蕉叶,扯破后,里面的棉絮像蒸汽一样四散了。于是三人重新换了衣服。后来,罗子浮想念翩翩,带着儿子回去探望,只见黄叶铺满了小路,前往洞口的路已经迷失了,再也找不到,只得流着泪返了回来。

异史氏说:"翩翩、花城,大概都是仙女吧?以叶子为食物,以云为衣服,是多么奇怪的事啊!然而,闺房欢笑,相爱生子,又与人间有什么区别呢?在山里头的十五年,虽然没有年代久远的人事变迁和世事沧桑,然而白云掩藏了洞口,没有踪迹可以寻找,看到这种情状,真像汉代刘晨、阮肇回船重寻天台仙女时的情形啊!"

◎绮纨:华丽的丝织品。亦指绮纨所制之衣。犹纨绔,指富贵之家或其子弟,含贬义。

【名家评点】

《翩翩》一篇,应该说是《聊斋志异》五百篇中想象最美的一篇。(徐君慧)

罗子浮本是个浪荡子,与翩翩结合后,两人一直生活得非常和美,可是在翩翩的女友前来拜访的时候,罗子浮居然又色心涌动起来。这个时候,最滑稽的场面出现了,他身上的衣服随着他的念头,时而变成秋叶,时而变成袍裤,弄得他狼狈不堪。衣服随着他意识的变化而变化!从这里可以看出,贞节意识不仅是赋予女性的,同时也是赋予男性的。在这里,所谓的贞节已经不再是两性肉体关系上的专一,而是感情的专一,是感情上的心无旁骛。(宋记远)

【读名著学成语】

归老林下

回到幽雅处所，度过晚年。清·蒲松龄《聊斋志异·翩翩》："大业已归老林下，意侄已死，忽携佳孙美妇归，喜如获宝。"

剪蕉送别

青梅

南京有个姓程的书生,性情磊落,心胸坦荡,不受礼俗约束。一天,他从外面回来,解开衣服的束带时,觉得衣带末端很沉重,像有东西往下坠,他看了看,并没有发现什么。在他转身之间,有个女子从衣服后面走出来,用手梳理着秀发向他微笑,美丽极了。程生怀疑她是个鬼,那女子说:"妾不是鬼,是狐。"程生说:"倘若能得到美人,就是鬼也不可怕,更何况是狐呢!"于是,他就和她亲热起来。过了两年,他们生了一个女儿,取小名叫青梅。狐女经常对程生说:"你不要再娶妻子了,我会为你生个儿子的。"程生相信了狐女的话,就不再娶妻,但亲戚朋友们都讽刺讥笑他。程生最后动摇了,改变了主意,聘了湖东的王氏为妻。狐女听说后,非常恼怒,抱起女儿喂完奶,抛给程生说:"这是你家的赔钱货,愿意养她或杀她全由你,我何必代人做奶妈呢!"说完出门径直离去了。

青梅慢慢长大,她非常聪明,长得美好秀丽,相貌酷似她的母亲。不久,程生生病死了,王氏改嫁离开。青梅就寄养°在堂叔°家里。她的堂叔行为放纵,没有德行,竟然想把青梅卖掉,得钱自用。恰好有个王进士,正在家中候选官职,他听说青梅很聪明,便出大价钱将她买来,让她给自己的女儿阿喜当侍女。阿喜十四岁年纪,容貌美丽绝顶,她见了青梅非常高兴,就和她同住在一起。而青梅也善于侍奉人,聪明伶俐,会看眉眼行事,因此王家的人都喜爱她。

城里有个姓张的书生,字介受,家境贫穷,没有财产,租赁了王进士的房子居住。张生非常孝顺,遵守礼仪,品行端正,又勤奋好学。青梅偶然有事来到张家,看见张生坐在石头上吃米糠粥,她走进屋里和张母说话时,却见桌子上摆着味美的猪蹄。当时,张父正卧病在床,张生进屋抱着父亲去小便,便液沾脏了张生的衣服,如果他父亲看见这种情况,一定会自怨自艾。所以张生赶紧掩盖着脏处,急急忙忙地走出屋了,自己去洗干净,唯恐让他父亲知道。青梅看了大为惊奇,回来后就对阿喜讲述了在张家见到的情形,并说:"咱家的房客,是个不同寻常的人。您若不想得好夫君便罢,如果想得好夫君,张生就是理想的人啊。"阿喜恐怕父亲嫌张生贫穷。青梅说:"不见得,这事全在您自己。假如您认为合适的话,我可以偷偷地告诉张生,让他家请媒人来提亲。到时候老夫人一定会召唤您去商量这事,只要您答应说'同意',那么事情就好办了。"阿喜怕跟了张生一辈子受贫让世人耻笑。

◎寄养:把孩子托付给他人抚养。◎堂叔:父亲的堂弟称为"堂叔"。

【名家评点】

整个小说叙事包含着人物的悲欢离合、命运逆转,并带来整篇小说情节的跌宕起伏。地位低下的青梅靠着机智聪明,慧眼识穷途,通过自己的苦心经营,将自己的命运逆转为高贵;而阿喜却因为父母目中无人、嫌贫爱富,而被步步推向火坑。作者通过这番颠颠倒倒、大起大落的故事叙述,传达了贫富无常的人生真谛。(李桂奎)

【锦言佳句】

贫富命也。倘命之厚则贫无几时,而不贫者无穷期矣。或命之薄,彼锦绣王孙,其无立锥者岂少哉?

见贤誓嫁

青梅

青梅说:"我自以为能为天下士人看相,一定不会出错的。"

第二天,青梅把促成张生与阿喜婚事的打算告诉了张生的母亲,张母大惊失色,说青梅说的话有悖常情,不吉利。青梅说:"我家小姐听说公子人品好,赞美他德才兼备,我是因为摸透了她的心思才来这样说的。您请媒人去提亲,我和小姐两人从中帮助,估计王家老爷和夫人能够应允。即使他们不同意,对公子来说能有什么辱没◦的吗?"张母说:"行。"于是托卖花的侯氏前去做媒。王夫人听说就笑了,并把这事告诉了丈夫,王进士听后也大笑起来。他们把女儿叫到面前,说明了侯氏的来意。阿喜还没来得及回答,青梅急忙夸赞张生贤能,并断言他日后必定富贵。夫人又问女儿:"这可是你的百年大事。假如你愿意吃糠咽菜,就为你答应这门亲事。"阿喜低头沉思了好一会儿,看着墙壁回答说:"贫穷或富贵都是命。倘若命厚,就是贫也贫不了几天;而命中注定不贫,那就更不会有多少穷日子了。假如命薄,就是那些富贵子弟,后来穷得无立锥之地的难道还少吗?这事全在父母做主。"最初,王进士叫女儿来商量,是想拿这事来寻开心,博一笑,现在听完女儿的话,心里很不高兴,说:"你真想嫁给张家吗?"女儿没回答,再问,还是不回答。王进士非常气愤地说:"贱骨头的东西,不知道长进!想提着讨饭筐当叫花子的媳妇,岂不羞辱致死!"女儿被骂得涨红着脸透不过气来,含着眼泪退下去了,媒人见势不妙,也跑了。

青梅看到小姐的事没有顺利办成,便想着为自己打算。过了几天,她在夜晚到张生家里去见张生,张生正在读书,见她来,非常震惊,便问她来干什么,她说话吞吞吐吐。张生很严肃地让她离开,青梅哭着说:"我是好人家的女儿,并不是来私奔的,只是因为你贤德,所以我才自愿托付终身。"张生说:"您爱我,认为我贤德。但现在昏天黑夜里来往,是洁身自爱的人都不愿做的事,而所谓贤德的人能去做吗?就是起初不正当的行为,即使最终能成就好事,君子还是说不可以的,更何况这明显是不可能成就的事,这样以后你我怎么做人呢?"青梅说:"万一能成的话,你愿意收留我吗?"张生说:"能得到您这样的人就非常满足了,还要求什么呢?但是眼下有三件难事不知怎么办,因此不敢轻易答应。"青梅问:"什么难事?"张生回答:"您不能自己做主,是一件难事;即使您能自己做主,若我父母不乐意,又是一件难事;就算我父母乐意,而您的身价必

【名家评点】

蒲松龄对青梅形象的塑造,不同于其之前作品中对花妖鬼狐的描摹。"人狐混血"的青梅可以说集具了人性的真善美:美丽的样貌,善良的内心,过人的胆识。(李丽霞)

◎辱没:使不光彩,使失去尊严。

【读名著学成语】

瓜李之嫌

瓜李：瓜田李下。比喻处在嫌疑的地位。清·蒲松龄《聊斋志异·青梅》："不能自主，则不可如何；即能自主，我父母不乐，则不可如何；即乐之，而卿之身直必重，我贫不能措，则尤不可如何。卿速退，瓜李之嫌可畏也。"

定很高，我家贫筹措[◎]不到应付的钱，是最难的事。您赶紧走吧，瓜田李下[◎]的嫌疑是令人可畏的！"青梅只好回去，临走又嘱咐说："您若有意，求您和我共同想办法来促成。"张生答应了她。

青梅回来后，阿喜追问她到哪里去了，她就跪下主动承认去过张家。阿喜非常生气，以为青梅私奔，要用家法责打。青梅哭着说自己没干见不得人的事，于是把实情告诉了她。阿喜赞叹道："不私自结合，是礼；一定禀告父母，是孝；不轻易许诺，是信。有这三德，老天必定会保佑他的，张生不用再担忧自己贫困了。"随后又说："你打算怎么办？"青梅回答说："我要嫁给他。"阿喜笑着说："傻丫头，你能自己做得了主吗？"青梅说："若不成，那我就去死。"阿喜说："我一定满足你的愿望。"青梅便叩头感谢她。

又过了好几天，青梅对阿喜说："您以前说的是玩笑话呢，还是真的想发慈悲呢？如果当真的话，我还有些难言的隐情，再求您同情帮助。"阿喜问是什么事，青梅回答道："张生拿不出订婚的聘礼，我又没有能力为自己赎身，如果非要原来身价的话，即使同意将我嫁给他，实际上还是等同于不同意。"阿喜沉吟着说："这不是我能办到的事啊。我说把你嫁给他，恐怕不太合适，而且我说一定不要你赎身的钱，这是父母绝不会应允的，也是我不敢说的。"青梅听了，难过地流下眼泪，只是求阿喜能同情帮助她，阿喜沉思了好一阵，说："实在没有其他办法，我自己积攒了一些钱，全部给你用吧。"青梅拜谢了阿喜，并把这事偷偷地告诉了张生。张母知道了非常高兴，多方求借，凑齐了身价钱，收藏起来等着听好消息。正巧王进士被选任山西曲沃知县，阿喜趁这个机会对母亲说："青梅年龄也不小了，咱们又要随父亲上任，不如送她走了吧。"母亲本来就认为青梅过于聪明伶俐，害怕她引导阿喜不走正路，多次想把她嫁出去，就怕女儿不乐意，现在听女儿这么说，心里非常高兴。过了两天，有个用人对妻子来说了张家想娶青梅的意思，王进士笑着说："这家人也只配找个丫鬟做媳妇，他们前次的做法简直也太荒唐了！不过要把青梅卖给富贵人家做妾的话，价钱还能比过去高一倍。"阿喜赶过去说："青梅侍奉我这么长时间，把她卖给人家做妾我不忍心了。"王进士于是传话给张家，仍然按原来的身价付钱，还了卖身契，把青梅嫁给了张生。

青梅嫁到张家后，孝敬公婆，尽心周到，做得比张生还好些，而在操持家务方面更是勤快，

◎筹措：设法搞到款项等。 ◎瓜田李下：比喻容易引起嫌疑的场所或情况。

青梅

糠秕当饭也不觉得苦，因此全家人都非常喜欢和敬重她。青梅又以刺绣为业，她绣出的东西卖得很快，商贩们等候在张家门前抢购，唯恐得不到手。用刺绣换来的钱多少可以应付穷日子。她还劝张生不要光顾家而耽误了读书，家里的事情全由她自己承担起来。因为主人就要上任了，青梅便去与阿喜道别。阿喜见到她，哭着说："你得到了好的归宿，我实在不如你。"青梅说："我知道这是谁赐给我的，怎敢忘了呢？不过您认为不如我，恐怕要折我的寿了。"于是，两人哭着依依不舍地分别了。

王进士一家到了山西任上，过了半年，夫人就死了，将灵柩停放在寺庙中。又过了两年，王进士的知县官职因为行贿罪被免职，罚交赎罪的银两数以万计，因而家道渐渐贫困至不能自给，随从们也都四下逃散。这时，瘟疫°流行，王进士感染疾病也死了，仅剩下一个年老的女佣跟随着阿喜，没过多久，那个女佣也死了，阿喜只身孤苦伶仃°，日子越发难过。有个邻居老太婆来劝阿喜出嫁，阿喜说："谁能为我埋葬父母双亲，我就嫁给谁。"老太婆很同情她，送给她一斗米就走了。半月后，老太婆又回来对阿喜说："我为你费了很大的劲，事情很难办。家境贫穷的人不能为你葬双亲，富裕的人又嫌你家道败落，怎么办！还有一个主意，只是怕你不会同意啊。"阿喜问："什么主意？"老太婆回答说："这地方有个李郎，想讨个二房，如果他见到你的容貌，即使让他多花钱来厚葬你的父母，他必定在所不惜。"阿喜大哭道："要我这官宦人家的女儿去做妾啊！"老太婆没再说话，就走了。阿喜自此每日只吃一顿饭，勉强维持着，等待有人出钱买她，这样过了半年，日子变得越来越难以维持。有一天，老太婆又来了，阿喜哭着对她说："困难到这种地步，我常想自杀，但还是勉强地苟活着，只是因为父母双亲的灵柩还停在这里。我自己死了去填沟壑都不要紧，可是有谁来收我父母的尸骨呢？因此，我反复思量了，还不如按照你说的主意办呢。"老太婆于是领李郎来，他一见到阿喜，心中大喜。李郎立即出钱为阿喜父母办理安葬事宜，两具棺木一起办了。等一切处理完了，就用车把阿喜拉回家，去见他的大老婆。因为这大老婆既厉害又嫉妒，所以李郎起初不敢说阿喜是妾，

◎瘟疫：流行性烈性传染病，如天花、霍乱、鼠疫等。 ◎孤苦伶仃：孤独而苦闷，无所依凭。

【名家评点】

蒲松龄对青梅能慧眼识人、矢志不渝的行为颇为赞赏，认为那些不讲德行只求嫁给富贵人家的不才子弟的人连个婢女也不如。他写道："独是青夫人能识英雄于尘埃，誓嫁之志，期以必死，曾俨然而冠裳也者，顾弃德行而求膏粱，何智出婢子下哉！"这些女性敢于冲破"父母之命，媒妁之言"的婚姻藩篱，将"知己"和"爱慕"作为爱情、婚姻的基础，以德、才作为择偶的标准，敢于追求爱情和幸福，这都表现了这些新型妇女的进步和觉醒。（程美秀）

【锦言佳句】

妾良家子，非淫奔者，徒以君贤，故愿自托。

只是假说买了个侍女。等到见到了阿喜，大老婆大怒，拿木棍把她打了出去，不让她再进门。

阿喜披头散发痛哭流涕，进退两难。正好有个老尼姑路过，看见这种情形，动了恻隐之心◦，便邀她一同居住，阿喜转悲为喜，就跟老尼姑走了。到了庵堂中，阿喜跪求削发为尼，老尼不同意，老尼姑说："我看你并不是久落风尘的人，庵中的粗碗糙米大体上可以自足，你暂且先寄居在这里等待着。只要时机到来，你自行离去。"在庵堂住了不长时间，市面上的一些无赖之辈见阿喜长得美，经常来敲门并说脏话调戏她，老尼也无法制止他们，逼得阿喜哭哭啼啼地想寻死。为此，老尼姑前往府衙去请求吏部的某官，专门贴了告示严厉禁止，这些恶少才开始稍微有些收敛。后来，又有人乘黑夜在庵墙上挖洞，幸被尼姑发现惊呼才离去。因此，老尼姑再次告到吏部某官那里，捉住了带头的恶徒，送郡城去鞭笞责罚，这才渐渐地安稳了。

又过了一年多，有个贵公子经过尼姑庵，看到了阿喜，被她的美貌惊呆了，央求老尼替他通殷勤，又用重礼厚赂老尼。但老尼婉言拒绝，并对他说："她是官宦世家的后人，不会甘心给人家做侍妾◦的。公子暂且回去，推迟几天再去给您报信。"贵公子走后，阿喜想服毒药求死，夜里梦见父亲前来，很痛心地说："以前我没有依从你的心愿，导致你沦落到这个地步，现在后悔已经晚了！但只要你暂缓片刻不死，你的夙愿还是可以再实现的。"阿喜感到非常奇怪。天亮了，阿喜梳洗过后，老尼见了惊讶地说："看您的脸上，浊气已经全都消失了。一切艰难和不顺心的事都不用再愁了。您的福气就要来了，不要忘了老身啊。"话未说完，就听到了敲门声。阿喜惊慌失色，猜想必定是贵公子的家奴来了。老尼开门一看，果真是的。那家奴急问事情的结果，老尼好话应承，再请宽限三日。家奴转达主子的话，事若不成，让老尼亲自向公子回话。老尼毕恭毕敬满口答应，说着感谢话打发家奴走了。阿喜大为伤心，又想自尽。老尼急忙劝止。阿喜担心贵公子过三天再来催，无话可应对。老尼说："有我在，要砍要杀我自己承当。"

第二天下午，下起了倾盆大雨，忽然听到有好几个人用力敲门，并大声喊叫。阿喜以为发生

◎恻隐之心：见到遭受灾祸或不幸者而产生的同情怜悯之心。◎侍妾：姬妾；小妻。

青梅

了什么变故，吓得手足无措。老尼冒着大雨打开门，看见门前停放着一抬轿子，有几名丫鬟从轿子里扶出一位美人来，随从簇拥，声势显赫，轿子非常漂亮。老尼惊奇地问他们有什么事，那些人回答说："这是司理大人的家眷，想在这里暂时避避风雨。"老尼引导美人进了大殿，移过坐榻恭敬地请她坐下。家人和女佣们全都跑向禅房，各人寻找休息的地方。女佣进屋见到了阿喜，见她很美，连忙跑去告诉了夫人。不多时，雨停了，夫人起身要去禅房看看。老尼领她进屋，夫人见到阿喜惊呆了，两眼盯着一眨也不眨，阿喜也把她端详了好一阵子。这位夫人不是别人，竟是青梅。两人相认都失声痛哭，于是谈起了分别后的经历。原来张翁病故后，张生服丧期满复出做官，连连升迁，被授予司理官职。他先同母亲一起赴任，随后这才来搬家眷。阿喜叹息着说："今日看来，你我二人可以说是有天壤之别啊！"青梅笑着说："幸亏您遭受磨难未嫁夫君，老天爷想叫我们两人团聚呢。假如不是遇到这场大雨，怎么会有这样的相逢呢？其中全有鬼神相助，并非人力能办到的。"于是拿过珍珠装饰的帽子和锦缎做成的衣服，催促阿喜换装。阿喜低头犹豫不接，老尼从中极力夸赞并劝说她。阿喜担心到张府同住名不正言不顺，青梅说："咱俩的名位以前早有定分◎，婢子我哪敢忘了您的大恩大德！试想那张郎岂是忘恩负义的人？"说完，强行为阿喜换上装，辞别老尼，一起离开了。

到了司理官邸，张氏母子见了她们后，都很欢喜。阿喜拜见老夫人说："我今天真没有脸面来见母亲。"张母笑着安慰她。随后商量选择吉

◎定分：固定的名分。

【名家评点】

李白《长干行》有诗句："郎骑竹马来，绕床弄青梅。""青梅竹马"不仅寓指婚姻幸福，而且有初恋的青涩与美好。青春年少、风华绝代，多少是浪漫的，这与《聊斋志异·青梅》的基调是一致的。（任沁）

[说聊斋]

首部《聊斋志异》日译本译者柴田天马谈与《聊斋志异》结缘

1905年初夏,我渡过鸭绿江,在安东找到了一家旅店停宿。旅店主人好心拿来几册小说给我解闷。……其中夹杂了一本我还没读过的《聊斋志异》。于是借了下来。中短篇的怪谈和痴情故事,不啰嗦,不繁琐,写得精悍而富于变化。我仿佛掀翻了一个百宝箱,灿烂闪耀得令我睁不开眼。想着不能就这样一读了事。第二天,我便跑到书店买了一部铅印本,窗前灯下,闲来就读,爱不释手。就这样我成了一个聊斋迷。

尼庵遇主

青梅

日举行婚礼。阿喜对青梅说："尼庵中只要有一线生路，我也不愿意跟随夫人到这里来。若念往日的友情，能得到一间房子，只要容得下一个能坐的蒲团就很满足了。"青梅笑笑没有答话。到了婚礼那天，她把华丽的礼服抱了过来，阿喜左右为难，不知如何是好。忽然听见鼓乐声响了起来，她也身不由己了。青梅带领丫鬟女佣硬给她换上礼服，簇拥着走出来，看见张郎身穿朝服在见礼，于是阿喜也不自觉地盈盈而拜。青梅把她拉入洞房，说："空着这个位子等待您已经很久了。"又回头对张郎说："今夜是您报恩的机会，可要好自为之。"说完反身要走，被阿喜捉住了衣襟。青梅笑着说："不要留我，这事可不能代替的。"掰开阿喜的指头，脱身而去。

自此，青梅小心谨慎地侍奉阿喜，从不冒犯，而阿喜始终感到惭愧，心中不安。于是，张母令两人都以夫人相称。但是青梅仍以原来的名分对阿喜行婢妾°礼，而且从不懈怠。过了三年，张生由司理职选调进京，经过尼庵，送上五百两银子酬谢老尼，老尼不收，再三强留，于是老尼收下二百两，用来修建了大士祠，立起了王夫人碑。后来张生官职做到侍郎°。程夫人青梅生了两个儿子一个女儿，王夫人阿喜生了四个儿子一个女儿。张侍郎又上书皇帝陈述了事情的始末，青梅和阿喜都被封为夫人。

异史氏说："天生佳丽，固然应该用来以报答名人贤士，然而，世俗的王公贵胄，却将其赠予纨绔子弟，这是造物主一定会争取的。而世事曲折，人生离合，致使从中撮合的人作出了无尽的经营筹划，造化°之工真是用心良苦啊。唯有这位青梅夫人能识英雄于穷厄°未达之时，立誓非他不嫁，否则宁愿一死；那些冠冕堂皇的人，放弃德行而去追求富贵人家的纨绔子弟，他们的见识为什么还在一个侍女之下呢！"

◎婢妾：妾与使女。◎侍郎：官名，明清时代六部的官员，地位次于尚书。◎造化：创造化育。◎穷厄：穷困；困顿，不亨通。

【名家评点】

《青梅》是《聊斋志异》中篇幅最长的作品之一。小说的人物众多，关系复杂，因此而构成的情节也离奇多变，曲折生动。这又是一篇具有长篇小说的架构，而经作者加以高度浓缩而成的一篇极其精练的短篇小说。（周先慎）

辞尊居卑

【锦言佳句】

独是青夫人能识英雄于尘埃,誓嫁之志,期以必死,曾俨然而冠裳也者,顾弃德行而求膏粱,何智出婢子下哉!

传世彩绘聊斋志异

罗刹海市

马骥，字龙媒，是商人的儿子，他风度翩翩，一表人才，从小就洒脱大方，喜欢唱歌跳舞。马骥经常跟着戏班子演出，用锦帕缠着头，就像一个美丽的少女，因此又有"俊人"的美称。他十四岁考中秀才，很有名气。他的父亲年老体衰，放弃了经商，回家闲住，对马骥说："几卷书，饿了不能煮着吃，冷了不能当衣穿，我儿应该继承父业去经商。"马骥从此就慢慢开始经商。

一次，马骥跟着别人渡海去做生意，被飓风刮走，漂了几天几夜后，来到一个都市。这里的人都长得非常丑陋，看见马骥来了，以为他是妖怪，都惊叫着逃走了。马骥刚见到这种情景时很害怕，等知道那些人是惧怕自己时，就反过来借此欺负他们。遇到吃饭的，他就跑过去，人家吓跑了，他就把剩余的饭菜吃掉。

这样过了很久，他来到一个山村，山村中的人相貌也有像人的，但是都破衣烂衫，像讨饭的一样。马骥在树下休息，村里人都不敢过来，只是远远地看着他。时间长了，发觉马骥并不是吃人的妖怪，才开始慢慢接近他。马骥笑着同他们说话，他们的语言虽然不同，但大半能听懂。马骥就告诉他们自己的来历，村里人听后很高兴，遍告乡邻，来客是不吃人的。但是那些长得丑陋的，看看他就走了，始终不敢到跟前来。那些接近马骥的人，五官的位置都与中国人大体相同，他们一起摆上酒菜共同招待马骥。马骥问他们怕他的原因，村人回答说："曾经听祖父说，往西走二万六千里有个中国，那里的人形象都很诡秘奇异。原来只是听说过，现在才相信了。"问他们为什么这样穷，村人回答说："我国所看重的不在学问才能，而在相貌。长得最美的做大官，稍差一点的做小官，再差一点的也能受到贵人的宠爱，得到赏赐的食物，养活妻儿。像我们这样的，刚出生时，父母就认为不吉利，常常都被抛弃了，父母不忍心丢弃的，也都是为了传宗接代罢了。"马骥问："这叫什么国？"村人回答说："叫大罗刹国。国家都城在此往北三十里处。"马骥请他们领着到都城去看看。于是，第二天鸡一叫村人就动身，领着马骥一块儿去了。

天亮后，才到达都城。都城的城墙是用黑石头砌的，颜色像墨一样黑，楼阁高近百尺，但很少用瓦，都用红色石头盖顶。拾一块碎石在指甲上磨磨，和红色的朱砂◦没有两样。这时正好退朝，朝中有一顶大轿子出来，村人指着说："这是宰相。"马骥一看，那人两只耳朵朝后长着，三个鼻孔，睫毛像帘子一样盖住了眼睛。又出来几个骑马的，村人说："这是大夫。"挨着指出各人的官职，都是长相怪异、相貌狰狞的丑八怪。

【名家评点】

《罗刹海市》是《聊斋志异》中著名的篇章之一，前人有的对它评价极高。清代有无名氏评之云："《罗刹海市》最为第一，逼似唐人小说矣。"（郭豫适、荀茵）

◎朱砂：一种红色硫化汞矿物，为提炼汞的唯一重要矿石。亦用作中药，别名丹砂。

【锦言佳句】

水精之砚，龙鬐之毫，纸光似雪，墨气如兰。

海外奇逢

传世彩绘聊斋志异

罗刹海市

【名家评点】

此篇题名《罗刹海市》，意思并不是"罗刹的海市"，而是"罗刹与海市"。全篇主要叙写主人公马骥一生在大罗刹国和海市龙宫的生活际遇。作者通过这两个海外奇谈，寄托了他对现实社会的批判以及怀才不遇的愤懑，同时也寄托着他对自己所憧憬的理想世界的追求。（郭豫适、荀茵）

《罗刹海市》的思想意义和价值，主要表现在它以富有新鲜感的奇特的艺术幻想，通过对罗刹国里人物和世情的描写，生动形象地反映出封建社会的某些本质面貌，体现了作家对于现实世界的尖锐批判。当然，这种批判连同小说后半部分所体现的思想，是带有明显的局限性的。（郭豫适、荀茵）

官职越低的，丑相也渐减。不一会儿，马骥往回走，街市上的人看见他，吓得大声嚷叫着，跌跌撞撞地跑了，就像碰上了怪物。村人反复解释说明，街市上的人才敢远远地站着看。

回去以后，罗刹国的人都知道山村有一个奇怪的人，于是大小官员都想见识见识，就叫村里的人把马骥送去。可是每到一家，看门人总是把门关死，男女老少偷偷地从门缝里往外瞅着议论着。整整一天，没有一个敢开门让马骥进去的。村人说："这里有一个执戟郎，曾为先王出使外国，他见的人很多，或许他不会害怕你。"村人领着马骥到执戟郎府上去登门拜访。那位执戟郎果然很高兴，把马骥奉为上宾。马骥看他的相貌，像有八九十岁，眼睛突出，胡须卷曲得像刺猬。执戟郎说："我年轻时，曾奉国王的命令，出使过许多国家，唯独没有去过中国。如今我一百二十多岁了，能有幸看到贵国的人物，这可不能不报告天子。但是我已经退职，十多年不去朝廷了，明天早上，我就为你去一趟。"说完，备了酒菜，招待马骥。酒过数巡，出来十多名歌女，轮流歌舞。那些歌舞女子长得像夜叉一样，都用白锦缠着头，红色的衣服拖在地上。不知扮的什么角色，唱的什么歌词，腔调节奏都很特别。主人看着很满意，

很高兴，问马骥道："中国也有这样好的歌舞吗？"马骥说："有。"主人请马骥模仿几句，马骥就用手敲着桌子唱了一曲，主人高兴地说："真妙啊！你的歌声就像凤鸣龙啸，我从没听到过。"

第二天，执戟郎上朝，把马骥推荐给国王。国王高兴地要下诏书召见，有两三个大夫说，马骥样子怪异，怕惊吓了皇上龙体，国王才没有召见。执戟郎出来告诉马骥，深表惋惜。马骥在执戟郎府上住了好多天，与执戟郎一起喝酒，喝醉了后，拔剑起舞，用煤粉抹在脸上扮成张飞。主人执戟郎认为马骥扮相很美，他说："请你扮成张飞去见宰相，高官厚禄就不难到手。"马骥说："闹着玩玩还行，怎么能换个假脸去谋取荣华富贵呢？"主人再三强求，马骥才答应了。主人备了酒筵，请那些大官来喝酒，叫马骥画了脸等着。不久客人来了，主人喊马骥出来见客。客人们惊讶地说："好奇怪啊！为何前几天那样丑陋，今天又这样漂亮！"于是就同马骥一起喝酒，相处非常融洽高兴。马骥跳着舞，唱了一首《弋阳曲》，满座的客人无不为之倾倒。第二天大官们上朝后，纷纷上奏国王，推荐马骥。国王高兴，派使者持旌节○以礼召见马骥。见面后，国王问马骥中国治国安邦的办法，马骥详细地陈述了一番，国王

○旌节：古代使者所持的节，以为凭信。

大加赞赏，在别宫里赐宴款待。在喝酒喝到畅快的时候，国王说："听说你善唱优雅的乐曲，能不能叫寡人°欣赏欣赏？"马骥便起身跳起舞来，也仿效罗刹舞女的样子用白锦缠头，唱些靡靡之音。国王高兴极了，当天就封他为下大夫。国王经常请马骥参加家宴，特别恩宠他。时间长了，那些官员都知道了马骥的面目是假的，他无论走到哪里，总是看见人们小声耳语，不愿意同他接近。马骥感到很孤立，心里很不安。他就上书国王要求辞职，国王不准。他又要求休假，国王便给了他三个月的假期。

于是，马骥坐着官车，载着金钱宝贝，又回到了山村。村人跪着行走，在路上迎接他。马骥把金钱分给过去与他结交的那些朋友，村里欢声雷动。村人说："我们这些小人受到大夫的恩赐，明天去海市，寻求些珍贵玩物，来报答大夫。"马骥问："海市在什么地方？"村人说："海市是四海蛟人聚集在那里卖珠宝的地方。到时四方十二国，都来做买卖。集市中还有许多神人来游玩。云霞遮天蔽日，波涛汹涌。那些贵人都珍惜自己性命，不敢亲自前去冒险，都把银钱交给我们，让我们去代替他们买奇珍异宝。现在离海市开市的日子不远了。"马骥问他们怎么知道日期，村人说："如果看见海上有红色的鸟飞来飞去，七天以后就是海市。"马骥问他们动身的日期，想跟着他们一起去看看，村人劝他自己珍重，不要去冒险。马骥说："我本来就是海上客，还怕什么风涛浪涌？"不几天，果真有人登门运钱托他们买东西，马骥就和村人一起把钱装上船。船能容纳几十个人，船底是平的，栏杆高高的，有十个人摇橹。船像飞箭一样在海面上行进。船航行了三天，远远看见水云荡漾之中，楼阁层层叠叠，各处来做买卖的船，像蚂蚁一样纷纷聚集。不多会儿，船来到城下。看见巨墙上的砖都和人一样长，城楼很高，直接霄汉。他们系好船进城，见集市上摆放的货物全是奇珍异宝，光彩夺目，都是人世间没有的。

有一位少年骑着骏马走过。集市上的人都急忙奔跑着避开，大家都说是"东洋三世子"来了。世子过来，看见马骥，说："这不是偏远小国来的人。"接着，就有个在马前开路的人来问马骥的籍贯是哪里，马骥站在路旁行了礼，详细讲了自己的籍贯和姓氏。世子高兴地说："尔既然能屈尊来到这里，说明我们之间的缘分不浅！"于是给了马骥一匹马让他骑着，请他一起同行。

二人出了西城，刚走到海岸上，他们骑的马

○寡人：古代王侯的谦称。

【锦言佳句】

人生聚散，百年犹旦暮耳，何用作儿女哀泣？此后妾为君贞，君为妾义，两地同心，即伉俪也，何必旦夕相守，乃谓之偕老乎？

丑态邀荣

海市纵览

传世彩绘聊斋志异

罗刹海市

就嘶叫着跃进海水中。马骥吓得失声大叫。却见海水从中间分开，两边的水像墙壁一样屹立着。不一会儿，看见一座宫殿，梁是玳瑁°装饰的，瓦是鱼鳞片做的，宫殿的四壁亮如水晶，夺目耀眼，能照出人影。两人下马，世子拱手将他请入，抬头看见龙王坐在殿上。世子启奏道："臣游览海市，遇见这位中华贤士，领他来参见大王。"马骥上前跪拜°行礼。龙王说："先生既然是位有文才的学士°，一定能够胜过屈原、宋玉。我想烦劳你的大手笔，写一篇描写海市的文章，希望你不要吝惜你的妙词。"马骥叩头答应了。龙王给他一方水晶砚台，一支龙须做的笔，光滑如雪的纸张，香气如兰的墨水。马骥很快就写出了一篇千余字的文章，呈献给龙王。龙王拍手赞赏说："先生真是高才°，给水国添了光彩！"接着召集龙族，在采霞宫举行宴会。酒过几巡后，龙王举杯对马骥说："寡人有个爱女，还没有许配人家，愿意把她许给先生。先生的意思如何？"马骥忙离席站起，惭愧地表示感激，连连答应。龙王便对左右说了。不一会儿，有几个宫女扶着一个女郎出来，佩环声声，鼓乐齐奏。拜完天地后，马骥偷眼一看，那女郎美如天仙。龙女拜完天地就走了。不多会儿，宴席散了，两个丫鬟挑着宫灯，领着马骥进了旁边的宫殿，龙女正着盛装坐在那里等待。珊瑚做的床上，装饰着各种珠宝，帐外流苏缀着斗大的明珠，床上的被褥又香又软。

天刚亮，便有许多年轻美貌的丫鬟、使女进入房间，前来侍候。马骥起床后，上朝去拜谢。龙王封他为驸马都尉，并把他写的赋文传送四海龙宫。各个海域的龙王都派专员来祝贺，争着下

【名家评点】

至于龙女的形象，不能说作者没有表现出这个女子的感情，而应当说作者在她身上主要是表现出一种道德化的冷静的理智；同样，不能说作者没有采用通过人物自身的言行来表现人物的艺术手法，而应当说作者未能使她的言谈和书信避免近乎说教的毛病。这一切就使这个女性形象的生动性和感人力量，不可避免地受到了损害。（郭豫适、荀茵）

◎玳瑁：属爬行纲，海龟科的海洋动物。◎跪拜：跪而磕头。在中国的旧习惯中，作为臣服、崇拜或高度恭敬的表示。◎学士：古代在国学读书的学生，也泛指读书人。◎高才：才能不同凡响的人。

【读名著学成语】

仙尘路隔

上天和人世无路相通。比喻亲友被隔绝,无法相会。

《聊斋志异·罗刹海市》:"仙尘路隔,不能相依。"

——清·蒲松龄

请柬请驸马赴宴饮酒。马骥身穿锦绣衣衫,坐着青龙拉的车子,前呼后拥,外出赴宴。随从有几十名骑马的武士,都身佩雕弓◎,扛着白色的棍杖,威风凛凛。骑马的弹筝,坐车的奏玉◎,三天时间里,马骥游遍了各海。从此"龙媒"的名字传遍四海。

龙宫里有一棵玉树,有一人合抱那么粗,树干晶莹透彻,像白琉璃,中间有一淡黄色的心,比胳膊稍细一点,它的叶子类似碧玉,有铜钱那么厚,树荫细碎浓密。马骥经常与龙女一起在树下吟诗唱歌。树上开满了花,那些花的形状类似栀子花,每个花瓣掉落在地上,会发出"锵"的一声响。将花瓣拾起来看看,像是用红色玛瑙雕成的,光明可爱。常常有一种奇异的鸟儿飞来啼叫,金绿色的羽毛,尾巴比身体还长,叫声像玉笛奏出的哀婉乐曲,使人从心底里感到忧伤。马骥一听这鸟的叫声,更十分思念家乡。他对龙女说:"我流浪在外三年了,远离父母,每当想起他们,便伤心流泪。你能跟我回家乡吗?"龙女说:"仙境同尘世隔绝,不能跟着你去。我也不忍心以夫妻之爱,夺走你父子之情。请你允许我慢慢地想个办法。"马骥听了,忍不住又流下眼泪。龙女也叹息说:"这实在是不能做到两全其美啊!"

第二天,马骥从外边回来。龙王说:"听说驸马思念故乡,明天早晨收拾行装送你上路,可以吗?"马骥连忙下拜说:"我一个孤身旅居在外的臣子,受到过分的优存宠爱,感恩图报之情,牢记在心中。容我暂时回家探望一下父母,以后还要回来相聚。"到了晚上,龙女摆酒话别。马骥同她约定以后见面的日子,龙女说:"我们

◎雕弓:雕绘文采的弓。◎奏玉:演奏玉制的乐器。

水乡温柔

驾虹历海

传世彩绘聊斋志异

罗刹海市

【名家评点】

从其渊源来看，这篇小说应当是受到了佛教观念，尤其是佛经中关于遇风浪漂至异国之故事的影响。如《佛本行集经》卷四九曾记述一批商人在海上突遇恶风，船被吹至罗刹国的情景。基于此，小说叙事时空得到大开大合，情节异彩纷呈。（李桂奎）

这篇小说以奇幻取胜，其最为鲜明的叙事特点是对照。一是把"中国"与异国风俗相对照。具体表现在美丑的错位方面：马骥在"中国"长相俊秀而且满腹经纶，但一旦进入"以黑石为墙，色如墨"的大罗刹国，他便被"以为妖，群哗而走"。二是把"大罗刹国"与"海市龙宫"相对照，前者美丑颠倒，看重形貌长相，轻视人的才情；后者却看重人的才华和学识，二者有天壤之别，对比强烈。作者通过同一人物在不同国度的遭遇，有力地讽刺了黑白颠倒、美丑不分的社会。（李桂奎）

的情缘已经到头了。"马骥非常悲痛，龙女说："回家奉养双亲，可见你有孝心。人生聚散，百年如同旦夕○，何必像多情儿女一样哭哭啼啼？今后我一定为你坚守贞节，你也要为我不再另娶，分开两地但心相通，就是美满夫妻。何必一定要早晚厮守在一起，才叫白头偕老呢？要是违背了这个盟誓，再婚嫁也不会吉利。如果顾虑无人主持家务，你可以收一个婢女○为妾。还有一件事要嘱咐你，成亲后，我好像怀孕了，请你给孩子取个名。"马骥说："如果是女孩，就叫龙宫，如果是男孩，就叫福海。"龙女要一件东西做凭证，马骥把在罗刹国得到的一对赤玉莲花拿出来，交给她。龙女说："三年后的四月八日，你要划船去南岛，到那时送还你的儿女。"龙女用鱼皮做了个口袋，装满珠宝，送给马骥说："你好好珍藏，几辈子也吃不完用不尽。"天刚放亮，龙王设宴饯别，赠送马骥许多礼物。马骥拜别后出了龙宫，龙女乘白羊车，送他到海边。马骥上岸下了马，龙女说声珍重，就掉转车头返回。不一会儿，就走远了，海水又合到一块，再也看不见了。马骥便往家乡回归。

自从马骥被海水漂走，家里的人都以为他已经死了，待他一到家，家里人无不惊疑。幸亏父母都健在，只有妻子已经改嫁了。马骥这才明白龙女所说的"守义"的含义，原来她已经先知道自己的妻子改嫁了。父亲想为马骥再娶一房妻子，马骥不答应，只收了一个婢女做妾。

马骥牢记龙女叮嘱的三年期限，到了日子后，乘船来到岛中。他看见两个小孩坐浮在水面上，拍打着水嬉笑着，不移动也不下沉。马骥到跟前用手一拉，一个小孩笑着抓住马骥的手臂，跳入他怀里。另一个小孩大声哭起来，似乎责怪马骥不拉自己。马骥就把他也拉上来了。仔细审视，发现两个小孩是一男一女，相貌都长得很俊秀。两个小孩头上的花帽子各点缀着一块玉，便是那赤玉莲花。小孩背上有个锦囊，拆开一看，里边有一封书信，上面写道："公婆想必都安康吧！转眼已过三年，红尘永远隔离了我们，盈盈一带之水，书信难通。朝思暮想，只有梦中才能相见；殷切地盼望，将脖子都伸得发酸了。面对茫茫大海，有恨又有什么办法呢！又想那奔月的嫦娥，尚且独守月宫；投梭的织女，也在天河的一边惆怅。我是什么人，哪能永远和爱人相聚呢？每每想到这里，便又破涕为笑。我们分别两个月后，竟生了一对双胞胎儿女。如今已经在怀抱中咿呀学语，能懂笑语，可以摸枣抓梨，没有母亲

○旦夕：早晨和晚上，借指短时间。 ○婢女：旧时供有钱人家役使的女孩子。

【读名著学成语】

嗜痂之癖

原指爱吃疮痂的癖性。后形容怪癖的嗜好。清·蒲松龄《聊斋志异·罗刹海市》："花面逢迎，世情如鬼，嗜痂之癖，举世一辙。"

也可以活下去了。现在把他们送还给你。你赠送的赤玉莲花，装饰在孩子们的帽子上，作为认亲的凭证。你把孩子抱在膝头的时候，就像我在你身边一样。知道你履行了过去的盟誓，我心里很是安慰。我这一生不会有二心，到死不会再嫁别人。我的梳妆匣里不会再放兰膏°；对镜梳妆时，我已很长时间没有涂抹脂粉了。你就好比久出远门的游子，我就是游子之妇，虽然远隔两地，但我们为何不能是恩爱夫妻呢？只是想公婆虽然已经抱上孙子，却从没见过儿媳，按情理来说，也算是个憾事。一年后婆婆安葬时，我一定亲临她的墓穴，尽到做儿媳的孝道。从此以后，'龙宫'平安，还会有见面之期；'福海'长寿，或许还能来往。希望你多多珍重，想要说的话是说不完的。"马骥反复读着书信，泪流不止。两个孩子抱着他的脖子说："回家吧。"马骥更加悲痛，抚摸着他们说："我儿知道家在什么地方吗？"孩子更加哭闹起来，咿咿呀呀地喊着要回家。马骥望着茫茫大海，无边无际，看不见龙女的影子，波浪翻腾，没有去龙宫的道路。他只好抱着孩子掉转船头，满腹惆怅地回去了。

马骥知道母亲的寿命不长了，把衣服棺木提前都准备好了，在墓地上种植了一百多棵松树。过了一年，母亲果然死了。灵车刚到墓地，就有一个穿孝服的女子走近墓穴哭吊。众人正吃惊地看她时，忽然吹起了大风，打起了响雷，接着下起了急雨，转眼间那女子已经不见了。新种的松树本来大都枯萎，这时又全活了。福海稍长大一些，常常思念母亲，忽然自己投入大海，几天后才回来。龙宫因为是女孩不能去，常常关上门独自哭泣。一天，大白天忽然乌云遮天，龙女走进房内，劝女儿说："儿自己能长大成家，为什么哭泣呢？"说着，赐给女儿一棵八尺高的珊瑚树、一帖龙脑香°、一百颗明珠、一对八宝嵌金盒子，作为嫁妆。马骥听说龙女来了，急忙跑进来，拉着她的手就哭了。顷刻间，一声疾雷震破房顶，龙女已经不见了。

异史氏说："装出一副鬼面孔来迎合世俗，如此世态跟鬼域°没有什么区别。颠倒黑白美丑、曲意逢迎的怪癖，天下到处都同出一辙。'小的惭愧被说成小好，大的惭愧被说成大好。'如果公然保持男子汉的本来面目去游逛都城，而不被吓得四处奔逃的人大概很少啊！否则，那个献玉楚王的卞和，又怀抱着价值连城的宝玉向什么地方去哭呢？唉！显赫的名声和富贵的身价，应当从海市蜃楼的虚幻世界中去寻求啊！"

◎兰膏：一种润发香油。◎龙脑香：龙脑香树树干中所含的油脂的结晶。味香，其纯粹者，无色透明。俗称冰片。◎鬼域：阴间；鬼魂出没之地。

亿亲送别

欢迎子女

田七郎

武承休,辽阳人,喜欢结交朋友,跟他来往的都是一些有名气的人。一天夜里,他梦见有人对他说道:"你的交游可以说是很广了,不过都是滥交,只有一个人可以共患难,何以反而不认识?"武承休问他是什么人。那人答道:"田七郎不是吗?"

武承休醒来很诧异,从第二天起,碰到他所交往的人,便问田七郎是谁。客人中有人知道田七郎是东面村庄的一个猎人,武承休便很礼貌地到他家拜访。刚用马鞭子敲了门,就走出一个人来,年纪有二十几岁,狼目蜂腰,戴着油光光的帽子,穿着黑色短裤,上面打了许多白布补丁,高高地拱着双手,问客人是从什么地方来的。武承休通了姓名,托词°说路上感到不舒服,打算借个地方休息一下。接着又问田七郎在不在家。那人答道:"在下便是。"说着就把武承休请了进去。

武承休四下一望,见院内破屋数间,用木桩支着将要倒塌的墙壁。然后又走入一间小屋子里,只见到处都挂满了虎皮狼皮,连一张坐的凳子也没有。田七郎就地铺了一块虎皮,请客人坐下。

武承休同他说话,觉得他谈吐坦白质朴,心里非常高兴,立即送些银子给他,作为日常生活费用。田七郎不肯接受,武承休再三相强°,七郎才拿着银子禀告母亲。但是一下子又把银子拿出来还他,怎么也不肯要。武承休还是坚持要他收下。这时他母亲老态龙钟地走来,疾言厉色°地说道:"老身只有这个儿子,我不愿意叫他伺候贵人!"武承休听了很不好意思,便讪讪地告辞走了。

在回家的路上,武承休翻来覆去地想,不明白他们的用意。恰好一个跟他去的人,在屋子背后听见田七郎母亲说的话,就告诉了武承休。原来当七郎拿着银子去见他母亲时,母亲对他说道:"我方才看见这位公子,满脸晦气,一定要遭受大祸。我听到有人这样说过:被人家看得起的,要能替人家分忧;受人家恩惠的,要能救人的急难。富人可以用钱来报答,穷人只有拿出义气来。无缘无故地收人家的厚礼,不是什么好事,怕要用你的性命来报答的!"武承休听了这一番话,深深佩服田母的贤德,同时也越发倾慕七郎。

第二天,武承休备好酒席请田七郎,七郎辞谢不来。武承休便走到他家,坐在屋子里讨酒吃。七郎亲自斟酒,送上鹿肉,很尽情礼。

过了几天,武承休备酒还席,田七郎这才来了,两人谈得很高兴。武承休又送他金钱,七郎仍然不肯接受;武承休托辞说要买一些虎皮,七

【名家评点】

异史氏、但明伦等都极力赞扬田七郎超过了荆轲,"可以补天网之漏",叹惜天下知名士何太多,如田七郎者何太少。正是这些赞誉,从精神上把田七郎这样只有一条命是自己的穷人拴得紧紧的,使他们只能按照传统道德规定:"受人知者分人忧,受人恩者急人难。富人报人以财,贫人报人以义",来演专诸、聂政演过的悲剧角色,用鲜血来写被奴役史。(徐君慧)

◎托词:找借口。 ◎相强:强迫,勉强。 ◎疾言厉色:话语急躁,脸色严厉,形容发怒的神情。

【锦言佳句】

受人知者分人忧,受人恩者急人难。
富人报人以财,贫人报人以义。

馈财敬璧

田七郎

郎才收下来。但七郎回家检查了一下他所存的虎皮，还值不到武承休所付给他的价钱，便想再到山中猎获几只，凑足了再给他。在山里打了三天猎，一只老虎也不曾打到。这时正赶上他妻子生病，煎汤煮药，照顾服侍，越发没有空出门。过了十几天，他妻子突然死了，出殡下葬，也需要一笔很大的开支，他便把拿来的钱稍稍用了一些。武承休亲自前来吊慰◦，礼送得十分厚。

田七郎把妻子安葬了以后，背着弓箭到山里去，越是想报答武承休，越是一只老虎也捉不到。武承休探得实情，便劝他不用着急，只希望能常到他家来坐坐。但是七郎始终感觉欠债是一桩心事，不肯去。武承休叫他先把家里存的旧虎皮送来，以促他早一点上门。七郎打开旧皮一看，已经被虫蛀坏，上面的毛全脱落了，心里越发懊丧。

武承休知道了，连忙赶到他家，竭力劝慰了他一番。然后看了看被蛀坏了的破皮，说道："这个也很够了，我并不在乎毛的好坏，只要有皮板就行。"说着把虎皮板卷起，又邀七郎一同到他家去。七郎坚辞，武承休便独自走了。

田七郎始终认为这点东西不够报答武承休，于是带了干粮上山，守候了几夜，捕得一只老虎，整个送给武承休。武承休大喜，摆酒设筵，请他住上三天。七郎坚决推辞，武承休把大门锁上，不让他出去。客人们见七郎样子朴实粗陋，瞧不起他，背后说武承休乱交朋友，但是武承休对待七郎的确和对待别的客人不同。替他换新衣服，他不接受，便趁他睡觉的时候，偷偷给他换上，七郎没办法，也只好穿了起来。回去以后，听了母亲的命令，又把新衣送还，索取他的旧衣。武

◎吊慰：至丧家祭奠死者并慰问其家属。

【名家评点】

武承休找田七郎交朋友，有明确的私利企图。他和田七郎不是声气相投，志趣相投，而是想在关键时刻用田七郎替自己挡住刀枪。武承休联络"朋友"的纽带始终是金钱。所谓交友，是富人用钱交换穷人之命。这种地位不平等及将来的危害，田母一再点破。战国时诸侯收买、豢养刺客为自己卖命。《史记》把这种收买和被收买、利用和被利用写得很清楚。（马瑞芳）

承休笑道："回去对老太太说：旧衣服已经拆碎做鞋底布用了。"从此田七郎便时常送鹿和兔子来，但武承休要留他住下，还是不肯。

一天，武承休到田七郎家里看他，正赶上他上山打猎。老太太走了出来，靠着大门对武承休说道："以后可不要再来引诱我的儿子了，我看你实在不怀好意！"武承休恭而敬之地向她行礼，满面羞惭地退走了。

约莫过了半年，武承休的家人忽然向他报告，说田七郎因为同人争夺一头豹，出了人命，被捉到衙门里去了。武承休听了大惊，赶去一看，七郎已经上了刑具，被关在牢监◦里。他见了武承休没有多余的话，只说："今后求你照顾我的老娘！"武承休心里很难过，出了衙门，连忙用了很大一笔钱贿赂县官，又花了一百两银子送给仇家。过了一个多月，案子结束，七郎被释放出来。这时他母亲才慨然地说道："儿啊，你的生命是武公子给保全了的，不是为娘的所能爱惜的了。但祝公子能够善终，一辈子无灾无难，就算是你的福气了。"七郎要登门答谢武承休，他母亲说："去也使得，见了公子可不要说谢。小恩可以谢，大恩是不可以谢的。"

田七郎见了武承休，武承休用好话安慰了他一番，七郎却只是沉默地点点头。武家的人都怪他冷淡，武承休反而觉得他淳朴老实，越发敬重他。从此以后，田七郎常常到武家去，一住就是几天。送他什么东西都肯接受，不再推辞，也不提报答的话。

一次，武承休过生日，宾客来得很多，夜里屋子都住满了人，武承休和田七郎挤在一个小房

【锦言佳句】
小恩可谢，大恩不可谢。

◎牢监：监狱。

传世彩绘聊斋志异

田七郎

【名家评点】

一介不取，大圣贤；一饭不忘，大豪杰。若在俗人，与之唯恐不多；既受，视若应得。若七郎者，真令人可爱可敬。（冯镇峦）

无论是古代评点家的肯定，还是现代评论者的局限论，都是执着于田七郎舍身报恩的行为，而忽略了这篇小说中的另一个人物——田七郎的母亲。有了这样一位贤母的形象，这篇小说的主题虽然是田七郎受人恩、急人难、舍身报人恩的故事，而且写得颇为壮烈，但却不再是单纯地讴歌舍身报恩的德行，在整个事件的进程中几乎处处显示着舍身报恩实属无奈的悲剧性：受人恩是由冷拒到既成事实，舍身报恩是迫于道义不得已而付出性命。这篇小说展示的就是这样一幕意蕴深沉、发人深省的社会悲剧。（袁世硕）

间里，三个仆人也在床前铺上草睡觉。二更°将尽，仆人们都睡熟了，他俩还在谈话。七郎的腰刀本来挂在墙上，这时忽然从鞘里跳出了好几寸，铮铮地响着，亮晶晶地闪出电光。武承休吃了一惊，田七郎也坐了起来，连忙问床下睡的都是些什么人。武承休回答说都是仆役。七郎说："这里面一定有坏人。"武承休问他是什么原因，他说："这把刀是从外国买来的，杀人从不沾染血迹。到现在已经传了三代了。杀过上千的人，还是和新开刃的刀一样锋利。它见了坏人，便会叫着跳出来，看情形又要杀人了。公子应该亲近正人君子，不要再和坏人来往，这样或者可以避免灾难。"

武承休答应照他的话去做，但是田七郎始终放心不下，在床上翻转个不休。武承休说："一个人倒霉走运，也是有定数°的，你为什么这样忧虑？"七郎说："我别的都不怕，只是担心老母在堂！"武承休说："何必顾虑得这么远呢？"七郎说："没有事自然更好。"

睡在地上的三个人，一名叫林儿，是个美貌的贴身侍从°，很能得主人的欢心；一个是十二三岁的小厮，乃是武承休常常使唤的；另一个名叫李应，性情最别扭，时常因为一些小事和武承休瞪着眼睛争吵，武承休很恨他。当天晚上暗想了一番，怀疑坏人就是这个李应，第二天一早就把他叫到面前，好言好语地把他打发走了。

武承休的大儿子武绅，娶妻王氏。一天，武承休出门，留下林儿看家。这时书斋里菊花盛开，王氏心想公公不在，书斋里一定没人，因此便去攀折。不料林儿突然从房内跳出，向她勾引调戏。王氏想跑开，林儿却硬把她抱到房里。王氏哭喊抗拒，面色变了，声音也嘶哑了。武绅连忙赶到，林儿才放开手逃走。武承休回家听到这件事，甚为气愤，到处寻找林儿，但林儿已经不知去向。过了两三天，才晓得他已经投身一位御史的家里。御史在北京做官，家务都交给他弟弟管理。武承休就写了一封信，请他看在老朋友面上，把林儿交还他。御史的弟弟竟置之不理。武承休越发恼怒，便向县里告了一状。传票发出，皂隶却不肯下去捕人，县官也不催问。武承休正在生气，恰好田七郎来了。武承休说道："你那天晚上讲的话应验了。"便将事情的原委对他说了一遍。七郎面色惨变，始终没有说一句话，径自去了。

武承休不甘心，吩咐干练的仆人侦察林儿的行踪。一次，林儿夜里回来，被他们捉住，送交武承休，武承休把他痛打一顿，林儿竟破口大骂。武承休的叔父武恒，原是一位忠厚长者，生怕侄子在暴怒之下闯祸，劝他不如把林儿送到官府法办。武承休采纳了叔父的意见，把林儿绑到衙门

◎二更：晚上九时至十一时。又称二鼓。 ◎定数：一定的气数；定命。 ◎侍从：在帝王或官吏身边侍候卫护的人。

【读名著学成语】

新发于硎

新发:刚磨过。硎:磨刀石。刀刚在磨刀石上磨过。形容非常锋利或初露锋芒。清·蒲松龄《聊斋志异·田七郎》:"决首至千计,尚如新发于硎。见恶人则鸣跃,当去杀人不远矣。"

刀鸣示警

传世彩绘聊斋志异

田七郎

里。但是御史家早已差人送信给县官,县官立即把林儿释放,交给御史家人带走。

林儿狗仗人势,胆子更大了,甚至在人群中间,公然诬蔑主人的儿媳和他有私情。武承休奈何他不得,一肚子愤懑,简直要气死了。

第二天,武承休跑到御史家门口,指手画脚地骂个不停。经邻人再三相劝,他才回去。

过了一夜,忽然家人报称:林儿被人割成一块一块的,尸体丢在旷野里。武承休又惊又喜,怒气稍稍平了一些。但是御史家立即把他们叔侄控告了,武承休便和他叔父到县府对质。县官不容分辩,要打武恒。武承休大声叫道:"杀人的并不知道是谁,又没有证据。至于那辱骂御史家的,乃是小生◦,也不干叔父的事!"县官理也不理,气得武承休瞪着眼睛要跑上前去,一群差役把他拉下来,还打了他几下。那些拿板子的差役都是御史家的走狗◦,武恒又上了年纪,还没打到一半,已经昏迷不省人事了。

县官看见武恒快要死了,也就不再追究。武承休且哭且骂,县官只装作没听见。最后他只有把叔父抬到家里,满腔怨愤,却想不出什么主意来;很想找田七郎来商议商议,但是田七郎竟没有影子。他心中暗想,自己待七郎不薄,怎么我家出了这种不幸的事,七郎竟会像个陌路人一样呢?他也疑心杀死林儿的是七郎,但又一想,果真是他,怎么不来商量商量呢?派人到七郎家里打听,原来门窗都已关锁,里面静悄悄地,没有声音,连邻居也不知道他的去向。

一天,御史的弟弟正在内衙和县官计议。那时恰是早晨,挑柴担水的人陆续进来。忽然有个樵夫走到面前,放下担子,抽出一把快刀,直向二人奔去。御史的弟弟吓慌了,连忙用手去拦,樵夫一刀将他的肘腕砍断,接着又是一刀,才砍掉了他的脑袋。县官吓昏了,急忙逃走。樵夫还在慌慌张张地四下找寻,这时许多差役连忙关上大门,拿起棍棒来大喊大叫。樵夫见逃不掉,便自杀了。大家围拢来看,有人认得他就是田七郎。

县官惊魂稍定,出来查看,只见田七郎直挺挺地躺在血泊中,手里还拿着那把快刀。县官刚要仔细检验,尸体忽然一跃而起,把县官的头砍落,然后才倒在地下死了。县里的差官去捉拿田七郎的母亲,却已经在几天以前逃走了。

武承休听到七郎的死讯,跑去痛哭了一场。许多人都说是他主使田七郎行刺,武承休卖掉家产,到处贿赂,才得免罪。田七郎的尸体被抛到旷野,鸟和狗都来巡逻保护,过了三十多天,才由武承休把他厚葬。田七郎的儿子逃到登州,改姓佟,自幼参加军队,因为立了战功,做了同知将军◦。他回到辽阳的时候,武承休已经八十多岁了,这时才将他父亲的坟墓指给他看。

◎小生:读书人自称。 ◎走狗:本指猎狗,比喻受人豢养而帮助作恶的人。 ◎同知将军:就是副将军。

【名家评点】

这个故事过去人总是赞美田七郎这个人品行太好了,受人恩必报,最后为尽义,自己死掉。我们现代人改变了道德观念,认为田七郎死得不值得,为人家卖命,因此有些文章就批判田七郎这种报恩思想。但是读读《聊斋志异》,它既不是歌颂,也不是批判,小说里面显示一个道理:作为社会交往的一种道德,所谓"义",名义上彼此是平等的,我给你一点好处,你给我一点好处,好像是平衡的;但人是不平等的,有贵有贱,有贫有富,因此在交往行为当中,就出现了巨大的差异。小说里面有这么一句话:"富人报之以财,贫人报之以义。"贫人没有东西,只有献上生命。这篇小说就表现了作者体会到了社会交往当中道德的这种不平等,很有启发意义。(袁世硕)

【锦言佳句】一钱不轻受,正一饭不敢忘者也。

假樵报德

公孙九娘

于七起义°失败后，被牵连杀害的人，以栖霞、莱阳°两县为最多。每天拘捕好几百，一起在济南演武场中斩首。满地都是鲜血，到处堆着尸体。官府假装慈悲，施舍棺木，城里棺材店的存货一下子全部出空，冤死的人们大部分都葬在城南郊外。

甲寅°年间，有位莱阳的书生来到济南，他有两三个亲友也在诛杀之列，便买了香烛纸钱，到荒坟上洒酒祭奠，晚上，他就借居在寺院的僧舍里。

第二天，他进城办事，快到黄昏了还没有回来。忽然有个少年来访，见他不在，便摘下帽子，仰面睡在床上，鞋子也没脱下。仆人问他是谁，闭着眼睛不答话。等到莱阳生回来，已经暮色苍茫，屋子里辨不清人影了。他走到床边去问，那人瞪着眼睛说道："我等候你家主人，你老是絮絮叨叨地问东问西，难道我是强盗不成！"莱阳生笑道："主人就在这里！"少年听了，连忙下床，戴上帽子，整整衣服坐下，向莱阳生问好。莱阳生听他的口音，好像很熟，急忙叫人拿过灯来，仔细一看，原来是同乡朱生，也是死在于七那一件案子里的。他吓了一跳，连连倒退。朱生把他

【名家评点】

就艺术性和深度而言，《公孙九娘》可能是《聊斋》中最完美的故事。（[美]蔡九迪）

◎于七起义：清顺治十八年（1661）秋，山东栖霞人于七率领农民起义，与清兵交战多次，后因寡不敌众失败。◎栖霞、莱阳在胶东。◎甲寅：康熙十三年，公元1674年。

拖住说:"我同你是文字交,你怎么这样不念旧情!我虽然成了鬼,朋友的情分,还牢牢记在心上。如今有一件事来麻烦你,希望你不要因为人鬼异路,就有所顾虑而不肯为我帮忙。"

于是莱阳生坐下来,问他有何见教。朱生说:"你的甥女如今孤身独居,没有配偶,我很想找个主持家务的人,几次托媒求亲,她总是借口没有长辈做主,不肯答应。务必请你替我说句好话,玉成其事。"

莱阳生的确有个甥女,幼年死了母亲,由莱阳生抚养长大,十五岁上才回到她自己家里。后来被俘到济南,听到父亲惨遭杀害的消息,她又是惊吓,又是哀恸,不久就死了。

莱阳生说道:"她自有父亲做主,何必要来求我?"朱生说:"她父亲的灵柩已经由侄子运走了,因此他不在这里。"莱阳生又问:"甥女一向是依靠谁的?"朱生说:"和一个邻舍老太太住在一起。"莱阳生只恐二人不能替自己做媒。朱生说:"如果你肯答应,还请屈驾走走。"说着站了起来,拉住莱阳生的手,莱阳生再三推辞,问他要到哪里去。朱生说:"只管跟着我走就是了。"莱阳生没奈何,勉强地跟了他去。

◎文字交:以诗文相交的朋友。

【锦言佳句】
碧血满地,白骨撑天。

公孙九娘

【名家评点】

我尝评论《公孙九娘》是《聊斋》四百篇中的案首。我不是没有道理的。第一,它既深刻地同情着于七起义这样一场爆发在康熙年间的农民起义,同时又充分暴露了满洲贵族统治者大量屠杀汉族起义者以及许多无辜人民的罪行。在《聊斋》四百篇中,民族思想流露得如此充沛,揭发暴露如此深刻,而在收集付印时又未被芟除的,这恐怕是一篇"凤毛麟角"了。第二,通篇文字遒劲而又凄艳,如仅仅使用"碧血满地,白骨撑天"八个字,就把那场发生在济南西南郊的骇人听闻的屠杀惨案完全勾勒出来了。第三,在收场方面,也不同凡格。作者使用了婆娑迷离的收尾法,使故事带了一条"缠绵未尽"的尾巴,这比较起蒲松龄经常喜爱使用的大团圆、升官、成仙、"丫头老婆来磕了头又磕头"的收尾办法,又高明了若干倍。

(赵俪生)

他们往北走了一里路左右,就看到一个很大的村庄,有好几百户人家。到了一座房子前面,朱生上前敲门,立刻有位老太太把两扇门拉开,问他有什么事。朱生说:"烦你通知小姐一声,就说阿舅到了。"老太婆到里面去了一下,又反身出来,邀莱阳生到里面去,回头对朱生说道:两间草房,又窄又小,容不下许多人,请你坐在门口等等吧。"

莱阳生跟了进去,只见半亩大的荒地上,盖有两间小屋。甥女站在门口,啼哭着迎接。走到里面,灯光明亮。甥女容光秀丽,和生前一样。她眼泪汪汪地望着舅舅,问这个好,问那个好,亲戚都问遍了。莱阳生说:大家都好,不过你的舅母已经去世了。"甥女听了,又呜咽起来,说道:"我小时候受舅舅舅母抚养,还一点没有报答,自己倒先死了,想起来实在难受。去年伯伯家大哥把爹爹搬走了,丢下我不管。我一个人住在几百里之外,孤苦伶仃得像只秋天的燕子,多蒙舅舅不弃,赐给我金钱,我早就收到了。"

莱阳生把朱生的意思说给她听,她低着头不作声。老太太在旁插嘴道,朱公子从前曾经托杨婆婆说亲,来过好几次,我早就说这门亲事很好,只是娘子不肯马虎答应,如今有舅舅做主,她自然没有话说了。"

正在谈着,有个十七八岁的女子,带了个丫头闯进来,一见莱阳生,转身想逃。甥女拉住她的衣服说:"不要走,这是我的舅舅,没有外人。"莱阳生向她行礼,女子也拢起袖子来答礼。甥女说:"她叫公孙九娘,是栖霞人。父亲过去是个世家子弟,如今也落魄了,事事都不称心,我们俩常常来往。"

莱阳生偷看了一下,只见她笑时,眼睛弯弯像秋天的新月;羞时,颊上泛起朝霞般的红晕,真是天仙化人°!于是说:"我一见就知道是个大家闺秀,小户人家的姑娘哪有这等仪态!"甥女笑道:"还是个女学士呢!诗词都作得很好,昨天我才稍稍向她领教了一些。"九娘微笑着说:"这丫头无缘无故挖苦人,叫阿舅听了笑话。"甥女又笑道:"舅母死了,舅舅还没有续娶,像这样一个小娘子,看了可中意吗?"九娘笑着跑了出去说:"这丫头真是发疯了!"

这番话虽然近乎开玩笑,但是莱阳生心里实在爱她。甥女也好像明白一二,便说:"九娘的才貌,实在是天下无双,舅舅如果不因为她身在

◎化人:仙人。

【读名著学成语】

齿牙余惠

谓帮人说好话。清·蒲松龄《聊斋志异·公孙九娘》:"生乃谓帮人说好话。清·蒲松龄《聊斋志异·公孙九娘》:"生乃谓帮人曰:'令女甥寡居无偶,仆欲得主中馈。屡通媒妁,辄无尊长之命为辞。幸无惜齿牙余惠。'"

泉路良缘

公孙九娘

地下而有所猜忌，我便去和她母亲谈谈。"莱阳生十分高兴，但顾虑人鬼难以成婚。甥女说："这没有妨碍，她和舅舅是有缘分的。"莱阳生告辞，甥女送他出门说："五天后，在月明人静的当儿，我会派人接你。"

莱阳生来到门外，不见朱生，仰头向西一望，半圆的残月悬挂半空，朦胧中还能辨出来时的路径。只见那面有一座向南的房子，朱生正坐在门口的石阶上等待，立即站起来迎接说："已经相候很久了，这是我的家，就请你进去坐坐。"说着，拉了他的手走到里面，向他再三道谢，又取出金杯一只、珍珠百粒，交给他说："我也没有什么贵重东西，只能用这两件东西当作聘物了。"停了一会儿又说："家中虽然藏有浊酒，但是地下的东西，不便拿出来招待嘉宾，这却如何是好！"莱阳生客气了几句，退了出来。朱生把他送到半路，才告别而去。

莱阳生回到寺院，和尚和仆人都跑来问他。他隐瞒着说："哪里来的鬼！我不过是到朋友家吃酒罢了。"

五天之后，朱生果然来了，衣服穿得很整齐，手里摇着扇子，像是很得意似的。刚进庭院，朱生就远远行礼。停了一下笑道："你的亲事成功了，今晚就是吉期，请你屈驾前去。"莱阳生说："我因为没有得到回信，还不曾预备聘礼，怎么能马上结婚呢？"朱生说："聘礼我已经代你送了。"莱阳生向他致谢，跟他一同前往，他们一直来到朱生家，甥女穿着华美的衣服，含笑相迎。莱阳生问她什么时候过门的，朱生代答道："已经三天了。"于是莱阳生把朱生所赠的珍珠取出，作为礼物。甥女推谢了一番，才收了下来。然后她又说道："我把舅舅的意思向公孙老太太讲过了，老太太很欢

【名家评点】

蒲松龄要控诉于七案之冤，便编造了公孙九娘冤枉莱阳生的故事。作者借莱阳生之冤，来为公孙九娘，来为栖霞、莱阳一带千千万万无辜百姓，也包括为于七鸣冤。《公孙九娘》的这个结尾，予人以深思，可谓之为"豹尾"。而其之所以成为豹尾，乃是由于其所要表达之主题不便明言而苦心孤诣另辟蹊径之结果。（徐君慧）

◎浊酒：未滤的酒，用糯米、黄米等酿制的酒，较混浊。

喜，不过她说年纪大了，没有其他儿女，因此不愿意九娘嫁得很远。预备今天晚上请舅舅到她家入赘，她家没有男人，甥女婿可以陪你前去拜堂。"

于是，朱生便把他引去。快到村子尽头，有一家大开着门，两人径直走上内堂。不一会儿就有人通报，说老太太出来了。便见两个丫鬟扶着她走上台阶。莱阳生要跪下叩头，老太太说："老身老迈龙钟，连还礼都不便当，这一套还是免了吧。"说着，便指挥用人们排开筵席。朱生叫他的家人，另外取出几盘酒菜，摆到莱阳生面前。又另备一壶，替客人斟酒。大家吃吃喝喝，完全和人间一样，不过主人只顾自己举杯，并不劝客。不一会儿席散，朱生告辞去了，丫鬟们引导新郎，走入洞房，里面红烛高烧，九娘华装相候，脉脉含情，和他备享新婚的欢乐。

当初九娘母女被俘，原要押解到北京去的，到了济南，母亲受不了困苦死了，九娘也自杀身亡。此席上追述往事，哭哭啼啼，难以入梦。于是她念出两首诗道：

昔日罗裳化作尘，
空将业果恨前身。
十年露冷枫林月，
此夜初逢画阁春。

白杨风雨绕孤坟，
谁想阳台更作云；
忽启镂金箱一看，
血腥犹染旧罗裙。

天快亮了，九娘便催莱阳生起来说："你要暂时回去，不要惊动仆人。"从此他白天来，晚上去，两人十分恩爱。

一天夜里，他问九娘道，这村庄叫什么名

【锦言佳句】

笑弯秋月，羞晕朝霞。

◎这两首诗意译如下：旧日的罗衣已经化为灰尘，想起了悲惨的结局，徒然恼恨前身；十年来明月照着墓上的枫林，霜寒露冷，今夜才觉得画堂中融融如春。萧萧的白杨在风雨中环绕着孤坟，谁想到还能够尝一尝燕尔新婚。忽然打开雕金的箱子一看，血迹依旧染着旧的罗裙！

公孙九娘

字？"九娘说："叫莱霞里。这里大半是莱阳、栖霞两个地方的新鬼，因此才有这样一个名称。"莱阳生听了，不免叹息了一番。九娘也悲戚地说道："我本是一个柔弱的游魂，像浮萍似的漂泊在千里之外，没个归宿。我们母女两个，孤苦伶仃，说起来令人伤心落泪。希望你能看在夫妻恩爱的份儿上，把我的尸骨收去，带到你的祖坟旁边安葬，叫我永远有个依托，便感激不尽了！"莱阳生答应了。九娘又说："人和鬼不同路，你也不应该久留此地。"说着便取出一双罗袜◦相赠，眼泪汪汪地催他速去。

莱阳生悲伤地走出门外，好像失魂落魄的样子，心里无限惆怅，不忍心离开。于是他去敲朱家大门，朱生赤着脚出来相迎，甥女也从床上爬起，两鬓蓬松，吃惊地问是怎么回事。莱阳生惆怅了好久，才把九娘的话对他们说了。甥女说："就是舅母不说这话，我也在日夜考虑这件事了。这不是人世，的确不宜久居。"于是大家相对大哭，莱阳生只得含着眼泪向他们告别。

回到寓所，怎样也睡不着，翻来翻去，直到天明。想去寻找九娘的坟墓，却又忘记问她有什么标记。夜里再去，到处荒坟累累，哪里有什么村落，只能叹息怅恨地回来。打开罗袜一看，风一吹全部粉碎，像是烧剩的纸灰一般。

莱阳生整装东去，在家里住了半年之久，始终是魂思梦想，不能忘怀。于是再往省城，希望还能有什么奇遇。等他一到南郊，天色已经傍晚，先把牲口系在寺院的树上，然后直奔葬地，只见成千上万的坟墓，荒草荆棘，鬼哭狐叫，吓得他胆战心惊，惶惶然连忙转回寓所。游兴完全没有了，立即备马回乡。

向东走了大约一里路，远远望见有个女子，独自在坟墓堆中行走，神情态度，很像九娘。催马过去一看，果然是她。待要下马表明心迹，女子却立刻走开了，好像素不相识似的。再追过去，她的面上便露出怒容，扯起袖子来把脸遮住。莱阳生连叫："九娘，九娘！"女子忽然像一阵轻烟似的随风消失了。

◎罗袜：丝罗制的袜。

【名家评点】

从"碧血满地，白骨撑天"的开头，到"坟兆万接，迷目榛荒"的结尾，全文如一缕飘忽迷茫的愁云，似一阵如泣如诉的静夜箫声，凄婉缠绵，婆娑迷离，余音绕梁，耐人寻味。（马瑞芳）

【锦言佳句】

香草沉罗,血满胸臆;东山佩玦,泪渍泥沙。

两地伤情

促织

【名家评点】

作为一个伟大的小说家，蒲松龄在极其有限的1700个字里铸就了《红楼梦》一般的史诗品格。读《促织》，犹如看苍山绵延，犹如听波涛汹涌。（毕飞宇）

整个故事从事情的结果看，是个喜剧，满足了皇上的娱乐心，但对成名一家来说，毋宁说是一个悲剧，试想在交蟋蟀的过程当中，一家人的精神紧张，焦虑悲痛得近乎要死，成名身体受到毒打，最后逼得一个孩童用他的灵魂去做皇帝的玩物，才算解救了父亲的绝境，这悲惨的现实是谁造成的呢？直接原因当然是取媚于上的大小官吏们。但根本原因却在皇帝，因为这种种惨剧皆是由于他喜好"促织之戏"引发的。可以这么说，皇上的喜好正是百姓的灾难，这使我们想起了清代学者黄宗羲的一句名言："为天下之大害者君而已矣。"（孙民）

宣德°年间，宫里盛行斗蟋蟀的游戏，每年要百姓贡献蟋蟀。这东西向来不是陕西一带所生产。有个华阴县°令，因为要拍上司马屁，贡献了一头。拿来试一下，斗得很好，因此着华阴县经常供应。县官把这件事责成地保去办，于是市上一般游手好闲的人，捉到了好蟋蟀，养在笼子里，把价值抬得很高，当作宝货。而地保们又大都狡猾奸刁，他们借此名目，向老百姓诈取钱财。每逢要献一只蟋蟀，时常害得许多人倾家荡产。

县里有一个人叫成名，是个童生°，一直没有进学。他为人很老实，又不大会讲话，因此被狡猾的差役们报上去，派他充当地保。他想尽了方法，还是不能脱身。不到一年，把自己一点微薄的家产都赔光了。

不久又要征缴蟋蟀了，成名不敢向各户搜刮收买蟋蟀的钱，而自己又无法赔垫，心里忧闷，急得要死。他妻子说道："死有什么用，倒不如自己去找一下，万一能找到，岂不很好。"成名认为这话有理，于是早上出去，晚上回来，提着竹筒丝笼，在坍墙脚下和乱草丛中找寻。搬石头，掘地洞，用尽方法，始终毫无所得。即使捉到了三两头，又都是劣货，不合格。县官很严厉地限期追缴。这样过了十多天，被打了一百多板子。两条腿上脓血淋漓，连蟋蟀也不能去捉了。睡在床上，翻来覆去，只是想自杀。

这时候村里来了一个驼背的女巫，能邀请鬼神，替人家占卜°吉凶。成名的妻子拿了钱去请她指示。到了那边，见老老少少的妇女们在门口

◎促织：蟋蟀的别名。◎宣德：明朝宣宗朱瞻基的年号。◎华阴县：属于陕西省，现在仍叫华阴县。◎童生：文童之别称。明清的科举制度，凡是习举业的读书人，不管年龄大小，未考取生员秀才资格之前，都称为童生或儒童。◎占卜：用龟甲、蓍草、铜钱、骨牌等推断吉凶。

【读名著学成语】

气断声吞

气出不来，话说不出。形容极度忧伤失望。清·蒲松龄《聊斋志异·促织》：「成顾蟋蟀笼虚，则气断声吞，亦不复以儿为念。」

挤满了。踏进屋里，见后面有一间密室，挂着帘子，帘子外摆一只香案。问卜的人点了香，插在香炉里，拜上几拜。女巫站在旁边，替她们向空祷告，只见她嘴唇一张一合，不知在念些什么。问卜的人一个个恭恭敬敬地站着，听她祷告。停了一会儿，从帘子里丢出一张纸来，纸上所写的，就是人家心里要问的话，丝毫没有错误。

成名的妻子把钱放在香案上，焚香礼拜，和别人一样。隔了有一顿饭的时间，帘子一动，一张纸头丢下来。拿到手里一看，上面不是字，却是一幅图画。中间画的是大殿高阁，好像一座庙宇，后面小山脚下，躺着许多奇奇怪怪的石头，还有一丛丛的荆棘。一只青麻头°伏在草里，旁边有一只癞蛤蟆，好像要跳起来的样子。看过之后，莫名其妙。但是见画中有一只蟋蟀，与自己心里的意思暗合，便折好了收藏起来，拿回家中给成名看。

成名反反复复地看了几遍。心里暗想："莫非是指点我捉蟋蟀的地方吗？"仔细看那画里的景致，和村主东面的大佛阁很相像。于是勉强从床上爬起来，扶了一支杖，拿了那张图画，跑到大佛阁后面。见那达有个高高的古墓。沿着墓边走，看见一块块大石头蹲立着，与图画上一模一样。就在乱草丛中慢慢地走，侧专了耳朵静听，好像在寻一枚针或一粒芥子°一样。但是用尽了心力、眼力与耳力，却毫无踪迹。

他还是一声不响地在搜寻，不肯停止，忽然有一只蛤蟆跳出来。成名一惊，急忙跟在那蛤

◎青麻头：一种青色的蟋蟀。◎芥子：一种植物的种子。

传世彩绘聊斋志异

促织

【名家评点】

蒲松龄的艺术才华到底体现在什么地方？是这八个字："夫妻向隅，茅舍无烟。"这是标准的白描，没有杰出的小说才华你还真的写不出这八个字来。隅是什么？墙角。夫妻两个，一人对着一个墙角，麻袋一样发呆；房子是什么质地？茅舍，贫；无烟，炉膛里根本就没火，寒。贫贱夫妻百事哀。这八个字的内部是绝望的，冰冷的。死一般的寂静，寒气逼人。是等死的人生，一丁点烟火气都没有了，一丁点的人气都没有。这是让人欲哭无泪的景象。我想，这就是小说所呈现的马里亚纳海沟了。我读过很多有关凄凉和悲痛的描绘，我相信你们也读过不少，你说，还有比这八个字更有效的吗？悲剧的气氛一下子就营造出来了，宛若眼前，栩栩如生。你可以说这是写人，也可以说是写景，你可以说是描写，也可说是叙事。在这里，人与物、情与景是高度合一的，撕都撕不开。（毕飞宇）

蟆的后面追上去。蛤蟆跳到草里，成名便拨开草来找寻。只见有一只蟋蟀伏在草根旁边，赶快用手一扑，那只蟋蟀跳进石洞里去了。成名用尖草去撩，不肯出来，拿一桶水灌进洞去，才跳出来了。它样子很雄壮，追上前去捉住了。仔细一看，那只蟋蟀身体很大，尾巴很长，头颈是青色的，翅膀是金黄色的。成名十分欢喜，放在笼子里，拿回家去。一家人同声庆贺，把那只蟋蟀看作无价之宝，养在盆中，拿蟹肉和熟栗子给它吃，非常爱护它，留着等到了限期，可以交差。

成名有个儿子，只有九岁，看见父亲不在家，偷偷地把盆揭开，那只蟋蟀从盆里直跳出来。跳得很快，一时捉不住它，等到扑进手里，大腿也掉了，肚子也裂开了，不多一会儿就死掉了。孩子吓得哭起来，告诉母亲。母亲听说，大吃一惊，面如土色，骂道："你这孽障°！死期到了！你老子回来，一定要与你算账！"孩子哭哭啼啼，走了出去。

不多一会儿，成名回家，听到了妻子的话，好像身上浇了一盆冷水。他怒不可遏，去找儿子。儿子不知去向，后来在井底里找到了他的尸首。于是满腔愤怒都变成了悲恸°，仰面呼天，伤心得简直不愿意活了。

夫妻俩感觉毫无希望，连饭也不烧了，只是面面相觑，默不作声，一点儿生趣也没有。天快黑了，拿了一张草席，准备把孩子埋葬。走近一摸，孩子还有些气息，心里一喜，便把他放在床上。半夜里，孩子醒过来了，夫妻俩心里才略觉安慰。可是那孩子的神气，痴痴呆呆，只是想睡觉。成名看到蟋蟀笼子依旧空着，不由得垂头丧

◎孽障：用作骂晚辈的话。意为前世作孽而生下来的坏东西。◎悲恸：非常悲哀或悲伤痛哭。

气，也就不把孩子放在心上了。

从晚上直到第二天早晨，他一直没有合过眼。太阳出来了，他还是躺在床上发愁。忽听得门外有蟋蟀叫的声音，觉得奇怪。起身观看，见那只蟋蟀果然还在门外，心里一欢喜，上前捉它。那只蟋蟀叫了一声就跳走了，跳得非常快。成名用手掌去按住，可是掌心里空空洞洞，好像没有什么东西。手刚举起来，蟋蟀又跳走了。急忙追上去，转过墙角，蟋蟀已不知跳到哪里去了。绕来绕去，四面观看，只见一只蟋蟀伏◎在墙壁上。仔细一看，又短又小，颜色黑里带红，并不是刚才那一只。成名因为它太小，认为无用，依旧走来走去，东张西望，要找寻他所追赶的那一只蟋蟀。忽然墙壁上那只小蟋蟀跳到他的衣袖上来，再看看，形状像一只土狗◎，翅膀上有梅花斑，头是方的，腿是长的，倒像是一只好蟋蟀。心里欢喜，就捉了下来，准备把它献到公堂上。又怕官长不满意，想预先试一试，让它与别的蟋蟀斗一下，看看究竟怎样。

村中有个游手好闲的少年，养着一头蟋蟀，叫作"蟹壳青"。每日和别人家的蟋蟀斗，没有一次不胜利。要想卖一笔大钱，把价值抬得很高，可是找不到一个买主。那一天，上门来拜访成名，看了他所养的那一头，不觉掩着嘴大笑起来。于是把自己的蟋蟀取出，放在旁边的笼内。成名一看，少年的蟋蟀又高又大，自觉惭愧，不敢与他较量。那少年再三逼迫他。成名一想，养着这只不中用的东西，反正没有什么用处，拼着不要了，倒不如与他斗一下，开开玩笑也罢。于是把两只蟋蟀一起放到斗盆里。

◎伏：趴。◎土狗：昆虫名，即蝼蛄。

【锦言佳句】
夫妻向隅，茅舍无烟。

获虫待贡

母氏心伤

促织

【名家评点】

《促织》本来是一个具有强烈的揭露性的悲剧，原著却使变成蟋蟀的孩子又复活了，他的父亲也有了功名，发了财，这是一大败笔。这和前面一家人被逼得走投无路的情绪是矛盾的，孩子的变形也就失去使人震动的力量。蒲松龄和自己打了架。迫使作者于不自觉中化愤怒为慰藉，于此可见封建统治的酷烈。（汪曾祺）

《促织》是《聊斋志异》中一篇刺世疾邪、鞭辟入里的杰作。玩味寻绎，爱不释手。深感其描写细腻而委曲，情节变幻而离奇，正如金代元好问所说："咀嚼有余味，百过良未足。"它与《席方平》《向杲》《红玉》《王者》等其他针砭现实的姐妹篇一样，字里行间，具有一种跨越时代堤岸的魅力，强烈地扣动着读者的心弦，把人们的视线，引入我国优秀的古典小说这一玲珑别透、万象森罗的艺术之宫。（贝远晨）

那只小蟋蟀呆呆地伏着不动。少年看了又大笑。拿猪鬃毛去撩拨它的须，还是不动。少年又笑了笑，几次撩拨它，惹得那蟋蟀勃然大怒，向前直冲。两只蟋蟀立刻就斗起来，各自振作勇气，发出颠扑◦的声音。不一会儿，只见那只小蟋蟀突然跳起来，张开尾巴，伸出胡须，一口咬住对方的颈项。少年大惊，急忙把它们解开，让它们停止战斗。那只小蟋蟀昂昂然露出得意的样子，高叫了几声，似乎在把战胜的消息报告主人。成名大喜。

大家正在观看，忽然来了一只鸡，冲上前去，用嘴啄那只小蟋蟀。成名吓得大叫，幸而没有啄着。蟋蟀跳出去有一尺多远。鸡又很快冲上去，追赶蟋蟀，眼见得那只蟋蟀已经在鸡的脚爪下了。成名在这仓皇急迫的时候，也不知道怎样才可以救这只蟋蟀，只是连连顿脚，面如土色◦。接着，看见那鸡伸长了头颈，不住地摆扑着翅膀。走近去一看，原来那只蟋蟀跳在鸡冠上，用力叮住，死也不放。成名又惊又喜，把它捉下来，放进笼里。

第二天，拿去献给县官。县官看见这只蟋蟀很小，怒骂成名。成名说明它特别的地方。县官不信，要试一试，拿它和别的蟋蟀斗，任何蟋蟀都被它打败。再拿只鸡来试验，果然和成名所说的一般，这才赏了一点钱给成名，把蟋蟀献给本省巡抚。

巡抚高兴极了，将蟋蟀放在金的笼子，献给皇帝，还特地写了一本奏章，详细说明这蟋蟀的好处。到了宫里，所有全国进贡来的"蝴蝶""螳螂""油利挞""青丝额"◦等一切奇形怪状的蟋蟀，都拿来和它斗一下，结果，没有一头能胜过它的。

这小蟋蟀还有一件奇事，每次听到音乐，能够按着拍子舞蹈。皇帝更觉得诧异，越发喜欢它，颁下诏书，赐给巡抚名马衣缎等物。巡抚总算没有忘记这蟋蟀的来源，不久就保举华阴县县令有特殊的才能，可以升官。县官也非常高兴，免了成名当地保的差使，又暗中运动学台，让成名考取了秀才。

一年多以后，成名的儿子精神复原了。据他自己说，身体曾经变成一只蟋蟀，轻巧敏捷，善于搏斗。到如今才醒过来。巡抚知道了这件事，也赏了许多钱给成名。不到几年，成家有田几万亩，牛羊马匹几千头，每次出门，服装车马，比名门大族还要阔绰哩。

◦颠扑：跌倒、翻腾。◦面如土色：脸上的颜色像土一样。形容惊恐到顶点，脸上失去了血色。◦这都是根据蟋蟀形象而定的名字。

【读名著学成语】

早出暮归

早晨出去，晚上归来。指整日在外。清·蒲松龄《聊斋志异·促织》："早出暮归，提竹筒铜丝笼，于败堵丛草处探石发穴，靡计不施，迄无济。"

籍儿受赏

传世彩绘聊斋志异

续黄粱

【名家评点】

《续黄粱》是一篇关于官宦题材的梦幻小说。它继承唐传奇《枕中记》写"黄粱美梦"之意旨，写出了科第士子在梦中经历的大起大落、大喜大悲，暗寓金玉满堂、气势显赫都只不过是过眼云烟、黄粱一梦而已，故题名为《续黄粱》。（李桂奎）

在《聊斋志异》写作中，梦境肩负着特殊的叙事写人功能，它有利于表达俗世贯通幽冥的情节，同时它又是蒲松龄借以观照现实人生的手段。相对于《梦狼》等以写"梦"为载体的批判小说，《续黄粱》更是灵活机动地借用梦境这一叙事载体，为我们勾画出了一幅活灵活现的"官场百丑图"，并寄寓了讽喻、警示、鞭笞之意。（李桂奎）

福建有个姓曾的举人，参加会试考中以后，与几个同榜进士去城外游玩。偶然听说毗卢寺内住着一个算命先生，便一同骑了马前去请教。到了屋里坐定，算命先生见他意气扬扬，就奉承恭维了一番。曾某手摇扇子，微笑问道："你看我可有做大官的福分吗？"算命先生装出一本正经的样子，说他可以做二十年太平宰相。曾某大喜，神气便越发骄傲了。

当时恰巧下着小雨，曾某和同伴因为避雨，走进和尚的房间里去。房里有一个老和尚，凹眼睛，高鼻子，坐在蒲团上，大剌剌°地并不向他们行礼。大家举手向和尚招呼一下，也就坐在椅子上，自管自谈起话来。各人都向曾某贺喜，说他将来可以做到宰相。曾某心高气傲，指着几个同伴说："我做了宰相，定要推荐张年丈°往南方做抚台，保举我表兄弟做参将、游击°，我家老家人也让他做个千总或把总°，这样，我的心愿也就满足了。"说罢，座中人都哈哈大笑。

过了一会儿，听得门外雨声越发大了，曾某觉得有些疲倦，就伏在椅子上，忽然看见两个太监拿了皇帝的诏书，来请曾太师°去商议国家大事。曾某很得意，急忙赶到朝廷上。皇帝移座近前，和颜悦色地与他讲话。谈了好久，皇帝就下一道圣旨，命满朝文武在三品官以下，任凭他升降进退。又赐他蟒袍一件，玉带一条，名马一匹。曾某披了蟒袍，叩头谢恩退出。

回到家中一看，却不是从前所住的房子了。画栋雕梁，十分壮丽，自己也不明白怎能阔到这个地步。他将一抖胡须，轻轻地喊一声，答应的人就像一片春雷。一会儿，公卿大臣纷纷来送贺礼，送的都是海外奇珍异宝；而且一个个卑躬屈节，登门拜访。六部°尚书°到来，还不免亲自出接；至于侍郎等辈，只需作个揖，与他们略谈几句；地位再低一点的，不过点点头就算了。山西抚台送来十个歌女，都是美人儿。内中色艺最好的是袅袅和仙仙，这两个人格外得到宠爱。每逢在家休息的日子，就叫她们唱歌作乐。

有一天，想起从前自己不得意的时候，曾经得到县里绅士王子良的周济。如今自己做了大员，他却依旧是个小官，很不过意，何不提拔他一下呢？明日早朝，就上了一本奏章，保荐王子良为谏议大夫°，奉旨立即升级任用。又想到郭太仆°

◎大剌剌：形容举止随便，满不在乎的样子。◎年丈：科举时代，凡是与父亲同一年考中的人，称为"年伯"或"年丈"。又与自己同一年考中的人，他的父亲也称"年伯"或"年丈"。◎参将、游击：都是明清两朝的武官名。◎千总、把总：都是明清两朝的小武官名。◎太师：古官名，三公（太师、太傅、太保）中的第一位，后世尊宰相为"太师"。◎六部：古代中央行政机构分吏、户、礼、兵、刑、工六部。◎尚书：旧时代官名，六部的首官。◎谏议大夫：元朝以前官名，职掌论议规谏。◎太仆：旧时代官名，有太仆寺正卿与少卿，管车马。

【读名著学成语】

恩怨了了

恩惠与怨恨清清楚楚。指有恩报恩,有怨报怨。清·蒲松龄《聊斋志异·续黄粱》:"恩怨了了,颇快心意。"

与自己曾经有些仇恨,就把一个姓吕的给事中°和御史陈昌唤来,将自己的意思告诉他们。过了一天,弹劾°郭太仆的奏章纷纷送上来,奉旨革职还乡。恩怨分明,心里觉得十分畅快。

一次,曾某偶然在郊外大道上经过,有个醉汉不小心冲撞了他的仪仗。立刻差人缚送京兆尹°,当场活活打死。有些人家的产业,跟曾某的府第或田地相连,怕他的威势,都把产业献给他。因此他的财富简直和国君差不多。

不多几时,袅袅、仙仙接连死了,曾某日夜想念。忽然记得以前看见东面邻家有一个女儿,生得很美丽,时常想把她买来做姨太太,只是因为力量薄弱,不能如愿,如今尽可以达到目的了,于是派几个豪奴°硬把聘礼送到她家,随后就用一乘藤轿将她抬来,见她比从前望见时越发美丽了。想到自己一生的愿望,到这时候才算完全满足。

又过了一年,朝中众大臣私下里似乎对他有些不满,但是大家都不敢说。曾某也自高自大,并不放在心上。后来有个姓包的龙图阁学士,上了一封弹劾他的奏章,大略说:

……曾某本来是个喜欢喝酒赌钱的无赖,毫无学识的小人,因为偶然一句话讲对了,很光荣地受到皇上的宠爱,父子都做了大官。皇上给他的恩典,真是达到极点了。他不想粉身碎骨,报答朝廷,反而逞心任意,作威作福。他所犯该死的罪名,简直数不清。朝廷的官爵,他认为奇货可居°,依照收入的多少,定出卖价的轻重。因此一般公卿将士,个个到他家中奔走,讨斤播两,好象做生意一般。走他门路的人,难以计数。也有些洁身自好的官员,不肯附和他,他就暗中排挤,轻则调任闲散官职,重则革职为民,甚至有人因为一件小事情不肯随声附和,就遭到他的陷害,发往边疆充军。众大臣个个胆战心惊,皇上也因此陷入了孤立。况且曾某对于老百姓的良田美产,任意没收;看中了良家美貌女子,硬送聘礼,弄得怨气弥漫,暗无天日。他家豪奴一到,无论知府知县,都要仰望脸色;他的信札一到,任何司法官吏,都会不顾法律。也有他家奴才的儿子,远房的亲戚,上门要坐驿站的车马,横冲直撞。地方上

◎给事中:古时代官名,与御史同为谏官。◎弹劾:君主时代担任监察职务的官员检举官吏的罪状。◎京兆尹:负责京师行政、治安的县官。◎豪奴:强悍狡黠的奴仆。◎龙图阁学士:这是北宋的官名。包拯曾经做过龙图阁直学士,所以人称"包龙图"。◎奇货可居:这句话出自《史记·吕不韦传》中,意思是"难得有的货色可以囤积起来,等候高价出售"。

续黄粱

【名家评点】

唐代沈既济有篇《枕中记》记卢生一梦，梦中尽历宦海沉浮，醒来时黄粱未熟；李公佐有篇《南柯太守传》记淳于棼一梦，梦入槐安国被召为驸马，命为南柯太守，也经历了官场险恶，醒来时斜日未隐。两人都是梦中倏忽，若度一世。本篇故事在构思与取材上与上述两篇有其相同之处，所以题名"续黄粱"。但比起《枕中记》《南柯太守传》来，此篇在情节上显得更为曲折，层次上也显得更为繁复。在梦中曾孝廉先是人，是贪酷之官，后来是鬼，后来又再度为人，转到官的对立面，成为一个被百般欺凌、有冤无处申的女子，使他亲自体会到贪官所治的社会是"九幽十八狱，无此黑暗也"。（陈昌恒，周禾）

供应得慢了些，立刻遭到皮鞭的抽打。人民受他荼毒，官府成为他的奴隶。他手下到达的地方，甚至连青草都不留一茎。而曾某气势汹汹，威风凛凛，仗着皇上的宠爱，毫无悔改的心思。每逢皇上召见，只是贡献些无关紧要的意见，扬扬自得地回到家里，立刻就叫美人们奏乐唱歌。声色狗马，日夜荒淫；国家大事，人民生计，从不放在心上。世界上难道有这样的宰相吗？如今京城内外，人人感觉不安，个个心怀愤怒。倘若再不把曾某严刑处分，一定会养成曹操王莽一般的祸患。臣日夜害怕，不敢偷安，冒着死罪，把曾某的罪状逐条开列出来，奏明皇上。请皇上把这奸臣斩首示众，家产抄没充公，这样才可以挽回上天的愤怒，大快人心。如果臣所奏的有虚伪之处，无论把什么严刑加在臣的身上，臣都愿意领受。……"

这一封奏章送上去，曾某听到了，亡魂丧胆，好像吃了冰水一般。幸而皇帝还宽容他，把奏章压住了，并不发下处理。后来都察院◦、监察御史等都上奏章弹劾，连那从前拜他老师叫他干爷的人，也都翻过脸来，于是奉旨抄没家产，发往云南充军。他儿子正在做平阳府◦知府，已经派员前往，将他提解来京审问。

曾某听到了这道圣旨，吓得呆若木鸡。一会儿，有几十个校尉冲进卧室来，有的腰佩宝剑，有的手执长枪，把他冠服剥下，和他的妻子一同捆绑起来。随后又看见几个扛夫把他家的财物运到院子里。金银钱钞，大约有几百万，珍珠、翡翠、玛瑙、白玉，共有几百斛，帐幕、帘子、床、榻等类，又有几千件。甚而至于小孩的抱裙、女人的鞋子，也一起搬了出来，丢在庭心的阶石旁边。曾某一件件看在眼里，真是伤心惨目。后来又看见一个人把他最美丽的姨太太拖出来，披头散发，哀哀啼哭，不知怎样才好。他心头火发，但是只能闷着一肚子的气恼，不敢作声。

不多一会儿，房屋仓库都查封完毕，立刻把曾某驱逐出去。监视的人将他们拉拉扯扯，拖到外边。夫妻二人忍气吞声，一路步行，要想求一匹劣马或一辆破车来代步，也不能得到。走到十里以外，他的妻子两腿酸软，几次要跌倒，曾某时常用一手扶着她。又走了十多里，他也疲乏了，忽然看见一座高山，直矗天空。他担心爬不过去，

◦都察院：明朝的御史衙门。 ◦平阳府：明清两朝的平阳府，辖境相当今山西临汾、运城等市县。

拉着妻子，面面相觑，伤心落泪。可是监视的人横眉怒目，不许他们停留一下。再一看，太阳已经落山了，这里并无可以寄宿的地方，没有办法，只得一跛一拐，拼命赶路。

到了半山，妻子的气力已经用完，坐在路旁啼哭。曾某自己也要休息一下，任凭监视的人吆喝辱骂都不管。这时候忽然听得一片啰唣°的声音，有一群强盗手执钢刀，跳上前来。监视的人吓了一大跳，先自逃走了。曾某跪在地上，说明自己孤身往远处充军，袋里实在没有什么值钱的东西，哀求饶恕。可是众强盗一见曾某，眼睛里都冒出火来，向他宣言说："我们都是被你陷害的老百姓，从前受尽了冤屈，今天只要你这奸臣的脑袋，别的东西，一概不要。"曾某听了这话，发起火来，吆喝道："我虽然犯罪，究竟是朝廷命官。你们这般贼子°，怎敢这样放肆！"强盗也大怒，其中有人举起一柄很大的斧头来，向曾某的头上一砍。曾某觉得啪嗒一声，头颅落地。正在惊疑的时候，立刻看见两个鬼卒走上前来，反绑了他的手，将他带走。

走了几刻钟，踏进一座大城池，一会儿看见一所宫殿。殿上有个面貌丑陋的阎王，靠着一张案桌，正在判断案子。曾某上前跪下，请求阎王开恩。阎王拿起他的卷宗来看，刚看了几行，就勃然大怒说："这是欺君误国的罪，应当放在油锅里煎。"堂下站立的许多鬼卒齐声答应，好像打了一个霹雳。当时就有一个身材高大的鬼卒把他拖到阶下。见那油锅有二尺多高，四面烧着木炭，油锅的三只脚都烧红了。曾某浑身发抖，哀哀啼哭，可是没有路可以逃走。那鬼卒左手抓住他的头发，右手抓住他的脚跟骨，把他高高举起，抛进油锅里去。他自己觉得孤零零的一个身体，跟着滚油的波浪，忽上忽下。皮肉都烧焦了，痛到心里。滚油又灌进他的口中，把肝、肠、肺、腑都煎炸起来，心里但求快死，但是千方百计总死不了。

过了大约有一顿饭的时间，鬼卒才用一柄大叉将他捞起，再放在堂下。阎王又检查簿子，发怒说："你仗势欺人，应当入刀山地狱。"鬼卒又把他拖下去，见一座山并不十分宽大，但是山顶尖锐，四面非常险峻。山上垂着许多很锋利的刀，七横八竖，密密匝匝，像雨后春笋一般。先有几个人垂在山上，刀子刺穿了他们的肚皮和肠子，正在高声哭喊，非常凄惨。

◎啰唣：骚扰；吵闹。 ◎贼子：即贼人。

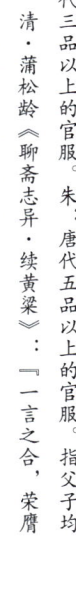

【读名著学成语】

父紫儿朱

紫：唐代三品以上的官服。朱：唐代五品以上的官服。指父子均为高官。清·蒲松龄《聊斋志异·续黄粱》："一言之合，荣膺圣眷，父紫儿朱，恩宠为极。"

传世彩绘聊斋志异

续黄粱

鬼卒催促曾某跑上刀山去，曾某放声大哭，向后退缩。鬼卒拿一根锋利的锥子，刺他的脑壳。曾某忍着疼痛，向鬼卒哀求。鬼卒生气了，捉住曾某的身体，举了起来，向空中用力一丢。曾某觉得自己的身体被抛入天空，突然向下一落，许多刀子就刺进了胸口，那痛苦简直无法形容。又过了一个时辰，身体发重，刀孔渐渐扩大，忽然从刀山上脱落下来，四肢蜷曲成一团。

鬼卒又驱逐曾某去见阎王。阎王吩咐把他一生卖官鬻爵、贪赃枉法、霸占财产所得到的金钱，究竟有多少，一一计算出来。当时就有个胡须满面的人，拿着算盘，结算清楚，报告说："一共有三百二十一万两银子。"阎王说："他既然积了这许多银子，还是让他喝下去吧。"不多一会儿，把银钱堆积在石阶上，好像一座小山。然后逐一放进铁锅子里，下面生着猛烈的炭火，将银钱熔化。几个鬼卒用铁勺将银汁灌进曾某的嘴里，银汁流在面孔上，皮肤都烫得裂开；灌到喉咙里，五脏六腑都被烫焦了。活着的时候。只怕这些东西太少，此刻又怕这些东西太多了。喝了半天，才把一锅银汁喝光。

阎王命令把曾某押到甘州府◎去投胎为女子。走了几步，看见一个架子，上面搁着一根大铁梁，有好几尺粗。梁上挂一个大轮盘，面积不知有几百几千平方里。轮盘上发出五彩的火光，直透云霄。鬼卒鞭打着他把他赶上轮盘。他闭着眼睛，刚跳到上面，轮盘马上跟着脚转动，觉得身体似乎跌了下来。一霎时周身凉凉的，睁眼一看，身体已经变成了婴儿，而且还是个女的。再看看父母，穿的是破衣裳，盖的是破棉絮。一间泥土小屋里，只有讨饭的瓢和叫花棒。曾某心里明白，自己已经做了乞丐的女儿了。

从此天天跟着父母到处讨饭。肚里吃不饱，饿得咕咕叫，身上穿着破衣裳，寒风吹过来，冻

◎甘州府：清朝的甘州府，即今甘肃省张掖等市县。

【名家评点】

《续黄粱》为神鬼狐妖的艺术世界增添了一个堪称丰满的儒林人物。曾某刚中进士，听到有宰相之命就封官许愿，结果高僧点化他进入梦境，让他享尽荣华富贵，做尽恶相坏事，又在地狱及生死轮回中受到应有的惩罚。传统的黄粱梦变成对封建官场全景式的描写，借包学士长篇上疏，对贪官污吏进行全面而深刻的控诉。艺术描写如行云流水，对小人得志的白描尤为精彩。（马瑞芳）

得冰冷彻骨。挨到十四岁上，父母把她卖给顾秀才做小老婆。衣食总算不缺了，可是大老婆一分凶狠，天天拿鞭子打她，还经常把烙铁烧红了烫她的胸口和乳部。幸而丈夫倒很怜爱她，所以自己稍觉宽慰。她家东面的邻居，有一个坏少年，一天，忽然爬过墙来调戏她，要与她私通。她自己一想，前生因为作孽太深，已经遭到阴司的责罚，如今怎能再做不正当的行为呢？于是高声大叫。丈夫和大老婆一同起来，那个坏少年才逃走了。

过了没有多少时候，有一晚，顾秀才睡在她的房里，枕头上谈谈说说，正在申诉自己的苦痛。忽然砰的一声，房门大开，有两个强盗拿了刀闯进来，竟把顾秀才一刀杀死，然后搜刮房中的衣服财物。她在窝里缩作一团，不敢作声。后来强盗去了，她才奔到大老婆房里去叫喊。大老婆吓了一大跳，哭哭啼啼，过去验看，就疑心小老婆与别人通奸，谋杀丈夫，于是写了状纸去报告官府。甘州府知府严刑审讯，把她屈打成招，判定罪名，依照法律，应当凌迟◦处死。到了行刑的那一天，绑赴法场，她满腔怨气，双脚乱跳，高喊冤枉，觉得阴间十八层地狱也没有这样黑暗。

正在伤心痛哭的时候，忽听得同伴在喊他："老兄可是梦魇了吗？"突然惊醒过来，只见那老和尚还是盘膝坐在蒲团上。同伴都对曾某说道："天色已晚，肚子饿了，你怎么熟睡了那么久？"曾某没精打采地站起来。老和尚对他微微一笑说："算命的说你要做宰相，可灵验吗？"曾某越发觉得诧异，向和尚行礼，请他指教。和尚说："修道惠，行方便，火坑中也会有青莲花的◦。老僧能知道什么呢？"

曾某方才得意扬扬地跑来，此刻不觉垂头丧气地回去，对于做宰相的思想，从此淡薄，隐居山中，后来不知道到哪里去了。

【读名著学成语】

蹉跎仕路

蹉跎：时间白白过去。指仕途不得志。清·蒲松龄《聊斋志异·续黄粱》："今置身青云，渠尚蹉跎仕路，何不一引乎？"

◦凌迟：旧时代一种极残酷的刑罚，把犯人碎割处死。 ◦火坑中有青莲花：这是佛家的说法，意思是在这混浊的世界中也可以修成正果的。

传世彩绘聊斋志异

小猎犬

山西省的卫中堂,当年还是秀才的时候,厌烦家中杂务的干扰,就搬到一所寺院里住宿读书。可是寺院房间的臭虫、蚊子、跳蚤非常多,使得他整夜睡不着觉。

一天,吃过饭后,他躺在床上休息。忽然看见一个小武士,头插雉翎◎,身高约二寸,骑着一匹只有蚂蚱那么大小的马,胳膊上穿着停立猎鹰的臂衣,上面架着一只苍蝇大的猎鹰,从外边进来,在屋里盘旋,走走跑跑。卫中堂正看得出神,忽然又进来一个小人儿,穿戴和前一个武士一模一样,腰间绑着小弓箭,牵着一只如大蚂蚁一般的猎犬。又过了一会儿,步行的、骑马的,又有数百人纷纷而来,共架着数百只鹰、牵着几百头猎犬。只要有蚊子苍蝇飞起来,小武士们就放鹰腾空扑击,全都杀死。小猎犬则跳到床上,或者爬到墙壁上,搜查并吃掉跳蚤、臭虫。凡是藏在被褥和墙隙里的臭虫和跳蚤,没有小猎犬嗅不出来的,顷刻之间,全部扑杀死了。卫中堂假装睡觉,眯着眼偷偷地看着。鹰和猎犬都在他身上窜来跑去。接着有一个穿黄衣服的人,头戴平天冠◎,好像是大王,登上另外一张床,把马拴在席子上。随从的人都下了马,他们有的献上蚊子苍蝇,有的献上臭虫、跳蚤,纷纷集合在大王的身旁,也不知道吵吵嚷嚷地讲了些什么话。时间不长,大王登上一辆小车,卫士们匆忙上马,万马奔驰,纷纷扬扬得像是撒菽粒子,烟飞雾腾,不一会儿就散尽了。

卫中堂看得清清楚楚,感到又惊骇又诧异,不知它们是从哪里来的。他穿上鞋子,偷偷往外看,那些小人儿已经无影无踪。他反身四面巡视,也都没有看到什么,只有墙壁的砖上遗留下一只小猎犬。卫中堂急忙将它捉住,小猎犬性情很温驯。卫中堂把它放在砚台的匣子里,反复瞻玩◎。见小猎犬的毛极细而且柔软,脖子上有个小环。喂它饭粒,它嗅了一嗅就走开。小猎犬跳到床上,寻找衣缝,咬杀虮子、虱子。它吃饱了,就再回到匣子里趴着睡觉。过了一夜,卫中堂疑心它已经走了;一看,仍然蜷曲着趴在那里。卫中堂躺下,它就跳到床席上,遇到臭虫就咬死吃掉,蚊子苍蝇再没有敢落下来停留的。卫中堂非常喜爱它,比宝贝还珍贵。

一天,卫中堂白天睡觉休息,小猎犬偷偷地趴在他身旁。卫中堂醒了翻身,把它压在腰底下。卫中堂感觉身下有什么东西,怀疑是小猎犬,急忙起身一看,已经被压扁死了,像是用纸剪出来似的。但是,从此寺院房间的墙壁上再没有活着的蚊虫了。

◎雉翎:传统戏曲中的一种行头(道具),制作材质取自野鸡的羽毛。◎平天冠:冕的俗称。◎瞻玩:观赏,玩赏。

【名家评点】

《小猎犬》是《聊斋志异》中短小精悍的代表作之一,在情节设置、细节描写以及文学意涵的表达上,以小见大,体现出蒲松龄的匠心独运以及精神世界的超脱。此外,从文学源流来看,此篇吸收了《羽猎赋》《小言赋》以及《画记》等前代经典作品,并对后世文言笔记小说产生影响,反映了从骚赋、唐宋散文到明清小说之间的发展变化。(吴晗)

此篇奇在以大化小,以小见妙。卫中堂苦于蚊蚤臭虫的骚扰,彻夜难眠,遂产生小鹰小犬扑杀蚊虫的奇想。小武士的指挥,王者的受献,使扑杀蚊虫之举,成了有组织的行动。这种写法很容易使人联想到惩办贪官的《王者》篇。不同的是,这里的王者不仅警告贪官,而且对各种害人虫来一次痛快的扫荡。最后遗下小犬,继续追捕残敌,必令蚊虫无噍类而后已。似幻似真,读之令人兴味无穷。(刘烈茂)

【锦言佳句】

万蹄攒奔,纷如撒菽,烟飞雾腾,斯须散尽。

猎归遗犬

传世彩绘聊斋志异

辛十四娘

广平有个冯生,是明朝正德年间人,年轻时候,行为很不庄重,喜欢尽情地喝酒。有一天,偶然清早出去,遇见一个年轻女子,穿着红衣裳,容貌很美丽,后面跟一个小丫头,踏着露水奔走,鞋袜都沾湿了。心里觉得很爱她。

太阳将要落山的时候,冯生吃醉了酒回家。路旁有一所古庙,已经荒废好多年了,忽然有个女子从里边走出来,原来就是早上遇到的美人。那女子见冯生过来,便转身走进去了。冯生心里暗想,这美人怎会住在庙里,就跳下驴来,把驴子拴在庙门口,走进庙去,看看有什么奇异的事情。走到里边,只见坍塌的墙壁,零零落落,石阶上长满了细草,好像铺着毯子一般。

他正在彷徨不定的时候,有个须发花白的老头儿走出来,衣帽很整齐清洁,问道:"客人是从哪里来的?"冯生说:"偶然跑进古庙里来,只是想游玩一番,不知老先生怎会在此?"老头儿说:"老夫四海为家,没有一定的住处,暂时借这古庙安顿家眷。既然承蒙光临,这里有粗茶一杯,可以当酒。"于是恭恭敬敬地请冯生进去。只见大殿后面的一所院子,石路收拾得很光洁,不像前面那样的长满了野草。

走进他的屋子里,帘子、帐幔、桌围、椅帔等,都是香气扑鼻。坐下来互通姓名,那老头儿自称:"姓辛,字蒙叟。"冯生借着有几分酒意,问道:"听说府上有一位女公子,还未曾找到如意郎君。小生不揣冒昧,愿意前来求婚。"辛老笑说:"待我与内人商量一下。"冯生向他要一支笔,写出一首诗来。那诗道:

千金觅玉杵,殷勤手自将。
云英如有意,亲为捣玄霜。

主人笑了笑,交与站在身边的家人,送进里边去。

不多一会儿,有个丫头走出来,凑在辛老的耳朵上,轻轻地一说。辛老站起身来,请客人宽坐,便揭开门帘,走进内室去了。隐隐约约听得他讲了两三句话,就走出来。冯生认为一定有好消息了,谁知辛老只是坐着与他谈笑,不提起别的话。冯生忍不住问道:"不知尊意究竟如何?希望您能告诉我,免得我怀疑。"

【名家评点】

作者塑造了一位外在美和内在美和谐统一的妇女形象。辛十四娘是狐女;但她生活的环境是现实社会,她的思想情感、斗争手法同一般人并无异样。辛十四娘最后终于帮助丈夫平反冤狱,一点也没有使人感到真理最终取胜,正义得到伸张。相反,它只不过说明,哪怕鬼神狐仙,一旦变成人类,法律之类,仍不过是权贵们的一种玩物。(牧惠)

◎广平:旧府名。明朝广平府,属北直隶,治永年,辖曲周、邯郸等九县,即今河北省广平等市县。◎正德:明武宗朱厚照年号。◎坍塌:倒塌。◎这首诗所用的典故,出在唐人裴铏所作的《裴航传》中。据说:裴航经过蓝桥驿,爱上了一个女子,名叫云英,向她的母亲求婚。她母亲要玉杵臼作聘礼。裴航花了千金,求得玉杵臼,亲自送去。又要他捣玄霜(仙药名)一百天,方许成亲。这诗的大意如下:花了一千两银子找到了玉杵臼,诚诚恳恳地自己送往蓝桥。云英倘然有意嫁给我,愿亲自替她把玄霜捣。

[说聊斋]

学者王彬彬谈《聊斋志异》

孙犁在盛赞《聊斋志异》的艺术成就时,强调了《聊斋志异》在表达上"无以复加的简洁精炼"。简洁精炼,是《聊斋志异》特别令人赞叹之处。《聊斋志异》中的篇章,长短参差。最长者,有数千言;最短者,只有三两句话,几十个字。

兰若寻春

传世彩绘聊斋志异

辛十四娘

辛老说:"先生少年英俊,老夫一向钦佩。可是我心里有些说不出的苦衷,不敢向您讲。"冯生硬要他说出来。辛老说:"我有十九个女儿,已经嫁了十二个。婚姻大事,都由内人做主,老夫从来不能过问的。"冯生说:"我只要今天早晨带着小丫头踏着露水行走的那一位。"辛老没有答复。于是两个人面面相觑,默不作声。

这时候听得内房叽叽喳喳,有女人说话的声音。冯生趁着酒醉,突然把帘子揭开来说:"婚姻既不成功,待我看一看容貌,也可以消释我几分烦恼。"房里的人听得帘钩响,大家一愣,都站起身来,呆呆地看着。中间果然有那个穿红衣裳的女子,她卷起衣袖,低垂粉颈,手里拈着一条衣带子,袅袅婷婷地站在那里。一屋子的人见冯生闯进去,都慌张起来。辛老发怒,吩咐几个家人把冯生拖出去。这时候冯生肚子里的酒越发涌上来,跌倒在乱草丛中。一时石子瓦片像雨点般落下来,幸而都不曾打在身上。

冯生躺了一会儿,听得驴子还在路旁吃草,就站起身来,跨上驴背,踉踉跄跄地朝前行去。可是夜色昏黑,不辨路径,错走到一处山谷里去。耳朵里只听到豺狼的奔跑声和猫头鹰的怪叫声,心惊胆战,汗毛根根都竖起来,东张西望,认不出这里是什么地方。远望黑压压的一片树林中,灯光闪烁,疑心那边有村庄,就飞快地跑过去。

到了那边,见一所高大的房屋。跳下驴来,用鞭子敲门。里边有人问道:"你这位先生是哪里人?怎么深更半夜来到这里?"冯生告诉他,因为迷失了路途。那问的人说:"待我进去禀报主人。"冯生呆呆地站在门外,忽然听得有人拿钥匙开门。一个身材高大的仆人走出来,替客人牵驴子。冯生跟进去,见房屋十分华丽,厅堂上点着许多灯火。

略坐一会儿,有个仆妇°走出来,问客人的姓名。冯生告诉了她。再过了一刻钟,几个侍女扶着一位老太太走出来,传呼说:"郡君°来了!"冯生恭恭敬敬地站起来,要想下拜。那老太太拦住他,请他坐下,问他说:"你不是冯云子的孙子吗?"冯生答道:"是的。"老太太说:"你原来是我的外甥孙。老身年迈力衰,已经是快死的人了,对于骨肉至亲,一向不免疏隔。"冯生说:"晚辈从小没有了父亲,凡是我祖父一辈的尊长,十个之中,

◎仆妇:年纪较大的女仆。 ◎郡君:旧时代有爵位的贵官,他的母亲或妻子尊称"郡君"。

【名家评点】

但氏把十四娘至死不愿从命的本意,理解为"以礼自守",是不够全面的。婚姻乃人生之大事,尤其在封建社会,即使平民百姓,对此也相当重视,而郡君作伐,既不向她父母提婚,也不容她思考,直接把十四娘叫来,便要草草合卺,完全不讲道理,以势压人。在十四娘看来,这不仅是仪礼的草草,而且是对自己人格的轻视和嘲弄。十四娘这里所维护的,正是做"人"的人格和尊严,她的以礼自守,恰恰是借助封建礼教来同郡君抗争,这种斗争精神与斗争方法,反映了辛十四娘的聪明机智及其处境的可悲。(常振国、降云)

【锦言佳句】

申贺者，捉坐者，寒暄者，喧杂满屋。耳有听，听四娘；目有视，视四娘；口有道，道四娘也。

郡君作伐

辛十四娘

认不得一个，所以一向未曾前来请安。我们究竟是怎样的亲戚？还请指教。"老太太说："将来你自然会知道的。"冯生不敢再问，只能坐着呆呆地想。

老太太问道："这样的深更半夜，你怎么会跑到此地来？"冯生夸耀自己很胆大，就把所经过的事情一件件讲出来。老太太笑道："这也是一桩好事。况且你是一个名士，和他家攀亲，也不会辱没他家，这野狐精怎敢自高身价。你放心！我能够替你想法子把她弄来。"冯生连连答应，向她道谢。

老太回过头来，对站在旁边的侍女说："我倒不知道辛家的女儿长得这等好看。"侍女说："他家有十九个女儿，个个都长得妖妖娆娆，有些姿色。不知官人所要聘的排行第几？"冯生说："她的年纪十五岁有余。"侍女说："这是十四娘，今年三月里，曾经跟了她的母亲来替郡君祝寿。郡君怎么会忘记了？"老太太笑道："可是穿莲瓣形的高底鞋，中间填着香屑，身上罩着一层纱，走路很袅娜的那个女孩子吗？"侍女说："是的。"老太太说："这丫头真会弄乖巧，可是长得果然美丽。外甥孙赏识她，眼光不差。"于是对侍女说道："可以派小狸奴去唤她来。"侍女答应了，立刻派人前去。

去了一个时辰，进来禀报："辛家十四娘唤到了。"一会儿见那穿红衣裳的姑娘走进来，向老太太叩头。老太太拉她起来说："你将来要做我家的外甥孙媳妇，就不必行那小丫头的礼节了。"女子立起身来，放下袖子，袅袅婷婷地站着。老太太替她理一理鬓发，捻°一捻她的耳环，问道："十四娘，你近来在闺中°做些什么？"女子低声答道："闲下来时绣花罢了。"回过头来，看见了冯生，含羞退缩，局促不安。老太太说："这是我的外甥孙。他一番好意，要与你联姻，你们为什么弄得他一晚上迷失路途，闯到了山谷里去？"女子低下头，一句话也不说。老太太说："我叫你来，不为别的，就是要替外甥孙做媒罢了。"女子还是不作声。

老太太吩咐整理床帐被褥，当夜就叫他们成亲。女子羞答答地说道："我要回去禀告父母。"老太太说："我替你做媒人，难道还有什么差错吗？"女子说："郡君的命令，我父母当然不敢违拗。但是像这样的草草成亲，我就是死也不敢从

◎捻：用手搓揉或转动。 ◎闺中：特指女子所住的地方。

【名家评点】

冯生邂逅辛十四娘的这段文字，很美，不仅文质彬彬，继续实践着蒲松龄特有的古艳文风，而且，特地突显出《诗经》里营造的氛围与情绪："野有蔓草，零露漙兮。有美一人，清扬婉兮。邂逅相遇，适我愿兮。"（鱼丽）

命。"老太太笑道："你这小姑娘意志很坚强，对谁也不肯屈从，倒真是我的外甥孙媳妇。"于是把她头上的一朵金花拔下来，交与冯生收藏了，命冯生回家选个好日子，预备结婚，便派侍女送那女子回去。

这时候听得远处鸡啼的声音，老太太派人牵了驴子，送冯生出去。走了几步，回头一望，霎时间村庄房屋都不见了。只见松树楸树，黑压压的一片，草丛里有个坟堆。呆呆地想了一会儿，才想起来，这地方乃是薛尚书的坟墓。薛尚书是他祖母的兄弟，所以老太太叫他外甥孙。心里知道遇见了鬼，但是又不知道那辛十四娘究竟是什么人。叹了几口气，回转家中，随便选了个结婚的日子，等候辛十四娘到来。他心里恐怕由鬼撮合的婚约靠不住，再到古庙中去探望，但见佛殿荒凉，杳无人迹。打听附近的居民，据说庙里往往有狐狸精出现。心中暗想，倘能娶到一个美人儿，便是狐狸精也很好。

到了选定的吉期，把房间收拾清楚，走道上也扫干净了。几次派仆人出门探望，直到半夜里，毫无声息，他认为已没有什么希望了。不多一会儿，忽听得门外人声嘈杂，拖着鞋子出去一看，一辆花车已经停在院子里。两个丫鬟把辛十四娘扶出来，坐在新房中。带来的妆奁，并无什么贵重物品，只有两个长胡子的仆人扛着个大扑满◎，好像一只大瓮，停放在厅堂的壁角里。冯生得到美人，心里很欢喜，明知道她不是人类，倒也并无疑忌，问辛十四娘说："那老太太不过是个死鬼，你们一家为什么对她这样的服服帖帖？"辛十四娘说："薛尚书如今做五都巡环使。附近几百里内的鬼与狐狸，都归他管辖，个个要替他当差，所以他回到坟墓里来的时候很少。"冯生不忘姊人的好处，第二天到坟墓上去祭奠。回到家中，看见两个侍女拿了一匹缎子前来贺喜，放在桌上就走了。冯生告诉辛十四娘。辛十四娘看了缎子，说道："这是郡君的东西。"

本城有个银台◎楚某的儿子，小时候与冯生同学，大家很亲热，听得冯生娶了个狐狸精老婆，送礼物来贺喜，而且到冯家来吃喜酒。过了几天，又送个帖子来，请冯生去饮酒。辛十四娘听到了，就向冯生说道："前次楚公子到我家来，我在板壁缝中看见他。这个人眼睛像猴子，鼻子像老鹰，

◎扑满：一种储蓄银钱的陶器。 ◎银台：明清王朝的官名，是"通政使"的别称，专管各处送上来的奏章。

【读名著学成语】

略高一筹

筹：筹码；古代用以计数的工具；多用竹子制成。指比较之下，稍强一点。清·蒲松龄《聊斋志异·辛十四娘》："'小生所以呫出君上者，以起处数语，略高一筹耳。'"

绣幰送女

醉酒诨杀

辛十四娘

不可以跟他常在一起。千万不要去！"冯生就答应了。

第二天，楚公子上门来拜访，埋怨冯生昨天不该失约，而且拿出新作的诗文来给冯生看。冯生批评他，话中还带些嘲笑，弄得楚公子十分惭愧，不欢而散。冯生回到房里，当作笑话，讲给辛十四娘听。辛十四娘脸色愁惨，说道："楚公子好像豺狼一般，千万不要与他开玩笑。你若不听我的话，将来一定会遭祸患的。"冯生笑了笑，并不接受她的意见。后来时常与楚公子说笑话，上一次的不愉快也就渐渐消释了。

这时候遇到学台召集考试，楚公子考取第一，冯生第二。公子扬扬得意，派仆人来邀冯生饮酒。冯生推辞不去。邀了好几次，只得前往。到了楚家，才知道这天是楚公子的生日，厅堂上坐满了客人，摆着很丰盛的筵席。楚公子拿出考卷来给冯生看，亲友们挨肩叠背，大家挤上来观看，都赞不绝口。干了几杯酒，厅堂上奏起音乐来。奏的尽是些粗俗不堪的调子，客人与主人都非常欢乐。

楚公子忽然对冯生说道："世俗有一句话，叫作'场中莫论文◦'，今天才知道这话简直是胡说。我所以能考在你的前面，就是因为开头的几句比你好一点啊。"公子说完，席上的人个个都称赞他。那时冯生已经喝醉了，忍不住哈哈大笑说："你到了今天，还以为自己的文章真有这么高明吗？"冯生说完这话，大家脸上都一呆。楚公子羞惭满面，气得话都说不出来。客人们觉得不好意思，一个个都走了。冯生也只得溜回家去。

酒醒以后，有些懊悔，把这事告诉辛十四娘。辛十四娘很不高兴，说道："你真是一个少见世面的浮头浪子。把这种轻薄的态度对付好人，未免自丧道德；若是对付坏人，就有杀身之祸。你的祸患恐怕不远了。我不忍见你遭殃，请你让我走吧。"冯生听了，也有些害怕，不觉流下泪来，表示自己很懊悔。辛十四娘说："你假使要我留在这里，我要与你约定：从今以后，关上大门，不要跟人家来往，也不要乱喝酒。"冯生诚诚恳恳地接受了她的教导。

辛十四娘的为人，又勤俭，又豁达，每日里只是纺纱织布。有时回到娘家去，从未过夜。又时常拿出本钱来做买卖，每天得些余利，总是丢

◎场中莫论文：到了考场，只能看你的文章能不能入主考官的眼。

【名家评点】

《辛十四娘》在创作技巧上，采用巧合、悬念等艺术手法，变化穿插，使情节起伏跌宕，如云龙雾豹，瞬息万变，令人目不暇接。另外，文章还善于运用"草蛇灰线"（如扑满蓄金情节）和"烘云托月"（如借郡君、青衣人和冯生的对话侧面写辛十四娘）之法，妙笔生花，使人物形象更加丰满。（常振国、降云）

在那只大扑满里。一天到晚把大门关上,有人前来拜访冯生,总是吩咐老家人出去挡驾。有一天,楚公子派人送封信来,辛十四娘把信烧掉了,不让冯生知道。

第二天,冯生偶然出城去吊丧,在丧事人家遇见楚公子。公子拉牢了他的臂膀,苦苦地邀他。冯生推托另有要事。楚公子教马夫牵了他的马,把他簇拥着一起走。到了楚家,立刻吩咐摆上酒菜,一同饮酒。冯生再三告辞,楚公子总是挡阻他,并且把家里的歌女唤出来,弹筝唱歌。冯生本来是个不惯拘束的人,一向关在家里,很觉得昏闷;如今忽然有人与他畅畅快快地饮酒,兴致顿时高起来,一切都不放在心上了。因此喝得酩酊大醉,睡倒在酒席上。

楚公子的妻子阮氏,最是妒忌,丫头们不敢搽脂抹粉。前一天,有个丫头跑进楚公子的书房里,被阮氏抓住,拿根棍子当头一下,脑浆迸裂,当场就死了。楚公子因为冯生曾经嘲笑过他,怀恨在心,天天想报复,所以设计把他灌醉,预备陷害他。趁他酒醉睡熟的时候,将丫头的尸首扛到他的床前,关上房门,就出去了。

到了五更天,冯生宿酒渐醒,才知道自己伏在桌上睡着了。站起身来,去寻床铺,觉得有件软绵绵的东西在脚上一绊。伸手一摸,是一个人,还道是主人家派个书童◎来陪伴他。又把脚踢一下,觉得那人直僵僵地不动,大吃一惊,开门出去,高声喊叫。一时阖府的仆人都奔拢来,拿火一看,见了那丫头的尸首,就把冯生扭住,吵闹起来。楚公子出来验看后,一口咬定是冯生逼奸不成,杀死丫头,将他捆绑起来,送往广平府衙门究办。

过了一天,辛十四娘才知道这件事,流泪说:"我早就知道有今天了。"于是天天派人送金钱给冯生供他使用。冯生见了府尹,没法替自己分辩,日夜受刑,打得皮开肉绽。辛十四娘亲自去探监,问他受屈的经过。冯生见了妻子,一股怨气塞住了胸口,话都讲不出来。辛十四娘知道他已经掉在很重的陷阱里,劝他暂时冤枉招认了,免得受刑。冯生哭哭啼啼地答应了。

辛十四娘到监中探望,来往之间,哪怕与她站得至近的人也看不见她。她回转家中,连连叹息,急忙把个贴身的丫头打发走了。独自一人居

◎书童:侍候主人读书的年轻仆人。

【锦言佳句】

轻薄之态,施之君子,则丧吾德;施之小人,则杀吾身。

辛十四娘

住了好几天。又托媒婆买了一个好人家的女孩子，名叫禄儿，年纪已有十五六岁，面貌长得很美丽。辛十四娘与她一同睡觉，一同吃饭，很爱怜她，与别的丫头不同。

冯生招认了误杀，判处绞刑。老家人得到消息，回家报告，哭得话都说不出来。辛十四娘听了，却很镇定，似乎并不放在心上。后来到了秋天，行刑的日期已经确定了，辛十四娘才急急忙忙，早出夜归，奔走不停。每逢冷清清在家的时候，就抽抽噎噎地恸哭，晚上不想睡觉，白天不想吃饭。

有一天，太阳将要落山的时候，那个贴身的狐狸精丫头忽然回来了。辛十四娘立刻起身，把她带到内室里，关着门与她谈话。等到开门出来，忽然笑容满面，料理家务，和平常一样。第二天，老家人往监中探望，冯生教他带信给妻子，希望她去作最后的诀别。老家人回来，报告辛十四娘。辛十四娘随口答应了一声，脸上并无悲伤的样子，听过之后就丢开了。家里的人私下议论她，说她心肠太硬。

忽然外边纷纷传说，楚银台已经革职。平阳观察◯接到皇帝的特旨，派他往广平府审问冯生的案子。老家人听到了很高兴，回去告诉主母。辛十四娘也大喜，立刻派人往府衙门探听。不料冯生已经出了监牢，大家见面后，又悲又喜。不久，把楚公子拿到，一经审问，事实就完全弄明

【名家评点】

一入情缘，便生烦恼。情缘未了时，则烦恼亦无尽境。（但明伦）

◯平阳观察：平阳，旧府名，见《续黄粱》篇注。"观察"就是道台，明清两代的官名。

白了。冯生立即释放回家。

冯生回到家中，见了妻子，泪流满面。辛十四娘也十分伤心。后来大家转悲为喜。但是冯生始终不明白，这案子怎样会被皇帝知道。辛十四娘指着那贴身的丫头说："她就是你的功臣。"冯生听了一愣，盘问根由。原来辛十四娘起先派那丫头往北京，想要到宫里去替冯生喊冤。丫头一到北京，见宫里有神灵守护，只得在御沟旁来往打转。候了几个月，不能进去。她恐怕误事，正要回家商议，忽然听说皇帝将要往大同◎游玩。她便预先扮作一个奔走江湖上的妓女，候在大同。皇帝到妓院中去作乐，对她十分宠爱，疑心她不像个娼门中人物。丫头就哭起来。皇帝问她："有什么冤枉？"丫头答道："小女子原籍广平，是秀才马某的女儿，只因父亲吃了冤枉官司，快要死了，所以把我卖到妓院里。"皇帝觉得有些可怜，赐她一百两银子。临走的时候，把那案子从头至尾详细问了一遍，拿起笔来，记下了姓名。并且同丫头说，要带她到宫里去同享荣华富贵。丫头说："只要父女能团聚，不愿享受荣华。"皇帝点点头，就去了。丫头把这些经过情形告诉了冯生。冯生急忙向她作揖道谢，感激得眼泪都流下来。

过了没有多少时间，辛十四娘忽然对冯生说："我俩终不是为情缘所牵累，哪里会遭到种种烦恼。你被捕的时候，我也曾向亲戚们奔走呼吁，

【锦言佳句】

妾不为情缘，何处得烦恼？君被逮时，妾奔走咸眷间，并无一人代一谋者。尔时酸衷，诚不可以告诉。今视尘俗益厌苦。我已为君蓄良偶，可从此别。

◎大同：今山西省大同市。古称云中、平城，曾是北魏都城，辽、金陪都，境内古迹众多，著名的文物古迹有云冈石窟、华严寺、善化寺、悬空寺、九龙壁等。

辛十四娘

可是没有一个人替我出些主意。当时我的心酸，真是不可以言语形容。如今我看着这个尘俗的世界，越发觉得厌恨了。我已经替你找到一个很好的配偶，我们可以从此分手了。"

冯生听到了这话，啼啼哭哭，趴在地上，不肯起来，辛十四娘才不走了。晚上，派禄儿去陪冯生同睡。冯生拒绝她，不放她进房。明天早晨，去看辛十四娘，见她的面貌顿时没有从前美丽了。再过了一个多月，渐渐地衰老。半年之后，又黑又瘦，像个乡下老婆子。但是冯生尊敬她的心思，始终不变。辛十四娘忽然又谈到要分别，而且说道："你已经有了一个很好的伴侣，还要我这丑婆子何用？"冯生听了，伤心痛哭，和从前一样。

又过了一个月，辛十四娘突然生病，不吃东西，瘦骨伶仃，躺在房里。冯生亲自服侍她，拿汤拿药，好像侍奉父母一般。但是医药无效，竟然死了。冯生哭得死去活来，就用皇帝赐给丫头的一百两银子替她办理丧葬。几天之后，那个丫头也走了。冯生就把禄儿做了妻子。

再过一年，禄儿生了个儿子。但是连年灾荒，家里越发穷了。夫妻二人毫无办法，面面相觑，愁眉不展。忽然记得厅堂角里有只大扑满，时常看见辛十四娘把钱丢在里边，不知道如今还在不在。走近屋角一看，但见豆豉甏○，盐钵头○，种种家具，都堆在扑满上。一件件搬开之后，拿支筷子，想从口子里插进去试探一下，可是里边塞得结结实实，简直插不进去。打碎了扑满，金钱都滚出来，因此家里顿时就富足了。

后来老家人经过华山，遇见辛十四娘，骑着青骡子。丫头骑一匹驴，跟在后面。辛十四娘问："冯郎可安好吗？"而且说道："你替我告诉主人，我的名字已经被登录在仙人的册子上了。"说完，忽然不见。

○甏：一种口小腹大的陶制盛器。○钵头：盛器。

【名家评点】

十四娘，刚介若李势女，知人若山公妻。险阻不惊，艰难求济。若许允妇，谁谓妇人，不可比踪英杰耶？（方舒岩）

【锦言佳句】

一言之微,几至杀身,……可惧哉!

遗金再富

传世彩绘聊斋志异

武技

李超，字魁吾，是淄川西乡人。性情很豪爽，喜欢布施○和尚。一次，有一和尚来化缘，李超给他吃了一个饱，和尚很感激，向他说："我是从少林寺出来的，有点小武艺，愿意传授给你。"

李超很高兴，留他在客房居住，待遇很优厚，早早晚晚跟他学本领。学了三个月，武艺相当精了，甚觉得意。和尚问他："你有点进步了吧？"他回答说："进步了，师父的本领我完全学会了。"和尚笑着，叫李超试试他的本领。

李超便脱下外套，擦了擦手掌，打起拳来，忽而像猿猴揉升○，忽而像飞鸟下落，翻腾跳跃了好久，神气活现地收住了脚。和尚又笑笑说："好了，你既然学会了我的全部本领，就来和我比一个高下吧。"

李超高兴地答应了，便各自交臂作势，接着就你来我往，互相搏击起来。李超时时找和尚的漏洞，和尚忽然一脚飞来，李超已跌出了一丈多远。和尚拍手大笑，说："你还没有完全学会我的本领咧！"李超拜在地上，又羞愧又懊丧地再向和尚请教。又过了几天，和尚辞别去了。李超从此以武艺出名，走遍了南北，没有遇到对手。

一次，李超偶然到济南，看见一个年轻的尼姑在广场上卖艺，四周挤满了观众。那尼姑对看客们说："我一个人颠来倒去地打拳，太冷落了。要是哪一位高兴，不妨进场来比试玩玩。"这样讲了三遍，看客们面面相觑，始终没有一个人

○布施：将金钱、实物布散施舍给别人。 ○猿猴揉升：比喻像猿猴似的轻捷攀登。

【名家评点】

《武技》是一篇带有传奇色彩的讽诫小说，也是一篇饱含人生经验的武侠小说。《聊斋志异》不以写武侠小说见长，但是描写起打斗场面同样精彩绝伦。《武技》写少年尼僧的武艺，叙述者写了他与武艺高强的李超比武，但是叙述者并没有对比武场面铺叙展演，而是先从李超的感觉写，尼僧仅"骈五指下削其股"，李超就觉得"膝下如中刀斧，蹶仆不能起"，继而又从憨和尚的话中写出了尼僧武艺之高："汝大卤莽！惹他何为？幸先以我名告之；不然，股已断矣！"尼僧的武艺到底有多高，实在难以实写，通过这种避实就虚的写法，尼僧武艺之深不可测，尽在读者的想象之中。（李桂奎）

【锦言佳句】

乃解衣唾手，如猿飞，如鸟落，腾跃移时，诩诩然交叉而立。

李超在旁边，不觉技痒起来，神气十足地走进场去。尼姑笑着向他合掌°行了礼。他们才一交手，尼姑便大声叫他停下，说："这是少林宗派°的拳法，你的师父是谁？"李超起初不肯说，再三追问，才讲出和尚的名字来。尼姑拱拱手说："憨和尚是你的师父吗？这样讲来，不必较量了，我愿意认输！"李超再三请求比试，尼姑坚决不答应；这时看客们也都怂恿他们比一下，尼姑被逼不过，便说："既是憨和尚的徒弟，都是一家人，不妨玩一下，但各人心里有数好了。"

李超答应了，但是见她身子瘦弱，因此不大在意；加以少年好胜，便想打败她，来替自己增添光彩。正在打得不相上下时，尼姑忽然停了手；李超问她为什么，她只笑笑不回答。李超以为她胆怯，一定要请她再比赛下去，尼姑才又动起手来。打了一会儿，李超飞起一腿向她踢去，尼姑并拢五个手指，向着他的腿削下去，李超觉得膝部以下像给刀斧劈了一下，跌到地上爬不起来。尼姑笑着道歉说："我太鲁莽，得罪了你，希望不要见怪！"

李超雇人抬着回去，养了一个多月才好。过了一年多，和尚又来了，李超对他讲起这件事。和尚吃了一惊，说："你太冒昧了，为什么去惹她？幸亏你先把我的名字告诉她，否则，你这条腿就给她削断了！"

◎合掌：佛教徒合两掌于胸前，表示虔敬。一般人亦借以表示巨诚或敬意。◎少林宗派：少林派是中国武术中范围最广、历史最长、拳种最多的武术门派，以出于中岳嵩山少林寺而得名。

传世彩绘聊斋志异

鸦头

秀才王文,东昌人,自幼就很诚实。有一次,他到湖北去,渡过大河,住在旅馆里,在门外散步。他的同乡赵东楼,是一个大商人,已经好几年不回家乡,刚巧也在这里,看见王文,握手十分亲昵,便邀他到自己住的地方去。

王文到了他的住处,看见有一美人坐在屋里,很是奇怪,连忙退出。赵东楼拉住他,又在窗外喊那女人走开,王文方才进去。赵东楼备了酒菜,先和王文寒暄一番。王文便问:"这是什么地方?"赵东楼回答说:"这是妓院。我因久客他乡,暂时借宿在这里。"谈话之间,那女人时常穿进穿出。王文局促不安,起身告别,赵东楼硬拉他坐下。

不久,看见一个少女从门外经过。她望见王文,便不住地看着他,眉目之间,含情脉脉,面貌神态,都很美妙,真像仙女一般。王文素来方正,到这时也觉得心神不定,便问:"这个,美丽的姑娘是谁?"赵东楼说:"这是假母°的第二个女儿,小名鸦头,今年才十四岁。喜欢她的客人常常用重金打动假母,可是姑娘总是执着不愿意,因此常被假母殴打。姑娘说自己年纪还小,哀求一番,总算免了。现在她还没有嫁人哩!"

王文听了这话,低头不响,只是呆呆坐着。一时之间答非所问,完全不合应酬的规矩。赵东楼因此打趣他说:"你如果有意,我可替你做媒人。"王文很伤感地说:"这个念头我是不敢想的。"但是天已将晚,他还不想走。赵东楼又调笑说:他愿做媒人。王文说:"你的好意我全领会,只是没有钱,有什么办法呢?"赵东楼知道那姑娘性情激烈,一定不肯答应,就故意答应帮助他十两银子。王文连忙拜谢,又回去拿了自己所有的钱来,只有五两银子。再三请赵东楼到假母处为他介绍。

假母果然嫌钱太少,鸦头却对假母说:"妈天天骂我不会做摇钱树,现在请允许我顺从妈的心愿。我刚开始应客,将来报妈的日子正多,不要为了数目太少,有意把财神赶走了。"假母因姑娘性情本很执拗,只要她能答应,就很高兴,

◎假母:鸨母,旧时开妓院的女人。

【名家评点】

鸦头不仅坚决果断,而且还是一个有情有义,具有人格独立意识的女子。在以往小说中,出身风尘而有情有义的女子很多,如怒沉百宝箱的杜十娘,甘愿嫁给卖油郎的花魁等。鸦头具有强烈的自立自主意识。她出身青楼,却要追求普通人自由自在的婚姻生活。这在当时的社会环境中是不允许的。普通女性追求自由婚姻尚且不被允许,一个青楼女子就更难被理解了。但是为了追求自由生活和纯洁的爱情,鸦头不惧千难万苦。鸦头相信命运始终操纵在自己的手中,不受他人支配。(李桂奎)

于是便允许了，叫女婢去请王文。赵东楼也不便中途反悔，只好加上自己的十两银子付给假母。

王文和姑娘相见，大家都很欢爱。后来姑娘对王文说："我是烟花下流的女子，不能和你相配。现在既然蒙你相爱，恩义便是很重。你如果把所有的钱来换这一夜的欢乐，那么明天又怎么办呢？"王文眼泪汪汪，说不出话来。姑娘又说，不要难过。我落在这火坑里，本不是自己所愿意的，只因没有像你这样诚实的人可托终身。现在我们就连夜逃走吧！"

王文听了大喜，连忙起来，姑娘也跟着起身。听听更鼓已经打过三更，姑娘连忙改扮男装，同王文一起出去。王文本来带着两头驴子，他敲开了旅馆的门后，推说有要紧事情，叫仆人立刻动身，姑娘用符系在仆人屁股和驴子耳朵上面。赶驴快走，快得连眼睛也睁不开，耳朵后面只听见呼呼风声。第二天一早便到了汉口◦，租屋住了下来。

王文奇怪她有什么法术。姑娘说："我说出来你不怕吗？我不是人，是狐。假母贪淫，我每天受她虐待，心里实在恨极。现在幸喜脱离苦海，离开她们百里以外，她们就不会知道，可以安然无忧了。"王文倒也没有什么疑惧，只是说："我每天虽然对着你，家里却穷得一点东西也没有，实在难以自慰，恐怕终要被你抛弃的。"姑娘说："你愁这些干什么！现在做买卖，就可养活三四个人，虽然清苦一点，也可够开销了。就卖掉驴子做本钱吧！"

王文依她的话，就在门前开了一家小店。王文和仆人都亲自动手，在店里卖酒卖茶，姑娘则缝衣裳，绣荷包，因此每天都有钱赚，吃得很好。这样过了一年多，也能够雇婢女和老妈了。王文从此不再自做买卖，只从旁督促伙计就是了。

有一天，姑娘忽然悲伤起来说："今夜应有灾难发生，怎么办呢？"王文问她什么灾难，姑娘说："假母已经知道我的消息，一定要被她欺侮、羞辱。倘使她差阿姐来，我不必担心，只怕

【锦言佳句】

妾幽室之中，暗无天日，鞭创裂肤，饥火煎心，易一晨昏，如历年岁！

◎汉口：地名，今属湖北省武汉市，位于长江与汉水交汇处。

鸦头

她自己来哩。"等到夜半，自己欣幸说："没有关系，阿姐来了。"过了一会儿，一个姑娘推门进来了。姑娘笑着迎接她，她骂道："小丫头，你倒不怕难为情，跟着人家逃走。老娘叫我捉你去。"随即拿出绳子套在姑娘头颈上。姑娘发怒说："我只跟一个男人，有什么不对！"

阿姐格外发怒，揪住姑娘便打，连姑娘的衣襟也扯碎了。家里婢女老妈都走了过来。阿姐有些惊慌，立刻逃走。姑娘说："阿姐回去，假母必定自己来，大祸不远了，我们还是赶快想办法吧！"于是连忙整理行李，预备搬到别的地方去。哪知假母已经推门进来，满面怒容说："我本来晓得这丫头泼赖◎，要我自己来的。"姑娘跪着哀求，声泪俱下。假母一句话不说，抓住姑娘的头发，拉着就走。

王文看在眼里，一点没有办法，心里悲苦凄恻，连睡眠吃饭也没有心思。连忙奔到大河，希望用钱来赎姑娘的身体，哪知到了那边，房子照旧，居住的人已不是她们。问问住在里面的人，都不知道她们搬到哪里去了，只好痛哭一顿回来。于是解散店伙，自己带着资金，回到家里。

过了几年，王文偶然到北京去，路过育婴堂，看见一个小孩，年纪七八岁。王文的仆人奇怪他很像主人，再三向他打量。王文问他为什么老看那个小孩，仆人笑着把原因告诉他。王文听了，不觉也笑起来。仔细看那小孩，的确生得非凡。想着自己还没有后代，他的面貌又像自己，便高兴地赎了出来。王文问他姓名，他自称王孜。王文说："你从小被父母抛弃，怎知自己姓名？"王孜说："我的保姆曾说，收留我的时候，我的胸前有一张纸条，上写'山东王文之子'。"王文大为诧异，说："我就是王文，哪里会有儿子！想

◎泼赖：凶悍，无赖，耍赖。

【名家评点】

鸦头出污泥而不染，既柔美又刚强，既纯真又丰富，蒲松龄以极其精细的笔触，结合故事的发展，生动形象又多侧面地刻画这个人物，使之极富神采。鸦头是在与其他人物的参差错落、交互映照中矗立起来的。作者写一人肖一人，鸦头娴婉多情，王文痴情单纯，赵东楼热情油滑，鸨母贪婪愚蠢。人物之间以反衬正，相映而出。水性杨花的妮子衬爱情单一的鸦头，市井赵东楼衬书生王文，在一个短篇小说里写活数个人物，很不简单。（马瑞芳）

【读名著学成语】

孔武有力

孔武有力。清·蒲松龄《聊斋志异·鸦头》："一孜渐长，孔武有力，喜田猎，不务生产，乐斗好杀。"

必是和我同姓同名的人。"但心里倒很高兴，对那小孩十分爱护。等到回来以后，看见的人不问都知道是王文自己所生的儿子。

王孜渐渐长大，力气很大，喜欢打猎，不干正当职业，又喜欢闹事杀人，王文也无法制止他。他又自说能发现鬼怪狐精，人家都不相信。有一次，村里有个为狐精所害的人，请他去看看。他到了那人家里，便指点狐精隐藏的地方，叫人随他所指点的地方去捉，果然听到狐叫的声音，毛血就纷纷落下来。从此那家便平安无事，人家因此更觉得他不同寻常。

有一天，王文在街上行走，忽然碰到赵东楼，衣帽破旧，面色灰黑，吃了一惊，问他从哪里来。他苦笑着说："你有没有空？"王文便约他到家里，叫家人备些酒菜。赵东楼说："那假母找到了鸦头，就把鸦头打得皮开肉绽。搬到北方去以后，又想叫她嫁人，她决意不嫁，就把她禁闭起来。后来也生了一个儿子，她们把他抛在巷里，说由育婴堂收养，想来已经长大成人。这是你的亲骨血啊。"王文流着眼泪说："天帮忙，我这孽子总算已经找回来了。"随即把这事的始末情形告诉他，后来又问："你为什么弄得这个模样？"他叹口气说："现在才知道留恋妓院，不可过分认真的，还有什么话好说呢！"

原来假母搬到北方去的时候，赵东楼也为了做买卖跟着同去。有许多难以搬运的货物，都在当地贱价出售。一路上饮食路费，花了不少的钱，因此他大亏其本；加以他所爱的姑娘开销很大，几年之间，万贯金钱，化为乌有◎。假母看他身边已经没钱，便不大理睬他。姑娘也跟另外有钱人去过夜，常常几夜不回来。赵东楼气得不能再忍耐下去，但也没有办法可以对付她们。刚巧假

◎化为乌有：全部消失或完全落空。

鸦头

母出去,鸦头从窗里喊他说:"妓院里原没有真情,对你相好不过为的是钱。你这样恋恋不去,将来还要遭受很大的祸殃◎。"赵东楼才惧怕起来,像梦刚醒,决心走了。他走的时候,去看鸦头,鸦头给他一封信,叫他送给王文,他便回来了。赵东楼将这情形讲完以后,便拿出这封信来。信里说:

> 闻知孜儿已在你的身旁。我受的苦难,东楼君自会详细告诉你的。这也是前世孽障,还有什么话可说!现在我像打入地牢里面,黑暗得没有天日。皮鞭打得我身上没有一块好肉,饥饿使得我心里像油煎一样。挨过一天,好像过了一年。你如没有忘记在汉口时,有一天晚上,下着大雪,你我只有一条薄被,彼此互相抱着取暖的情景,那就应当跟孩儿商量,使我能够脱离这个苦海。我的老娘和阿姐,虽然残忍,总还是骨肉关系,你要嘱咐他不要伤害她们的性命,就如我的愿了。

王文看了这一封信,眼泪不住地流下来,拿些钱物送给赵东楼,让他去了。

那时王孜年已十八岁,王文向他述说前后情形,并给他看母亲的信。他气愤得眼睛也要突出来了,当天就赶到城里,探听假母的住处。到了那里,车水马龙,客人正多。王孜直闯进去,那个阿姊正和一个客人饮酒,看见王孜拿着刀进来,面上立时变色。王孜突然走到她的面前,一刀杀了。客人大吃一惊,以为来的是强盗,哪知一看女尸,已经化为狐狸。王孜又拿刀进去,看见假母正在督促女仆烧菜。他走近厨房门口,那假母忽然不见了。王孜四面查看,连忙抽箭向着屋梁上射去,有一只老狐狸被箭穿心,从上坠下,随

◎祸殃:灾祸。

【名家评点】

叛逆性与妥协性,这两种因素在这个狐女身上固然是并存着的,但在不受命运摆布、为争取自由生活而抗争方面,鸦头毕竟是矢志不渝的。她的妥协性主要表现在深受封建孝道束缚上。(卢今)

即割下她的头来。

后来王孜又寻到自己母亲的地方,用大石块砸开门锁,母子相见,都失声大哭。母亲问假母在哪里,他说:"已经杀了。"

母亲怪他说:"你为什么不听我的话?"于是叫他搬尸到郊外去葬。王孜假意答应,却把老狐狸的皮剥了,藏了起来。检查假母的箱笼,都是放着金玉财宝,便带着母亲回家。王文夫妇重聚,真是悲喜交集。后来王文问起假母,王孜说:"在我袋里。"王文惊问是怎么回事,王孜拿出两块狐皮来。做母亲的怒骂道:"不孝儿,你为什么要这样做?"哭得死去活来。王文竭力劝慰,责备儿子赶快把皮埋好。王孜恨恨地说:"现在到了安乐地方,你就忘记当初打你的人了吗?"母亲格外发怒,啼哭不止。等王孜葬好皮回来,方才不哭了。

王文从妻子回来以后,家道格外兴盛,心里很感谢赵东楼,便拿了一大笔钱去谢他,他才知道假母和王文的妻儿都是狐。

王孜侍奉父母很孝敬,但是碰到他不高兴时,便会恶声大叫。姑娘对王文说:"儿有拗°筋,不把它抽去,终会杀人惹祸,倾家荡产。"夜里趁王孜睡熟,偷偷地缚住了他的手脚。王孜醒来说:"我犯了什么错处?"他母亲说:"就要医治你的毛病,你不要怕痛苦。"王孜大叫,翻来覆去,不能解开手脚。他母亲用大针向他踝骨旁刺了一针,深到三四分,用力掘断,发出"嘣"的一声。又在他臂上、脑里,也这样一刺。后来解开绳缚,拍拍他的肩膀,叫他好好地卧着。到第二天早上,他跑去向父母问安,流着眼泪说:"孩儿昨夜想到从前所做的事情,都不是人所应当做的。"王文夫妇听了都很高兴。从此王孜性情温和,好像少女一般,乡里的人,无不称赞他。

【锦言佳句】

从一者得何罪?

◎拗:固执;不随和;不驯顺。

木雕美人

商人白有功说:"在济南泺口河岸,看见一个人扛着竹箱子,牵着两只大狗。他从竹箱子里拿出个木雕美女,有一尺多高,木雕美女的手能转动,穿着艳丽的衣服,如同真人一样。那人又用锦缎做成的小马鞍垫子披在狗身上,便命令美女跨上去坐好。安置完了,呼喊大狗快速奔跑起来。美女自己起身,表演各种马术,先脚踩马镫,蹲藏到狗肚子一侧,再从狗腰向狗尾滑坠,抓住狗尾飞身上狗,后在狗背上跪拜站立,变化灵巧,没有任何失误。木雕美女又扮作昭君出塞的样子;那人另拿出一个木雕男子,在他帽子上插野雉尾,给他披上羊皮袍子,让他跨在狗身上跟在美女后面。昭君频频○回头张望,穿羊皮衣服的男子扬鞭追赶,真像活人一样。"

◎频频:经常。

【名家评点】

严格说来,此篇算不得小说,它记叙木雕美人,其精妙在于木雕美人的形象逼真。雕刻者注意人物的动态表现,以动态的逼真赋予她更深厚的美的魅力,不仅是手、眼的转动自如,而且美人能够骑犬自起,像现实生活中的人一样,学解马作诸戏,跪拜起立,叱犬飞奔。(陈昌恒、周禾)

[锦言佳句]

昭君频频回顾，羊裘儿扬鞭追逐，真如生者。

逢场作戏

封三娘

范十一娘，是曮城祭酒的女儿，年轻貌美，特别有文才。父母十分钟爱她，有上门来求婚的，总是让她自己选择，但十一娘始终没有中意的。

适逢上元节，水月寺中的尼姑们举行"盂兰盆会◦"。这一天，水月寺中游玩的女子如云，范十一娘也来了。正在游玩观赏的时候，有个女子一直跟在十一娘身边，不住地打量她，好像有话要说。十一娘仔细看了看她，是一位十五六岁的绝代佳人。十一娘很喜欢她，转回身来盯住她细看，那女子微笑着说："姐姐莫不是范十一娘吗？"十一娘回答道："是的。"那女子说："久闻姐姐是个才貌双全的女子，人们说的果然一点不假。"范十一娘也询问她的姓名、住处，那女子笑着说："我姓封，排行第三，就住在邻近的村子。"说着，挽起十一娘的手臂，一边走一边谈笑，言语情态婉顺温柔。她们两人相互爱悦，依恋不舍。十一娘问："你怎么没有人陪伴？"三娘说："父母早就去世了，家中只有一个老妈子，留在家中看门，所以不能跟来。"十一娘要回去了，封三娘目不转睛地看着她，眼泪都快要掉下来了。十一娘也很怅惘◦，就邀请她到自己家里去玩。封三娘说："姐姐是个富贵人家，我和你又不沾亲带故。怕惹人讥讽嫌恶。"十一娘执意邀请她去，三娘才说："改天再去吧。"十一娘摘下一根金钗赠给她，封三娘也从发髻上摘下一支绿簪子回赠。十一娘回家以后，十分想念封三娘，拿出三娘赠给她的绿簪子看，不是金的也不是玉的，家里人都不认识，觉得很奇异。十一娘天天盼望三娘来，总是失望，就病倒了。父母知道了她生病的原因，就派人到邻近村子去打听，却没有一个人知道封三娘。

到九月九重阳节，十一娘已病得憔悴不堪。她感到无聊，就让婢女扶着，勉强来到花园，铺了褥子在东篱下观赏菊花。忽然，一个女子扒着墙头往这边看，仔细看时，原来是封三娘！只听三娘喊道："快来扶我一把！"婢女听后，急忙过去扶她下来。十一娘又惊又喜，立即站起身来，拉三娘一同坐在褥子上，责怪她不守信用。随后，又问她从哪里来。三娘回答说："我家离这里很远，但常来舅舅家玩耍。以前我说住在邻近的村

【名家评点】

本篇也是一则狐仙的故事，但它不像《鸦头》表现向善、和谐、美满的家庭生活，而是表现狐仙封三娘与人的纯真情谊。这是以范十一娘为对象展开的。范十一娘艳美骚雅，封三娘和她的交往是以容颜姣好、言辞媪婉开始的。（陈昌恒、周禾）

◎盂兰盆会：佛教的一个重要节日，在佛教中它与目连救母的传说有关。 ◎怅惘：心里有事，没精神。

【读名著学成语】

飞短流长

清·蒲松龄《聊斋志异·封三娘》："妾来当须秘密。指散布流言；拨弄是非；制造错误舆论。飞：飞传。流：散布。造言生事者，飞短流长，所不堪受。"

子，说的是我舅舅家。分别后我苦苦想念你，但贫贱之人同富贵人家交往，脚还没登门，心中先感到惭愧，恐怕被婢女仆人们瞧不起，所以没有来。刚才从墙外经过，听到有女子说话，就扒墙看看，盼望是姐姐，没想到果真就是你！"十一娘述说了因思念而得病的经过，封三娘泪如雨下，感动地说："我这次来你一定要保密，不然让造谣生事的人说长道短，我可受不了！"十一娘答应了。二人一同回到闺房，同吃同住，一同说心里话。十一娘的病很快好了。两人结拜为姐妹，衣服鞋袜，总是换着穿。见有人来，封三娘就藏到夹幕°后边。

过了五六个月，十一娘的父母终于听说了这件事。一天，两人正在闺房中下棋，范母悄悄地走了进来。她端详着三娘，惊喜地说："真不愧是我女儿的好朋友啊！"她又对十一娘说："你有这样一位闺中好友，我和你父亲两人都很高兴，为什么不早告诉我呢？"十一娘就把封三娘的顾虑告诉了母亲。范母看着三娘说："你和我女儿做伴，我感到很欣慰，为什么怕人知道呢？"三娘脸上都是害羞的红晕，只是默默地搓弄着衣带，不说话。范母一走，封三娘就要告别。十一娘苦苦挽留她，才又住下来。一天夜里，封三娘从门外急匆匆地跑进来，哭着说："我本来就说不能再留在这里了，如今果然受到这样大的侮辱！"十一娘吃惊地问她怎么回事，三娘说："刚才出去上厕所，有一个少年男子，强来拉扯我，幸亏逃掉了。像这样，叫我怎么再见人啊！"十一娘仔细问了那男子的相貌，向三娘道歉说："请不要怪，那人是我傻哥哥。我会告诉母亲，用棍子打他一顿的。"封三娘执意要走，十一娘请她等到天亮再离开。封三娘说："舅舅家近得很，只需用一架梯子送我过墙就行了。"十一娘知道留不住了，就派两个婢女送她过墙。走了半里多路，封三娘辞谢她们后自己走了。婢女回去后，看见十一娘伏在床上悲伤地啼哭，像失去了最亲密的爱人。

过了几个月，婢女有事到东村去，傍晚往回走的路上，遇见封三娘跟着一位老妇人迎面走来。婢女很高兴，迎上去拜见问好。封三娘也很

◎夹幕：古代厅堂廊庑中悬挂的帷幕。

游寺定交

园中遇故

封三娘

【名家评点】

闺中有良友，而针砭药石，生死不渝，遂致嘉偶终谐，不陷于权要。古人出处之大节，每得诸良朋规戒之间；若十一娘之于封，所谓因不失其亲者也，足以为法矣。（但明伦）

忽生爱慕，如茧自缠，斯言也狐且不可，而况于人乎？（何守奇）

感忧伤，询问十一娘的情况。婢女拉着封三娘的衣袖说："三娘到我家去吧，我家姑姑盼你盼得要死！"封三娘说；"我也思念她，但是不愿意让她家的人知道。你回去后打开花园门，我自己会去的。"婢女回去告诉十一娘，十一娘非常高兴，按封三娘说的做了，就看见封三娘已经在园中了。两人相见，各自述说分别之情，话说不完，连觉也不睡了。见婢女们都睡熟了，三娘起身和十一娘枕在一个枕头上，悄悄地说："我知道你还没有许配人。以你的才貌和门第，不愁找不到个尊贵的女婿。但那些浪荡子弟，不值一提。如果想得到一个好丈夫，请不要以贫富论人。"十一娘连连称是。封三娘说："去年我们见面的地方，现在又做起了道场°，明天请你再去一趟，我要让你见一个如意郎君。我小时候读过相面的书，绝对没有差错的。"天还没有亮，封三娘就走了，约好在寺院等她。十一娘果然来到水月寺，封三娘已先在那里了。眺望游览了一周，十一娘便邀请三娘一同上车。两人挽着手出了寺院门，看见一个秀才，年龄有十七八岁，穿着朴素的布袍，但容貌英俊，仪表不凡。封三娘暗暗指着秀才对十一娘说："这个人是能做翰林的人才。"十一娘稍稍斜眼瞅了一下。封三娘又说："你先回去，我随后就到。"黄昏时候，封三娘果然来了，她说："我刚才已经打听清楚，那个秀才就是此地人，叫孟安仁。"十一娘知道孟安仁家里很穷，觉得不大合适。封三娘说："你怎么也落入世俗之中去了！这个人如果是长期贫贱的人，我就把自己的眼睛剜掉，不再给天下人相面了！"十一娘说："那么又该怎么办呢？"封三娘说："请你给我一件东西，拿去送给他，就算订了婚约。"十一娘说："姐姐怎么这样草率呢？有父母在，如果他们不答应怎么办？"封三娘说："我这样做，正是怕他们不答应。如果你意志坚定，就是死也阻挡不了的。"十一娘执意不肯。封三娘说："你的姻缘已经来了，但是磨难没有消除。我之所以这样做，是报答你以前对我的好。我现在就去，把你以前送给我的金凤钗°，假托你的名义赠送给他。"十一娘刚想说再商量商量，封三娘已经出门走了。

当时，孟安仁虽然博学多才，但家境贫穷，所以到了十八岁还没有订下婚事。白天在寺院，忽然看见两个美丽的女子，他回家后一直苦苦思念。一更时将要过，封三娘叫开孟安仁的家门，走了进来。孟安仁拿蜡烛照着一看，认出是白天

◎道场：泛指修行学道的处所。也泛指佛教、道教中规模较大的诵经礼拜仪式。 ◎凤钗：钗的一种。妇女的首饰。钗头作凤形，故名。

在寺院见过的女子之一，高兴地问她是谁。三娘说："我姓封，是范十一娘的女伴。"孟安仁高兴极了，顾不得细问，就要上前拥抱她。封三娘推开他说："我不是自荐的毛遂⁰，是来代人做媒的。范十一娘愿意和你结为夫妻，请你托某人去提亲吧。"孟安仁感到很惊愕，不相信三娘所说的话，封三娘拿出金钗给他看，孟安仁喜欢得不得了，发誓说："承蒙她如此眷恋我，我要是得不到十一娘为妻，宁肯终身不娶！"封三娘就走了。

第二天早晨，孟安仁托邻居老妈妈去见范夫人，给自己提亲。范夫人嫌他穷，竟然不同女儿商量，就立即把老妈妈打发走了。十一娘知道后，心里很失望，埋怨封三娘耽误了自己，但是金钗要不回来，只好决意也不嫁别的人。

又过了几天，有一个绅士来为儿子向范家求婚，怕不成，就请县令做媒。当时，那绅士很有权势，范家害怕他，就问十一娘的意见。十一娘不愿意，母亲问她为什么，她不说话，只是掉泪。十一娘叫人暗暗告诉母亲，如果不是孟安仁，死也不嫁。范公知道了十分生气，索性把女儿许给了那绅士的儿子。又怀疑十一娘和孟安仁有私

肯，就选定吉日，想尽快为她完婚。十一娘气得不吃饭，天天只是呆呆地躺着。到了迎亲的前一天晚上，十一娘忽然起来，对着镜子自己梳妆打扮，范夫人暗暗高兴。一会儿，侍女跑来说："小姐上吊了！"全家上下大吃一惊，痛哭流涕，后悔也来不及了，三天后只好安葬了。

孟安仁自从邻居老妈妈回来告诉他婚事不成以后，心里悲愤，气得要死，但依然转弯抹角地打听消息，梦想着还能挽回与十一娘的婚事。听说十一娘已经许配给别人了，怒火中烧，什么念头也没有了。不久，听说十一娘死了，孟安仁悲愤不已，恨不得跟十一娘一起去死。傍晚，他走出家门，打算趁黑夜去十一娘的坟上哭一场。忽然有一个人走过来，到了近前一看，是封三娘。三娘向孟安仁道喜说："恭喜你的姻缘总算能成了！"孟安仁含着眼泪，悲伤地说："你不知道十一娘已经死了吗？"封三娘说："我说的姻缘能成，正是因为她死了。你赶快叫家人挖开十一娘的坟墓，我有一种奇异的药，能让她复活！"孟安仁听了她的话，挖开墓穴，打开棺材，把十一娘抬出来，又把坟墓重新掩埋好。孟安仁自己背着尸体，与封三娘一同回到家里，他把十一娘

【锦言佳句】

如欲得佳偶，请无以贫富论。

◎毛遂：战国时期赵国平原君的门客。《史记·平原君列传》已载：秦军围攻赵国都城邯郸，平原君去楚国求救，门下食客毛遂主动请求一同前去。到了楚国，毛遂挺身而出，陈述利害，楚王才派兵去救赵国。毛遂自荐比喻自告奋勇，自己推荐自己担任某项工作。

封三娘

放到床上，三娘给十一娘灌了药。一会儿，十一娘就慢慢苏醒过来，她看着封三娘问："这是什么地方？"封三娘指着孟生说："这就是孟安仁。"就把事情的经过告诉了她，十一娘这才知道自己重新复活了。封三娘怕泄露十一娘复活的消息，陪着送他们到五十里外的一个山村里躲藏起来。

封三娘要告辞回去，十一娘哀求她留下做伴，让她住在另一个院子里。十一娘卖了殉葬的首饰，用来度日，日子还算过得去。封三娘每次遇到孟安仁来，总是避开，十一娘从容地说："咱们姐妹俩的情谊，就是同胞姐妹也比不上，但最终不能够百年都相聚在一起。我想，不如仿效女英、娥皇，我们一起嫁给孟生。"封三娘说："我从小就得到了秘诀，练习吐纳可以长生不老，所以不愿意嫁人。"十一娘笑着说："世上流传的养生术书籍多得很，行而有效的哪里有啊？"封三娘说："我得到的不是人世间流传的那种秘诀。世上流传的并不是真诀，只有华佗°的五禽图°还差不多。凡是修炼的人，无非是想让血气流通罢了，若是得了厄逆症，学作老虎的形体动作，马上就会好，不正是它灵验的地方吗？"十一娘就私下和孟安仁商量，让他假装出远门。到了夜里，十一娘强行劝三娘喝酒，等三娘喝醉后，孟安仁悄悄进来和她同了床。三娘醒后说："妹子害了我了。如果我色戒不破，道业°修炼成功，能升第一天。如今被你算计了，这是命该如此。"于是，起身告辞。十一娘告诉她自己的诚心实意，并哀求她不要怪罪自己。封三娘说："实话告诉你，我是狐仙。因为看到你的美貌，忽然心里滋生了爱慕之情，如同作茧自缚，才有了今天的结局。这也是情魔劫数°，不是人力造成的。若是再留下来，情魔会更加纠缠我，就无休止了。妹妹的福分不浅，前程远大，请珍重自爱。"说完，三娘就消失没影了。孟氏夫妻两人惊叹了很久。

过了一年，孟安仁乡试、会试果然都考中了，在翰林院°做了官。他拿了自己的名帖去拜见范十一娘的父亲，范父既羞愧又悔恨，不肯见他。孟安仁再三请求，才见了面。孟安仁进了范家后，以女婿的礼节恭恭敬敬地跪拜。范公很恼怒，怀疑孟安仁故意轻薄羞辱自己。孟安仁便请范公到没人的地方，然后把事情的经过都讲了一遍。范公还是不太相信，派人到孟安仁家里查看后，这才大为惊喜。又暗里告诉孟安仁不要宣扬，怕有灾祸。又过了两年，那绅士因行贿被查处，父子二人都被充军到辽海卫，十一娘才开始回到娘家省亲。

◎华佗：今安徽亳州市人，东汉末年著名的医学家。◎五禽图：中国传统导引养生的一个重要功法，为华佗创编。五禽指虎、鹿、熊、猿、鸟（一般用鹤为代表）五种野生动物。◎道业：佛学语，指学道修行之意。◎劫数：原为佛教语。指极漫长的时间。后亦指命中注定的厄运，大难，大限。◎翰林院：官署名。唐代初设，集各种才艺之人于院中供皇帝使令。宋代设翰林学士院，为皇帝起草诏旨。明代成为外朝官署，清代沿设，为"储才"之所，掌编修国史、进讲经史、草拟文书等事务，长官是掌院学士。

【名家评点】

封三娘为范十一娘选偶，提出"无以贫富论"，这在当时条件下是十分难得的。十一娘与孟生相爱，生死不渝，为抗拒家庭强婚，自缢而死，表现了坚贞不屈的意志。孟生"恨不从丽人俱死"，亦表现了真挚的爱情。作者对男女的纯真爱情作了热烈歌颂，故事情节委婉曲折，收放自然，也很有特色。（刘烈茂）

本篇不单塑造了封三娘的形象，同时塑造了孟安仁和范十一娘夫妻的形象，范十一娘与封三娘之间的情谊，范十一娘在婚姻上的俗气和坚贞，孟安仁的柔弱情痴都表现得真切感人，给人留下难以磨灭的印象。（陈昌恒、周禾）

【锦言佳句】

福泽正远，珍重自爱。

回生偕老

传世彩绘聊斋志异

狐梦

我的朋友毕怡庵,风流倜傥°,卓尔超群,豪放不羁,他长得丰硕高大,胡子很多,在文人学士中很有名。他曾经因有事情到叔叔毕际有刺史的别墅里去,在楼上休息。人们传说那栋楼中过去有很多狐狸。毕怡庵每次读《青凤传》时,心里就向往不已,恨不能也遇见一次。于是他便在楼上,苦思冥想,随后回到自己家里,天已经渐渐地黑了。

当时正是暑天,很闷热,毕怡庵便对着门躺下睡了。睡梦中感觉到有人摇晃他,醒来一看,原来是一位妇人,年纪已经四十多岁,但是风韵犹存。毕怡庵很惊奇地起身,问她是谁,那妇人笑着说:"我是狐仙。承蒙您关注想念,我心中十分感激。"毕怡庵听说后很高兴,便和她说些调笑戏言。妇人笑着说:"我的年龄已经大了,即使别人不厌恶,我也会先自我惭愧沮丧。我有个女儿刚刚成年,可以让她在身边侍奉您。明天晚上,您不要留别人在屋里,我们到时候就来。"说完就走了。

到了夜里,毕怡庵烧上香,坐着等待,那妇人果然带领女儿来了。狐女体态容貌美好,很贤淑的样子,简直是绝世无双。妇人对女儿说:"毕郎和你早有缘分,今夜你便留在这里。明晨早点回去,一定不要贪睡哟。"毕怡庵和狐女手牵着手进入床帏之中,两人缠绵不已,恩爱备至。过后,狐女笑着说:"肥胖的郎君身体笨重,真是叫人难以承受!"天不亮,狐女就离开了。到了晚上,狐女自己又来了,她对毕怡庵说:"姐妹们要为我祝贺新郎,明天就委屈您跟我一起去吧。"毕怡庵问:"在什么地方呢?"狐女说:"大姐做筵席的主人,离这里不远。"

毕怡庵果真等候着。他等了好半天,狐女也没来,于是感到身体渐渐疲倦。他刚趴到桌子上准备休息,狐女忽然进来说:"有劳您久等了。"于是,两人手牵手一起走。很快走到了一个地方,有个大院落,他们径直进了中堂,就看到里面点着很多灯烛,犹如星星一样光亮灿烂。不一会儿,女主人出来了,年纪约二十岁,化着淡妆,非常美丽。她提起衣襟行礼祝贺后,将要入席,丫鬟进来说:"二娘子到了。"只见一女子走了进来,年纪十八九岁,笑着对狐女说:"妹子已破瓜°了,新郎很如意吧?"狐女用扇子打她的背,翻了个白眼,瞅着她。二姐说:"记得小时候和妹妹打闹着玩,妹妹最怕别人摸她的肋骨,如果远远地呵手指,她就笑得不能忍受。她对我发脾气,说我应当嫁给矮人国的小王子;我说丫头日后嫁个

◎风流倜傥:英俊有才华。 ◎破瓜:喻女子破身。

【名家评点】

这篇故事看似蒲松龄调侃朋友的游戏之作,其实梦作真时真亦梦。说到底,《狐梦》其实是像蒲松龄那样的落魄文人的一个梦,这篇小说通过一个梦想叙事表达了对梦想的诗意追寻。《聊斋志异》是"诗"与"梦"的联姻,常常以梦幻的方式实现诗意的梦想。现实是残酷的,而梦的世界不是常人所能到的地方,具有广阔的自由度,是理想生存的乐园。《狐梦》就是诗与梦的结晶。
(李桂奎)

【锦言佳句】

弈之为术，在人自悟。

幻境开筵

狐梦

胡子多的男人,刺破你的小嘴。今天果然应验了。"大姐笑着说:"难怪三妹心中的怨气啊,新郎就在旁边,竟然还如此胡闹!"一会儿后,大家并肩坐在一起,一边吃喝,一边说笑,非常高兴。

忽然,有个少女抱着一个猫儿进来了,她年纪十一二岁,稚气还没有消退,但是长得艳媚[○]至极。大姐说:"四妹妹也要来见姐夫吗?这里没有坐的地方了。"说着,就把她提抱在膝盖上,拿菜肴水果给她吃。不一会儿,又把她转放到二姐的怀中,说:"压得我胫骨酸痛!"二姐说:"丫头才这么大,但身子却像有百斤重,我脆弱不能忍受。既然想见姐夫,姐夫本来就高大,胖膝盖耐坐。"于是,把她放到毕怡庵的怀里。少女入怀香软,轻得像无人一样。毕怡庵抱着她,与她用同一只杯子饮酒。大姐说:"小丫头不要喝多了,酒醉失态,恐怕姐夫笑话。"少女笑吟吟的,用手去抚弄猫,猫戛然叫起来。大姐说:"还不快扔掉,抱一身跳蚤虱子!"二姐说:"请以猫为酒令,拿筷子传递,猫叫时筷子在谁手里谁喝酒。"大家都按她说的方法来玩。每次筷子一传到毕怡庵手里,猫就叫。毕怡庵本来酒量大,连喝了好几大杯,才知道是少女故意弄猫让它叫的,因此哄堂大笑。二姐说:"小妹

○艳媚:艳丽娇媚。

【名家评点】

点缀小女子闺房戏谑,都成隽语,且逼真。(冯镇峦)

喁喁小语,戏而成趣。(但明伦)

毕生因慕想青凤而得狐,本已近乎做梦。而祝贺之筵巧设梦中,更是梦中之梦了。故梦醒之后不久,两人就永分离,可见梦毕竟是梦,是不可久长,更不能成为现实的。从艺术描写看,梦中之筵是一段好文字,整个过程生动、热烈,小女儿语言毕肖,十分传神。(刘烈茂)

【读名著学成语】

胸无宿物

胸中没有过夜的东西。比喻心地坦率，没有成见。

《聊斋志异·狐梦》：「毕为人坦直，胸无宿物，微泄之。」清·蒲松龄

回家睡觉去吧！如果将新郎压得累了，恐怕三姐要埋怨人的。"于是，少女抱着猫走了。

大姐见毕怡庵的酒量大，就摘下头上的髻子盛酒来劝。看上去髻子仅能容一升多，然而喝起来，却觉得有好几斗。等到喝干了再看，原来是个荷叶盖子。二姐也要敬酒，毕怡庵推辞说已经不胜酒力◎。二姐拿出一个口脂盒子，比弹丸稍大一点，斟上酒说："既然不胜酒力，那就表示点意思吧。"毕怡庵看了看，觉得一口可以喝尽，可是他连续喝了一百多口，还没有喝干。狐女在旁边用小莲花杯换了盒子去，对毕怡庵说："不要再被奸人算计了。"把盒子放到桌上，原来是一个巨大的饭钵。二姐说："关你什么事！才三天的郎君，就这样的亲爱啊！"毕怡庵拿着莲花酒杯对着口一饮而尽。握着手里的酒杯，感觉很柔软；仔细一看，那不是酒杯，竟是一只刺绣精美的绣花鞋。二姐夺过鞋，骂道："你这狡猾的丫头！什么时候偷了人家的鞋子去，怪不得屁股冷冰冰的！"于是起身，进房间去换鞋。

狐女约毕怡庵离席告别，把他送出村后，让他自己回家。毕怡庵忽然睡醒，竟然是梦境，但是嘴巴和鼻子里醺醺然，酒味还很浓，他感到非常奇怪。到了晚上，狐女来了，说："昨夜没醉过去吧。"毕怡庵说："刚才还在怀疑是梦呢。"

◎酒力：酒量。

狐梦

狐女说："姐妹们怕您胡来，所以假托梦境，其实并不是梦。"

狐女经常和毕怡庵下棋，毕怡庵总是很快就输了。狐女笑着说："您成天爱下棋，我以为您必定是个高手，今天看来，只不过平平罢了。"毕怡庵请求她指点指点。狐女说："下棋的技艺，在于人的自悟，我怎么能够帮上您呢？每天慢慢熏陶，或许应有长进。"过了几个月，毕怡庵觉得稍有进步。狐女试了试，笑着说："还不行，还不行。"毕怡庵出门和曾经在一起下过棋的人再下，人们就觉得他的棋艺大大高于以前，都感到奇怪。

毕怡庵为人坦白耿直，心里藏不住事儿，就把原因稍稍地透露一些。狐女知道后，责备他说："怪不得同道们都不愿和狂生◎来往。屡次叮嘱你要谨慎保守秘密，为何仍然是这样？"说完，很生气地要走。毕怡庵急忙谢罪，狐女这才稍微解怒，然而从此来的次数便逐渐少了。

过了一年多，有天晚上狐女来了，面对毕怡庵呆呆地坐着。毕怡庵和她下棋，她不下；和她睡觉，也不睡。她沉闷了很久，说："您看我比青凤怎么样？"毕怡庵说："恐怕要比她强。"狐女说："我自愧不如她。但是聊斋先生和您是文友，请您麻烦他为我作个小传，这样，说不定千年以后还有像您一样爱我念我的人。"毕怡庵说："我早就有这个愿望。只是因为遵守你原来的叮嘱，所以保守了秘密，不敢告诉别人。"狐女说："原来是这样嘱咐您的，但现在已经到了将要分别的时候了，还避讳什么呢？"毕怡庵问："你要到哪里去？"狐女答："我和四妹妹被西王母征去当花鸟使，不能再回来了。过去有个同辈姐姐，因为和您家的叔兄在一起，临别时已经生下了两个女孩，至今还没嫁出去，我和您幸亏没有这样的拖累。"毕怡庵请求她留下赠言，狐女说："盛气平，过自寡◎。"于是起身，拉着毕怡庵的手说："您送我走吧。"两人走了一里多路，洒泪分手，狐女说："咱们彼此都有愿望，未必没有再见面的时候。"说完，便离去了。

康熙二十一年腊月十九日，毕怡庵和我一起在绰然堂抵足而眠◎，详细叙述了他这段奇异的经历。我说："有这样的狐仙，那么我聊斋的文字会有光彩了。"于是，就记下了这个故事。

◎狂生：狂妄无知的人。◎盛气平，过自寡：能够平息了盛气，自然就会减少过错。◎抵足而眠：同床而眠。形容双方友谊深厚。

【名家评点】

通篇所写，梦中有梦，幻中有幻。由现实进入梦幻，由梦幻回到现实，转折过渡，了无痕迹；作者以飞来之笔，充分展示了他的丰富想象。文章的语言幽默诙谐，妙趣横生，的确是游戏之笔。但是，文章的开头和结尾，偏偏郑重其事地把时间、地点和人物，交代得那样确切，证明所写故事并非凿空之谈。（严薇青、朱其铠）

【锦言佳句】

盛气平,过自寡。

围棋消夏

传世彩绘聊斋志异

花姑子

安幼舆是陕西的拔贡◎，为人慷慨好义，喜欢放生，看见打猎的人捉到鸟儿，他老是不惜重价，买来把它放了。

有一次，他的舅父家里有丧事，他去吊丧，夜里回来，路过华山，迷路走到山谷里面，心里不免害怕起来。离他没有多远，忽然看见灯火，他便跑了过去。走了几步，看见一个老人，驼着背，拖着拐杖，在小路上很快走着。安幼舆停住脚步，正想问他，他却先问安幼舆是谁。安幼舆说是迷了路，并且说："那灯火地方一定是山村，准备过去投宿。"老人说："这不是安乐的地方。幸喜老夫到来，可以跟我到我家里去过夜。"

安幼舆大喜，跟着老人走了里把路，看见有一小村。老人敲着柴门，一个老妇出来开门，说："你回来了！"老人答应一声"是。"进去以后，房子十分狭小。老人点起灯来，让安幼舆坐下，便叫老妇备饭，又对老妇说："这位不是别人，是我的恩主。你行走不方便，可叫花姑子来筛酒。"

过了一会儿，有个姑娘端了杯筷进来，站在老人旁边，眼睛瞟了一下。安幼舆抬头一看，见她生得十分美貌，年纪又轻，几乎像天仙一样。老人回头叫她烹酒。房间的西边放着煤炉，姑娘就进房去生火。安幼舆问道："这是老伯的什么人？"老人答道："老夫姓章，年已七十，只有这个女儿，家里没有仆人，因为你不是别人，所以叫女儿出来见你，望你不要见笑。"安幼舆又问道："婿家在哪里？"老人答道："还没有呢。"安幼舆称赞她的聪明美丽，说了又说。

老人正在谦虚时，忽然听到姑娘大声喊叫。老人奔了进去，那酒已经沸滚，烧起来了。老人连忙救熄，责备她说："傻丫头，烹火旺不旺也不知道吗？"回头看见炉旁有蜀葵心做的紫姑◎还没有完工，便又骂道："头发这样蓬松，做得像小孩一样。"拿出来给安幼舆看，说："为了做这个东西，使得酒也沸了。刚才蒙你称赞，真是叫人羞死了。"安幼舆仔细一看，面貌衣服都做得很精细，还是称赞说："虽然做得像小孩，也看得出她心思的灵巧。"

过了一会儿，姑娘时时来筛酒，面带笑容，一点没有怕羞的样子。安幼舆看了心动。忽然听到老妇叫喊，老人便进去了。安幼舆看见没有人了，对姑娘说："看见了你的容貌，使我魂儿也飞去了。我想派人来做媒，又恐怕不能成功，怎么办？"姑娘拿着酒壶，对着炉火，闷声不响，好像没有听见。安幼舆再三问她，她总不回答。安幼舆跟她进去，姑娘突然板着脸说："你到我

【名家评点】

一个书生在深夜迷路于荒谷，发现一处人家，看到一位天仙般的美女，情不自禁欲求好合，美女欲拒还迎，最后终于自荐枕席。这原是女狐与女鬼故事的窠臼，一种低俗的浪漫爱。但《花姑子》以"重恩"来掩饰"俗爱"，同时反过来，又以"情爱"来冲淡"报恩"中的功利色彩，"恩"与"爱"互相渗透，互相补偿，当我们看到花姑子如浪女夜奔时，会想到这是一种"恩"；看到她与阎罗王讨价还价时，又想到这是一种"爱"；俗恩与俗爱的相互"提携"，终于结合成一种高雅脱俗、感人肺腑的"恩爱"。（王溢嘉）

◎拔贡：明清时一种选拔人才的制度。由学政选拔秀才中文行兼优的人，贡入京师，称为"拔贡生"。◎紫姑：旧时正月十五夕，妇女有迎紫姑的风俗。紫姑本人家妾，为大妇所妒，正月十五日死。蜀葵是植物名，用它的心来做紫姑的样子。

【读名著学成语】

嫣然含笑

嫣然：美好的样子。形容女子笑得很美。清·蒲松龄《聊斋志异·花姑子》："斟酌移时，女频来行酒，嫣然含笑，殊不羞涩。"

贪戏沸酒

花姑子

屋里来干什么？"安幼舆跪着哀求。姑娘开门想跑出去，安幼舆立刻起来，当面拦住，抱住她的身子。姑娘声音发抖地大喊起来，老人连忙进来。安幼舆方才走出，很觉不好意思。姑娘却从容地对老人说："酒又沸滚了，要不是这位先生进来，怕是连酒壶也要熔化了。"

安幼舆听了姑娘的话，心里方才安定，格外感谢她，神魂颠倒，心里好像失去一件东西似的。于是假装酒醉，离开座位。老人为他在床上铺好被褥，关了门出来。安幼舆一夜睡不着，天还没有亮，他就和老人告辞走了。

安幼舆回到家里，立刻托好友到老人家去求婚。那朋友走了一天回来，竟找不到老人住的地方。安幼舆便叫仆人备马，自己去寻，到了那里，只见悬崖绝壁，竟没有什么村庄。遍问附近邻村，都说没有这个姓的人家。他失望地回来，连吃睡也不想了，从此便得了神志不清的毛病。勉强吃点汤粥，便气急想吐，昏迷中老喊"花姑子"不止。家里的人不晓得他的意思，全夜伺候，病势越来越危险了。

有一夜，看护的人疲倦得睡着了。安幼舆在糊里糊涂之中，觉得有人在推动他。他略一开眼，花姑子居然站在床前，不觉神志清醒，盯着姑娘，眼泪不住地往下流。姑娘侧着头笑道："傻孩子，为什么要这样呢！"于是跳到床上，坐在安幼舆的腿上，用两手按摩他的太阳穴。安幼舆立刻觉得像龙脑、麝香◎的奇香，穿过鼻孔，沁到骨里。按摩了一会儿，忽然觉得两眉中间出了汗，慢慢达到全身。她轻轻地对他说："室里人多，我不便耽搁。三天以后，当再来望你。"又从衣袖里拿出几个蒸饼来，放在床头，便静悄悄地走了。

安幼舆到了半夜，汗已出完，想吃些东西。拿饼来吃，不知包着什么馅子，甜美非常，一气吃了三个，又拿衣裳将剩下的饼盖了。糊里糊涂又睡熟了，直到早上方才醒来，好像放下重担似的。三天以后，饼吃完了，精神格外清爽。于是叫家人走开，又怕姑娘来时不能进门，暗地走出房间庭院，将门锁统统开了。

没有多久，姑娘果然来了，笑道："傻孩子，你不谢谢我吗？"安幼舆高兴极了，便和她拥抱，

◎麝香：雄麝腺素的分泌物，干燥后呈颗粒状或块状，有特殊香气，可入药，也可制香料。

【名家评点】

《花姑子》中的这种以因果逻辑来谋篇布局的叙述结构继承自《左传》，重视叙述故事的始末由来。同时，叙述者还强调因果逻辑在情节建构中的关键作用。《聊斋志异》中的因果报应故事不仅继承了民间果报母题，更重要的是还对报恩故事的叙事模式进行了改造，把它与异类婚恋故事结合在一起形成新的叙事类型。（李桂奎）

【锦言佳句】

妖若有情妖非孽，人若无情怎为人。

良姻暂别

314 | 315

花姑子

十分亲昵。后来姑娘又说:"我冒了危险,受了侮辱,所以仍旧来到这里,为的是报答你的大恩。我实在不能和你永远结为夫妻,希望你能早些另做打算。"安幼舆沉默了好久,方才问道:"我们素来不相识,什么地方和你家有过往来,实在想不起来。"姑娘没有告诉他,只说你自己想想吧!"

安幼舆再三恳求永远相亲相爱。姑娘却说:"屡次在夜里偷偷出来,固然不可;至于结为夫妻,也是不能。"安幼舆听了她的话,心里十分悲伤。姑娘又说:"如果你一定要和我结为夫妻,明天请亲自到我家来。"安幼舆这才转悲为喜,忙问她说:"路途遥远,像你这样小小的脚步,怎样就能够来?"姑娘说:"我本来没有回去。东边有一个耳聋的老妇,是我姨母。为了你,暂留到现在。家里人恐怕已经怀疑我了。"

于是安幼舆和她同睡在一起,只觉气息皮肤,没地方不香,便问:"你熏了什么香物,使得香到皮骨里面?"姑娘说:"我生来就是这样,不是用什么香物◦来熏的。"安幼舆格外觉得奇怪。

第二天一早,姑娘便起来告别。安幼舆怕自己迷路,姑娘答应在路上等他。安幼舆等到天晚骑马出去,姑娘果然等在那里,便一同来到老地方。老人和老妇都很欢迎,备了酒菜,但没有好吃的东西,只有一些蔬菜。后来请安幼舆睡觉,姑娘一点也不来看顾,使他好生怀疑。等到夜深,姑娘方才来了,说:"我爹妈唠唠叨叨不想睡,使你等了好久。"两人又很欢乐地过了一夜。姑娘又对安幼舆说:"今夜一会,以后就要永远分别了。"安幼舆惊问她为什么,她回答道:"爹因这里村庄很小,十分冷清,所以准备搬到远地方

◦香物:麝芳香的物品;香料或其制品。

【名家评点】

"恩"常是一种含有社会投资与预期报酬的"工具性道德",而"报"却常是盲目的,没有选择性的。"恩"与"报"的观念深入中国民间,有选择性的施恩与无选择的回报形成了人间的道德规范。蒲松龄在《花姑子》中虽以人与兽的地位差距来淡化施恩的"选择性"动机,以爱情来掩饰回报的"无选择性"要求,但却淡化不了,也掩饰不了其中的道德疑义。(王溢嘉)

去。和你相好，就只这一夜了。"

安幼舆实在舍不得她，长吁短叹，十分难过。两人正在这样难分难解的时候，天色已慢慢地亮。突然老人闯了进来，大骂道："小丫头，你玷污我的门风，真使人羞死了。"姑娘吓得面无人色，连忙跑了出去。老人也跟了出来，边走边骂。安幼舆吃了这一惊，也惧怕起来，自己无法躲避，只好偷偷地逃奔回家。

过了几天，他心里想来想去，总是忘不了她。因想夜里跳墙进去，看看有无方便的机会。那老人本说自己有恩于他们，即使事情败露，大约也没有什么大不了的。便乘夜奔去，在山里东找西寻，终于迷失路径，找不着老人的地方。他心里一吓，正想找路回家，忽见山谷里面，隐隐约约有一户人家，就高兴地跑了去。

却是一家高门大厦，像是富贵人家，双扇大门还未安锁。安幼舆便向看门的人问章姓住的地方，才有一个穿青衣的婢女出来，问道："黑夜里，什么人在问姓章的。"安幼舆说："是我亲戚，因为迷路，一时找不到他们住的地方。"那婢女说："男子汉，你不必问姓章的。这里是她的舅母家，花姑如今正在这里，我去告诉她。"进去没有多久，她就出来，请安幼舆进去。安幼舆刚走上廊屋，花姑便出来迎接，对那婢女说："安先生在黑夜走了许多时候，想来很疲惫，快点预备床铺吧！"

过了一会儿，姑娘挽着安幼舆的手，同进帐里。安幼舆问道："家里为什么另外没有人？"姑娘说："舅母出去了，留我代守在这里。幸喜和你碰着，这真是前生的姻缘。"但是和她接近的时候，觉得十分腥臭，心里怀疑有了变故。哪知

【锦言佳句】

人之所以异于禽兽者几希，此非定论也。蒙恩衔结，至于没齿，则人有惭于禽兽者矣。

◎长吁短叹：长声短声不住地叹息。形容发愁为难的样子。 ◎玷污：弄脏；污损。比喻名誉受污损。

传世彩绘聊斋志异

花姑子

姑娘抱着安幼舆的头颈，用舌头舔他的鼻孔，安幼舆脑子立刻像针刺一样。他大惊失色，急忙想逃走，但是身子像被粗绳绑着，过了一会儿，便昏迷不省人事了。

安幼舆没有回家，家里的人到处找寻。有人说夜里在山路上碰到他过，家人便到山里去找，看见他已死在高山下面，浑身脱得精光。大家都很诧异，不晓得他的死因，就把尸首抬了回来。一家人正在痛哭，忽有一个姑娘，走来吊丧，从门外号啕大哭而来。她抚着尸首，捏着鼻子，眼泪鼻涕不住地流下来，哭道："天啊，天啊，你为什么愚笨到这样！"哭得声音也哑了，好久方息，对家人说："让他停尸七天，不要入殓◦。"

大家都不晓得她是什么人，正要问她，她完全不理睬，含着眼泪就走了，留她也没有用。跟在她的后面，转眼就不见踪影了。大家怀疑她是什么神，就依她的吩咐办理。到了夜里，她又来了，仍旧像日里一样地哭。到第七夜，安幼舆忽然苏醒过来，身子翻来覆去，嘴里微微哼着。家人都吓了一大跳。那姑娘又进来了，对着他哭泣。安幼舆举手叫众人走开，姑娘拿山草一束，煎汤一升左右，就在床头让安幼舆服了。不久，他就能讲话了，叹气说："再一次害死我的是你，再一次救活我的还是你啊。"随即叙述了自己的遭遇。姑娘说："这是蛇精冒我的名。上次你迷路时，所看到的火光，就是这个妖怪。"安幼舆说："你怎能救活死人而使枯骨生肉，难道是仙人吗？"姑娘说："我早想对你说了，恐怕使你惊吓。五

◎入殓：把死者放进棺材里。

【名家评点】

情极乃至于无情，慧极乃几于不慧，非此中人何足以知之。（何守奇）

点缀琐事，写小女子性情，都是传神之笔。（冯镇峦）

作者在描摹事物、刻画形象的时候，往往使用双笔进行对应描写，上述种种悬念就穿插在这种对应描写之中，使作品经纬交织，浑然一体。何谓双笔？就是把表面相似的事物分作两次描写，内容却各不相同。如作者两次写到花姑子的容貌、体香，花姑子两次煨酒，两次为安生治病以及安生两次寻觅其家等。（张燕瑾）

[说聊斋]

清人余集阅读《聊斋志异》的体验

乙酉三月，山左赵公奉命守睦州，余假馆于郡斋，太守公出淄川蒲柳泉先生《聊斋志异》，请余审定而付之梓。严陵环郡皆崇山，郡斋又多古木奇石……把卷坐斗室中，青灯映映，已不待展读，而阴森之气，逼人毛发。

情死情生

花姑子

年以前，你不是曾在华山路上，买猎人的獐来放生吗？"安幼舆说："是的，我有过这一回事。"姑娘说，这就是我的父亲。从前对你说的大恩，就是这个缘故。你前天本已投生在西村王主政家里，我和父亲在阎罗王面前争辩，阎罗王不肯答应。我父亲愿意不要成道，代你一死，这样哀求七天，方才成功。现在我和你碰见，真是侥幸极了。你虽活了过来，但身体必定麻木不仁，要找蛇血和酒饮了，病才可除。"

安幼舆听了她的话，把蛇精恨到极点，只愁没有法术可以把它活捉。姑娘说："这不难，只是多杀伤生命，使我再修百年，也不能飞升得道。它的巢穴在老岩里面，可于午后积些茅草去烧毁它，外面再用猛弓防备，那妖怪自会被捉的。"说了，便拜别说："我不能终身伺候你，实在是很痛心的事。但为你的缘故，道行已失了十分之七，希望你能原谅。这一个月来，觉得腹里微微有些震动，想来孽根已种在里面，是男是女，将来我会送给你的。"说完，流着眼泪去了。

安幼舆过了一夜，觉得腰以下完全麻木，抓抓也没有一些痛痒。他于是将姑娘的话告诉家人。家人走到山里，依她的话，用猛火烧那蛇精的巢穴，果有很大的白蛇，冲火而出。几个弓手，一齐放箭，把它射杀了。火熄以后，进入穴里一看，大小数百头蛇，都烧焦了。家人回来，用蛇血给安幼舆服了三天，两脚渐渐能够转动，半年以后，才能起床。后来他独行山谷里，碰见老妇用衣包裹一个婴儿给他，说道："我的女儿问姑爷好。"安幼舆正要问她，一刹那间就不见了。解开衣包一看，是个男孩，抱了归来，竟不再娶别的女人。

◎獐：獐子。像鹿，比鹿小，头上无角，有长牙露出嘴外。◎姑爷：一般指女婿。

【名家评点】

这篇小说艺术构思的特殊之点就在于巧设悬念，作者不仅考虑到了怎样更完美地表现描写对象、表现思想内容，同时也考虑到了读者，既要适应读者的心理，又要诱导、左右读者的心理。这种种悬念如同条条神奇的勾魂索，紧紧抓住了读者的心理情绪。（张燕瑾）

杀蛇愈痿

【说聊斋】

清代学者冯镇峦谈《聊斋志异》

平生喜读《史》《汉》,消闷则惟《聊斋》。每饭后、酒后、梦后,雨天、晴天、花天,或好友谈后,或远游初归,辄随手又笔数行,皆独具会心,不作公家言。《聊斋》非独文笔之佳,独有千古,第一议论醇正,准理酌情,毫无可驳。如名儒讲学,如老僧谈禅,如乡曲长者读诵劝世文,观之实有益于身心,警戒愚顽。至说到忠孝节义,令人雪涕,令人猛省,更为有关世教之书。……读《聊斋》,不作文章看,但作故事看,便是呆汉。……《聊斋》之妙,同于化工赋物,人各面目,篇篇各具局面,排场不一,意境翻新,令读者每至一篇,另长一番精神。如福地洞天,别开世界;如太池未央,万户千门;如武陵桃源,自辟村落。不似他手,黄茅白苇,令人一览而尽。

武孝廉

有一个姓石的武举人，带着钱去京城，想要弄个官当。走到德州，突然得病，吐血不止，躺在船里不能动。仆人偷了他的钱逃走了。石某又气又急，病势越发加重。医生请不起，饭钱也付不出。船主人怕他死在船上，就想把他抬上岸去丢掉不管。

恰好有个妇人，在月下摇着船到附近停泊，听说这件事，愿意把石某接到她的船上。船主人很高兴，就把石某扶过船去。石某一看，那妇人四十多岁，服饰华美，风韵犹存，便呻吟着向她道谢。那妇人走到他身边，仔细看了看说："你本来有痨病根子，如今魂灵儿已经飘荡到坟墓里去了。"石某一听，大声痛哭起来。妇人说："我有一种丸药，能够起死回生，如果你病好了，可不要忘记我才是！"石某流着泪盟誓。妇人取出药来给他吃，不到半天工夫，就觉得病轻了许多。

妇人把滋补的食品送到床上给他吃，比妻子伺候丈夫还要周到。过了一个多月，他病就完全好了。石某跪在她面前，像对自己的母亲一样地尊敬她。妇人说："我孤零零的一个人，没有依靠，如果你不嫌我人老珠黄◎，我愿意做你的老婆，替你缝衣烧饭。"这时石某三十多岁了，一年以前死了妻子，听了这话，喜出望外，便和她结为夫妇。妇人拿出她的私蓄来，叫他进京营谋◎，约定回来的时候带她一同走。

石某到了北京，谋得了本省总兵之职；多出来的钱，用来买了鞍马行装，势派◎显赫。这时他心想那妇人年岁已经大了，毕竟不是好配偶，就花了一百两银子聘娶王氏女子为妾。但是他心里一直在担惊害怕，唯恐被那妇人知道，便避开德州那条路，绕道上任。过了一年多，并不和那妇人通消息。

◎人老珠黄：旧时比喻女子老了被轻视，就像因年代久远而失去光泽的珍珠一样不值钱。◎营谋：为达某一目的而想方设法。◎势派：气派，派头。

【名家评点】

小说写负心汉的心术恶，言简意赅，处处皆是：他为求狐妇信任，洒泪矢盟，煞有介事；刚刚求得官职，冠盖赫奕，不可一世；偷娶王氏，做贼心虚；狐妇归来，貌合神离，居心叵测；狐妇露出原形，立即提刀，心狠手辣。这样的负心汉最后吐血而死，是应得的下场。小说写人物之间的关系亦真切细致合理。（刘烈茂）

【说聊斋】

毛泽东谈《聊斋志异》

《聊斋》是封建主义的一种温情主义。作者蒲松龄反对强迫婚姻、反对贪官污吏，但是不反对一夫多妻（妾），赞美女人小脚。主张自由恋爱，在封建社会不能明讲，乃借鬼说教。作者写恋爱又都是很艺术的，鬼狐都会作诗……蒲松龄很注意调查研究。他泡一大壶茶，坐在集市上人群中间，请人们给他讲自己知道的流行的鬼、狐故事，然后去加工……不然，他哪能写出四百几十个鬼狐精来呢？《聊斋》其实是一部社会小说。鲁迅把它归入了『怪异小说』，是他在没有接受马克思主义以前的说法，是搞错了。

石某有个表弟，偶然因事到了德州，和那妇人为邻。妇人知道后，跑去询问石某景况°，那人把实在情形对她说了。妇人大骂石某没良心，并且把她与石某的关系告诉他。表弟也很不平，劝慰她说："也许因为衙门里公事忙，还来不及接你。表嫂可以写一封信，由我带给他。"妇人依他的话写了信，表弟也很慎重地送给了石某，石某却并不把这件事放在心上。

又过了一年多，妇人来投奔石某。石某叫人把她安置在旅店里。她托衙门里的司宾°替她通报，石某不肯见她，并叫人以后不要再替她传达。

一天，石某正在饮酒作乐，忽听得有人在吵吵嚷嚷。他正放下酒杯倾听，那妇人已经揭开帘子进来。石某吓了一跳，面色立刻变了。妇人指着他骂道："你这个无情无义的人，倒这样快活！你不想想你的富贵是从哪里来的！我待你恩情不薄，便是想讨个丫头当小老婆，只要和我商量商量，又有什么不可以的！"石某脚像缚在那里一样，呆呆站着，屏住气一句话也不敢说。过了好一会儿，他跪在地下认错，编了一套假话，请求饶恕。那妇人才稍稍消了些气。

石某又进去和王氏商量，叫她以妹子的礼节去见那妇人。王氏很为难，经石某再三恳求，才去了。王氏向那妇人下拜，那妇人一面答拜一面说："妹子不要怕我，我不是好吃醋的泼妇，只是他从前做的事太不近人情，便是妹子也不情愿有这种男人的。"接着把事情的原委向王氏讲了。王氏一听也很气愤，两人你一句我一句地痛骂石某。石某不敢吭声，只请求慢慢补过，风波才平息下来。

当初，那妇人还没进来的时候，石某曾叮嘱看门的人不要给她通报。他认为是看门的故意放她进来的，便恨那看门的，还暗地埋怨他一番。

◎景况：情况；光景。多指生活境遇。　◎司宾：管理招待宾客的官。

武孝廉

看门的咬定门上的锁全不曾开，并没有人进来，挨了骂很不服气。石某十分怀疑，但是又不敢去问那妇人，两人虽也有说有笑，心里却存着疙瘩。所幸她很温和，不和王氏争男人。三餐过后，便关上门睡觉，并不问男人睡在谁的房里。王氏最初还很担心，后来见她这样和善，越发敬重她。每天早晨向她问安，好像侍奉婆婆一般。

那妇人对待底下人宽和①而有规矩，但是她料事很清楚，像是神仙。有一天，石某丢了官印，衙门里上上下下的人都惊惶起来，东寻西找，谁也没有主意。那妇人笑道："不用着急，把井水淘干了就可以找到。"石某依了她的话去淘井，果然发现了印信。问她怎么知道的，她笑着不作声。从她的神情看来，好像还知道偷印人的姓名，但是始终不肯泄露。

这样过了一年，石某细细观察她的行为，确有很多奇怪的地方，便疑心她不是人。他常常在她睡了以后，打发人去偷听，都说只听到床上成

◎宽和：宽厚谦和。

【名家评点】

以孝廉为名，是以具有孝廉这样的道德品性、思想意识为内涵的。但本篇主人公武孝廉石某以其虚假的恭顺孝廉与背信弃义，使篇题颇有讽刺的意味。本篇对武孝廉形象的刻画，把握了人生最平常也最深刻的两个方面：人生的失意与得志。（陈昌恒、周禾）

夜有抖擞①衣服的声音，并不知道她在干些什么。

那妇人和王氏很要好，两人亲爱得像姐妹。一天夜里，石某到臬台②衙门里去了。妇人和王氏喝酒，妇人不觉喝得醺醺大醉，倒在床上，变作了一只狐狸。王氏可怜她，替她盖上一条绸被。不一会儿，石某回来，王氏把这件怪事对他说了。石某要杀死她，王氏说："她就是狐狸，有什么对不起你的？"石某不听，正待找寻佩刀，那妇人已经醒了，立即骂道："你的行为像毒蛇，居心像豺狼，看样子再也不能和你长久过下去了。从前给你吃的药，还是快快还我！"说着便往石某脸上吐了口唾沫。石某觉得像浇上一盆冰水似的，打了一个寒颤，喉咙里阵阵发痒，呕吐出来的就是从前吃下去的药丸，还没有变样呢。那妇人拾了起来，忿忿地掉头走了。石某追出门去，她已经无影无踪了。

到了半夜，石某旧病复发，吐血不止，半年后就不治而死。

◎抖擞：抖动。◎臬台：明清时按察使的别称。专管司法刑狱。

【说聊斋】

蒲松龄的奇石收藏之癖

蒲松龄同《石清虚》一文中的主角邢氏一样，喜好收藏奇石。蒲松龄的家乡山东淄博地区，赏石活动由来已久，很多人都有赏石、藏石的爱好。山东蒲松龄纪念馆中至今存放着当年蒲松龄珍藏的名扬海内外石坛的海岳石。蒲松龄不仅收藏奇石，欣赏奇石，而且对奇石的产地、成因、特色等，都有自己独特的认识。生前撰写了《石谱》一书，其中非常详细记载了一百多种奇石的形态、色泽、声韵，以及产地、鉴别方法等，此书足以与宋代文人杜绾所著的《云林石谱》相媲美。

传世彩绘聊斋志异

西湖主

书生陈弼教，字明允，河北人。他家里很穷，在副将军贾绾部下充任秘书。

一次，他们的船在洞庭湖里停泊，恰好看到一个猪婆龙°浮出水面，贾绾发箭射中龙背。有一条鱼衔住龙尾巴不放，也被捉了上来，猪婆龙被拴在桅杆旁边，只存一口气了。龙嘴一张一合，好像要人援救的样子。陈弼教动了恻隐之心，向贾将军说了一声，把它们放了。他行囊里带有刀伤药，好玩似的涂在它的创口上，然后放到水里。猪婆龙在水面上漂浮了一会儿，就沉了下去。

过了一年多，陈弼教回北方去，又经过洞庭。不幸遇到大风，船被吹翻了。他抱着一个竹篓子，漂浮了一夜，最后才挂在一根木头上停下来。他正准备爬到岸上，忽然水面漂来一个尸体，一看是他的书童。他用力把尸体拖到河岸上，已经僵挺挺地死了。他心情凄惨惨的，坐在尸旁休息。只见四面耸峙着碧绿的小山，刚发青的嫩柳随风摇曳，但是行人很少，没法问路。从黎明到太阳升起，他迷迷惘惘地不知道往哪里去才好。这时书童的身体忽然微动，陈弼教高兴地抚摸着他。过了一会儿，书童呕出了好几碗水，苏醒了过来。两人把衣服晾在石头上，晾干后穿上。这时，他们已饥肠辘辘，饿得十分难受。他们翻过山头，快步疾行，指望找到个村落，好在那里打尖°。

◎猪婆龙：鼍的俗称，也叫扬子鳄。 ◎打尖：旅途中停下来休息、吃东西。

【名家评点】

蒲松龄通过陈生的遭遇，寄托封建时代读书人"富贵神仙"的追求和梦想。这种思想当然没有多少高尚圣洁因素，但《西湖主》艺术精湛，意境绝佳，情节多变，构思精巧，景物和人物，尤其是人物的心理分析，写得极成功。人贵直而文贵曲。此篇以"曲"取胜，全文巧妙运用悬念和伏笔，环环相扣，节节相连，腾挪变化，奥妙无穷。主人公时而心存焦虑，时而心存侥幸；从失望到绝望，从恐惧到喜悦，从巨大的灾难到莫大的幸福，万花筒般离离奇奇。起伏跌宕、酣畅淋漓的情节和人物心理描写相辅相成，写景彩绘淋漓，逸气横溢。

（马瑞芳）

【读名著学成语】

枵肠辘辘

像救了自己性命那样大的恩德。清·蒲松龄《聊斋志异·西湖主》:"相与曝衣石上,近午始燥可着。而枵肠辘辘,饥不可堪。"

湖龙遇救

传世彩绘聊斋志异

西湖主

他们走到半山,听到有嗖嗖的箭声。正在注意静听,忽然看到两个女子骑着骏马跑来,快得像飞似的。她们都用红巾缠头,髻上插有野鸡翎,身上穿着紧袖的紫色衣服,腰里束着绿色锦带。一个拿着弓,一个挎着青色的袋子。越过山南,他们又见几十个装束相同的美女,骑着马在森林里打猎。陈弼教不敢向前走,随后看见有个男子步行着跟在她们后面,好像是个马夫模样,便去问他。那人答道:"这是西湖主在首山打猎。"陈弼教说明了自己的来历,并且告诉他肚子实在饿了。马夫把粮包打开,分给他一些食物,然后叮嘱道:"你们要赶快走开,犯驾可有死罪!"

陈弼教吓坏了,连忙下山逃避。正走之间,密林中忽然隐隐约约地露出宫殿的影子,好像是一座大寺院。他走近一看,只见粉墙环绕,溪流纵横,红漆的大门半开着,门内还架着一座石桥。攀着大门望去,里面亭台楼阁,高入云霄,宛然皇宫一般,又好像是贵人的花园,便偷偷摸摸地溜了进去。一路藤蔓时时拦住去路,阵阵的花香迎面扑来。穿过几道回廊,又是另外一个庭院,那里有垂杨几十棵,枝头拂扫着红漆的屋檐;山鸟叫一声,花片纷纷乱飞;微风吹一次,榆钱簌簌落下。这一片赏心悦目的情景,又令人感觉是仙境,而不是人间了。

穿过小亭,那里有一个秋千架,高耸到天空中。两条绳子静静地挂在那里,好像从没有人前来玩过似的。他疑心这地方一定距离女子闺阁◎很近了,心里一怯,便停下脚步,不敢再往前走了。

这时,门外传来马蹄的声音,又好像有女子在说笑。陈弼教主仆两人便悄悄地隐藏在花丛里面。不多一会儿,笑声越来越近,只听到一个女子说道:"今天打猎的运气不佳,捉的飞禽太少

◎闺阁:闺房。女子所居住的卧室。

【名家评点】

这篇小说不仅具有波澜起伏的叙事情节,而且颇能反映蒲松龄的诗意梦想和诗意乌托邦的追求。《聊斋志异》中的诗意田园和梦幻乌托邦乃是隐含作者诗意追寻的乐园。这种理想化的描写与古代诗歌中歌咏乡村生活的山水田园诗的精神追求一脉相承。融情入景、情景交融可谓中国古代诗歌的最高境界。蒲松龄吸收了诗歌的这种传统,常常以诗意的笔法将人物置于优美的意境之中,使得人物与情景相辉映。(李桂奎)

【锦言佳句】

小山耸翠，细柳摇青，溪水横流，朱门半启，石桥通焉。逡巡而入，横藤碍路，香花扑人。山鸟一鸣，则花片齐飞；深巷微风，则榆钱自落。发多敛雾，腰细惊风，玉蕊琼英，未足方喻。归过洞庭，见一画舫：雕槛朱窗，笙歌幽细，缓荡烟波。

了。"又一女子接口道："要不是公主射下一只大雁，我们简直就是徒劳往返了。"

过了一会儿，有几个穿红衣服的姑娘，簇拥着一位女郎走到亭子上坐下。她穿的是窄袖紧身猎服，年龄十四五岁，头髻梳得很低，像是一团云雾；身材苗条瘦细，像是迎风欲倒；便是最出色的玉蕊和琼花，也比不上她的美丽。姑娘们献茶燃香，花团锦簇，五色缤纷，宛然一幅画图。

女郎坐了一刻又站立起来，沿着台阶走下。一个女子说道："公主骑了半天马，有些累了，不知道还能再荡荡秋千吗？"公主含笑答应了。于是有的架着肩，有的挽着手，有的拉裙子，有的稳她的脚，把她扶了上去。公主伸出雪白的手腕，露出尖细的小靴，身子轻捷得像只腾空的燕子，一荡就钻到云中。玩了一会儿，女郎把她扶下，都说："公主真是一个仙人啊！"说着，嘻嘻哈哈地走了。

陈弼教注视了很久，魂灵儿好像失落了似的。等到人声沉寂了，他便走到秋千架下，踱来踱去地痴想。忽然，他看见篱边有红巾一条，知道是这群美女失落的，就高兴地把它放进袖子里去，沿着台阶走上亭子，见桌上摆着文具，便在红巾上题了一首诗道：

雅戏何人拟半仙？

分明琼女散金莲。

广寒队里应相妒，

莫信凌波便上天。

题完，吟诵着走出亭子，再去寻找旧路。但是多少道门都上了锁，走来走去，无法出去，只好反身回来，几乎把园子里的楼阁亭台全涉猎遍了。

◎这首诗的意思是：是谁把秋千呼作"半仙之戏"？明明是美女在散布金莲。月宫里的嫦娥见了也该嫉美，不一定腾云驾雾才能飞上九天。

避獵失途

潜窥飞戏

西湖主

【名家评点】

本篇有较高的艺术性，特别是情节的描写。陈生厄难中的奇遇，写得极为曲折。山上遇猎，误入园林，红巾题诗，公主赠食，王妃问罪，这些情节如同流风回云，层层推进，而又波澜起伏，变化迭起，充分展示了陈生的惊魂骇魄。而王妃赐婚，又写得那样突如其来，转折陡急，更恰切地表现了陈生意出非望的茫然和喜悦。情节的描写和性格的刻画，在这里得到了紧密的结合。但其所赞美的"宫室妻妾，一身而两享其奉"的生活方式，却是比较庸俗的。（严薇青、朱其铠）

这时，一个女子跑来，很惊讶地问他怎么闯到这地方来了。陈弼教作揖说："我是一个迷路的人，希望您能相救。"女子问他拾到一条红巾没有。陈弼教答道："拾过一条，但已经被我弄脏了，这便如何是好？"说着把红巾取出。那女子一看大惊失色说："你死无葬身之地了！这条红巾是公主经常佩戴的，给你涂得乱七八糟，成个什么样子？"陈弼教吓得脸色大变，恳求她代为求情。女子说："你私入宫廷，已经犯了不赦之罪。本来我看你是个读书人，谈吐风雅，很想帮你些忙，如今却是你自己作孽，我可有什么办法？"说完，慌慌张张地拿着红巾走了。陈弼教吓得心惊肉跳，只恨没长翅膀，不能飞将出去，唯有伸着脖子等死了。

过了好久，女子又回来了，悄悄向他道贺，说："你有活命的希望了。公主拿起红巾看了三四遍，脸上没有生气的样子，可能把你放走。你要耐心等着，可不能再去爬树跳墙，如果被人发觉，就没有办法挽回了。"

这时天色已晚，是吉是凶自己还不敢定，而肚子里却又饿得发慌，急得要死。过了一会儿，那女子打着灯笼走来，后面跟着一个丫鬟，提着食盒，取出酒饭叫他吃。陈弼教连忙问她消息怎样，她说："刚才我找了个空儿对公主说：'园子里的秀才，要是可以饶恕的话，就该赶快把他放走；不然，快要把他饿死了。'公主沉吟了一下说：'黑夜里叫他到哪里去呢？'她便叫我给你备饭。这总不是坏消息吧。"陈弼教虽填饱了肚子，但心里七上八下，总感到险境未脱，不敢安睡。

早晨，女子又送了饭来。陈弼教仍然哀求她代为说情。女子说："公主不说杀，也不说放，我们这班下人，怎敢三番五次地和她絮叨？"

太阳已经西斜了，他正在殷殷盼望，忽然看到那女子气喘吁吁地跑来，惊惶失措地说："糟了！多嘴的人把这件事向王妃泄露了。王妃把红巾打开一看，立即丢到地上，连骂狂徒大胆。我看大祸就要临头了。"陈弼教给吓得魂飞天外，面色变得像死灰一般，跪在地上请她想主意。这时只听到人声嘈杂，女子就摇着手连忙避开。接着有几个人拿着绳索，气势汹汹地闯了进来。其中一位丫鬟仔细对着他望了望，便说："我以为是谁呢，这不是陈相公◎吗？"又对拿绳索的人说："且慢，且慢！等我去报告王妃。"说罢，急忙转身走了。不一刻又转回来说："王妃请陈相公进去。"陈弼教不明就里◎，只有战战兢兢地跟随她前往。

一连经过几十道门，最后来到一座宫殿前面，

◎不明就里：不知道内幕，不明白其中含义。 ◎相公：旧时对读书人的敬称。

【读名著学成语】

面如灰土

脸色如泥土一样。形容极端恐惧。亦形容病态。清·蒲松龄《聊斋志异·西湖主》："既而斜日西转，眺望方殷，女子坌息急奔而入，曰：'殆矣！多言者泄其事于王妃，妃展巾抵地，大骂狂伦，祸不远矣！'生大惊，面如灰土，长跽请教。"

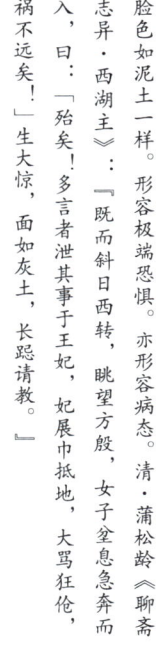

题巾解难

西湖主

只见绿色的帘子配着银钩，十分华丽。马上就有美女将帘子揭开，唱道："陈相公来了！"上面坐着一位美妇人，服饰华美，光彩照人。陈弼教伏地向她叩头说："我是远道来的小民，但望您饶恕我的死罪！"王妃连忙走向前来，把他拉起，说："如果不是先生，我不会再有今天的。丫头们不懂事，冒犯了贵客，真是无以赎罪！"说完，立即叫人摆好丰盛的酒席，并用金杯斟酒。陈弼教茫茫然如堕入五里雾中，不知道是什么缘故。王妃说道："救命之恩，常恨不能报答。小女既然蒙你题诗见爱，正是天赐良缘，今天晚上就让她和你结为夫妇吧。"这大出他意料之外，精神恍恍惚惚地不知道怎样才好。

刚到黄昏，就有一个丫鬟走来说："公主已经打扮好了。"说着把陈弼教引入帐前。一时笙管齐鸣，阶上全铺好花毡，殿庭内外到处都是灯火辉煌，几十个美女搀扶着公主和陈弼教交拜，芬芳馥郁的气味，弥漫了整个殿宇厅堂。

两人随即携手走入洞房，十分欢爱。陈弼教问道："我是一个在外奔波的人，生平不曾拜识；弄脏了您的芳巾，不杀头已属万幸，反而让我和您成婚，真是我料想不到的事。"公主说："我母亲乃是洞庭君◦的妃子，江阳王的女儿，去年回娘家省亲，偶然在湖上闲游，不幸被流矢◦射中，承您设法把她解救，又替她敷药疗伤，我们全家感恩，至今念念不忘。希望您不要因为我们是异类而生疑虑。我从龙王那里得到了长生术，愿意和您同享。"

陈弼教这才知道她们全是神仙，便问丫鬟何以会认得他。公主答道："那天在洞庭湖的船上，曾经有条小鱼衔住龙尾巴，就是这个丫头。"陈弼教又问："起初既然不杀我，为什么又迟迟不把我放走呢？"公主笑道："我实在爱您的才华，但又不能做主，昨晚翻来覆去地想了一夜，这番心情别人是不了解的。"他赞叹说："您真是我的知己啊！"接着又问道："那位给我送饭的是谁？"公主说："她叫阿念，也是我的心腹。"陈弼教问："如何去报答她呢？"公主笑道："她成天侍奉您，来日方长，慢慢应酬应酬就是了。"他又问大王到哪里去了？公主说："随着关帝讨伐蚩尤◦，现在还没有回来。"

住了几天，陈弼教生怕家中惦记，便写了一封平安书信，打发书童回去。家里人早听到洞庭湖翻船的消息，料他已死。他的妻子已经穿了一年多的丧服了。书童一到，才知道他还活着。但是消息隔绝，家人总是担心他漂泊异乡，不会回来了。

◎洞庭君：柳毅，唐人李朝威有《柳毅传》，写龙女托柳毅带信给龙王，龙王因封柳为洞庭君。◎流矢：飞箭或来源不明的箭。也叫"流箭"。◎蚩尤：《史记》："轩辕之时，蚩尤作乱，黄帝乃征师诸侯，与蚩尤战于涿鹿之野。"注："蚩尤乃九黎之君。"

传世彩绘聊斋志异

【名家评点】

作者不仅是抓住了恻隐之心、助人为乐和与人为善这个动人的主题，更难得的是，他发现又写出了人们心灵上的美。所以《西湖主》与其说是幻想中的社会生活的写照，毋宁说是作者审美理想的艺术象征，他是从特异的世界里去探索真善美，因此，它隐喻着更广大得多的人生内容。（宁宗一）

【读名著学成语】

肉竹嘈杂

竹：管乐。肉竹：泛指音乐。嘈杂：声音喧闹，杂乱。形容音乐杂乱无章。清·蒲松龄《聊斋志异·西湖主》："一言甫毕，旱雷聒耳，肉竹嘈杂，不复可闻言笑。"

龙报蠰恩

西湖主

又过了半年，陈弼教忽然回到家中，穿的乘的都很烜赫◦，又带来了很多宝玉，从此便成了百万富翁，那种豪华势派，连世家也比不上。七八年间，他妻子一连生了五个儿子，天天招待宾客，食住享用，真是丰盛极了。有人问他有什么奇遇，他也毫无隐讳地照实讲了出来。

有个名叫梁子俊的，是陈弼教少年时候的朋友，在南方官场里混了十几年。在回家路过洞庭时，他看到一只画舫◦，雕栏红窗，笙歌悠扬，缓缓地在湖上行驶，不时有美人在窗口眺望。梁子俊向里面注视，看到一个少年男子，光着头叠着腿坐着，身旁有个十五六岁的美人，正在给他按摩。梁子俊心想，这一定是这带地方的贵官，但是又不明白为何侍卫甚少。等他仔细一瞧，才认出是陈弼教。他扶着栏杆狂喊，陈弼教听到了就吩咐停航，走到船头，把梁子俊邀了过去。桌子上杯盘狼藉，满舱还洋溢着酒香，陈弼教立刻叫人撤去。刹那间就有三五个美丽丫鬟献酒进茶，席上的山珍海味全是他生平不曾看到过的。梁子俊吃惊道："十年没有见面，怎么就阔成这个样子了！"陈弼教答道："你以为我这穷书生不会发迹吗？"梁子俊又问他方才一起喝酒的是谁。他答道："是我的妻子啊！"梁子俊觉得有些蹊跷，便问他要把家搬到什么地方去。他答道："去湖西。"梁子俊要再问，陈弼教便立刻叫人唱歌行酒。话刚出口，锣鼓齐鸣，歌声震耳，一下子什么声音都被湮没了。

梁子俊看着面前都是美人，便趁着酒兴大声说道："明允兄，也肯让我享受享受吗？"陈弼教笑道："足下吃醉了，但是这里有足够买一个美妾的钱，愿意送给老友。"说着就叫丫鬟送上明珠一颗，并且对他说道："绿珠◦也可以拿这换到，这表明我并不是个吝啬之徒。"接着又连忙同他告别，说："我还有点小事要办，不能久陪老友。"说完便把梁子俊送过船，径自解缆而去。

梁子俊一到家，就去陈家探望，发现陈弼教正和宾客饮酒，他心里越发觉得可疑，便问道："前两天还在洞庭，怎么回来得这么快啊！"陈弼教答道："没有这回事吧！"梁子俊便把他所见到的情形说了一遍，在座的人都很吃惊。陈弼教听了笑道："你弄错了，难道我有分身术不成！"大家认为奇怪，但是不明白究竟是怎么回事。

陈弼教活到八十一岁死了。出殡的时候，家人觉得棺材很轻，打开一看，竟是空的。

◦烜赫：显赫，声势很盛的意思。◦画舫：装饰漂亮、美丽的游船。◦绿珠：西晋石崇的宠妾，中国古代著名美女之一。

【名家评点】

《西湖主》一个很值得注意的特色是：他不像《聊斋志异》的很多作品那样，通过美与丑的对峙、交锋和善与恶的对照来塑造人物，而是径直地从对生活中美好事物的提炼中获得表现真善美的动力，集中力量刻画小说中的正面人物。（宁宗一）

【锦言佳句】

残肴满案,酒雾犹浓。

洞庭奇遇

传世彩绘聊斋志异

伍秋月

高邮有个名叫王鼎的人，字仙湖。他为人很慷慨，又有气力，交友很广。在他十八岁时，妻子死了，从此经常到远方去游历，往往整年不回家。哥哥王鼐，是个江北的名士。兄弟之间非常友爱，常常劝王鼎不要出远门，准备给他选择一个配偶。可是王鼎不听。

有一天，王鼎雇了船到镇江去探望朋友，恰巧朋友出门去了，因此就住在一家旅馆的楼上。他向窗外望去，只见江水清澈，金山就在眼前，觉得非常愉快。第二天，朋友来回拜，请他搬到自己家里去住，他辞谢了。

王鼎在旅馆里住了半月多，有天夜里梦见一个女子，年纪十四五岁，容貌端正美丽，上床和他同睡。他醒来后，觉得有些奇怪，以为这不过是偶尔做梦罢了。可是到了晚上，又做着这个梦。这样连续三四夜，心里非常诧异，因此不敢熄灯；身体虽然躺在床上，心里却警惕着。他刚合上眼皮，又梦见那个女子来了，正在亲昵的时候，忽然惊醒过来，睁开眼睛一看，只见那少女像天仙一般，竟然还抱在怀里。她看见王鼎醒了，有点儿羞答答的。当时王鼎知道她不是人，但也非常高兴，就追问她的来历。

那女子回答说："姓伍，名叫秋月。我的父亲是个有名的读书人，精通易数◎，知过去未来的事情。他很疼爱我，但是说我寿命不长，所以不曾许配人家。后来我到十五岁，果然短命死了，他就叫人把我葬在住宅的东面，交代他们埋得同地面相平，也不筑坟头，只在棺木旁边立一块石板，上面刻着：'女儿秋月，葬后无坟，三十年后，嫁给王鼎。'至今已满三十年，你恰巧来了，心里很高兴，急欲向你表白心迹，可是又觉得不好意思，因此和你在梦中相会。"王鼎听了她这番言语，非常喜欢，又要求同她欢合。伍秋月说："我只要受一点儿阳气，就可以复活的……以后我们恩爱的日子还长，何必急在今宵呢……"谈了一会儿，她就起床走了。

◎易数：根据《易》理占卜的方法。数，方术。

【名家评点】

《伍秋月》这篇小说再次表明，在《聊斋志异》艺术世界里，美丽的女性往往成为"性"的主动者，其实这是特定话语下对情欲充满渴望的男性为排遣性压抑搞的偷梁换柱。书生们渴望情爱又慑于礼教威仪，于是就把自己敢想而难为之事假想于女子身上，既得到了情欲的满足又不违背道德，一旦有事还可以把责任推到这些"奔女"身上。长此以往，其结果就是性的话语与文化的话语交织在一起。我们可以用黑格尔主客体二元对立的理论来分析：像伍秋月这样的鬼狐幻化的美丽女性，积极追求情爱，看似掌握了性的主动权，可以自由投射自己的爱欲，但实际上，她们是被欣赏者，只有得到被投射对象——书生们的欣赏和肯定，才能摆脱"奔女"的恶名，上升为"女神"。（李桂奎）

【说聊斋】

学者李桂奎谈《聊斋志异》

蒲松龄笔下的狐鬼故事多发生于「秋季」或「秋夜」的秋景，另一方面不断地用「寒」「冷」「凄」「凉」等感觉词来传达人物的「秋情」。如《山魈》将故事发生的时间锁定在秋季某一夜，而将地点则安排在偏僻而荒凉的南山柳沟寺庙的「秋情」。《秀才驱怪》在故事叙述中所插入的时空是：「窗外皎月，入室侵床；夜鸟秋虫，一时啾唧。心中怛然，寝不成寐。」这种故事时空使《聊斋志异》带有萧瑟凄凉的审美色调。因而解弢《小说话》曾经指出：「《红楼》如红灯绿酒，女郎谈禅。《聊斋》如梧桐疏雨，蟋蟀吟秋。」的确，在审美格调上，《红楼梦》偏于「温暖」，偏于空灵，《聊斋志异》偏于「凄寒」，偏于悲感。

　　第二天夜里，伍秋月又来了。他们面对面坐着，说说笑笑，情浓意蜜，非常知己，熄了灯睡到床上，她和活人也没有什么两样。

　　一天晚上，月色皎洁，他俩在庭院里散步。王鼎问她："阴间也有城镇吗？"伍秋月答道："和阳间一样的。阴间的城府不在这里，离此有三四里路。只是把夜里当作白昼罢了。"王鼎又问："活人能够看见吗？"伍秋月答道："也可以看见的。"王鼎就要她同去看看，伍秋月答应了。

　　两人就趁着月夜走去。伍秋月走时，像风一般飘过去，王鼎竭力追随着，不一会儿，到了一处，伍秋月说："不远了。"可是王鼎向前望时，却看不见什么。伍秋月用唾沫涂在他的眼眶上，再睁开眼来，觉得比平时加倍明亮，虽在黑夜，却和白天一样，什么东西都看得清清楚楚了。这时他顿时望见前面有一垛城墙罩在模糊的朝雾中，路上行人不绝，好像是走向市集去的。

　　过了一会儿，王鼎又望见有两个阴差绑着三四个人走过，最末一个人很像他的哥哥。他走近一看，果然是的，骇异地问道："哥哥，你怎么会到这儿来的？"他的哥哥见了王鼎，禁不住流下泪来，说："我也不知道为了什么，给他们强拖硬拉地捉来了。"王鼎发怒道："我的哥哥是个知书达礼的好人，何必这样的捆绑？"便请求那两个阴差暂且宽放绳索。可是那两个阴差挤眉弄眼，狡猾地不肯答应。王鼎很愤恨，要和他们争执，哥哥阻止他说："这是上官◦的命令，我们也应当守法。只是我手头缺乏用度，被勒索得很苦。弟弟回家以后，快给我想法弄一笔钱来。"王鼎听了，抓住哥哥的臂膀，忍不住大哭起来。那两个阴差发脾气了，把系着头颈的绳索用力一拖，哥哥顿时跌倒地上。王鼎见了，怒火中烧，再也压制不住，随手解下佩刀，把一个阴差的头斫了下来。另一个阴差正在拉开嗓子喊叫，王鼎又把他杀了。

　　伍秋月见这情景，大惊失色地说："杀了公差，罪不轻，赶快逃走！迟了，就有祸来了。你立刻

◎上官：上司；长官。

伍秋月

雇船渡到江北去。回到家里，不要把悬挂的招魂旗摘下来，关紧门户不让人出入。过了七天，就保证没有事了。"

王鼎就挽了哥哥，当夜雇了一只小船，火急渡到江北。回到家里，看见门口有吊丧的客人，知道哥哥果真死了。于是他马上关紧门，下了锁，这才走到里面去。一看哥哥，已经不见了。他走进室内，只见死去的哥哥已醒转来了，喊着说："饿死我了，赶快给我一点汤饼°吃吧！"那时他已经死去了两天，家里的人都惊吓得不得了。王鼎就把经过情形详详细细地告诉了他们。过了七天，开了门，把丧事用的招魂旗除去，人家才知道王鼎复活了。亲戚朋友都来问讯，他们就编造了一套假话来回答。

这时王鼎又想起了伍秋月，日夜恋念，因此又渡江南下。到了镇江，仍旧住在那家旅馆的楼上，点着蜡烛呆等，可是伍秋月竟不来。正当他蒙眬入睡时，只见一个女人进来，向他说："秋月娘子托我带信给你，前一晌因为两个公差被杀，凶手逃走了，就把她捉去押在牢里。那监狱里的看守待她非常凶暴，她天天盼望着你，希望你想些办法。"

王鼎听了，悲愤得很，就跟着那女人走去。走到一个大城，进了西门，那女人指着一扇门说："小娘子暂时被寄押°在这幢房子里。"王鼎走进去，看见里面房间不少，寄押的囚犯也很多，可是并没有伍秋月。他又走进一扇小门，看见一个小房间里有灯火，便走近窗口向内张望，只见秋月坐在床上，用衣袖遮着脸正在呜咽地哭泣。旁边有两个狱吏，摸摸她的面孔，捏捏她的小脚，正在调戏她。伍秋月哭得更悲痛了。当时一个狱吏伸出手臂来挽着她的头颈，嬉皮笑脸地说："你既做了罪犯，还要守贞节吗？"王鼎见了这情景，勃然大怒，来不及讲什么话，拿着刀直闯进去，一刀一个，像快刀斩乱麻一样，把他们杀了。拉

◎汤饼：汤煮的面食，似今之汤面。 ◎寄押：把未经审判的罪犯暂时拘禁。

【名家评点】

本篇所写人鬼相恋的故事，情意哀婉；但却认作生前定数，有浓重的宿命论色彩。冥役枉法索贿，猥亵女囚，曲折地反映了人间公役的罪恶。王生立决冥役之首，描写得那样干脆利落，这固然有助表现王生的性格，实际上也是借此发泄作者对黑暗官府的激愤。（严薇青、朱其铠）

着伍秋月就走,一路上幸而没有被人发觉。

刚回到旅馆,王鼎突然醒了。他正奇怪做了个噩梦,不意抬头一看,却见伍秋月正含着眼泪站立床前。王鼎惊奇地爬起来,拉她坐下,告诉她刚才做了这样的一个噩梦。伍秋月说:"这是真事,不是梦!"王鼎吃惊地说:"这怎么办呢?"伍秋月叹口气说:"这也是定数。我本来要到月底才是复活的日期。现在既然弄到这个地步,事情已很急迫,不能再等下去了。请你赶快去发掘那埋葬我的地方,把我装到船里一同回家,每天不断地叫着我的名字,过三天,我就可以活转来了。但是因为期限没有满,骨头还软,脚力°还很衰弱,不能帮你做家务事情罢了。"

她说完话,就匆匆忙忙走出去,又回过身来说:"我几乎忘了。要是阴差追来,怎么办呢?我活着的时候,父亲曾经传授我一道符。他说,三十年后,可以给我们夫妻佩用的。"说着,便拿起笔来急急地画了两道符,说:"一道,你自己带着;一道,请你贴在我的背上。"

王鼎送她出去,就在她隐没的地方挖掘下去,掘了一尺多,露出棺木,已经腐朽了。旁边有一块小碑,果真像伍秋月所说的那样。打开棺木一看,伍秋月的面色,像活的一样。把她抱进房间,那衣裳被风吹,化成了灰。他把符贴在她的背上后,就用被褥紧紧裹住,把她背到江边,叫一只船靠拢岸,推说妹子患了急病,要送她回家,讲好价钱就上船走了。幸而南风吹得很紧,天刚亮时,已经到达家里。王鼎把伍秋月安置好了,才告诉哥嫂。一家人都很惊异,可是也不敢当面说他着了迷。

后来王鼎常常揭开被褥,连连喊着秋月。夜里,总是抱着尸体睡觉。这样,那尸体就一天一天地温暖起来;过了三天竟苏醒转来;七天后就能起床走路了。于是秋月穿上新制的衣服,出来拜见嫂子。她体态的轻盈,竟无异于神仙呢……

【锦言佳句】坐对笑谑,欢若生平。

◎脚力:两腿的力气。

绿衣女

于璟，字小宋，是益都人，在醴泉寺里读书。一夜，于璟正在诵读，忽然听到窗外有一个女子称赞说："于相公读书很勤快啊！"于璟心想，这深山中哪来的女子？正在疑惑的时候，女子已推开门，笑着走了进来，她说："很用功啊！"于璟惊讶地站起身来，只见这女子穿着绿衣长裙，生得温婉曼妙，美丽无比。于璟知道她不是人类，再三追问她的家住哪里。女子说："你看我应当不是能吃人的，何必还要寻根究底呢？"于璟心中很喜欢她，便和她一块儿睡了。女子脱去衣服，腰细得不满一把。天快亮时，女子轻盈地走了。从此，女子没有一天晚上不来的。

有一天晚上，两人一块饮酒，女子谈吐间很懂音律◦，于璟便说："你的声音娇柔纤细，如果能唱一曲，一定让人消魂◦。"女子笑着说："不敢唱，怕消了你的魂。"于璟执意请她唱，女子说："我不是吝惜，是怕被别人听到。你一定要听，我只好献丑，但只能小声唱，你明白意思就行了。"接着用脚尖轻轻点着拍子，唱道：

树上乌白鸟，嫌奴中夜散。
不怨绣鞋湿，只恐郎无伴。

声细如蝇，刚刚能辨听清楚。但是静心仔细一听，只觉得歌声婉转圆润，感情炽热，悦耳动听，撼动心神。

唱完歌曲，女子打开门看看外面，说："提防窗外有人。"又出去绕屋子巡视了一圈，才进屋来。于璟说："你为什么有这么重的疑心，又

◎音律：音乐上的律吕、宫调等，也叫"乐律"，泛指乐曲、音乐。◎消魂：灵魂离散，形容极度的悲愁、欢乐、恐惧等。

【名家评点】

写色写声，写形写神，俱从蜂曲曲绘出。绿衣长裙，婉妙无比，写蜂形入微。声细如丝，婉转滑烈，写蜂音入微。至绕屋周视，自谓鬼子偷生，则蜂之致毕露矣。（但明伦）

这篇小说运用肖形、肖声的叙事手法把绿衣女的形象描绘得栩栩如生。蒲松龄仿照八股"肖题"手法，把绿衣女形象的人性、物性、神性融合得天衣无缝。作者巧妙地将绿衣女作为绿蜂之物性融汇到对人物衣着、体态、声音的描摹中，达到了人性、物性的完美统一。（李桂奎）

[锦言佳句]

声细如蝇,裁可辨认。而静听之,宛转滑烈,动耳摇心。绿衣长裙,腰细殆不盈掬。

饮酒歌诗

绿衣女

如此害怕呢？"女子笑着回答说："俗话说'偷生的小鬼常怕人'，这就是说的我啊。"不一会儿睡下后，女子忽又不高兴，说："平生的缘分，难道到此为止了吗？"于璟急忙问缘故，女子说："我的心跳动不安，只怕是我的福分要完了。"于璟安慰她说："心动眼跳，本是平常的事，何至于说这种话呢？"女子听后才稍微高兴一点，二人重又亲热起来。天快亮时，女子披衣下床。刚要开门，犹豫了一会儿又返回来，对于璟说："不知什么缘故，我心里总是怕。请你送我出门吧。"于璟便起床，把她送出门外。女子说："你站在这里看着我，我跳过墙去，你再回去。"于璟说："好吧。"

于璟看着女子转过房廊◎，一下子便不见了。正想再回去睡觉，突然听到女子急切的呼救声传来。于璟奔跑过去，四下里寻找，却没有看到人影，听声音像在房檐间。他抬头仔细一看，只见一只弹丸大的蜘蛛正揉弄着一个东西，那东西发出声嘶力竭的哀叫声。于璟挑破蛛网，将那个东西取下，除去缠在那个东西身上的网丝，原来是只绿蜂，已奄奄一息。于璟拿着绿蜂回到房中，放到案头上。过了会儿，待绿蜂慢慢苏醒过来后，才能开始爬动。它慢慢爬上砚台，用自己的身子蘸了一身墨汁，出来趴在桌上，走着画了个"谢"字。绿蜂频频舒展双翅，然后穿过窗子飞走了。从此，绿衣女子就没有再来。

◎房廊：走廊。

【名家评点】

短短七百字，如诗如画；人物之美，无与伦比。"物而人"是蒲松龄的拿手好戏，少女绿蜂，会合无间。少女优美化，绿蜂人格化，写得扑朔迷离。少女绿衣长裙，实指绿蜂翅膀；腰细殆不盈掬，实指蜂腰；少女妙解音律，实指蜂之善鸣；"偷生鬼子常畏人"，非畏人，乃畏乌白鸟也。台湾学者罗敬之认为绿衣女所唱小曲寓意为：绿蜂原来的伴侣雄蜂为乌白鸟吃掉，她不得不到人间重新寻找伴侣。（马瑞芳）

【说聊斋】

清人倪鸿评《聊斋志异》

国朝小说家谈狐说鬼之书,以淄川蒲留仙松龄《聊斋志异》为第一。

墨身走谢

荷花三娘子

浙江湖州的宗湘若，是个读书人。一年秋天，他去田间查看巡视时，发现庄稼茂密的地方，禾苗不停地摇晃。他心中很疑惑，于是走过田间小路前去那里察看，原来有对男女正在地里亲热。他笑了笑，就要往回走。只见那男的羞愧地系上衣带，匆匆地离去。那个女子也赶忙起来。宗湘若仔细一看，那女子长得非常秀丽。宗湘若心里很喜欢她，想要和她亲热，又实在为这种鄙陋的做法惭愧。于是，他走近那女子，替她拂拭°衣服上的尘土，说："你们幽会°得快乐吗？"那女子只是笑着，却不说话。宗湘若靠近她的身体，解开她的衣服，抚摸她的皮肤，只觉得女子的皮肤细嫩滑腻，于是将她的全身上下都几乎摸遍了。女子笑着说："你这个迂腐的秀才！要怎样就怎样好了，这样疯狂地乱摸做什么？"宗湘若追问她的姓氏，那女子说："春风一度，就各分东西，有什么必要劳驾你审察？难道留下我的名字用来立贞节牌坊吗？"宗湘若说："在荒草田地间私会，是山村放猪的奴仆干的事，我不习惯。以你的美丽，就是偷偷约会，也应当自重才是，何必如此卑琐°呢？"女子听了他的话，表示赞许并接受。

宗湘若又说："我的书房离这里不远，请到那里去待一会儿。"女子说："我出来已经很久了，恐怕别人怀疑，在夜里我可以去。"她详细询问了宗湘若书房门前的特征标记，然后匆忙奔向斜路，急急地走了。到了夜里一更天，女子果然来到宗生的书房。两人沉浸在男女欢爱之中，极其亲热。这样过了很多日子，他们俩的事很机密，没有人知道。

恰巧有个西域僧人住在本村庙里，见到宗湘若后，惊讶地说："你身上带有邪气，曾经遇到过什么吗？"宗湘若说："没有遇到什么。"过了几天，宗湘若不知不觉地忽然得了病，女子每夜都带来好的果子点心给他吃，并殷勤抚慰他，像夫妻一样好。但是，女子上床以后，必定强迫宗湘若与她交合。宗湘若身患大病，很难承受。他心里怀疑这女子可能不是人类，然而也没有办法拒绝，或者让她离去。于是，他说："以前那个和尚说我被妖怪迷惑住了，现在果然病了，他说的话真灵验啊。明天委屈他来一趟，就求他贴符念咒。"女子听说后，脸色马上变得很凄惨，宗湘若更加怀疑她。

◎拂拭：掸掉或擦掉尘土等。◎幽会：在幽胜的地方聚会。多指相爱的男女秘密相会。◎卑琐：猥琐，庸俗不大方。

【名家评点】

此篇故事可以说是一首对真、善、美的赞歌。在写法上，本篇实由两个故事连缀而成，但两者之间过渡自然，故事情节曲折委婉，写荷花三娘子忽而红莲，忽而怪石，忽而纱帔，忽而美人，恍惚迷离，文字极有波澜。（刘烈茂）

垄头春色

【锦言佳句】

花如解语应多事，石不能言最可人。

传世彩绘聊斋志异

荷花三娘子

第二天，宗湘若派家人把实情向那个西域僧人讲了。僧人说："这是个狐狸。它的道行还很浅，很容易捉拿的。"于是，僧人写了两道符交给宗府家人，并嘱咐说："回去找一个洁净的坛子，放在床前，用一道符贴住坛口。当狐狸一窜进去，就赶快用一个盆盖上，再把另一道符贴到盆上。然后，把坛子放进开水锅里用烈火猛煮，不多时它就会死去的。"家人回来后，按照僧人的吩咐都做准备妥当了。

夜深了，女子才来，她从袖子里摸出一些金橘°，刚要到床前探问宗湘若的病情，忽然听到坛口嗖嗖一声，就把那女子吸到坛子里边去了。家人突然跳起来，迅速用盆盖上坛口并贴上符。刚想将坛子放进锅内去煮，宗湘若看到满地散落的金橘，想起以前两个人那样好的感情，心里很悲伤感动，急忙叫人把那女子释放。于是，揭去了符，拿掉盆，女子从坛内出来，形态极为狼狈，她跪到地上说："我修行的道业即将要成功，一时几乎化为灰土啊！你真是个仁义之人，我发誓必报答你。"说完，就走了。

过了几天，宗湘若病情变得更加沉重，像将要死去的样子。家人急忙到集市，为他购买棺材。在去集市的路上，家人遇到了一个女子，问他说："你是宗湘若家的仆人吗？"家人回答说："是啊。"女子又说："宗相公是我的表哥，听说他病得很重，本来想要去探望他，恰巧有事去不了。这里有灵药一包，劳驾你送给他。"家人接过药，拿回家中。宗湘若想，他的表亲°中根本没有姐妹，就知道是狐狸来报答他。吃了这药后，果然他的病便好了，十余天时间身体就完全康复。他心里非常感激狐女，便对空祝祷，希望能再见到她。

一天夜里，宗湘若关起门来自己喝酒，忽然听到有用手指轻弹窗子的声音。他拔出门闩，出门一看，竟是狐女。宗湘若大喜，攥着她的手表示感谢，并请她坐下来一起喝酒。狐女说："分别以后，心里总觉得不安，思来想去无法报答你的大恩大德。现在为你找了一个好伴侣，姑且应付一下，算是交代了责任吧？"宗湘若问："是个什么人啊？"狐女说："这不是你所知道的。

【名家评点】

荷花三娘子初露面，是披着白纱的采菱女；化为红莲，婀娜之至，自是花中第一流；再变成面面玲珑的怪石，逸秀清峭；怪石再变石燕，幻化无穷而无所不美。人物亦花、亦人、亦仙，风神秀彻。小说结构上以宗生与狐女、荷花三娘子相识、相爱、相离为线索，采用勾连式布局，一环扣一环。虽分上下两段，但穿插映照，无割裂痕迹。人物语言尤其成功。两个女子，狐女放荡任性，荷花三娘子温文内敛，对比鲜明。

（马瑞芳）

◎金橘：又名金柑。橘之一种。常绿灌木，叶披针形或长圆形，秋冬实熟，色黄味酸而皮甘香。◎表亲：自己与姑母、舅父的孩子的亲戚关系。

【说聊斋】

作家木心评《聊斋志异》

《聊斋》好在笔法，用词极简，达意，出入风雅，记俚俗荒诞事，却很可观。此后赞美别人文字精深，称之聊斋笔法。

念旧全生

传世彩绘聊斋志异

荷花三娘子

明天辰刻°，你早一点去南湖，如果见到有采菱角的女子，其中有个穿白绉纱披肩的，你就驾船向她疾驶过去。如果分辨不清她到哪里去了，你就察看堤边，发现一枝短杆莲花隐藏在叶子底下，你便采回来，点上蜡烛烧那花蒂，就能得到一位美丽的妻子，同时还能使你长寿。"宗湘若恭敬地记下了她说的话。不久，狐女要告别，宗生再三挽留她，狐女说："自从上次遭到灾难，我就顿悟修行大道。为什么要以枕席之爱，去换取别人的仇恨呢？"说完，神情严肃地告辞而去。

宗湘若按照狐女说的话，到了南湖，看到荷花荡中美丽的女子很多。其中有一个垂发少女，穿着用白绉纱做的披肩，真是个绝代佳人。他便迅速划船向她逼近，忽然弄不清她到哪里去了。于是，他拨开荷花丛去寻找，果然有一朵红莲，它的枝秆长不到一尺，便折下来带回家中。

宗湘若回来走进门后，把红莲花放到桌子上，将蜡烛芯剪了剪，点上火要去烧花。一回头，莲花变成了美女。宗湘若又惊又喜，急忙伏地而拜。莲女说："你这个痴书生！我可是个妖狐，将为你带来灾祸！"宗湘若不相信莲女说的话。莲女又说："这是谁教给你这样做的？"宗湘若回答道："我自己就能认识你，何用别人教我？"上前抓着她的胳膊往下拉，莲女随手而下滑，变成了一块怪石，高有一尺多，面面玲珑。宗湘若就把它安放到供桌上，然后点上香很恭敬地再做礼拜祝祷。到了夜里，宗生关严门窗，唯恐怪石跑了。天明一看，又不是石头了，而是一件纱帔，远远就闻到一股香气，展开纱帔的领子和衣襟看去，上面还留存着莲女刚穿过的痕迹。宗湘若盖上被子抱着纱帔，躺在床上睡觉。天黑时，他起身掌灯，等转过身来，那个垂发美女已经在枕上。

【名家评点】

故事十分曲折，但只刻画了三个人物，一个重情义的书生，一个讲义气的狐女，一个高雅神秘的荷仙。没有书生的重情义，狐女不但千年道业将毁于一旦，哪里还有性命？没有狐女的讲义气，宗湘若不但娶不到美丽的荷花三娘子，命也早就没有了。狐女虽然流于放浪，但劫难后猛然醒悟，那种知过必改的决绝态度，那种知恩必报的豪侠气度，是值得敬佩和赞赏的。（赵玉霞）

◎辰刻：中国古代计时法，指上午七点钟到九点钟。

【锦言佳句】

宗如言,至南湖,见荷荡佳丽颇多,中一垂髫人衣冰縠,绝代也。促舟剺逼,忽迷所往。即拨荷丛,果有红莲一枝,干不盈尺,折之而归。入门置几上,削蜡于旁,将以爇火。一回头,化为姝丽。

觅美偿恩

荷花三娘子

宗湘若高兴极了，恐怕她再变了，哀求祷告之后，就和她亲热起来。莲女笑着说："真是孽障啊！不知道是什么人多嘴，竟叫这疯狂儿纠缠死！"于是，不再拒绝。两人亲热的时候，莲女好像承受不了，屡次求他停止，宗湘若不听。莲女说："你不听，我就变化而去！"宗湘若怕她真的走了，方才罢休。

从此，两人情深意笃◦，非常和谐。家里大箱小箱内金银绸缎常常满着，也不知从哪里自己来的。莲女见了人只是恭敬地打个招呼，似乎不善言辞，宗湘若也避讳着不对人说她那奇异的来历。莲女怀孕十个多月后，计算时日应当分娩了。她走进房内，嘱咐宗湘若把门关紧，禁止别人叩门。自己竟然用刀从肚脐下割开，取出一个男孩，又让宗生撕下块绸缎把伤口包扎好，过了一夜就痊愈了。

又过了六七年，莲女对宗湘若说："前世造下的缘分我已报答完了，现在前来请求与你分别。"宗湘若一听，眼泪流了下来，他说："你才来我家时，我穷得不能自立，靠着你家里才富起来，你怎么忍心就远远地离开呢？况且你也没有亲族◦，将来儿子不知道母亲在哪里，也是一件很遗憾的事啊！"莲女也很伤心，怅然地说："有聚必然有散，这本来就是常理。儿子有福相，你也能活百岁，还要再求什么呢？我本姓何。倘若蒙你思念，就抱着我的旧物呼唤'荷花三娘子'，就能见到我。"说完，她挣脱出身子来，说了声"我走了"。宗湘若吃惊地四下望时，她已飞得高于头顶。宗湘若跳起来，急切地去拉她，结果抓住了一只鞋。鞋脱下来落到地上，变成了石燕，颜色比朱砂还红，内外晶莹明澈，像水晶一样。宗湘若拾起来收藏好。他翻检箱子，见莲女初来时所穿的白绉纱披肩还在里边。于是每逢想念她的时候，就抱着披肩呼唤"荷花三娘子"，披肩立即化成莲女，面带笑容，喜在眉梢，犹如真的一样，只是不说话罢了。

◎情深意笃：夫妻之间的感情深厚。 ◎亲族：同一家族的成员。

【名家评点】

同《红楼梦》相似，《聊斋志异》中的女性常常是诗化意象的化身。花妖是聊斋先生的最爱，他常常选取诸如牡丹、菊花、荷花等非常具有诗意的花来隐喻女性的气质。《香玉》以牡丹的高尚美丽，雅而不俗，隐喻香玉之高贵，《荷花三娘子》以出淤泥而不染的荷花隐喻三娘子之高洁……蒲松龄把这些诗意浓郁的意象加之于他喜爱的女性，使二者形成对应隐喻关系。（马瑞芳）

【锦言佳句】

聚必有散,固是常也。

双履仙游

骂鸭

淄川县城西边白家庄的某个人,偷了邻居的一只鸭子,煮着吃了。到了夜里,他觉得全身发痒,天亮后一看,身上长满了一层细细的鸭茸毛[○],一碰就疼。他非常害怕,可又没有办法医治。夜里,他梦见一个人告诉他说:"你得的怪病是上天对你的惩罚。必须得到失鸭主人的一顿痛骂,你身上的鸭毛才能脱落。"但是邻居老人向来心慈仁善,心胸宽阔,平常丢了东西,从来不动声色,更不会大发脾气。偷鸭人欺骗老翁说:"鸭子是某某偷走的,他非常害怕别人骂,如果骂他还能够警告他,以免将来再偷。"老翁笑着说:"谁有那么多闲工夫生气,去骂这种品行恶劣的人。"一直不肯骂。偷鸭人更加尴尬,于是只得将实情告诉了邻居老翁。老翁这才肯骂,那人身上的鸭毛果然退去,病好了。

异史氏说:"太厉害啦,偷盗的人一定很害怕:一偷盗居然浑身长出鸭毛!太厉害啦,骂人的人真的应该小心啊:一声骂竟然会把盗贼的罪孽减轻!然而,行善也是讲究方法的,那邻居老人,是在用骂人的方法行善事啊。"

◎茸毛:一般指动物初生柔软的细毛。

【名家评点】

本篇情节简单,但不失一波三折之妙。盗鸭实属人间区区小事,不值一提,却以盗鸭者皮肤长出鸭毛,触动则痛,且无术可治使故事突起奇峰。神谕当得失鸭者骂亦奇,偏偏失鸭老人素有雅量,不好骂又为波澜,使盗者困窘,只得求骂,惹人笑话。简洁明快的语言中,戏谑地贯穿了骂可疗人盗疾。(陈昌恒、周禾)

《骂鸭》原文一共只有210字,从情节铺陈和人物形象的刻画来看,它有别于《聊斋》里的一般小说作品。和中国古代《韩非子》里的"守株待兔"、古天竺《百喻经》里的"建楼"等寓言故事一样,暗含着丰富的哲理和无比的幽默和风趣。(吴九成)

【锦言佳句】谁有闲气骂恶人。

求骂脱毛